C O S M O P O L I S

LE QUATRIÈME RASSEMBLEMENT

CYRIL CARRÈRE

LE QUATRIÈME RASSEMBLEMENT

THRILLER

COSMOPOLIS

RETROUVEZ L'ENSEMBLE DU CATALOGUE
DES ÉDITIONS COSMOPOLIS

COSMOPOLIS.FR

Cosmopolis est une maison d'édition sanctuaire et indépendante de romans noirs, polars et thrillers, dont le pôle éditorial souverain est dirigé par trois éditrices : Holly Miller (Los Angeles), Judith Schwaab (Lyon) et Emmanuelle Pardo (Marseille).

À ma famille.

Aux services municipaux
et aux forces de l'ordre de Visalia,
CA, et à tous ceux qui m'ont accordé de leur temps.

« Il est plus facile de s'arranger
avec sa mauvaise conscience
qu'avec sa mauvaise réputation. »

Friedrich Nietzsche

PROLOGUE

SAMEDI 16 MAI 2020
20 H 00

Demain est un grand jour.

Je comprends que cela vous ait pris un peu de temps. La tâche est pénible. Ardue. Inhabituelle. Vous devez avoir peur. À moins d'être un professionnel, une bonne dose de préparation s'avère nécessaire. Je vous le concède.

Vous voyez que je peux être tolérante quand je le souhaite ?

Cependant, après plusieurs faux bonds, aujourd'hui une chose est certaine : l'heure n'est plus à l'hésitation. Vous avez largement épuisé votre quota de jokers. Il faut agir. Et vite.

Quelle que soit la méthode employée, n'oubliez pas : l'essentiel est d'être rapide. Efficace. Précis. Chirurgical.

Ne lui laissez aucune chance de s'en tirer vivant. Aucune c'est bien compris ? Le risque est trop important. Considérez Forsberg comme votre plus grande menace. Comme NOTRE plus grande menace. Je n'ai pas besoin de vous expliquer pourquoi, n'est-ce pas ? Votre expérience des affaires et la brillante intuition dont vous faites preuve, avec un peu trop de parcimonie selon moi, suffisent à saisir l'extrême urgence de cette situation.

Je ne sais pas pourquoi cet avocat s'est intéressé à nous, et je ne veux pas le savoir. Je retiens juste qu'un imposant obstacle s'est dressé sur notre route. L'un de ceux qu'on ne peut ignorer en tournant les talons ou en empruntant un chemin de traverse.

Éliminez-le.

C'est le seul moyen pour nous de mener notre opération à son terme sans être inquiétés. Je me délecte à l'avance de savoir comment vous allez vous y prendre, vous, l'ambitieux, l'analytique, le calculateur, pour parvenir à vos fins tout en restant le plus discret possible.

Une dernière chose : ne me décevez pas. À moins que vous ne souhaitiez souiller votre nom et cette réputation à laquelle vous tenez tant. Car soyez-en certain : si vous vous loupez, moi, je ne vous louperai pas. La ruine et le discrédit vous sembleront bien fades à côté de l'enfer que je vous promets.

À demain, donc.

J'attends de vos nouvelles avec impatience.

Pour Callaway & Partners,
Emily

Son regard se figea sur le nom de sa correspondante, jusqu'à ce que l'écran devienne flou. Plusieurs secondes s'écoulèrent sans qu'il esquisse le moindre mouvement. Seule sa pensée s'agitait. Il visualisa le déroulement parfait des événements programmés le lendemain.

Tout ira bien, se motiva-t-il. *Tout ira bien.*

Emily visait juste. Impossible de se dérober. Et il ne pouvait rien faire contre elle ni contre sa firme, pour la simple et bonne raison qu'en dépit des recherches faites au préalable, sa réelle identité restait un mystère. Il n'avait eu affaire qu'à ses représentants. Rien d'étonnant, la pratique étant courante, surtout avec les investisseurs étrangers. Peut-être qu'il aurait dû insister pour la rencontrer au lieu d'accepter son aide dans la précipitation.

Il soupira, résigné. De toute façon, il était trop tard. Le temps des questions était révolu depuis belle lurette.

Sa main se posa sur la souris et la fit glisser sur son tapis, déplaçant le curseur sur la petite croix en haut à droite de la fenêtre ouverte de son navigateur web.

Il prit une grande inspiration.

Et cliqua.

PARTIE I

1

LAKESIDE HOTEL, CHAMBRE 110
COMTÉ DE TULARE, CALIFORNIE
DIMANCHE 17 MAI 2020
23 H 47

Le matelas couina lorsqu'Erin Silva s'écroula sur le dos, haletante, transpirante et révulsée. Une sueur étrangère, à l'odeur prononcée, se mêlait à la sienne. Ruisselait sur sa poitrine et se frayait un chemin jusque sur son ventre noué par la peur.

Erin tremblait, serrant les draps entre ses doigts comme si elle voulait les déchiqueter. Elle fixa la peinture écaillée du plafond et tenta de retrouver son souffle.

Du calme, Erin. Du calme. Te mets pas dans un état pareil. C'est terminé.

Elle porta une main fébrile à sa gorge et déglutit avec difficulté. L'air lui manquait. Sa vue se troubla. Des larmes glissèrent le long de ses joues sans qu'elle ne puisse les arrêter. Rien à faire, elle étouffait. La peur panique l'envahissait tout entière.

Bien que préparée pour ce jour, elle n'arrivait pas à évacuer le stress maintenant que la mission était accomplie.

Tuer un homme.

Ce n'était pas rien !

Jamais elle n'aurait pensé aller aussi loin.

Son pouls s'accéléra, martela ses tempes. L'envie de nicotine se fit pressante, comme une pulsion, une tentative de reprendre le contrôle sur une situation qui lui échappait totalement.

Erin déplia son bras et tâtonna l'espace sur sa droite. Effleura la lanière de son sac. Elle l'attrapa, le ramena nerveusement à elle, passa l'intérieur en revue et grimaça. À peine saisi, elle comprit que le seul paquet de clopes qu'il lui restait était vide. Dans un juron à demi-étouffé, la jeune femme le balança sur le sol d'un geste rageur avant de porter son attention sur sa gauche, méfiante. Elle essuya ses larmes du bout des doigts.

Les secondes s'égrenèrent dans un silence long et pesant.

Forsberg gisait affalé sur le ventre, le visage tourné vers elle. Les traits tirés. Les yeux grands ouverts, immobiles.

Livide, il la fixait comme s'il avait vu le diable.

Il ne bougeait plus.

Erin prit appui sur ses avant-bras et se redressa avec peine. Sa nuque lui donnait l'impression d'être un bout de bois. Malgré les coups de boutoir qui malmenaient ses tempes, son regard perça la pénombre pour se poser sur la bouteille d'eau à moitié entamée qui trônait sur la table de chevet, du côté de l'avocat.

«*Si tu picoles trop, et crois-moi quand je te dis que je sais de quoi je parle, bois un bon litre de flotte avant de te pieuter. Le lendemain, tu te réveilleras fraîche comme un gardon. Tu verras, c'est magique !*»

Voilà le conseil que Forsberg lui avait donné lors de leur dernier rendez-vous dans la moiteur et l'agitation du Cellar Door, un club branché du centre-ville de Visalia. Elle tournait au gin tonic, comme d'habitude. Lui s'enfilait *shot* sur *shot* de vodka à un rythme effrayant.

Erin afficha une moue de dégoût à l'évocation de ce souvenir. Bordel, ce soir-là, il l'avait galochée comme un ado qui se servait de sa langue pour la première fois. À tel point qu'elle était sortie du bar avec la mâchoire ankylosée et les lèvres gercées, un arrière-goût de vodka dans la bouche. Erin s'était sentie sale, souillée. Dépravée.

Une soirée infâme, à vomir, mais une soirée utile.

Décisive.

Forsberg se croyait malin, mais au final, ce petit remède maison contre la gueule de bois avait signé sa perte.

Hagards, les yeux de la jeune femme se posèrent à nouveau sur l'imposant corps inerte de sa victime. Un léger doute subsistait.

Un mal-être inexplicable. Et ce n'était pas ses maigres compétences qui aideraient Erin à se calmer. Il fallait se l'avouer : après tout, elle n'y connaissait rien, en potassium ! Est-ce que la dose était suffisante pour qu'un cachalot de la taille de Carl Forsberg claque aussi vite ? D'ailleurs, s'agissait-il bien de potassium ? Elle ne se souvenait plus.

Perdue, Erin secoua la tête, comme pour se persuader que le problème ne venait pas d'elle. Pas facile de piquer à travers un bouchon en plastique, assise sur la cuvette des chiottes du bar où ils avaient passé la soirée, avec quatre gin tonics – et même un shot de tequila – dans le nez ! Le premier coup, Erin avait ripé et l'aiguille avait fini à quelques centimètres de son index. Plus de peur que de mal, mais le piston avait largement cédé, envoyant la moitié du contenu de la seringue par terre. La moitié, au moins ! La question s'était donc posée au moment où Forsberg avait commencé à boire : est-ce qu'elle n'avait pas foiré, comme à chaque fois qu'elle essayait de se servir de ses dix doigts ?

Non, ce n'était pas possible. Erin avait bien vu la gueule que ce vieux pervers avait tirée, cinq minutes plus tôt. La main qu'il avait plaquée sur sa poitrine poilue, dodelinante et brillante de sueur. Le râle effrayant, bestial qu'il avait poussé avant de se vautrer sur elle, sans qu'elle puisse se dégager. Elle avait failli crever asphyxiée sous cet amas de graisse.

Erin tendit un bras hésitant en direction de cette crevure de Forsberg. Elle prendrait bien son pouls, pour voir. Mais elle se ravisa. Elle avait eu sa dose de contact physique avec ce gros porc pour le restant de ses jours. Et puis, il ne bougeait vraiment plus du tout.

Tant pis.

Erin tourna le dos à son hôte indésirable et s'assit au bord du lit. Un frisson remonta le long de sa colonne vertébrale pour lui rappeler le côté glauque de cette situation.

À peine rassurée, elle alluma la veilleuse qui crépita en émettant une faible lumière orangée, remit son soutien-gorge *push up* et son haut en dentelle noire, puis se leva en contournant le lit de cette minable chambre d'hôtel deux étoiles.

La rage consuma en partie la peur qui l'habitait quelques minutes auparavant.

La sauter dans un endroit pareil ? C'était donc ça, son fameux repaire tranquille à flanc de colline dont il lui vantait les mérites ? Ce trou paumé ? Il ne pouvait pas faire mieux ? C'était vraiment tout ce qu'il pensait d'elle ?

Erin se moquait de ce type, mais malgré elle, sa fierté de femme en avait pris un coup.

Elle ironisa en se disant que l'avocat se foutait de sa gueule, qu'il avait dû en baiser des dizaines comme elle dans cet hôtel en ruines. Et puis de toute façon, tout était *prévu*. Pas la peine d'en faire un plat. Sans compter que ce pervers n'était pas arrivé à ses fins. La chance avait voulu qu'il applique son propre conseil et se désaltère pile avant de poser ses grosses pattes velues sur elle. Il avait tout juste eu le temps de lui retirer son soutif et de lui peloter les seins avant de passer l'arme à gauche.

Erin se sentit une nouvelle fois nauséeuse à l'idée de se faire tripoter, de se faire violer dans son intimité par ce type qui la rebutait plus que tout.

Elle avait eu chaud. Très chaud.

La jeune femme chassa les sombres pensées qui l'intoxiquaient et traversa la pièce. La plante de ses pieds caressa la moquette jusqu'au petit bureau qui jouxtait la porte d'entrée, tandis que ses yeux balayaient la zone plongée dans la pénombre.

Elle la trouva sans peine.

Posée là, à côté de la télécommande et des documents plastifiés expliquant la procédure d'urgence en cas d'incendie et du menu du *room service*.

La sacoche en cuir de Forsberg. Son graal. L'objet de ses convoitises depuis le début de la soirée.

Haletante, Erin se précipita pour l'ouvrir. Elle serra le poing et gloussa de satisfaction en tombant sur la dernière occupante d'un paquet de Lucky Strike ratatiné, pris en tenaille par deux dossiers rouges. Elle s'empressa d'allumer son trésor de guerre et tira une longue taffe salvatrice en fermant les yeux. Ses muscles se déchargèrent de toute la tension accumulée. Le temps se suspendit. Pendant quelques secondes, Erin savoura et oublia l'absurdité de la scène. Puis elle s'intéressa aux fichiers contenus dans la sacoche.

Moment de vérité.

Sa main libre se referma sur la première pochette, libellée «WILLIAM SULLIVAN». Rien d'étonnant à ça, puisque Will était le centre d'intérêt favori de Forsberg ces dernières semaines. Elle posa le document sur le bureau et extirpa une seconde pochette, plus volumineuse, sur laquelle «EDUCORP» s'étalait en diagonale au gros marqueur noir.

Le cœur d'Erin fit un bond dans sa poitrine.

La jeune femme tira plusieurs fois sur sa clope pour s'envoyer le plus de nicotine possible et expira par le nez pour se calmer.

EDUCORP.

Comme prévu, ou plutôt, comme craint.

Ce con de Forsberg croyait bien faire en la bombardant de messages salaces et en lui racontant sa vie d'homme marié à l'agonie, en manque de sensations fortes. Elle savait bien que ce salaud agissait de la sorte avec pléthore de femmes. Elle n'en avait pas demandé tant pour s'immiscer dans sa vie, observant sa routine professionnelle et personnelle pendant de longues semaines, préambule nécessaire à l'exécution du plan.

De *leur* plan.

Erin feuilleta le contenu de la seconde pochette à la va-vite, la referma et la plaça au-dessus de sa consœur. Elle ne pigeait rien, mais bon, tout était là, pas besoin de chercher plus loin. Sa part du boulot s'arrêtait ici. Elle avait assez donné. Quoi qu'*il* dise, ça suffisait amplement. Le temps lui manquait, il fallait qu'elle se casse. Et en vitesse. Pas question de rester dans ce taudis perché au beau milieu de nulle part avec un macchabée sur les bras.

Clope coincée à la commissure des lèvres, Erin regarda les autres documents contenus dans la sacoche, avant d'abandonner le tout. *Il* lui avait dit de ne prendre que ce qui les concernait.

Se coltiner Carl Forsberg avait été un supplice. Cette montagne de graisse se targuait d'avoir un sixième sens pour sentir les coups foireux. Pas moyen de le laisser ruiner tous ces mois de travail d'un revers de main, alors qu'ils touchaient au but ! Et puis quoi encore ?

Le tuer s'était révélé nécessaire.

Urgent, même.

Elle avait donc dû prendre sur elle et accepter de se mettre en première ligne. De se rapprocher de cette grosse brute de presque deux mètres aux faux airs d'Harlan Coben qui connaissait chaque ficelle, chaque rouage de l'activité économique du coin. De ce type à l'intuition exacerbée et à l'expertise ravageuse. Même elle, qui n'était pourtant pas la plus futée, comme elle le reconnaissait volontiers, comprenait que personne n'arrivait à la cheville de Forsberg quand il s'agissait de fourrer son nez dans les comptes des entreprises. Pourquoi ne s'était-il pas penché plus tôt sur EduCorp ? Mystère. En tout cas, il aurait mieux fait de s'abstenir.

La jeune femme termina de se rhabiller à la hâte, enfilant ses bas et sa jupe en repensant aux nombreux efforts consentis pour que Forsberg la remarque au milieu d'une foule de prétendantes. De la gloire, de l'argent et hop, elles rappliquaient toutes, ces connasses en rut. La « compétition » avait été âpre. Rude. Mais Erin avait de sacrés arguments à revendre. Il avait suffi de les mettre en valeur de la bonne manière, au bon endroit et au bon moment. La jeune femme avait réussi à prendre contact avec sa cible. Ils étaient sortis quelques fois ensemble, dans des lieux publics, histoire de faire monter la température, d'exploser la jauge de désir. Elle l'appelait tous les jours, lui écrivait sans relâche, jouant à la fille dévergondée sous le charme, prête à tout pour le satisfaire et profiter de sa fortune. Un véritable calvaire. Forsberg qui, comme tous les mecs, laissait sa queue lui dicter ses choix, n'avait rien vu venir. Il était tombé dans le piège avec une facilité déconcertante. S'étalait sans gêne sur son quotidien. Se vantait des affaires dont il avait la charge et qui contribuaient à sa si grande réputation dans la Vallée. Il avait fini par lui parler de William Sullivan.

Comme elle s'y attendait.

Ou plutôt comme *ils* s'y attendaient.

Une fois le poisson ferré, tout n'avait été qu'une question de patience. Saisir l'opportunité. Celle qui présenterait le moins de risques.

Erin avait ensuite alterné le chaud et le froid avec sa cible. Elle lui avait parlé de son supposé différend avec Will, lui avouant l'avoir approché pour cette raison. Un bon gros mensonge destiné à accélérer les choses.

Ça n'avait pas loupé.

Il lui avait promis de partager ce qu'il avait sous la main, lui proposant même de l'aider gratuitement si elle répondait enfin à ses avances et passait à la casserole. Elle avait fini par céder.

Le grand jour était venu.

Une fois prise dans ses filets, Erin avait serré les dents devant le regard lubrique et le sourire pervers de l'homme de loi. Fermé les yeux sur ses mains baladeuses. Retenu son souffle pour fuir son haleine fétide, permanent mélange de tabac froid et de relents de vodka. Prié pour que tout se termine avant qu'il ne s'immisce en elle.

Erin soupira, expulsant par la même occasion toute l'anxiété accumulée.

Tout ça était derrière elle à présent.

Plusieurs semaines de chasse. Quatre petits rendez-vous et puis s'en va. Dans quelques heures, le concierge ou la femme de ménage tomberait sur le corps nu et sans vie d'un des mecs les plus renommés de la région. Il faudrait faire profil bas pendant quelque temps.

Mais ça aussi, c'était prévu.

Elle mettrait de côté son job de secrétaire médicale en attendant que ça se tasse. Le fric ne serait pas un souci. Une fois l'opération terminée, elle en aurait à ne plus savoir qu'en faire.

Erin remit sa veste, enfila ses escarpins, s'empara de la bouteille d'eau sur la table de chevet, gagna l'entrée de la pièce, puis jeta un dernier coup d'œil à la ronde, histoire de ne rien oublier.

Elle crut voir Forsberg sursauter.

Tout son être se figea. Prise de sueurs froides, elle resta là, paralysée, sur le seuil de la chambre, le souffle court.

Avant de secouer la tête et de s'enfoncer dans la nuit noire.

2

LAKESIDE HOTEL, PARKING
COMTÉ DE TULARE, CALIFORNIE
LUNDI 18 MAI 2020
00 H 04

Ciel nuageux. Parking sombre et quasi désert. Chaussée détrempée. La lune perçait la scène par endroits de ses rayons blanchâtres et immaculés. L'air lourd relayait les senteurs d'ambre des pins de la petite forêt avoisinante, véritable oasis de verdure, nichée au beau milieu d'une zone aride dont le jaune tapissait toute la partie est du comté jusqu'aux abords du lac Kaweah.

Dans cette atmosphère silencieuse, froide et spectrale, esseulée face à l'entrée de l'hôtel, le Range gris de Forsberg toisait Erin de ses grands yeux vides. La jeune femme tressaillit en croyant apercevoir les tribulations d'une ombre dans le véhicule endormi. Voilà qu'elle hallucinait, à présent.

Erin ferma les paupières un instant et se concentra sur sa respiration, le temps de se rassurer : le cas de ce gros porc était bel et bien réglé. Le plus dur était fait.

Le visage strié par l'écœurement, Erin fit valdinguer son mégot encore fumant d'une pichenette. Elle vida le reste de la bouteille assassine sur le bitume, s'en débarrassa dans la première poubelle venue, juste à côté du pick-up, puis dégaina son téléphone portable. Dossiers calés sous un bras et pressée par le temps, elle progressa à pas rapides vers la nationale toute proche en pianotant sur l'engin, qu'elle finit par porter à son oreille.

Les bips courts et fréquents de la tonalité se mêlèrent au claquement de ses talons aiguilles pour rythmer son attente, alors que la pluie s'invitait à la partie.

Ah non, pas ça !

Erin accéléra jusqu'à ce que sa démarche se brise net. Elle porta une main sur sa hanche et baissa les yeux en grimaçant. Ses pieds lui faisaient un mal de chien. Foutus escarpins ! Elle ne s'y ferait décidément jamais. Confort, stabilité, style : rien ne valait une bonne paire de ballerines. Contrariée, la jeune femme s'accroupit et ramassa les documents qui lui avaient échappé tout en gardant une oreille attentive à son téléphone.

Les sonneries retentirent jusqu'à un *clac* caractéristique de messagerie vocale. Erin, qui s'attendait à entendre la voix sèche et le phrasé rapide de son amant lui dire qu'il était absent et qu'il fallait le rappeler plus tard, ne reçut que le vide en guise d'instructions. Un silence qui la laissa circonspecte.

Ce n'était pas le répondeur.

Il lui avait raccroché au nez.

Qu'est-ce qu'il fabriquait encore ?

Postée au pied d'un des rares réverbères émaillant le parking, un brin irritée, et alors qu'elle s'apprêtait à réitérer son appel, le ronronnement d'un moteur l'alerta. Erin fit volte-face, les yeux ronds. Sous le crachin nocturne, une voiture noire s'approchait au ralenti, tous phares éteints.

D'abord prise de panique face à cette apparition inquiétante, Erin se calma en devinant les contours de la grosse berline de location de son acolyte.

Ce dernier n'avait pas son pareil pour la surprendre et lui filer les jetons en temps normal, au travers de blagues qui ne faisaient rire que lui.

Sauf que ce soir, il ne jouait pas.

Le véhicule stoppa à sa hauteur et la vitre électrique se baissa, dévoilant le visage émacié, la barbe soigneusement taillée et le regard noir de son partenaire.

— Putain, Erin, qu'est-ce que tu foutais ? Il est minuit passé ! Et c'est quoi cette tronche ? T'as chialé ou quoi ?

— Bonsoir à toi aussi, chéri, ironisa-t-elle en redressant le buste comme si elle cherchait à regagner une infime portion de la dignité évaporée dans la chambre d'hôtel. Je sais, j'ai merdé côté timing, mais on savait bien que ce serait compliqué à g…

— On avait dit quoi ? coupa-t-il.

— Mais je…

— On avait dit quoi ? Réponds, nom de Dieu !

— Mi… minuit max.

Will fulmina sur son siège. Les paumes de ses mains frappèrent le haut du volant.

— Voilà ! T'avais jusqu'à minuit pile pour te le faire et m'appeler. Minuit et pas une minute, pas une seconde de plus ! Au-delà, je rappliquais pour finir le travail. T'es sûre que tout y est ?

Elle brandit les deux pochettes criblées de gouttes de pluie d'un geste peu assuré sous la faible lumière du lampadaire.

— Tu vois bien que oui, bredouilla-t-elle.

— Quoi ?

— J'ai dit oui ! Certaine !

Il la dévisagea un instant de ses yeux fous. Un frisson parcourut le corps d'Erin tant elle se sentit percée, sondée, analysée. Mise à nu. Elle détestait cette manie chez lui et pourtant, elle ne pouvait pas résister à son regard.

Quelle était cette sensation inexplicable qui la traversait comme au premier jour ?

À croire qu'il la *possédait.*

— Bien, finit-il par lâcher. Tu vois, ce n'était pas si compliqué, non ? Et quelle heure il est maintenant ?

Erin contourna la berline par l'avant, au petit trot, tout en jetant un œil à l'écran rétroéclairé de son smartphone.

— 00 h 06.

— Exact. Mi-nuit-six ! répéta-t-il en appuyant sur chaque syllabe. Allez, je vais être sympa, on va arrondir à minuit cinq pour ton coup de fil ! Et d'après toi, minuit cinq, c'est minuit ?

Cette fois, c'en était trop. D'ordinaire calme, prompte à réprimer ses émotions, la jeune femme sentit la colère bouillonner, s'emparer de ses sens, prête à éructer sous le flot de questions qui la submergeait et dont les réponses étaient pourtant évidentes. Elle en oublia même la douleur qui meurtrissait ses orteils, ses talons et remontait sur ses chevilles. Voilà qu'au lieu de la féliciter pour s'être occupée de l'autre pachyderme pervers, elle se retrouvait dans l'œil du cyclone !

Pourquoi s'était-elle entichée d'une raclure pareille ?

Elle tira sur la poignée métallique de la berline, s'affala sur le siège passager et claqua la portière aussi fort qu'elle put, puis balança sans ménagement les deux dossiers à la figure de son partenaire.

— Putain, tu me prends la tête ! explosa-t-elle en portant les mains à ses tempes. La prochaine fois, démerde-toi tout seul, OK ? On verra si tu peux mieux faire avec tes seringues à la con ! Toi et tes trucs à dormir dehors, non mais franchement… T'avais pas plus simple à proposer ? Non, bien sûr que non ! Faut toujours que tu compliques tout !

L'esprit de la jeune femme s'emballa. Rejoua l'épisode désastreux de l'injection du produit mortel dans la bouteille en plastique. Le doute subsistait mais Erin décida de l'ignorer d'un revers de la pensée. Hors de question d'évoquer le sujet et se prendre une deuxième soufflante ici, dans cette bagnole de location où l'odeur de neuf avait depuis plusieurs jours fait place aux relents de toute la *junk food* que son compagnon s'enquillait en la suivant dans ses déplacements.

— La paperasse est trempée ! T'es vraiment bonne à rien ! hurla Will en tapant à nouveau d'une main rageuse sur le volant. Non mais regarde-moi ça !

Erin fit la sourde oreille et retira lentement ses escarpins en serrant les dents. Lui s'attarda une longue minute sur les documents, tournant les pages avec frénésie, dos courbé, le nez à même le papier, avant de soupirer comme s'il exhalait le surplus de tension qui l'habitait.

— OK, OK… Bon, ils n'ont pas l'air en si mauvais état, finalement. Je vais pouvoir en tirer quelque chose.

Il pivota vers elle, les deux mains en l'air en signe de *mea culpa*.

— Ça va, on se calme. Bon boulot. Pas facile, je sais. Mais il fallait le faire. Ça devenait critique.

— C'est la meilleure, ça ! Je suis parfaitement calme, c'est toi qui me pompes l'air pour cinq foutues minutes !

— C'est juste que… l'heure, c'est l'heure, bébé. Faut pas déconner avec ça. On joue gros. Très gros. Interdiction de se louper. Tu comprends, non ?

— Et quand est-ce qu'on l'aura, cet argent ? Ça fait pas six mois, là ? T'as pas l'impression qu'on te mène en bateau ?

L'ire se lut sur le visage de Will.

— Je t'ai dit que je gérais. Ne me fais pas chier avec ça ! Ce n'est pas le moment ! On avait plus urgent à faire, tu ne crois pas ? s'emporta-t-il en martelant la vitre de l'index, désignant l'hôtel enseveli dans la brume. Si on ne s'occupait pas de Forsberg *ce soir*, tout était foutu !

Le silence se substitua à l'éclat de sa voix, vite troublé par le claquement d'intensité croissante des gouttes de pluie qui mitraillaient le pare-brise et la carrosserie de la Ford.

Erin passa les mains sous ses yeux. Le mascara colorait ses doigts. Ses tremblements reprirent. Elle se dit qu'elle ne devait ressembler à rien, que sa tête devait être affreuse. Elle sentit sa poitrine se serrer, son cœur se comprimer sous l'effet du stress. Elle n'était pas si forte que ça, après tout ! D'ailleurs, qui le serait dans une telle situation ?

Elle se revit en train de faire le forcing pour prendre part à l'opération. Même si le doute l'assaillait par vagues, elle ne faiblissait pas. Sa motivation demeurait intacte. Ce projet, c'était l'occasion d'une vie. Des millions de dollars à la clé ! De quoi tourner la page. Elle aspirait à mieux. Avec ou sans Will.

C'est pour ça qu'elle avait obéi sans broncher à ses directives farfelues quand tout était parti en vrille. Qu'elle avait passé autant de temps à suivre Carl Forsberg. Qu'elle avait supporté la pleine mesure – ou presque – de la perversité de l'avocat.

Elle ne regrettait rien.

Ce soir, l'unique obstacle à leur fortune avait quitté ce monde, sans aucun espoir de retour.

Erin essuya la pulpe noircie de ses doigts sur sa jupe, se tourna vers la vitre passager et ferma les yeux pour se recentrer sur elle-même. Oublier tous ses tourments.

Elle était vidée. À deux doigts de craquer.

— Emmène-moi loin d'ici, finit-elle par articuler d'une voix cassée.

3

ROUTE 198
LUNDI 18 MAI 2020
00 H 30

Le rugissement sourd de la Ford déchirait la nuit.

Vingt minutes qu'il roulait à tombeau ouvert sur la nationale obscure et déserte, malgré le déluge qui ne faiblissait pas.

Vingt minutes qu'Erin dormait d'un sommeil profond, ponctué de gémissements à peine audibles. Elle s'était éteinte en un claquement de doigts. Le cognement de sa tête contre la vitre, au gré des soubresauts du véhicule flambant neuf sur le bitume en mauvais état, ne la réveillait pas. Ni même le souffle silencieux et continu de la climatisation qui léchait son visage.

Will trouva ça surprenant de sa part.

Le sommeil du juste ?

Pas vraiment.

Faciès rougi, mascara qui dévalait ses joues, veste à moitié ouverte laissant entrevoir un chemisier à dentelles des plus aguicheurs, Erin ressemblait à ces camées, ces rares prostituées shootées à la cocaïne ou à la MDMA qui tapinaient à cette heure-ci le long de Tulare Avenue. Il ne l'avait encore jamais vue dans un tel état de confusion.

Passer à l'acte et empoisonner l'avocat le plus influent du comté secouerait n'importe quelle gamine paumée d'à peine vingt-cinq ans. La marche devait être un peu trop haute pour elle. Surtout moralement.

Mains fermement accrochées au volant, il roula des épaules tant pour se défaire de la fatigue que de la chape de culpabilité invisible et malsaine qui lui tombait sur le dos.

Erin ne devait pas faire partie du projet. Elle n'en savait même rien ! Mais elle l'avait surpris en pleines négociations, à la fin de l'été dernier, alors qu'EduCorp était sur le point de déposer le bilan. Une porte entrebâillée et quelques minutes d'égarement avaient suffi. Erin s'était glissée comme une anguille par l'interstice. Impossible de nier les faits. Il avait essayé, mais elle avait *tout entendu*. Menacé de tout répéter à ses collègues et à la presse s'il ne l'incluait pas dans la magouille. Il se souvint de la détermination affichée par la jeune femme. Mains sur les hanches et buste relevé, fière de son intrusion, cette idiote lui avait tenu tête, s'était imposée à lui en échange de son silence.

Will serrait les dents malgré lui. Cette fameuse journée marquait la seule erreur qu'il ait commise jusqu'à présent. Jamais il n'aurait imaginé Erin Silva, simple secrétaire, capable d'une telle audace. Jamais ! Aujourd'hui encore, il présentait les stigmates de cet affront.

Il avait voulu se débarrasser d'elle sur-le-champ. Là, dans ce bureau où elle l'avait surpris. Fermer la porte, la tabasser, lui crever les yeux, lui arracher la langue. L'étrangler et sentir ses forces l'abandonner. Toutes sortes d'images sordides avaient afflué avant qu'il ne renonce. L'envie de la supprimer ne s'estompait pas pour autant. Des jours durant, il avait bâti des scénarios plus farfelus les uns que les autres. Un accident. Une mauvaise rencontre. Une disparition. Personne ne se serait lamenté sur le sort de la jeune femme.

Mais la sagesse l'avait emporté. Heureusement qu'il n'avait pas cédé à la tentation.

Son complice, « recruté » par ses soins précisément pour tempérer ses ardeurs et l'empêcher de déraper, lui avait suggéré l'inverse.

« *Elle est à fond sur toi, tu devrais en profiter. Si tu te la fais, tu pourras la contrôler sans problème. Elle te mangera dans la main. Qui sait, elle te sera peut-être utile* », lui avait-il conseillé.

Ça se tenait.

Will avait suivi sa recommandation – pour une fois qu'il le faisait ! – et depuis, Erin et lui étaient passés au stade supérieur. Il se l'était tapée malgré lui, pour le bien de la cause. Pas qu'elle soit moche, au contraire. Elle se démerdait plus que bien au pieu. Une vraie furie. C'était juste… une gamine larguée, inintéressante. Un pion, tout au plus. Bonne pour accomplir les basses besognes.

Will secoua la tête pour chasser cet épisode douloureux pour son ego et cette sensation de dégoût profond qui venait avec.

De toute manière, l'essentiel était acquis, non ? Alors, à quoi bon s'en faire ?

Erin avait rempli sa mission avec brio ou presque, lui évitant par la même occasion de prendre des risques insensés et inutiles. Surtout que les hostilités commençaient à peine et qu'il allait lui aussi devoir y mettre du sien. Sans aucun doute.

Il posa une main devant sa bouche et laissa échapper un long bâillement sonore, puis alluma le poste radio d'un tâtonnement du doigt. Le solo de guitare de « Runaway », de Bon Jovi, perça le silence de l'habitacle et atténua le bruit des gouttes de pluie frappant la tôle de la Ford. Erin sourcilla et déglutit, avant de changer de position sur son siège. Mais ses paupières restèrent closes.

Les yeux embués par la fatigue et rivés sur l'asphalte, Will profita de ce moment de tranquillité pour faire le point.

Il aimait réfléchir en musique.

Cette sinistre soirée mettait un terme aux semaines entières passées à observer le petit manège de Carl Forsberg en public comme aux abords du Lakeside, son baisodrome attitré. Drôle de nom pour un bâtiment construit sur un plateau, à flanc de colline, au milieu de nulle part. L'avocat ne le criait pas sur tous les toits, mais l'endroit lui appartenait. Il l'avait acquis pour une bouchée de pain à son propriétaire, las de la vie campagnarde de la Vallée et qui aspirait à retrouver l'effervescence de Los Angeles, plusieurs centaines de kilomètres au sud. Certes, l'hôtel ne respirait pas le grand luxe – il ressemblait davantage à l'un des nombreux motels qui jonchaient la portion est de la route 198 – mais il se démarquait par sa localisation. Loin de l'agitation de la ville, des yeux indiscrets et des oreilles trop tendues, c'était pour Forsberg le repaire idéal pour profiter de ses amantes à sa guise, à des dizaines de kilomètres de son immense villa nichée au cœur du quartier huppé de Goshen, près de Ferguson Avenue, où dormaient à cette heure-ci sa femme et leurs deux filles.

Will esquissa un sourire. En farfouillant un peu, il avait vite compris que l'avocat avait des projets plus qu'ambitieux pour cet établissement, ainsi que pour la zone de jonction désertique qui unissait Visalia et Three Rivers en contournant le lac Kaweah. Par chance, Forsberg, qui réunissait encore les fonds nécessaires et collectait les autorisations de construire sur le secteur, n'avait pas eu le temps de concrétiser sa vision immobilière.

Isolé, le Lakeside s'était donc imposé comme le lieu idoine, celui où il pouvait mettre à exécution son plan monté à la hâte.

Sans se salir les mains, bien sûr.

Il repensa à cet épisode macabre dans sa globalité et se félicita à haute voix. Il avait fallu réagir en quatrième vitesse en apprenant que Forsberg s'intéressait aux affaires d'EduCorp. Chasser la surprise qui l'agrippait à la gorge et menaçait de l'étouffer. Décider de la marche à suivre et l'appliquer sans attendre. La réputation de l'homme de loi n'était pas usurpée. Ce salaud travaillait vite et bien. Même Erin comprenait ça. Pour dire !

Les sueurs froides succédèrent à la satisfaction du devoir accompli de justesse. Quelques jours de plus et son petit manège aurait été mis à découvert sans qu'il puisse en tirer profit.

Il en était persuadé.

*

Cinq minutes plus tard, la Ford quitta le tracé sinueux, pentu et ténébreux de la route 198 pour s'enfoncer dans le trou paumé et endormi d'à peine trois-mille âmes qu'était la bourgade de Three Rivers, point de jonction de trois des branches du lac Kaweah, en bordure du Sequoia National Park.

Encore quelques kilomètres et ils seraient à l'abri du froid et de la flotte dans la maisonnette douillette, propre et *girly* d'Erin, un peu à l'écart de l'agglomérat de bâtiments décrépis qui faisait office de centre-ville.

Will se demanda pour la millième fois quelle mouche avait piqué son ex-secrétaire pour qu'elle se décide à déménager ici, six mois plus tôt, alors qu'il venait juste de fermer EduCorp, conformément au plan dicté par Emily. Était-ce dû à un besoin impérieux, irrépressible de changer de paysage, de se soustraire à la routine ? De se planquer dans un nouvel environnement en attendant que les choses se finalisent ?

Oui, ça lui correspondait bien, ça. Fuir tête baissée et à grandes enjambées devant le premier imprévu. Mais dans ce cas, pourquoi bouger d'à peine cinquante kilomètres ? Même si Three Rivers la marginale, l'enclavée, avait tout de la cachette parfaite, pourquoi ne pas aller se terrer beaucoup plus loin, découvrir un État différent, le temps qu'il récupère le fric ?

Erin s'accrochait à lui et à ce coin perdu sans lui donner la moindre bribe d'explication. Enfin presque. Tous les signaux externes étaient présents : regard mielleux, rougissements répétés et exagérés, voix qui grimpait dans les aigus quand elle le voyait, SMS par centaines pour partager ses envies d'ailleurs une fois que tout serait fini… Cette idiote devait vraiment être éprise de lui pour de bon.

Il scruta la belle pour vérifier qu'elle dormait toujours et soupira.

Tout en paradoxe, sa petite Erin. Du genre à se hâter lentement. À s'énerver en souriant. À l'aimer en l'insultant. À rechigner à la tâche en s'y adonnant corps et âme. Pour preuve, elle avait suivi ses instructions à la lettre, y compris quand il avait été question de changer d'apparence pour ne pas risquer d'être reconnue par ce lynx de Forsberg. Coupe de cheveux, teinture, *relooking*. La totale. Il y avait veillé. Elle avait assumé la transformation sans broncher. Si ce n'était pas une marque d'abnégation, ça ! Il en était persuadé, elle faisait tout ça pour lui. Pourtant, dans un coin de son esprit, il ne pouvait pas s'empêcher de penser que l'argent restait la cause principale de son acharnement.

Rien n'a plus de pouvoir que l'argent.

— Ah ! Non, non, non ! Merde !

Erin lui arracha un sursaut en jurant dans son sommeil. La secrétaire se tut brusquement puis grommela en cherchant à nouveau une position plus confortable.

Il l'observa, décontenancé.

Putain, cette gonzesse est complètement timbrée.

La Ford continua son périple en solitaire, remontant une route secondaire le long du lac. Le véhicule dépassa une exploitation viticole avant de bifurquer sur sa droite et de s'engager sur Cherokee Oaks Drive. Les pylônes en bois soutenant les lignes électriques se firent de moins en moins nombreux. Un petit quartier aux maisons clairsemées poussait à vue d'œil au sud du village. C'est ici que vivait Erin. La connaissant, nul doute qu'elle déguerpirait à nouveau dès que le secteur atteindrait une taille respectable, susceptible de mettre à mal son désir maladif de tranquillité.

Will ne lui en laisserait pas le temps : dans quelques semaines, ou peut-être plus tard, il se débarrasserait d'elle. Maintenant que Forsberg était six pieds sous terre, il ne serait pas judicieux de la tuer, comme il avait pu y penser lorsqu'elle l'avait confondu et forcé à l'intégrer au projet. Lui faire porter le chapeau pour le meurtre de l'avocat serait une bien meilleure idée.

Même si elle se défendait, si elle tentait de le dénoncer, personne ne la croirait. Quoi qu'elle dise. Elle pourrait crier à l'injustice, essayer de l'incriminer, de le descendre en flammes en parlant de l'opération, elle se heurterait à un mur. Qui irait croire la parole d'une meurtrière ? Vu la notoriété de Forsberg, c'était joué d'avance. Elle serait jugée coupable. On la taxerait de folle avant de la jeter au trou, avec des milliers d'autres marginales. Elle y croupirait. Y perdrait toute humanité. Deviendrait le jouet sexuel de ses copines de cellule. Et Erin était fragile. Elle deviendrait vite barge. Suicidaire.

Fin de l'histoire.

D'un coup de frein sec, Will immobilisa le véhicule au bout de la première allée sur la gauche. Le lotissement, qui baignait sous le soleil et grouillait d'ouvriers la journée, flottait désormais dans la brume et le silence.

Lorsque le moteur se coupa, endiguant par la même occasion le flux d'air chaud de la climatisation, Erin se redressa d'un seul bond et regarda autour d'elle, échevelée, les yeux mi-clos, avant de reconnaître les lieux et de poser une main sur sa poitrine en soufflant de soulagement.

Elle se frotta les paupières puis s'étira.

Il la considéra du coin de l'œil et dévoila son plus beau sourire.

L'amour.

L'argent.

La peur.

Une combinaison des trois, peut-être.

Peu importe la raison qui retenait Erin dans la région, tant que la situation était sous *son* contrôle.

Il se dit que finalement, elle avait bien fait de rester dans son giron. Ça lui faciliterait la tâche.

Son visage se ferma en revoyant Erin se plaindre à nouveau au sujet de la date de fin des opérations. Cette cruche ne savait rien. Tout s'accorderait en temps et en heure.

Ne dit-on pas que tout vient à point à qui sait attendre ?

Alors pourquoi s'affoler ? Pas de danger de ce côté-là.

Mais la star judiciaire du coin qui s'intéressait à sa petite magouille ? Ça c'était un risque. Un vrai. Et il détestait ça.

Le *risque* éradiqué, il ne restait plus qu'à comprendre ce que Forsberg avait pu trouver de compromettant sur lui. Sur feu EduCorp. Sur sa combine. Avait-il eu le temps de voir que les comptes avaient été trafiqués avant la clôture de la société ? En avait-il l'assurance, ou au moins un début de preuve ?

Il avait hâte d'analyser les dossiers dénichés par Erin.

Sans se départir du rictus carnassier qui fendait son visage, Will actionna la poignée de la porte.

— Terminus, ma belle. Tout le monde descend.

4

1406 CHEROKEE OAKS DRIVE, THREE RIVERS
COMTÉ DE TULARE, CALIFORNIE
LUNDI 18 MAI 2020
00 H 45

À peine entrée, Erin retrouva toute la vigueur qui s'était éteinte avec elle dans l'habitacle rigide et malodorant de la Ford. Elle se contorsionna pour retirer sa veste et la jeta avec empressement sur le sol, comme si le vêtement était toxique.

— Enfin ! C'est pas trop tôt ! Je file prendre une douche, faut absolument que je me purge de toute cette crasse ! Bonté divine !

Elle s'éclipsa sans attendre, dans un concert de complaintes, parsemant sa route du reste de ses habits dont elle se débarrassait avec dégoût.

Sans lui répondre, Will se pencha en avant, attrapa le manteau et le reste des fringues échouées par terre et les posa sur le bras du sofa en tissu bleu roi face à lui. Puis il prit place sur ce dernier, saisit la petite télécommande blanche coincée entre deux coussins aux motifs fleuris et alluma la climatisation réversible. L'appareil bipa et se mit en branle. L'air chaud commença à se diffuser dans le minuscule séjour éclairé par une lampe halogène aux tons bleu ciel.

Dos courbé et coudes sur les cuisses, il entreprit d'analyser plus en profondeur les documents soutirés à Forsberg.

Il fallait faire vite.

Premier constat fait à la volée, dans l'obscurité de la Ford, devant la façade endormie du Lakeside : la connerie de Forsberg semblait sans limite. Ce gros lard allait jusqu'à dévoiler le contenu de ses dossiers pour impressionner ses conquêtes. L'archétype du mec qui se prenait pour un dur à la face du monde mais qui révélait son manque de confiance pathologique une fois dans l'intimité. Et ça se disait homme de loi ?

Will se gratta le haut du front, atterré.

Les papiers faisaient référence à EduCorp. Erin avait vraiment bien joué le coup. La stigmatiser pour son retard demeurait comme une évidence (pas question de passer l'éponge là-dessus), mais la féliciter comme il se doit n'aurait pas été du luxe. Il aimait le travail bien fait et savait le récompenser. Tout ça ne lui ressemblait pas.

Il grommela en se concentrant sur la pochette rouge, difforme, bombée en son centre.

Les élastiques sautèrent. Les rabats de la chemise s'écartèrent sous la pression des centaines de feuilles soudain libérées de leur carcan. Il saisit la première, la porta à quelques centimètres de son visage et déchiffra avec difficulté l'écriture tout en pattes de mouche de l'avocat.

EduCorp, fondée en janvier 2017, spécialisée dans le développement de mini-logiciels personnalisables à portée éducative. Censée révolutionner la manière d'enseigner aux États-Unis en permettant d'adapter ses méthodes en fonction des élèves, sans effort.

Il relut trois fois la seconde ligne en butant sur le mot « censée ». Quel connard.

Nouvelle plongée dans le résumé de Forsberg.

Compagnie présidée par William Sullivan, type surdoué, serial entrepreneur *autoproclamé préférant mettre à profit son talent dans sa région natale au lieu d'aller faire les beaux jours des géants de l'innovation dans leurs niches géographiques démesurées. Visalia plutôt que San Francisco, la vallée de San Joaquin plutôt que la Silicon Valley… Un choix étrange mais délibéré.*

Redressement des cervicales. Son regard se porta sur le noir abyssal de l'écran de télévision, face à lui. Il prit la mouche à nouveau.

En quoi ce choix était-il « étrange » ? Même s'il se considérait au-dessus de la mêlée, les types qui aspiraient à créer un troisième pôle d'activité prospère en Californie se comptaient par dizaines chaque année ! Forsberg le savait pertinemment, non ?

Will contint sa colère grandissante – à quoi bon s'énerver des propos écrits d'un type mort ? – et continua sa lecture.

Spécialité de Sullivan : acheter, faire prospérer, puis revendre ses compagnies, tous les deux ans environ. Mais EduCorp déroge à la règle. Il s'agit de sa société, née de ses propres idées, créée de ses propres mains. Une aventure partagée avec trois autres personnes à plein temps : Erin Silva, secrétaire ; Alec Green, directeur Technique et Glenn Fiddleton, directeur du Service Client. Plus une poignée d'employés à temps partiel.

Pour quelle raison Forsberg avait-il souligné les mots « acheter » et « sa » ?

Il tourna la page. Lut en diagonale. Feuilleta le reste. Les notes se poursuivaient sur une bonne centaine de lignes. Des tas de phrases alambiquées et sans réelle valeur ajoutée, hormis la partie liée à la création de la société et à ses débuts très prometteurs, avant sa lente agonie.

Il reconnut une certaine prose chez l'avocat.

Le reste du dossier contenait une vingtaine de coupures de presse, plus une quantité impressionnante de tableaux Excel aux multiples colonnes criblées de chiffres, imprimés façon puzzle. Forsberg avait visiblement un souci avec la gestion des marges du logiciel bureautique. À moins qu'il ne s'en cogne complètement.

Découragé par ce maelström mathématique, il referma la pochette d'EduCorp et s'attaqua à la plus petite des deux. Celle arborant son nom.

On passait aux choses sérieuses.

Pupilles en mydriase, il dévala les passages où Forsberg déclinait *son* identité, *son* parcours jusqu'à présent et soulignait une nouvelle fois qu'après plusieurs acquisitions-cessions de compagnies, il avait finalement créé la *sienne*. Deux petits mots le mirent une nouvelle fois hors de lui.

Forsberg trouvait ça *très bizarre* qu'EduCorp ait si vite baissé pavillon.

Will jura.

Qu'il aille se faire foutre. Personne n'est à l'abri, non ? Tout le monde peut se planter, même les plus aguerris. Ce tas de graisse a bien mérité ce qui lui est arrivé.

Le reste du texte se voulait tout aussi alarmiste :

Ce qui est encore plus bizarre, c'est le soudain regain d'énergie d'EduCorp, supposée aux abois, avant sa fermeture définitive en novembre 2019, soit un an après ! Drôle de baroud d'honneur. C'est la première fois que je vois ça. Sachant que Sullivan se targuait de vouloir faire de cette compagnie le socle de sa réussite personnelle… Que s'est-il passé exactement ? Qui a été assez fou pour investir dans une boîte qui battait de l'aile à ce point ? C'est louche. Ça sent l'arnaque à plein nez. À tirer au clair avant les élections.

Toujours cette propension à coucher de longs paragraphes ainsi que ce phrasé direct chez Forsberg, qui devait écrire comme ça lui venait. Beaucoup de bla-bla. Des doutes exprimés sans détour, mais rien qu'il ne sache déjà. Hormis peut-être le délai que s'était imposé Forsberg, « avant les élections », soit novembre 2020.

Will se mordit la lèvre inférieure en pensant à sa fierté, sa réputation de *serial entrepreneur* si durement acquise et qui passait avant tout.

Jamais il ne la laisserait se casser la gueule.

Jamais.

Et avec les dizaines de millions qui lui tendaient les bras, il allait leur montrer. Il serait bientôt au sommet de la pyramide. Imposerait sa patte sur toute la région. Ce n'était que le début de ses rêves de grandeur. Un jour, son nom résonnerait dans toute la Californie.

Visalia et la vallée de San Joaquin deviendraient un nouveau pôle d'excellence.

Le sien.

Il se racla la gorge et se recentra sur la paperasse. Quelque chose dans cette ennuyeuse montagne administrative devait l'incriminer. Forsberg avait bien saisi que quelque chose de pas net se tramait avec EduCorp.

Mais qu'avait-il trouvé de concret ?

Will était doué pour les affaires. Très doué, même. Depuis toujours. Mais ça ne faisait pas de lui un expert de la finance. Son intelligence et son sens de la logique ne suffisaient pas à s'immiscer dans l'esprit vicieux de l'avocat. Quant à Erin… elle ne risquait pas de lui être utile. Trop jeune, trop inexpérimentée et surtout, trop conne. Et en ce qui concernait ses anciens associés Alec et Glenn, ils n'étaient pas au courant. Ils ne savaient rien.

Absolument rien.

Le stratagème mis en place sur la durée était simple, bien pensé, mais pas infaillible. Il fallait en prendre conscience. Parer à toutes les éventualités. Il ne se privait pas de le rappeler à Erin, quitte à paraître lourd.

Encore ta manie des risques, lui balançait toujours cette dernière entre deux éclats d'ironie.

Rien de tel pour le faire sortir de ses gonds. Il s'agissait pourtant de bon sens ! La preuve avec le problème Forsberg. Erin se voyait trop belle. Ceux qui se voyaient trop beaux se retrouvaient par dizaines à croupir dans les cellules insalubres de la prison d'État de Pleasant Valley, la mal nommée, à quelques encablures de Fresno, des regrets plein la tête. Hors de question de finir dans ce trou à rats, au milieu de ce dangereux rassemblement de rebuts de la société, auprès de quelques-uns des esprits les plus tordus et les plus dérangés de Californie. Incompatibilité évidente avec la vision dorée de ce que serait sa vie une fois tout le fric promis en poche.

L'argent… rumina-t-il en malaxant la feuille de papier sous sa main. *L'argent.*

Will jeta un œil au bas de la page où deux lignes étaient griffonnées à l'encre noire.

20 novembre 2018
Date de la fameuse levée de fonds.

23 novembre 2019
Celle de la fermeture d'EduCorp.

Tant de choses s'étaient passées entre ces deux dates ! Will reconnut que l'avocat tenait le bon bout. Mais ce dernier ne semblait pas avoir trouvé la trace des mouvements de fonds qui l'incrimineraient à coup sûr.

Tant d'autres avaient eu lieu depuis. Et ce n'était pas terminé.

Sous l'impulsion du vent qui s'était levé, la vibration des stores le ramena à la réalité. Son esprit se tourna une fois de plus vers le grain de sable qui avait un temps menacé d'enrayer la machine.

Carl Forsberg.

Cet enfoiré au flair soi-disant inégalé n'avait rien relevé d'illégal à propos de la levée de fonds de 2018. Alors pourquoi s'était-il tout à coup manifesté début 2020, trois mois à peine après la fermeture d'EduCorp ? Ça coïncidait avec l'arrivée des emmerdes.

Curieux timing.

Emily lui avait ordonné de se débarrasser de cette menace et de s'assurer que rien n'avait été découvert, sous peine de voir leur accord voler en éclats.

Will détestait les ordres. Pourtant, il savait ce qui lui pendait au nez en cas d'échec : la mort de sa réputation de *serial entrepreneur*. La ruine. Au minimum.

Et ça, c'était impensable.

Il était obligé d'obéir à cet investisseur pas si providentiel que ça.

Pour enfin passer à autre chose.

Will secoua la tête dans un vain espoir de chasser ses anges gardiens intérieurs. Ces derniers lui reprochaient parfois d'avoir cédé au côté obscur au lieu de se battre avec les moyens du bord pour sauver sa compagnie. Il aurait mieux fait de les écouter.

Mais il était trop tard.

Will se savait pris au piège, pièce centrale d'un engrenage infernal.

Il n'aurait pas la paix tant que tout ne serait pas terminé.

*

La pièce se réchauffa, mais Will ne retira pas son manteau, trop accaparé par sa tâche. Les minutes défilèrent un peu trop vite à son goût, au son irritant du tic-tac de l'horloge murale. Le vent continuait son concert. La pluie fouettait les stores par intermittence.

Un mélange d'hébétude et de consternation le gagna. Il n'avait strictement rien trouvé sur ces foutus rapports. En tout cas, pas sur ceux qu'il tenait en main il y a encore un instant et qu'il avait envoyés valdinguer dans un râle de dépit. La partie chiffres brillait par son illisibilité.

Y a forcément un truc que je ne pige pas... Bon sang, je la sens mal, cette affaire.

Une porte claqua et un soupir de satisfaction aigu le tira du puits sans fond de sa réflexion.

— Oh mon Dieu, comme ça fait du bien ! Je revis !

Erin fit irruption devant lui, drapée dans une robe de chambre duveteuse rose pâle dont l'échancrure du col laissait entrevoir une nuisette en soie d'un noir éclatant, mettant en valeur sa poitrine généreuse. Ses cheveux noirs de jais, mouillés, surlignaient son visage d'un ovale parfait. Il la voyait sous un autre jour depuis qu'elle s'était débarrassée de la menace qui pesait sur eux. Peut-être qu'il profiterait un peu d'elle avant de la jeter en pâture aux flics.

— Ah, t'as mis le chauffage. Tu vois que tu sais t'occuper de moi, quand tu veux !

Elle ne manquait pas une occasion de le titiller en mettant en avant son manque d'implication dans leur simulacre de couple. Il ne releva pas et préféra l'attaquer de front sans perdre une seconde.

— Pendant que tu te refaisais une beauté, j'ai tout épluché. Ou plutôt essayé. On n'a rien. Rien de rien.

— Ah, c'est une bonne nouvelle, non ? rétorqua Erin en prenant place à côté de lui.

La légèreté de son ton l'agaça. Elle sentait bon la lavande et oui, en temps normal, il devrait être content de ne rien trouver.

Mais un fichu pressentiment l'habitait. Une sensation d'insécurité indéfinissable.

— Forsberg. Ça ne lui ressemble pas. C'est le genre de type qui a toujours un ou deux coups d'avance sur les autres. Il a eu le temps de compiler ces dossiers, j'ai du mal à croire qu'il n'ait pas eu le temps de les analyser en profondeur ! D'ailleurs, il te l'a dit lui-même, non ?

La jeune femme marqua un temps d'arrêt coupable qu'elle tenta de masquer par un sourire forcé.

— Pourquoi il te mentirait, hein ? reprit Will. Il n'avait aucune raison de le faire. D'où ma question : t'es sûre que c'est tout ce que t'as trouvé ?

Erin afficha une moue dépitée. Le semblant d'énergie positive emmagasiné sous la douche disparut d'un seul coup, balayé par le scepticisme de son compagnon.

— Quoi ? Tu doutes de moi ? Bien sûr que c'est tout ce que j'ai trouvé ! J'avais pas le temps, je te rappelle. À cause d'un maniaque de l'horloge et des risques ! Tu vois de qui je parle, non ?

— Ne recommence pas avec ça. Tu sais très bien qu'on ne doit pas déconner. T'as pas vu son ordi ? Il n'avait pas de clé USB, de disque, bref, un truc électronique portable où il aurait pu stocker des données sans s'encombrer ?

— Alors là, tu m'en poses une belle !

Erin se figea d'un coup, le regard vide, l'index replié contre ses lèvres, comme à chaque fois qu'elle fouillait sa mémoire. Tout ce qui touchait à l'informatique était son point faible. Un comble pour une secrétaire !

Will prit une profonde inspiration pour conjurer son impatience grandissante mais cette dernière, tenace, suinta à nouveau, le poussant à se répéter d'une voix qui monta de plusieurs tons :

— Alors ? Son ordi ? Sa clé ?

— Non...

— Son disque dur ?

— Non !

— Sa carte SD ?

— Sa carte quoi ? De quoi tu… Putain, mais comment veux-tu que je le sache ! Il y avait rien d'autre que des foutus papiers, je te dis ! Tu me fais pas confiance à ce point-là ? Je savais que j'aurais dû l'embarquer avec moi, cette foutue sacoche… Franchement, la prochaine fois tu peux aller te faire voir. Démerde-toi tout seul !

Elle pointa du doigt sa propre tête dans un geste empli de reproches.

— Et ça, hein ? Tu me fais les yeux doux pour que j'accepte cette coupe horrible, que je me tape tout le travail et tu oses t'en prendre à moi quand ça va pas dans ton sens ?

— Tu fais chier, Erin.

Ravagé par un profond sentiment d'injustice, le corps entier de la jeune femme se mit à trembler. Son visage se décomposa. Comme à chaque fois qu'ils se disputaient et qu'elle était à sec, en manque d'objections, au bord de la rupture. Elle essaya de calmer le jeu.

— Et si on arrêtait de se crier dessus, hein? proposa-t-elle d'une voix chevrotante. Je te jure que j'ai rien trouvé. Je-te-le-jure ! J'ai fait attention ! Tu dois me croire. Si ce type avait autre chose, c'était pas dans cette chambre d'hôtel, c'est sûr.

Elle lui attrapa le bras et se colla à lui, puis le dévisagea de ses yeux de biche, en quête d'un assentiment, d'un signe d'affection, d'une marque de réconfort décrétant la fin des hostilités. Mais il la repoussa sans ménagement et se redressa.

— Je veux en avoir le cœur net. Je retourne au Lakeside.

Erin se leva d'un bond et lui barra la route.

— Quoi ? Tu vas pas retourner là-bas, t'es dingue ! Il y a rien, je te dis !

— Impossible. T'as dû passer à côté d'un truc. Réfléchis bien. Si on ne fait rien, tôt ou tard, c'est les flics qui tomberont dessus. Et si ça arrive, on est foutus !

La jeune femme ne se démonta pas et l'assomma de questions.

— En parlant de flics, justement. Et s'ils avaient découvert son corps à l'heure qu'il est ? Que le coin était déjà bouclé par la police, les ambulances et les journalistes ? Ils vont dire quoi en te voyant débarquer dans ce trou perdu où personne ne va, t'y as pensé, à ça ? En voilà, un bon gros risque comme tu les aimes !

— À cette heure-ci, les flics roupillent, Erin.

La jeune femme se renfrogna.

— Ah bon ? Et comment tu peux en être sûr ?

— Et toi, pourquoi tu tiens absolument à ce que je n'y aille pas ? Hein ?

Erin piqua un fard. Pleine d'assurance quelques secondes auparavant, elle détourna le regard, repassa devant son compagnon et se laissa aller sur le sofa.

Will se planta face à elle. La secrétaire croisa les bras et se mordit la lèvre inférieure en fixant le sol.

Putain, cette imbécile me cache quelque chose.

— Tu vas me dire ce qui va pas, et tout de…

— Je sais pas s'il est mort, coupa Erin. Voilà. Je sais pas ! T'es content ?

Will écarquilla les yeux et serra les poings.

— Quoi ? Qu'est-ce que t'as foutu, bon sang ?

— Rien, rien ! C'est juste que…

Avant même qu'elle ne puisse finir sa phrase, il bondit sur elle, la saisit par la gorge et la fit basculer en arrière. La tête de la jeune femme heurta l'assise du sofa. Will domina Erin de toute sa masse, approcha son visage à quelques centimètres du sien et aboya :

— C'est juste que quoi ?

— Je… c'était pas simple, on a bu et j'ai… j'ai foutu au moins la moitié de la seringue à côté de la bouteille. Je… Putain mais arrête, tu me fais mal !

Elle se débattit et il la relâcha aussi vite qu'il l'avait agrippée. Choquée, Erin se dégagea en reculant et ramena ses jambes vers elle, les genoux contre sa poitrine. Puis elle porta la main à sa gorge endolorie. Elle sanglotait, le visage rougi, saisie entre la culpabilité qui la rongeait et la peur des conséquences qui découleraient de sa maladresse.

— T'as dit *au moins la moitié*. Est-ce que t'as quand même réussi à en mettre dans cette bouteille de malheur ? Je peux te faire confiance ?

Mâchoire serrée, il la fixa d'un œil noir et inquisiteur. Erin hocha la tête, fit tourner ses mains pour signifier *à peu près* et renifla bruyamment, lèvres scellées.

— OK, OK… je te crois. Excuse-moi pour le coup de sang, je te promets que ça ne se reproduira plus. Ce n'est pas mon genre de maltraiter les femmes, tu le sais bien.

Will combla le mètre qui le séparait de sa partenaire, prit place à côté d'elle et l'enlaça. Il la cajola dans un mouvement de balancier lent et régulier, au cours duquel il sentit les muscles d'Erin se détendre et le souffle chaotique de sa respiration retrouver peu à peu un rythme normal.

Elle délia les jambes et s'abandonna à lui, les paupières closes.

— Voilà, c'est bien. Tout va bien se passer, tu verras, assura-t-il.

Mais il ne pensait qu'à la prochaine étape, au nouvel endroit qu'il se devait de visiter. Parce qu'il en était sûr, Erin venait de tout faire foirer. Il aurait mieux fait de ne pas écouter les conseils à deux balles de l'autre imbécile et suivre son instinct.

Conséquence directe de ce manquement : la probabilité pour que Forsberg soit vivant n'était plus nulle. Pour couronner le tout, Will n'avait pas la moindre idée de ce que l'avocat avait pu trouver sur son compte.

Le pire scénario qui soit.

L'entrepreneur essaya de se raisonner, mais son monde intérieur se teinta de noir. Tout devint pâteux, confus. C'était comme lui demander de compléter par la pensée un puzzle de mille pièces. Il lui fallait du temps.

Or du temps, il n'en avait pas.

Sa main droite plongea avec discrétion dans la poche latérale de sa veste. Il saisit la seringue préparée en cas de pépin et en retira l'opercule d'un geste expert du pouce et de l'index.

Erin écarquilla les yeux au moment où il la saisit fermement par le menton et fit basculer sa tête vers l'arrière. Elle sentit un liquide tiède infiltrer ses narines. Elle expira par réflexe, expulsant une petite partie du liquide administré, mais le mal était fait. Incrédule, horrifiée, incapable de se débattre, elle fixa son amant du regard pendant de courtes secondes, avant que ses iris ne perdent leur éclat. Une unique larme perla au coin de son œil et roula sur sa joue.

Il relâcha l'étreinte, se releva et la regarda s'éteindre.

Sans un mot.

5

1406 CHEROKEE OAKS DRIVE, THREE RIVERS
COMTÉ DE TULARE, CALIFORNIE
LUNDI 18 MAI 2020
1 H 16

Poings serrés, Will avisa Erin d'un air dépité.

Il avait voulu la tuer, et pas qu'une fois. Mais de là à passer à l'acte, le pas était énorme. Un fossé incommensurable venait d'être franchi.

Il prit soin de remettre l'opercule sur la seringue usagée et fourra cette dernière dans sa poche latérale.

L'oxygène se raréfia. Sa vision devint floue. Il abaissa les paupières. Ses traits se tirèrent, son front se plissa, accentuant l'abîme qu'il contemplait à présent. Le néant. Vertigineux. Sans limite.

Le choc était rude.

Après quelques secondes passées à se concentrer sur sa respiration, son voile sur le monde s'ouvrit sous un jour inchangé. Même baraque. Même situation. Même corps. L'horrible réalité le tenait en joue. Le séjour autour de lui demeurait nébuleux, trouble, tout comme ses pensées, véritable tissu de confusion grossissant et tournoyant sans cesse, alimenté par cette sensation d'avoir dépassé les bornes. D'avoir été trop loin. D'avoir succombé à ses émotions primaires.

Devant lui, Erin ne bougeait plus. Vu la dose de cheval administrée, il savait bien que son cœur lâcherait pour de bon d'ici peu. Une question de minutes.

Autant dire qu'elle était déjà morte.

Will resta là une bonne minute, le regard braqué vers son ancienne secrétaire, pantin immobile, le corps tordu dans une posture grotesque, jambes écartées, tête renversée, les yeux bleus semblables à deux flammes résiduelles d'un foyer désormais éteint, dépourvu de toute étincelle de conscience. Will frissonna. Une sueur froide partait de ses aisselles et ruisselait le long de ses côtes. La sensation d'inconfort se propagea dans tous ses membres.

Même réduite à l'état de poupée de chiffon, Erin continuait de le toiser. De l'accuser. De le maudire.

Haletant, Will chancela. Fit un pas de recul pour ne pas perdre l'équilibre. Se posa sur le bras du sofa. Puis chercha à se convaincre. Oui, Erin allait claquer, mais ce n'était pas de sa faute. Il s'interrogea.

Pourquoi est-ce que ce serait le cas ?

La frustration de ne rien avoir trouvé. La dispute.

L'aveu – ou plutôt le mensonge ! – de cette idiote au sujet de l'empoisonnement de Forsberg. La sensation de ne plus rien maîtriser.

Les nerfs à fleur de peau. Un torrent de colère suivi d'un moment de blanc, de vide.

Quelques secondes d'égarement. Une main plus rapide que sa pensée.

Le reste n'avait été que réflexe.

Tout s'était passé si vite.

Poings fermés, il se cogna les tempes. Cette incapable avait foiré ! La faute lui incombait, à elle, et à elle seule !

Pour s'en persuader, Will hocha la tête comme si sa nuque était montée sur ressorts. Son corps tout entier se balança d'avant en arrière tandis qu'il fixait un point invisible face à lui, irrité par le sifflement exagéré de sa propre respiration. La situation n'allait pas en s'arrangeant. Bien au contraire. Il suffisait de réfléchir aux problèmes qui ne manqueraient pas de se pointer. Plus de place au doute ou aux suppositions inutiles. Il devait juste affronter la vérité. Même s'il la redoutait. Même s'il se mettait en danger.

Carl Forsberg vivait.

Voilà pour la conviction.

Loin d'être idiot, l'avocat chercherait à se protéger et à se venger.

Voilà pour la certitude.

Il fallait l'en empêcher. L'anéantir. Quel que soit le prix à payer.

Voilà pour la conséquence et l'obligation qui en résulterait.

Dans sa pitoyable tentative de rébellion, Erin avait eu raison sur un point : se rendre à nouveau au Lakeside revenait à prendre trop de risques. Ça relevait de la pure folie. Mais les options ne manquaient pas. Une en particulier trouva grâce à ses yeux. Will fit claquer ses joues avec ses paumes pour se reconcentrer.

Il savait exactement ce qu'il devait faire. Isoler Forsberg, le faire parler et s'en débarrasser. Briser l'avocat ne serait pas simple, mais il avait son idée sur la manière de s'y prendre. Exploiter le point faible de tout homme : sa famille.

Avant cela, une chose restait à faire.

Will se releva, attrapa le corps inerte d'Erin et la délogea du sofa.

Sans réfléchir, il la traîna par les bras. La fit glisser jusque dans le couloir, négocia le virage tout au bout et entra dans la salle de bains. Là, il s'accroupit, passa les mains sous son dos et sous ses genoux afin de la soulever. Ce qu'il réussit non sans mal. Putain qu'elle était lourde !

Jamais Will n'aurait pensé que cinquante kilos de viande atone puissent peser autant.

Jambes arquées, muscles raides et pieds plantés sur le carrelage, il la hissa à hauteur de hanche en soufflant comme un haltérophile en plein effort. À bout de forces, il parvint à prendre appui sur le bord de la baignoire. Effet de levier. Erin bascula dans un *bong* sonore lorsque sa carcasse vint heurter l'étain de couleur blanche de son lit de mort improvisé.

Le corps était allongé sur le ventre, masqué par sa robe de chambre rose bonbon. Will retira le vêtement et, dans son élan, dénuda entièrement la jeune femme. Il roula les fringues en boule et les jeta dans le panier de linge sale. Puis il la retourna et s'attarda sur ses formes très avantageuses. Cette bouche pulpeuse, ces épaules fines et tombantes. Ces seins galbés, ce corps ferme. Cette peau claire et si douce sur laquelle il aimait faire courir ses doigts. Bientôt tout ne serait plus que dépérissement. Pourrissement. Putréfaction. Retour à la poussière. Quel gâchis !

Un flot de divagations morbides envahit l'esprit de l'entrepreneur. Il grimaça en se traitant d'imbécile. Même si Erin était inutile, insignifiante, il lui devait un peu de respect.

Bon, et maintenant, je fais quoi ?

Étonnamment, Will n'eut pas à réfléchir bien longtemps. Tout lui apparut avec clarté. Ses pas lourds le guidèrent dans la kitchenette attenante au salon. Sous le plan de travail, une flopée de tiroirs. Il en fit coulisser un, puis un deuxième, avant de tomber sur ce qu'il recherchait dans le troisième.

Il se surprit à sourire lorsqu'il sortit une lame opaque de son étui en plastique. Le couteau faisait bien vingt centimètres. Beaucoup trop long, mais peu importe. Ça ferait l'affaire.

L'idée était bonne. Excitante.

Une chaleur inconnue, malsaine, dévorait le bas de son ventre. Des fourmillements, puis des frissons le traversèrent.

Toute cette tension accumulée. Ces semaines passées sur le fil du rasoir, à repousser l'échéance pour finalement se planter en beauté. Terreur, frustration et rage se mêlaient.

Toutes ces hormones qui se déversaient en lui sous le coup de l'urgence. Sous le sceau de l'imprévu. De l'irrémédiable.

Quelle agréable sensation.

Son cerveau exprimait tout haut ce que sa raison s'évertuait à cacher. Malgré ses envies répétées, ses pulsions réprimées, c'était la première fois que Will tuait quelqu'un.

Et tout portait à croire qu'il adorait ça.

6

17 GREENHOUSE AVENUE, VISALIA
COMTÉ DE TULARE, CALIFORNIE
LUNDI 18 MAI 2020
6 H 17

Le petit écran plat diffusait dans un vacarme assourdissant l'habituel téléshopping de début de semaine. À des centaines de kilomètres de là, sur un plateau de l'une des télés de Los Angeles, Belinda May, parée de l'une de ses fameuses robes flashy, vantait les mérites du dernier super aspirateur cyclonique à la mode, à grand renfort de sourires et phrases chocs.

Incommodé par les éclats de voix de la présentatrice et les exclamations de l'assistance, Phil Jones grimaça en entrant dans le salon. Il enfila son manteau à la hâte puis salua Lee-Ann, l'aide-soignante à plein temps au chevet de sa mère.

— Elle est moins agitée ce matin, l'informa-t-elle d'une voix perçante. Les hallucinations ont cessé. Et on vient juste de manger, n'est-ce pas, Janice ?

Pas de réponse.

Lee-Ann posa une main délicate sur l'épaule décharnée de la vieille femme.

— On dit au revoir à Phil ? C'est votre fils. Il part travailler.

Avachie sur son fauteuil en cuir beige rongé par le temps, les yeux obnubilés par l'écran, Janice ne répondit que par un lent mouvement de la main, avant de rabattre ses doigts squelettiques sur sa tête, pour triturer les bigoudis qui parsemaient sa touffe de cheveux grise et crépue.

Une gestuelle arachnéenne. Nerveuse.

Un au revoir muet. Absent.

Comme d'habitude.

Le cœur serré, Phil prit congé. Il claqua la porte d'entrée et prit une grande inspiration. L'odeur musquée et fraîche de l'atmosphère encore humide satura ses muqueuses. Le ciel tapissé de nuages prenait un ton jaune orangé démentiel. Phil leva la tête et contempla ce spectacle en se demandant si sa situation changerait un jour.

Plus de trente ans maintenant qu'il vivait ainsi, depuis la disparition de son frère aîné Daryl, abattu par la police dans des circonstances toujours non éclaircies à ce jour. Tout ce temps à se demander comment le sort s'était acharné sur sa famille. Pourquoi les Noirs étaient autant pris à partie dans ce pays, dans cette ville ? Le couple que formaient ses parents n'y avait pas survécu. Apparemment, son vieux s'était barré comme un lâche, quelques jours après la mort de Daryl, le laissant seul avec une mère sourde, laconique et dépressive.

Alors âgé d'à peine cinq ans, Phil n'avait aucun souvenir de cette époque. À son grand regret. Tout ce qu'il savait, c'était qu'en une poignée d'heures, la vie à peu près stable de la famille Jones avait volé en éclats et que sa mère avait trouvé un nouveau compagnon de vie aux charmes ambrés : le Blanton's. Son bourbon favori.

Elle n'avait plus jamais fréquenté d'hommes.

Janice, dans l'un de ses rares moments de lucidité, lui avait confié que le responsable de cette tragédie, un flic peureux à la gâchette facile dont elle ignorait jusqu'au nom, n'avait même pas été puni pour son acte. *Légitime défense*, qu'ils avaient dit. Sans plus de détails. *Rien que des foutaises*, selon elle. Sa mère n'avait pas d'argent, donc aucun moyen de se faire entendre.

De cette injustice était né le désir paradoxal de Phil de devenir lui-même policier. Sans qu'il sache comment en tirer parti exactement. Infiltrer les forces de l'ordre, se fondre dans le moule pour débusquer et se venger de ceux qui avaient ruiné son enfance ? User de son statut pour protéger Janice, la seule famille qui lui restait, et s'assurer lui-même que ce type de tragédie n'arrive plus ?

Il n'avait jamais pu trancher.

Pas sûr qu'il y arrive un jour, d'ailleurs.

Tout ce qu'il savait, c'est qu'en dépit de toute cette violence qui le rebutait, il aimait son job et, qu'au final, tant qu'il exercerait ses fonctions, personne ne leur chercherait des noises. La vie aux côtés de sa mère était difficile mais pas si dégueulasse que ça, même si toutes ses conquêtes potentielles prenaient leurs jambes à leur cou en découvrant son quotidien incompressible et peu reluisant de fils à maman.

Une *maman* qui aujourd'hui était atteinte de la maladie d'Alzheimer.

Stade 6 sur 7.

Soins à domicile en permanence.

Un gouffre financier qu'il avait de plus en plus de mal à combler.

Grelottant de fatigue, Phil descendit en trottinant les trois minuscules marches en béton du perron, s'aventura dans les graviers qui formaient un sillon jusqu'aux limites de la propriété et sauta dans son véhicule, une vieille Chevrolet Cobalt beige abîmée et poussiéreuse, avec ses craintes et ses interrogations.

Est-ce qu'il devrait s'occuper de sa mère jusqu'au bout, en gérant au mieux la maladie qui lui bouffait le cerveau, avalait ses souvenirs – les plus chers comme les plus terribles – et la rendait progressivement impotente ? Pourrait-il lui offrir une fin de vie paisible et digne ? La grande aiguille du Temps n'arrêtait jamais sa course vers la mort. Son cas empirait, les options s'amenuisaient et les soins allaient devenir de plus en plus coûteux. Sa mère déclinait toujours un peu plus. De quoi devenir fou. Mais quoi qu'il advienne, il refusait de la placer en centre médicalisé. Ce serait la laisser tomber. L'abandonner. De toute manière, quelle que soit l'éventualité, il s'endettait un peu plus chaque seconde.

Ce constat lui fit réaliser qu'il connaissait la réponse à ses tourments. Continuer comme ça passait par une meilleure situation au boulot. Une promotion.

Vu le nombre ridicule de chances qu'il avait de faire ses preuves au sein de l'ennuyeux petit poste de police de Visalia, il savait que ça ne se produirait jamais. Malgré ses états de service impeccables, il semblait arrivé aux limites de son évolution avec ce poste de lieutenant glané trois ans plus tôt, à l'ancienneté. Aucune affaire ne sortait du lot pour se mettre en valeur. Personne n'avait eu l'honneur de monter en grade depuis belle lurette. Pire encore, les récents scandales internes, au rang desquels falsification de documents officiels et violences domestiques avaient entaché l'image de la police locale, semblaient tuer dans l'œuf toute volonté de progression.

Pour ne rien arranger, le voir lui, le fils Jones, prendre du galon au détriment de ses collègues de même niveau relevait de la pure fiction dans la psyché des habitants du coin. La bonne blague. Un moins que rien : voilà ce que Phil serait toujours pour eux, après tout. Devenir capitaine ? N'importe quoi ! Mieux valait oublier tout de suite ce genre de douce rêverie et se préparer à une nouvelle semaine sans saveur, rythmée par les bagarres à la sortie des bars, les vols à la tire, les cambriolages, le trafic de drogue et les accidents de la vie.

Ne compter que sur soi-même. Voilà ce qu'il se répétait à l'envi.

Phil grimpa dans sa voiture non sans jeter un ultime coup d'œil appuyé et anxieux vers le soupirail posé à hauteur du sol, dans un recoin de sa maison.

Pourvu que tout se passe bien.

Il serait dans de beaux draps si la situation lui échappait.

*

Le moteur de la Chevrolet sortit de sa torpeur lancinante et ronfla lorsque le flic pressa la pédale d'accélérateur. Le tableau de bord central indiquait six degrés. Une misère pour la saison. Et dire que la température dépasserait les vingt-cinq, sans doute même les trente dans l'après-midi !

Ce grand écart thermique avait le don de l'agacer. Phil pesta contre les conséquences de ce réchauffement climatique, que tout le monde décriait sans pour autant agir. Sous le coup de la sécheresse, la soif tiraillait les célèbres séquoias géants du parc national, menaçant l'équilibre écologique de l'État tout entier. Malgré l'alarme sonnée à coup de rapports inquiétants par une équipe hétéroclite de chercheurs venant des prestigieuses universités de Stanford et de Berkeley, chapeautée par les spécialistes du Service des Parcs Nationaux, la situation n'évoluait pas.

La ville s'éveillait. L'agitation n'avait pas encore totalement gangréné ses trottoirs. Le trafic routier, flux continu d'yeux jaunes et blancs, irriguait ses artères principales comme s'il cherchait à chasser les dernières chapes d'obscurité persistante.

Mains arrimées au volant, Phil sentait le fort vent de côté freiner la progression de sa berline. Il lutta en silence, mine contrite, concentré sur son trajet.

Impossible de se soustraire à l'image du monstre endormi chez lui.

La Chevrolet fila comme une flèche sur Chinowth Street puis bifurqua sur Noble Avenue, où les ennuis commencèrent. Comme souvent. La trois voies bordée de pins et de lauriers ne désemplissait pas à cette heure, mais c'était toujours mieux que de passer par la 198 qui fendait le comté de Tulare d'ouest en est, ouvrant la ville à un flot de véhicules beaucoup plus dense et d'horizons plus divers. Phil prit son mal en patience et progressa au ralenti sur la majeure partie des quatre kilomètres qui le portèrent à l'angle de Convey, où il s'engagea sur le pont qui surplombait l'autoroute congestionnée. Quelques minutes plus tard, après avoir contourné le bloc, le break entra dans le parking et se rangea en bataille juste devant une imposante bâtisse en briques beiges. De grosses lettres blanches ornaient la façade délavée : « VISALIA POLICE DEPARTMENT ».

Le moteur se tut. La porte de la Chevrolet s'ouvrit en grinçant. Saisi par le froid et la bise, le flic ne se fit pas prier pour se faufiler à l'intérieur du bâtiment. La double porte s'effaça et il continua tout droit, d'un pas lourd, jusqu'à atteindre la petite salle de pause, derrière la réception.

Les volutes d'arabica ferrèrent son odorat. Un vieux chauffage d'appoint tournait bruyamment près du plateau marron posé sur tréteaux où s'empilaient tasses, gobelets en carton, touillettes, dosettes de sucre et boîtes de gâteaux. Phil s'étonna de ne pas être le premier. C'est vrai, à part lui, quel amateur de caféine se pointait aussi tôt au poste ?

Il haussa les épaules en se demandant si cette question était si importante que ça et saisit l'un des grands gobelets, qu'il remplit aux trois quarts de café fumant d'un geste empreint d'impatience. Puis sa main, hésitante, s'approcha du stock de sucre à sa disposition, avant de se retirer. Phil plissa les lèvres. Non. Valait mieux éviter cette merde. Et les gâteaux, aussi. Rien qui puisse dérégler sa glycémie capricieuse. Depuis son diagnostic l'année dernière, à force de privation, il devait sûrement rivaliser avec toutes ces nanas qui rêvaient de devenir Miss Univers. Résultat : un régime alimentaire revu de A à Z, des sacrifices et surtout douze kilos de perdus, même si ses envies de gras lui menaient la vie dure, en particulier à l'heure du petit déjeuner.

Foutu diabète.

Phil tira machinalement sur sa ceinture pour rehausser son pantalon un peu trop grand et prit le chemin du bureau qu'il partageait avec son coéquipier, lorsqu'un claquement familier de talons sur le sol dans sa direction se fit entendre.

— Salut, beau gosse ! Alors, tu me fais des infidélités, hein ? Tu préfères encore et toujours la cafetière...

Amber dévora Phil de ses yeux bleu-vert avant de murmurer :

— Mais tu sais, il n'y a pas qu'elle qui peut te réchauffer...

Le flic leva la main pour lui faire signe de s'arrêter alors qu'il prenait sa toute première gorgée de la journée. La plus importante. Il en profita pour dévisager la réceptionniste. Décidément, elle ne mettrait jamais l'uniforme, tenue de rigueur pour tout employé du poste de police, y compris l'agent d'accueil. Phil savoura son breuvage, puis brandit le gobelet et rétorqua, sourire nerveux accroché aux lèvres :

— Oh si ! Un lundi matin comme ça, un café bien chaud, c'est tout ce que je veux, crois-moi ! Je te le garantis. Surtout après la nuit de merde que je viens de passer ! T'as pas idée ! Et puis, jusqu'à preuve du contraire, la cafetière n'est pas mariée à un journaleux et mère de trois gosses, elle !

Cette remarque ne contraria pas du tout les velléités d'Amber. Phil la submergeait toujours de justifications inutiles, voire blessantes. Rompue à toute cette démesure, elle se contenta de rajuster la monture de ses grosses lunettes noires et rondes avant de passer une main dans sa chevelure de feu indisciplinée. En deux pas elle fut près de lui. Ses longs doigts manucurés l'agrippèrent par l'épaule avec assurance, juste au moment où une voix bourrue résonna derrière eux.

— Ça va, vous deux ? Je ne dérange pas ? Amber, qu'est-ce que tu fous encore ? Tu n'as pas de boulot ?

— Il est même pas 7 heures, Dave. Y a personne, répliqua la rousse en pivotant pour faire face à son interlocuteur.

— Rien à foutre, débarrasse-moi le plancher !

Amber écarquilla les yeux et fixa Dave avec insistance, abasourdie par le ton employé contre elle, mais se heurta au masque d'impassibilité de son chef, taillé dans le marbre. Quelque chose devait s'être produit pour qu'il se comporte de la sorte.

— OK, boss, j'y vais ! minauda-t-elle.

La réceptionniste s'éloigna non sans adresser un clin d'œil à son flic préféré.

— Et toi fiston, fit Dave dans la foulée en désignant Phil de l'index, tu tombes bien. On a le temps de rien ce matin. Dimi est déjà là. Suis-moi.

Incrédule, Phil dévisagea son supérieur. Où étaient passées ses manières, lui d'ordinaire si poli et si courtois avec les femmes ? Et qu'est-ce qu'il fichait là à cette heure, sérieusement ? Sans compter que le Grec était présent, lui aussi. Qu'est-ce que tout ça signifiait ?

Ils n'avaient quand même pas *déjà*…

Dave le pressa de s'exécuter d'un geste de la main.

L'idée de devoir profiter de sa première tasse de café de la semaine avec les deux personnes qu'il avait prévu d'éviter en se pointant aux aurores le rendit encore plus nerveux. Résigné, il s'avança mais Dave le stoppa net en avisant sa main droite.

— Holà, le tombeur, tu ne te ramènes pas avec ça dans mon bureau. Tu sais que je déteste ça. Je te donne dix secondes pour le finir et rappliquer.

Phil ferma les yeux et inspira pour éviter de répondre à la provocation. Être brusqué de bon matin, bousculé dans le déroulement planifié de sa journée lui donna l'impression d'étouffer. Il avala d'un trait la moitié de sa boisson – se brûlant la langue au passage – et posa le gobelet avec fracas sur la table en signe de capitulation.

Une chose était certaine: après sa nuit, voilà que sa matinée était foutue.

Et ce n'était qu'un début.

7

DÉPARTEMENT DE POLICE DE VISALIA
303 SOUTH JOHNSTON STREET
COMTÉ DE TULARE, CALIFORNIE
LUNDI 18 MAI 2020
6 H 58

David Little précéda Phil de sa démarche si singulière. Dos voûté. Paumes des mains braquées vers l'arrière. Ample balancement scapulaire.

Un ours en route vers sa tanière.

La boule au ventre, aussi tendu que le jour où il avait passé ses examens finaux pour devenir flic, Phil mit les pieds dans le bureau de son chef en se demandant à quelle sauce il allait être mangé.

En temps de paix, Dave gardait sa porte fermée et ne tolérait aucun dérangement. Personne ne franchissait le seuil de son office.

Phil ne cherchait même pas à savoir à quoi il pouvait bien s'adonner.

Seul constat: son supérieur, pourtant capitaine des Opérations de la ville, était invisible au quotidien. Tout juste sortait-il à l'occasion du déjeuner et pour faire le point avec ses lieutenants et agents en fin de journée. Deux brèves excursions, alors qu'il passait le reste du temps reclus dans sa grotte, comme si les interactions avec le monde extérieur lui étaient nuisibles, néfastes. Comment un type, en apparence aussi asocial, avait-il pu se retrouver tout en haut de l'organigramme ?

Cette idée même dépassait Phil.

L'antre de Dave ressemblait davantage à un musée qu'à celle d'un gradé de la police. Des photos de famille de toutes tailles et aux cadres dorés ornaient chaque centimètre carré du mur qui faisait face au grand bureau planté au milieu de la pièce. Phil fit une moue dubitative en s'imaginant le boss contempler chaque jour cette mosaïque, summum de mauvais goût, déclinant plusieurs générations souriantes de Little. Le lieutenant continua à balayer le lieu du regard. Espace de travail, commodes, armoires : pas une once de poussière. Pas une rayure. Pas un document, pas un dossier ne dépassait. Tout était carré et brillait comme au premier jour, témoignant du soin méticuleux, presque maladif de son supérieur. Un bâton d'encens se consumait pieusement sur son support, un bateau en bois, lui-même positionné de biais avec minutie sur une étagère murale près de la porte d'entrée. Ça sentait le dépoussiérant, la fumée et la vanille.

Rien n'était laissé au hasard.

Malgré l'atmosphère qui l'invitait à la relaxation, Phil, oppressé, peina à s'immiscer dans ce qu'il qualifiait de « sanctuaire ». Pas étonnant que la bouffe et les boissons n'aient pas leur place ici.

David Little avait un sérieux grain question ordre et propreté.

— Salut, mec.

La bulle de mal-être de Phil éclata. Bras croisés, Dimitris le gratifia d'un sourire à demi forcé auquel il répondit d'un hochement de tête à peine perceptible.

Le Grec, comme Phil l'appelait, avait la plus grande peine à rester éveillé. Son visage terne et les poches béantes sous ses petits yeux rougis trahissaient la fatigue qu'il s'évertuait à masquer en se tenant droit sur sa chaise, les bras croisés comme s'il portait une camisole.

À eux deux, Phil et Dimitris géraient la branche d'investigation de la police de Visalia, qui comptait une dizaine d'agents tout au plus. Soit la plus grosse présence policière de tout le comté.

Dérisoire.

— Encore en vadrouille hier soir, hein ? Tu t'es bourré la gueule jusqu'à quelle heure, cette fois ? T'aurais pu mettre ton uniforme quand même !

Dimitris monta sur ses grands chevaux et sa maigre carcasse se délia d'un coup. Il gratifia Phil d'un doigt d'honneur.

— Hey, je t'ai pas fait chier alors ne commence pas ! J'ai une vie, tu sais. Faut pas être jaloux. On est pas tous à vivre chez sa maman comme toi !

— Ho, ho, les gars, on se calme ! tempéra Dave en plaquant les mains sur son bureau. Phil, fais-moi plaisir, juste pour une fois. Ferme-la et assieds-toi.

Silence. Phil s'exécuta non sans fusiller son collègue du regard.

— Écoutez-moi bien, tous les deux. Je vais avoir besoin de votre coopération. Vous connaissez ce mot ? Ce n'est pas trop vous demander ? Vous aurez tout le loisir de vous prendre la tête quand tout ce merdier sera derrière nous, mais d'ici là, par pitié, mettez-la en veilleuse. Est-ce que je me suis bien fait comprendre ?

Dimitris s'enquit de quel *merdier* il s'agissait pour qu'on le réveille aux aurores. Le boss fit la moue avant de se vautrer sur son fauteuil. Ce dernier émit un grincement sinistre en signe de protestation.

— Bon, je ne sais pas comment amener ça, donc inutile de tourner autour du pot, reprit-il en massant ses tempes poivre et sel. On a un problème. Un sérieux problème. C'est d'ailleurs pour ça que je t'ai appelé, se justifia-t-il en agitant son gros index boudiné en direction du Grec. Quant à toi, Phil, je connais tes habitudes. Pas besoin de me prendre la tête pour te sortir du lit.

— Mais encore ? répliqua Dimitris, piqué par la curiosité. Parce qu'un *problème*, comme tu dis, j'en ai un sous les yeux, asséna-t-il en désignant son collègue du menton. Plus vite tout ça sera réglé, plus vite j'aurai la paix.

Phil n'en pensait pas moins.

— Le shérif a reçu un coup de fil il y a une heure, compléta Dave. Il m'a transmis l'info. On a un cadavre. Une femme.

— Où ça ?

— Three Rivers.

Phil se laissa aller en arrière en soupirant. Dimitris se redressa d'un bond.

— Three Rivers ? Tu me tires du lit pour un truc qui s'est passé dans un autre patelin ? En quoi ça nous regarde ? C'est au bureau du shérif de gérer ça, non ?

Phil abonda dans son sens, ajoutant qu'il détestait le manque d'implication de son coéquipier, petit con tire-au-flanc de première, mais qu'il fallait admettre que pour une fois, il marquait un point. Ce qui se passait à Three Rivers, village enclavé épousant les bras du lac Kaweah et difficilement accessible, perché aux portes du Sequoia National Park, devrait être pris en charge en premier lieu par les agents qui y opéraient ou, à défaut, par le shérif lui-même. La police municipale de Visalia n'avait pas son mot à dire dans l'affaire.

De mémoire, Phil n'avait d'ailleurs jamais eu à coopérer avec eux. Jamais rien n'avait lieu de ce côté-ci du comté.

C'est ce qu'il s'évertua à argumenter, piqué au vif.

— Putain, Phil ! Je t'ai dit de ne pas mettre de l'huile sur le feu. Ça nous regarde parce que ça implique une personne de chez nous. Voilà le topo. Ça nous concerne, qu'on le veuille ou non, insista Dave sans grande conviction. Croyez-moi, j'aurais préféré me la couler douce, mais là, on ne peut pas y échapper. Ce sont les ordres. Ce n'est pas un cas assez gros pour mobiliser les fédéraux. Vous allez devoir bosser, un point c'est tout. Autant vous le mettre dans le crâne tout de suite.

Phil s'imaginait son boss enfermé dans son bureau, affalé sur son siège incliné au maximum, à regarder les séries Netflix dont tout le monde parlait ou à bouquiner à longueur de journée, enveloppé de senteurs relaxantes. Sûrement le genre de trucs qu'il signifiait par « se la couler douce ». D'ailleurs, est-ce que le caractère peu proactif de Dave pouvait expliquer qu'il ne les ait pas contactés, Dimitris et lui, tout de suite après avoir reçu ce fameux coup de fil où le shérif demandait leur soutien ? Il aurait très bien pu les mettre au parfum illico et les envoyer sur place, quitte à ce qu'ils ne passent pas par la case « poste de police », histoire de gagner du temps, non ?

Phil se gratta le menton en résumant sa réflexion à un seul mot.

Bizarre.

Peut-être qu'il se faisait des idées. Après tout, Dave n'était pas du genre à prendre des décisions à la hâte.

— Phil ! Mec, c'est pour toi et tes dents qui rayent le parquet, ça ! T'en dis quoi, chef ? proposa Dimitris d'une voix qui trahissait l'envie de se délester de cette purge au plus vite.

— Ne crois pas que tu vas t'en tirer comme ça, Dimi.

— Y a de la dope dans cette histoire ?

— Pas que je sache.

— Alors en quoi ça me regarde ?

— On n'est pas des milliers aux Opérations, argua le boss. Vous êtes mes deux seuls lieutenants.

Dave écarta le majeur et l'index de sa main droite pour désigner ses subordonnés avec insistance.

— Donc j'ai besoin de vous deux. Vous allez être contents, je vous envoie chacun dans votre coin.

— Génial ! ironisa le Grec en reprenant place sur sa chaise.

Une pointe d'anxiété saisit Phil quand le boss, décidément très expressif ce matin, tapa du doigt sur son bureau.

— Fiston, tu prends ta caisse et tu vas fissa en haut de cette fichue colline, au 1406 Cherokee Oaks Drive. Un coin tout neuf apparemment. C'est là que se trouve le macchabée. Prends contact avec les collègues de Three Rivers et tire-moi tout ça au clair. Ils sont sur place et sont avertis de ta venue.

Phil acquiesça dans la seconde, accueillant la nouvelle avec un mélange d'anxiété et soulagement. Il n'avait même pas eu à batailler pour prendre en charge ce cas.

Dave fit pivoter sa chaise et fixa le Grec du regard. Bras croisés, ce dernier semblait avoir vaincu son envie de rejoindre Morphée et attendait sa sentence avec inquiétude.

— Dimi, de ton côté tu vas aller faire un tour pas loin d'ici, chez les Forsberg.

Dimitris pencha la tête vers la droite.

— Forsberg ? Carl Forsberg ? L'avocat ?

— Lui-même.

— C'est lui l'assassin ?

— Mais qui te parle d'assassin, merde ? Est-ce que je dois te rappeler le nombre ridicule d'homicides survenus à Visalia sur les trois dernières années ? Meurtre, suicide, accident, on n'en a aucune idée pour l'instant. Tout ce que je peux te dire, c'est qu'on a trouvé des documents l'impliquant en même temps que le corps. C'est tout ! Donc pendant que Phil se pointe là-bas pour en savoir plus, tu vas aller rendre visite à Forsberg dans sa belle et grande baraque et me le cuisiner menu. Mais je te préviens, fais gaffe à ne pas nous l'énerver, compris ? Ce type a le bras tellement long qu'il peut transformer n'importe quelle vie en cauchemar, même la nôtre ! Alors tu vas te laver la gueule, prendre un kawa en sortant et assurer cette fois, OK ?

Dimitris expira bruyamment bouche ouverte et leva les yeux en signe de mécontentement. Il détestait les interrogatoires – encore plus lorsqu'il devait soutirer des informations à un homme, c'est-à-dire quatre-vingt-dix-neuf pour cent du temps – et ne comptait plus les occasions où il avait foiré au point de se retrouver accusé de violences verbales, voire physiques sur ses interlocuteurs. Le boss savait bien tout ça puisqu'il lui avait évité des poursuites à plusieurs reprises ; alors pourquoi diable l'envoyait-il au casse-pipe ? Forsberg était un gros bonnet. À l'opposé des petites frappes qu'il passait à tabac dès qu'il en avait l'occasion. Le capitaine ne pouvait pas s'en charger lui-même ?

Dave ignora ses gesticulations et termina de briefer son acolyte :

— Phil, j'ai deux ou trois trucs à faire de mon côté, mais je te donne un coup de fil dès que c'est réglé, histoire que tu me fasses un topo complet au sujet du corps. Sans oublier la paperasse, bien sûr. Je ne sais pas pourquoi, mais j'ai le pressentiment que cette affaire va nous coller au cul pendant un bon moment…

Phil se contenta d'approuver du même geste peu loquace employé pour saluer Dimitris quelques minutes plus tôt. Pour lui, se retrouver dans le bureau du chef était déjà la preuve que rien ne tournerait rond aujourd'hui.

Entendre le nom de Forsberg associé au sinistre tableau qui se dessinait ne risquait pas de calmer l'angoisse sourde qui se propageait en lui.

Il n'avait pas fallu longtemps à ses craintes pour prendre corps.

8

1406 CHEROKEE OAKS DRIVE, THREE RIVERS
COMTÉ DE TULARE, CALIFORNIE
LUNDI 18 MAI 2020
8 H 57

Les pneus de la Chevrolet crissèrent sur l'asphalte encore à moitié détrempé, pile face à la demeure de la victime, une bicoque bleu pâle en bois nichée au milieu d'une végétation dense, entre pins et citronniers. Seul dans l'habitacle, Phil détacha sa ceinture et prit une gorgée du café qu'il avait emporté à la hâte en quittant le poste. Le fond de breuvage froid lui arracha une grimace de dégoût, mais il se fit violence et avala le reste d'un trait.

Son cœur s'emballa sans qu'il ne sache si c'était dû à la caféine ou à l'anxiété qui le rongeait après les événements récents.

Il ne se passait jamais rien dans sa vie de flic. Dans sa vie tout court, d'ailleurs. Le plus gros incident qu'il ait vu jusqu'à présent ? Cette fusillade immonde qui avait éclaté en plein centre-ville de Visalia, à deux pas du palais des Congrès, en début d'année. Le pillage avorté de la Pacific Western s'était mué en une guerre de tranchées. Flics contre braqueurs de banque. Glock 22 contre kalachnikov, au milieu des civils affolés.

Bilan : une hécatombe. Du sang partout, comme il n'en avait jamais vu avant. Des blessés aux chairs arrachées, trouées, en lambeaux, dont les cris résonnaient parfois encore dans les tympans de Phil la nuit. Une dizaine de morts au compteur et autant de familles déchirées. L'horreur absolue.

Heureusement qu'il n'avait pas participé à l'échange de tirs ! Il n'avait pas les épaules assez larges pour ça. Nul doute qu'il y aurait laissé sa peau. À la place, le boss lui avait confié un petit rôle de coordination et de collecte d'informations au cœur de ce qui ressemblait à une scène de guerre, une fois les malfrats neutralisés et la situation sous contrôle.

Il s'en était sorti tant bien que mal, mais le souvenir de cette virée en enfer le hantait.

Cet incident sans précédent dans la ville avait fait les gros titres des quotidiens locaux pendant presque un mois, entretenus par les commémorations successives des communautés touchées. Pour Phil, pas de quoi pavoiser, ni améliorer son bilan personnel, malgré l'expérience engrangée et le traumatisme subi.

Ce genre de crise ne risquait pas de se produire à Three Rivers. Ce qui l'attendait relevait d'une autre nature.

L'anxiété devint angoisse pure.

Le trajet n'avait pas été une partie de plaisir. Il venait de se taper la tortueuse et pentue route 198 sur sa portion est, chemin de croix de tout bon automobiliste qui se respecte, davantage empruntée par les touristes que par les locaux. Pas étonnant que personne ne s'aventure jamais par ici.

Et comme si ça ne suffisait pas à son malheur, Phil avait trouvé le moyen de se paumer en chemin – la faute à son GPS, pas foutu de se mettre à jour – et comptait une bonne dizaine de minutes de retard.

Phil posa le gobelet vide dans l'espace prévu à cet effet et regarda sur sa droite, au travers de la fenêtre du véhicule. Quatre piquets de fer, plantés en autant d'endroits, délimitaient une aire grossièrement rectangulaire tout autour du jardinet bien entretenu du 1406 Cherokee Oaks Drive. Les repères étaient reliés par un épais ruban de plastique rouge et blanc, dépourvu de toute inscription. L'ensemble avait visiblement été monté à la va-vite.

Ils débloquent ou quoi ?

Phil aurait pu croire que ce manquement aux pratiques d'usage élémentaires ait pour but de faire diversion, évitant un attroupement de curieux autour de la maisonnette, mais il n'en était rien. Personne n'était rompu à gérer des cas de ce type dans ce patelin perdu. Il le savait. Ce piètre ruban bicolore dressé à la hâte et malmené par le vent montrait déjà le caractère exceptionnel de la situation et soulignait l'effort tout aussi inhabituel des agents postés ici pour marquer le coup.

Phil détestait cet amateurisme. Il devait bien être le seul.

À part lui, tout le monde s'en moquait.

Résultat, à cette heure où le lieutenant, peu au fait des environs, craignait un agglomérat de badauds sans cervelle, en quête de scoops morbides pour alimenter les fils d'actualité de leurs réseaux sociaux, le contraire se produisait. Le quartier flambant neuf, édifié le long de la branche sud de la rivière semblait paisiblement endormi, comme frappé de léthargie. Seuls quelques individus traînaient des pieds et quelques véhicules ralentissaient à l'approche de cette zone, interpellés par cette étrange démarcation, mais personne ne s'y attardait outre mesure.

Je me fais des idées. Ils doivent penser à des travaux. Rien de surprenant. Ce secteur est en train de sortir de terre, personne ne ferait la différence entre des foutus chantiers et une potentielle scène de crime !

Rassuré par la vacuité des lieux et ce comité d'accueil inexistant, Phil posa le pied à terre et claqua la porte de la Chevrolet. C'est à ce moment qu'il remarqua la silhouette carrée, tout en muscles d'un flic manifestement à l'étroit dans son uniforme gris clair, couleur propre aux forces de l'ordre de Three Rivers. L'individu se tenait droit comme un cierge à côté de la porte d'entrée et le fixait d'un regard neutre, impénétrable, presque absent. Phil souleva le ruban, s'immisça en trottinant dans la zone délimitée et sortit sa plaque en gravissant les deux marches qui le séparaient du perron.

— Lieutenant Jones, police de Visalia.

Le jeunot aux cheveux châtains gominés ramenés en arrière et à la barbe rasée de près loucha sur l'insigne brandi devant lui. Paupières à demi-fermées, ses iris vert clair firent des va-et-vient d'une lenteur infinie entre le badge et son détenteur.

Au terme d'un ultime échange de regards un peu plus appuyé, il hocha la tête sans conviction et, sans un mot, indiqua la porte d'entrée.

Encore un con de campagnard étonné de voir un black sortir un insigne de flic ?

Phil ravala sa rancœur naissante et entra sans trop savoir à quoi s'attendre.

Il fut accueilli par un second agent, plus petit et chétif que le premier. Beaucoup plus âgé aussi, comme en témoignaient ses cheveux gris clairsemés, ses épaules tombantes et sa bedaine entretenue par des années de picole. Ce dernier se présenta d'une voix terne.

— Agent Owens. Tu en as mis du temps pour monter.

— Lieutenant Jones. Désolé, j'ai pas l'habitude de me promener par ici... Le quartier n'est pas encore enregistré dans mon GPS. Sans vous parler de la route. Un vrai martyre.

— Pas de problème, de toute manière, ce n'est pas comme si le corps allait nous filer entre les doigts, hein !

Le vieil homme lui tapota l'épaule et ponctua sa boutade d'un rire gras censé alléger l'atmosphère, mais se heurta au faciès inexpressif de Phil. D'abord surpris, son visage rongé par les années se ferma subitement et il poursuivit en désignant d'un geste du bras le séjour au milieu duquel ils se tenaient.

— Bon allez, ne perdons pas de temps. Je commence par ici. R.A.S. D'ailleurs, pour faire court, c'est pareil dans les autres pièces. On peut écarter la thèse du cambriolage, à mon avis. Serrure intacte, pas de bordel, pas de mobilier en miettes, pas de bris de verre, pas de bouffe par terre, pas de vaisselle cassée ou je ne sais quoi encore : bref, zéro saccage, une chouette baraque toute neuve et en parfait état, à première vue. Ça nous facilite le travail, faut bien l'avouer.

Phil se frotta le nez et croisa les bras, dubitatif.

— À première vue ?

— Ouais, parce que dans la salle de bains, tu vas voir, c'est autre chose.

Owens esquissa un sourire, dévoilant ses dents jaunies par la nicotine. Phil remarqua qu'il lui manquait une des incisives du bas.

— Dis voir, on peut s'appeler par nos prénoms, Phil ? Les noms de famille, ça me donne l'impression de ne pas être moi-même. Déjà que ce n'est pas facile d'accepter la *vieillerie*, comme j'aime le dire, avec la naissance de mon second petit-fils en janvier dernier... Moi, c'est Jefferson. Jeff.

— OK, va pour les prénoms, ça m'est égal, Jeff, répliqua Phil pour couper court au bla-bla inutile qui s'instaurait. Et donc, cette salle de bains ?

— Oui, oui, la salle de bains. J'allais y venir. Pardon, ça me prend souvent ces temps-ci, et Dieu sait que je suis un grand bavard !

Owens tritura la petite croix accrochée à la chaîne pendant à son cou. Il progressa à petits pas dans le vestibule, sa frêle silhouette ouvrant la voie, tout en continuant sur sa lancée :

— Je te laisse te faire ta propre opinion. Mais quand j'ai vu ça, j'ai renvoyé Leblanc faire la potiche sur le pas de la porte. Il est trop jeune pour voir autant de sang, ça va le foutre en l'air, c'est sûr. Je ne sais pas quelle mouche a piqué le gosse pour qu'il décide de rester et servir dans notre *station*, si on peut appeler ce cagibi comme ça, mais une chose est certaine, il faut savoir économiser les forces vives ! Je vais avoir besoin de lui à l'avenir. Pas question qu'il me file entre les doigts. On se doit de maintenir une présence dans ce village, ne serait-ce que pour le nombre de touristes qui transitent par ici.

Phil repensa au blondinet peu loquace aux yeux émeraude et coiffé comme John Travolta qui, au bout de l'ennui, semblait faire corps avec la façade de la maisonnette.

— Tu n'as qu'à l'envoyer faire l'enquête de voisinage.

— Ce n'est pas une mauvaise idée, mais le petit est vraiment tout neuf. Sans moi, il ne réussira pas à aligner trois mots, j'en suis sûr. Je l'accompagnerai une fois qu'on en aura fini ici.

Owens porta la main sur le sommet de son crâne, zone capillaire désertée.

— Ah, et le légiste vient de partir, ajouta-t-il d'une voix moins assurée. Il a besoin de plus de matos pour vérifier un truc. On devrait le voir se repointer ici dans l'après-midi, je pense, le temps qu'il remonte.

Phil n'avait pas ce temps-là.

— Vérifier quoi, au juste ?

— Il n'a pas pensé à prendre ses kits de prélèvement sanguin. C'est de ma faute, j'aurais dû être plus clair. Rien de méchant, hein !

C'est une perte de temps monumentale et il ne trouve rien à dire d'autre que « rien de méchant » ? Il est sérieux ou il se moque de moi ?

— Et la scientifique ?

Une vague de rides vint strier le front d'Owens sur toute sa longueur.

— Ola ! Tu sais bien comment ça se passe, non ? Ça me fait chier pour la petite, mais à moins d'avoir le président Trump ou sa femme Melania à sa place dans cette baignoire, les gars de Fresno ou de Sacramento ne se bougeront pas le cul jusqu'ici. Tu peux les oublier tout de suite. Pareil pour les fédéraux, tu le sais bien. On navigue à vue.

Phil haussa les épaules de dépit.

Un légiste à la ramasse, un agent pas loin de l'être, les blouses blanches aux abonnés absents… Encore une fois, rien de surprenant pour une région perdue au milieu de nulle part et peu habituée aux morts violentes, accidentelles ou non.

Finalement, tout jouait en leur faveur.

— Comment tu as su qu'on avait un cadavre ici ?

— On a reçu un coup de fil au poste, tôt ce matin.

Phil arqua un sourcil.

— À quelle heure ?

— Je sais plus, peut-être 5 heures, 5 h 30, quelque chose comme ça.

— 5 h 30 ? Mais qu'…

— Je vis tout seul, coupa Owens, et pour tout te dire, je ne dors pas trop la nuit. Ma baraque est un foutu souvenir ambulant, un grand huit émotionnel, où que je mette les pieds. Je m'y revois il y a vingt ans, avec ma famille… Un quotidien ordinaire, mais j'étais heureux ! Et puis, tout s'est cassé la gueule, comme ça, paf !

Owens accompagna sa tirade d'un geste du bras et fixa le sol d'un œil triste.

— Maggie qui me laisse tomber pour un gosse de ton âge, mon fils qui se marie et qui déménage à L.A. avec sa femme et son premier rejeton. Et moi seul, planté là comme un con dans ce trou à rats, des souvenirs plein la tête. Deux ans que ça dure et quoi que je fasse, je n'arrive pas à me débarrasser du peu d'affaires que Mag n'a pas emportées ! C'est triste, hein ? Alors plutôt que de déprimer, je passe un maximum de temps sur le pont. Y a jamais rien ici, je m'emmerde, mais ça me soulage, ça me rassure. C'est un besoin presque vital, tu comprends ?

Comment est-ce que je pourrais comprendre une chose pareille ? rumina Phil qui vivait la situation inverse. *Je tuerais pour être enfin libre de voler de mes propres ailes…*

— En parlant de coup de fil…

Owens fourra la main dans sa poche, puis leva le bras et mit en évidence un portable rose bonbon dans son scellé. L'engin au grand écran plat maculé de sang séché était entouré d'une coque en plastique jaunie incrustée de faux diamants.

— L'appel était anonyme. Impossible de savoir si ça venait de ce téléphone.

— Ça m'étonnerait que ce soit le cas.

— Moi aussi. Bref, le standard a sonné pendant que je bouquinais. Je t'avoue que ça m'a filé une belle trouille. J'ai décroché. Ça a duré quelques secondes. Une voix féminine. Toute petite. C'est à peine si je l'entendais. La personne au bout du fil m'a donné cette adresse et demandé mon aide.

— C'est tout ?

— Ça a raccroché sans que je puisse demander plus de renseignements.

— Tu penses que c'était elle ?

— Non, j'ai plutôt pensé à un canular. Mais comme je te disais, on se fait tellement chier ici que je me suis dit que ça valait le coup de vérifier. Et j'ai bien fait !

Phil désigna le portable du menton.

— Et tu l'as trouvé où ?

— Par terre, à côté de la baignoire. Il a bien pris l'eau, malheureusement. Ça va être compliqué d'en tirer quelque chose.

Phil ne répliqua pas tout de suite, vaincu par tant de dilettantisme. Songeur, il se contenta de fixer l'objet dans son étui tacheté de rouge.

On était à la limite de l'incompétence.

— Tu n'as qu'à me le filer, je m'en occuperai une fois de retour dans la Vallée. Avec un peu de chance, on le fera parler.

Puis sans attendre sa réponse, il entra dans la salle de bains.

9

DENNY'S
200 SOUTH AKERS STREET, VISALIA
COMTÉ DE TULARE, CALIFORNIE
LUNDI 18 MAI 2020
9 H 01

— *Et nous continuons ce flash avec la surprenante victoire des Visalia Rawhides sur le terrain des Lancaster Jethawks, hier soir, sur le score de 8 à 7! Qui l'eût cru, n'est-ce pas, mon cher Peter ?*

— *Ce n'est pas peu de le dire, Jane ! Il fallait avoir le cœur bien accroché. Les Rawhides devaient compter sur un improbable concours de circonstances pour espérer l'emporter chez LE favori de la ligue cette saison. Personne ne misait sur eux avant cette rencontre. Personne ! Pour ne rien arranger, Lancaster a pris un net avantage dès le départ, menant 4-0 après seulement deux séries. Les Jethawks semblaient tranquillement se diriger vers un nouveau succès. Et puis, la magie a opéré. Les astres se sont alignés et Visalia l'a fait! Une remontée inespérée, ponctuée de deux* home run *pendant la dernière série ! Quel retournement de situation. Quel final ! Les Jethawks étaient invaincus depuis un mois et n'affichaient qu'une seule défaite au compteur depuis l'ouverture de la ligue. Vous réalisez l'exploit que ça représente ? C'est démentiel ! Les Rawhides sont partis pour nous faire une saison d'enfer! Je me frotte les mains pour la suite des événements. S'ils continuent comme ça, qui sait jusqu'où leur série incroyable les mènera ?*

— *En tout cas, ils la doivent en grande partie à Travis Russell, non ?*

— *Si vous voulez mon avis, le coach d'Onofrio va devoir songer à ériger une statue pour son batteur chéri ! Même à trente-neuf ans, « Travis l'Éclair » continue d'enchaîner les prestations de haute volée. Il est sur une lancée ab-so-lu-ment dingue ! Ce type est un grand malade ! Encore une fois sans conteste l'homme du match, avec ce* home run *au bout du suspense. C'est un joueur à part. Un leader. Il n'y avait qu'à voir la hargne qu'il a réussi à insuffler chez ses plus jeunes équipiers ! Ce mec, c'est de l'or massif. Jusqu'à quel âge va-t-il tenir ce rythme endiablé, Jane ? C'est de la pure folie ! S'il continue de la sorte, il va se battre pour le titre de MVP*[1] *cette année encore. Il aurait mérité d'évoluer encore quelques années en ligue majeure, croyez-moi…*

— *Mais je vous crois, Pete. Je vous crois. Et si on jetait un coup d'œil au classement ? Dans la division Nord, avec désormais soixante pour cent de victoires…*

La voix suave et envoûtante de la présentatrice télé couvrait le cliquetis des couverts et le murmure environnant pour résonner dans les tympans de Dimitris comme une douce symphonie. Celle de son acolyte Peter, plus rêche, rappelait sans cesse le flic à sa dure réalité, dans ce *diner* bondé et bruyant envahi par l'odeur des pancakes, du bacon grillé et du café.

Perché sur un tabouret à l'assise trop rigide et accoudé au comptoir, le visage barré par un masque mêlant énervement, ennui et contrariété, le Grec débattait en interne du sentiment qui prédominait.

Certainement un mix des trois, résuma-t-il dans sa barbe.

Son cœur battit plus fort. Même s'il essayait de s'en dissuader, son cocktail émotionnel comportait un ingrédient supplémentaire.

La peur.

— Voilà pour vous.

— Merci.

Les mains de Dimitris enserrèrent la bouteille de bière. Le lieutenant ferma les yeux un instant. Le contact du verre froid sur sa peau l'apaisait.

1. *Most Valuable Player*, une distinction sportive toutes catégories confondues attribuée au meilleur joueur d'une compétition.

Il descendit la moitié de sa blonde d'un trait. Le liquide frais dévala son œsophage. Rien de tel pour se remettre en selle ! Il s'essuya la bouche du revers de sa veste, sous le regard ébahi de Gary, le manager. On ne servait pas d'alcool avant midi au Denny's de South Akers, mais Dimitris s'en foutait. Son insigne l'affranchissait de ces règles à la con, comme on défonçait une serrure au pied-de-biche. Gary le laissait faire, même si ses signaux corporels trahissaient tout le mal qu'il pensait de cette pratique.

Dimitris lui jeta un regard mauvais.

À tous les coups, ce salopard de chauve rondouillard le prenait pour une épave, un de ces flics dépressifs, sans talent et sans but précis dans la vie. Sauf qu'il ne savait pas à quoi ressemblait le quotidien d'un flic dans ce trou à rats.

Putain d'ignare.

Le Grec en avait ras le cul de ce job. De cette vie trop simple. Qu'est-ce qui lui avait pris de venir s'enterrer à Visalia, sur les conseils de son grand-père Victor, au lieu de tenir un poste similaire chez lui, à San Bernardino, la ville de tous les excès ?

Il connaissait très bien la réponse. Ici, il pensait se la couler douce. Pas besoin de se tuer au travail. S'occuper des petits trafiquants de drogue du coin, des merdeux mal éduqués en manque de repères. Boulot dont il s'acquittait à l'économie, par la force de l'habitude. Moins il en faisait, mieux il se portait et pourtant, à sa grande surprise, la routine commençait à le saouler presque autant que les degrés d'alcool qu'il ingurgitait. Visalia avait mené une guerre sans merci contre les gangs ces vingt dernières années. Efforts payants.

Dimitris étouffa un rot et jeta un œil apathique, presque hautain à Gary qui continuait de le dévisager avec une animosité non feinte. Il pouvait toujours y lire le mépris et le dégoût de le voir picoler en pleine matinée. Mais il n'en avait cure. D'une, c'était le remède parfait après avoir passé la nuit en goguette. Ne dit-on pas « guérir le mal par le mal » ? De deux, le boss l'avait tiré du lit et ordonné d'aller interroger Forsberg. *Carl Forsberg !* Et pourquoi pas le Pape pendant qu'on y était ?

Vu les circonstances, quoi qu'il tente, il était impossible d'y échapper. Rien que d'y penser, ça le foutait en rogne.

Il se gratta le bouc avec une nonchalance désarmante. Ses iris se posèrent une nouvelle fois sur l'écran avant de se perdre dans l'étain perclus de rayures du comptoir.

Pourquoi faut que ça me tombe dessus ? Comment est-ce que je vais gérer ce bordel ?

Il fallait se l'avouer, vu ses méthodes peu orthodoxes, son caractère de chien enragé, il allait droit à l'abattoir en se retrouvant seul à seul avec un molosse de la taille de Carl Forsberg. Un seul geste, un seul mot de travers et sa carrière était foutue. Son nom serait traîné dans la boue. Il pourrait dire adieu à sa vie tranquille de flic planqué, et s'en tirerait bien s'il trouvait un job de magasinier en centre-ville ou de vendeur de hot-dogs aux abords du stade de baseball sans se faire emmerder par l'avocat.

Et encore.

Réfléchis, mon vieux, tu vas bien trouver un angle d'attaque pour le cuisiner sans te faire bouffer, non ?

Il avait bien des idées. Brosser Forsberg dans le sens du poil. Éviter de le regarder dans les yeux. Adopter un ton neutre, monotone, quitte à paraître distant et ennuyeux. Et surtout, surtout, rester maître de ses émotions. L'agacement, la colère et même toute marque d'empathie devaient demeurer à la lisière de la forêt dense et insondable de ses sentiments.

Les douces notes de ukulélé du jingle annonçant le bulletin météo l'arrachèrent à ses pensées. Une splendide blonde, la robe blanche moulante mettant en valeur ses formes avantageuses, entra dans le champ de la caméra. Juchée sur de hauts escarpins noirs, elle dévoila un sourire cristallin avant de s'adresser à son auditoire.

— *Bonjour, il est 9 h 05…*

Dimitris eut l'impression que mille aiguilles le piquèrent en même temps.

9 h 05 ?

Il venait de passer plus d'une heure à glander sans que sa marche à suivre ne progresse d'un iota. Il avait été con en pensant que quelques degrés d'alcool matinaux allaient lui éclaircir les idées. Tout le contraire se produisait. Le fruit de sa réflexion ressemblait à la mélasse ignoble qu'avalait à grands coups de fourchette et de sourds grognements le petit vieux assis juste à côté de lui.

Et maintenant voilà que le temps lui faisait défaut. D'ici une heure, peut-être deux, le boss l'appellerait sans faute pour un premier débriefing.

Dimitris avala une dernière rasade de bière et repoussa la bouteille aux trois quarts vide sur le comptoir, où elle vint tinter contre le verre trempé de sa semblable engloutie une demi-heure plus tôt. Puis il déposa un billet de vingt et s'éclipsa sans même attendre la monnaie.

Les idées floues, le souffle court, il s'engouffra dans le véhicule de police – une Ford Crown Victoria blanche aux ailes avant et arrière noires, flanquée d'un gros « VISALIA POLICE » en lettres capitales – et se mit en route pour la demeure de l'avocat.

*

6510 West Lark Court.

Il ne fallut pas plus de dix minutes au Grec pour garer sa voiture sur le bas-côté, devant un immense champ de blé, en marge d'une propriété encerclée par un épais mur de béton surmonté de grilles noires en fer forgé, tout au bout de Riggin Avenue, dans le quartier calme de Goshen.

Un vrai trou perdu qui fleurait bon le fric.

Dimitris quitta son véhicule en se protégeant les yeux. L'astre de feu daignait enfin se montrer et baignait la scène de ses premiers rayons meurtriers. Main en visière, douleur vissée au crâne, le flic traversa la rue d'un pas réticent en contemplant l'imposante bâtisse aux allures de fort imprenable, lorsqu'un crissement de pneus suivi d'un long coup de klaxon le firent sursauter.

— Hé ! Fais attention, putain !

L'automobiliste, un type à la peau basanée recouverte de tatouages et aux yeux cachés derrière de grandes lunettes de soleil noires, hurla et ponctua son avertissement d'un doigt d'honneur plein de dédain. La décapotable redémarra et les basses de la musique rap poussées à fond s'éloignèrent.

En temps normal, le lieutenant aurait sorti son insigne et parlé du pays à cet enfoiré qui se permettait de l'insulter.

Mais pas aujourd'hui.

Focalisé sur son but, le Grec ne releva même pas et termina sa traversée en traînant des pieds comme un gosse un jour de rentrée des classes. Tout juste estima-t-il judicieux de mettre son uniforme la prochaine fois, histoire de s'éviter pareille déconvenue.

Il s'approcha de la grille et son index hésitant finit par presser le bouton de l'interphone.

Un bourdonnement se fit entendre.

Le plus dur commençait et, à moins d'un miracle, il ne pouvait plus reculer. Son esprit s'emballa, générant une flopée d'accroches de dialogue sans qu'il ne puisse mettre clairement ses idées en place. Les questions s'agitèrent en tous sens et amplifièrent les céphalées qui lui vrillaient les neurones.

Attaquer Forsberg sans le froisser.

Une minute s'écoula.

Rester calme, l'interroger et faire demi-tour.

Une deuxième.

Nouvelle pression du doigt sur l'interphone. Un peu plus assurée cette fois.

Dimitris regarda au travers des épais barreaux de fer. À une dizaine de mètres, il distingua un gros pick-up gris métallisé garé au bout d'une sinueuse allée de graviers.

Forsberg avait l'air d'être chez lui. Quoique rien n'était moins sûr. Vu la réputation qu'il se traînait, l'homme de loi ne devait pas se contenter d'une seule bagnole. En tout cas, c'est ce que lui aurait fait, s'acheter un paquet de bolides de luxe avec plein de chevaux sous le capot.

Un pour chaque jour de la semaine, fantasma le Grec. *Et pareil avec les femmes.*

Une nouvelle minute passa sans que la situation change. Dimitris leva les yeux en l'air, agacé. À cette heure-ci, il était fort probable que l'avocat soit déjà au bureau.

Il secoua la tête et se reprocha ce stupide détour chez Denny's avant de se ramener par ici.

Mais ce n'était pas le moment d'abandonner. Au mieux, Carl Forsberg était là et il en finirait vite. Au pire, il s'adresserait à son épouse Anne avant de se rendre à son cabinet.

Dimitris s'amusa de cette soudaine prise d'initiative.

Bonne idée, ça, mon vieux. Ça va plaire au patron en plus. Et même ce con de Phil sera sur le cul.

Le Grec approcha une nouvelle fois son doigt de l'interphone mais s'arrêta à quelques millimètres de son but.

Peut-être que c'est cette foutue sonnette qui ne marche pas ?

Toujours inquiet à l'idée de se frotter à la crème du barreau local, mais décidé à ne pas attendre une seconde de plus, Dimitris posa une main sur la grille d'entrée. Il ne venait pas ici pour le plaisir, alors autant en finir le plus vite possible avec cette corvée. Faire de son mieux, puis débriefer avec le chef et rentrer se coucher, histoire de rattraper les cinq ou six heures de sommeil disparues en même temps que les verres qu'il s'était envoyés la veille sous les stroboscopes du Cellar Door.

Pas question de rentrer bredouille.

Dimitris força son destin d'une petite poussée du bras.

À sa grande surprise, le portillon céda en grinçant, dévoilant un bout de terrain à sa droite. Dimitris termina de l'ouvrir d'un coup sec de la paume, regarda autour de lui comme un kleptomane craignant d'être pris en flagrant délit, et pénétra dans le jardin de l'immense demeure.

10

1406 CHEROKEE OAKS DRIVE, THREE RIVERS
COMTÉ DE TULARE, CALIFORNIE
LUNDI 18 MAI 2020
9 H 14

Une petite baignoire rouge.

Rouge sang.

L'eau mêlée à l'hémoglobine affluait bien au-delà de son contenant et se déversait sur le sol, meublant chaque interstice et recoin de la salle de bains carrelée de blanc.

Phil pataugea en maugréant, une main en coupe devant le nez. Quelle puanteur abominable ! Il leva la tête et ses yeux accrochèrent le cadavre. Une sublime brune aux cheveux courts, à la peau laiteuse et à la poitrine opulente.

Nue.

Étendue.

Putain, il a pas fait semblant…

Le corps flottait dans sa nacelle aquatique, paupières semi-ouvertes, pupilles figées vers le plafond immaculé. Son bras droit traînait par-dessus la fonte de la baignoire, exhibant une profonde entaille à la base de son poignet. Sa main pendouillait, maintenue par quelques fibres musculaires récalcitrantes.

À la vue de ce tableau macabre, Phil se sentit à l'étroit dans sa chemise noire. La nausée le gagna et son estomac privé de petit déjeuner se contracta violemment. Les maux de ventre plièrent le flic en deux l'espace d'un instant, tandis que son cerveau s'affolait face à cette apparition pourtant attendue.

Owens, plutôt calme et contemplatif jusque-là, l'interpella comme si ses pensées lui étaient parvenues.

— C'est moche, hein ? Elle a les veines et les tendons sectionnés.

La remarque de l'inspecteur eut le don de faire oublier à Phil son début de malaise.

— Merci, mais ça, j'avais compr…

— Pas tailladés, sectionnés, appuya Owens. Selon le légiste, ça va un cran au-dessus de ce qu'on voit d'habitude. C'est profond. C'est net. Pile au niveau de l'articulation. Il n'y a pas eu un soupçon d'hésitation dans le geste. En regardant bien on aperçoit même une partie de l'os, là… Je sais plus son nom, mais bref, pour moi, elle a voulu en finir pour de bon et elle ne s'est pas loupée, la petite, c'est le moins que l'on puisse dire. Dieu que c'est malheureux, cette jeunesse qui se fout en l'air comme ça…

Phil n'en croyait pas ses oreilles.

— Je ne suis pas d'accord. Impossible de dire ce qu'il a pu se produire. D'ailleurs, pour avoir un trait de section aussi sec, comme tu le dis, il faut une bonne grosse lame et une sacrée dose de détermination. Je ne suis pas psy, mais si je décidais de me suicider, je ne pense pas être capable de faire preuve d'autant de cran ! J'aurais au moins hésité avant de me tailler les veines… Ou alors, je me serais mis une balle dans le crâne. Ça, au moins, c'est radical.

Owens, mal à l'aise, se gratta ce qu'il lui restait de cheveux sur le caillou tout en fixant la victime.

— Oui, c'est sûr, concéda-t-il dans un soupir. Mais c'était qu'une supposition, hein. C'est la première fois que je vois ça en vingt-cinq ans de carrière.

— Et pendant que j'y suis, continua Phil, elle est où, cette lame ? Je suis curieux de savoir à quoi elle ressemble. On a quoi ? Un couteau de cuisine ? Autre chose ? Si c'était une lame crantée du type couteau de survie, on aurait eu de la charpie à la place de cette belle section.

— Euh, bah… je n'ai pas fait gaffe en arrivant, à vrai dire… J'imagine que le légiste l'a embarquée avec lui. Je l'ai laissé faire son job. Pas envie d'être au milieu. Pour être honnête, j'avais assez à faire avec la fouille du reste de la maison. Et puis il a fallu raccompagner Leblanc sur le perron.

La bruyante expiration de Phil fit écho à son impatience grandissante. Les pirouettes d'Owens pour se soustraire à la réalité de la scène commençaient à lui taper sur le système. Il plissa les lèvres et pointa du doigt le sac en plastique que tenait l'inspecteur.

— Ça m'étonnerait. Ça m'étonnerait beaucoup, Jeff. Dans quel monde le légiste se barre avec les pièces à conviction ?

Owens se figea, immobilisé par l'absurdité de ses propos.

— Tu... Tu veux dire qu'il n'y a pas d'arme ?

Phil remarqua que le vieux flic transpirait. Avec ses cheveux clairsemés gris-blanc, son uniforme couleur ciel et ses yeux affolés, le pauvre paraissait complètement dépassé par les événements.

Calme-toi, tout le monde n'a pas la palme de la vivacité d'esprit. Ni celle du bon sens... Mets-toi à son niveau.

— Non, c'est même le contraire. Je veux dire qu'il y en a forcément une, d'arme, expliqua Phil. Mais on ne l'a pas encore trouvée. Ou alors elle n'est pas ici. S'il s'agit d'un homicide, peut-être que le coupable l'a embarquée et s'en est débarrassé après. Enfin, selon moi, vu son état, la victime ne s'est pas entamé le poignet jusqu'à l'os toute seule ! Je mettrais bien un billet sur une deuxième personne. Quelqu'un qui se trouvait ici avec cette femme et qui a décidé d'en finir avec elle.

— Un meurtre ? abonda Owens en croisant les bras. Sincèrement, je ne comprends pas qui voudrait tuer une femme comme ça, dans ce village loin de tout.

— On ne peut pas en être certain, mais je pencherais pour un homicide, oui. Tout ce merdier est bourré d'incohérences.

Phil tendit le bras pour appuyer ses propos.

— Par exemple, ce petit meuble en bois, là, à côté de la baignoire. On voit des traces fuyantes de sang. J'imagine que le téléphone était posé dessus ?

— Je pense, oui, bien qu'on l'ait trouvé au sol. Où est-ce que tu veux en venir ?

— Elle l'a manifestement pris à cet endroit. Vu sa position, elle l'a forcément attrapé de sa main droite. Comment a-t-elle fait avec l'articulation dans cet état ? Sans parler de la douleur, c'est juste impossible qu'elle ait pu s'en saisir ! Et puis, pourquoi la baignoire est-elle pleine de sang alors que son bras pendait à l'extérieur ?

— Tu m'en poses de belles, argua Owens en haussant les épaules. Elle a très bien pu se sectionner les veines, gardé la main dans la baignoire un moment, puis regretté son geste et essayé de nous appeler, malgré la douleur.

— J'ai du mal à l'imaginer, mais ce n'est pas impossible. Soit. De toute manière, tant que le doc' revient pas, on ne pourra pas avancer sur ce plan-là.

Phil scruta l'eau du bain aux teintes carmin.

— Quoique…

— Quoi ?

— Owens, tu as un gant ou de quoi me protéger ?

— Non, désolé, on n'a rien du tout. Va falloir attendre le légiste.

Phil rumina dans sa barbe.

J'aurais dû m'en douter.

— Tant pis. C'est l'heure d'aller à la pêche. Faut bien que quelqu'un se dévoue, sinon on ne s'en sortira jamais.

Avant qu'Owens ne l'en empêche, Phil retira sa veste et la jeta dans le vestibule, puis retroussa la manche droite de sa chemise à hauteur de biceps. Il plongea ensuite la main dans l'eau froide et visqueuse jusqu'à ce que ses doigts tapotent le fond de la baignoire. Son avant-bras immergé aux trois quarts touchait çà et là le corps raidi de la jeune femme.

Respiration quasi coupée face à l'odeur pestilentielle, le lieutenant déglutit, serra les dents et évita tout contact visuel avec la malheureuse. Si on lui avait dit hier soir en se couchant qu'il serait là, une demi-journée plus tard, penché au-dessus d'un cadavre dans une eau troublée par le sang, il ne l'aurait sans doute pas cru.

Ce n'était pas prévu au programme, nom de Dieu.

— Qu'est-ce que tu fabriques ?

— T'occupe, Jeff. Laisse-moi vérifier un truc. Putain que c'est froid ! Et on n'y voit que dalle ! Je vais bien… attends… ah…

Sous l'effet du brassage aqueux, le bruit sourd d'un objet heurtant la fonte de la baignoire à intervalles réguliers remonta jusqu'aux oreilles des deux flics.

Clong, clong.

Phil esquissa un sourire gêné et tira hors de l'eau sanguinolente un gros couteau de cuisine en céramique.

— Hé ben voilà ! Ce n'était pas si compliqué !

— Incroyable ! s'écria Owens en oubliant que son collègue venait sciemment de souiller la scène. C'est un suicide, alors ?

Phil mit au placard ses remarques sur le sens étrange de la déduction de l'agent et considéra le couteau au manche et à la lame noire.

Ce truc doit faire une bonne vingtaine de centimètres…

— Je te l'ai dit : aucune idée. Va falloir s'en assurer, mais je trouve bizarre qu'une gonzesse se taillade les veines avec un jouet de cette taille et l'abandonne dans la flotte.

— C'est aussi louche pour un assassin de laisser l'arme du crime sur place, renchérit Owens.

— Je te l'accorde.

Phil posa l'arme sur le meuble en bois, se rinça le bras tant bien que mal sous le jet tiède du lavabo et s'essuya avec l'une des serviettes accrochées au radiateur mural, près de la porte. Le sang teintait en partie son épiderme, sans qu'il puisse s'en défaire. Tant pis, il ferait disparaître ça plus tard. Sa peau était sèche et c'était le principal. Résigné, Phil rabattit sa manche et interpella Owens à nouveau.

— Sinon… On m'a parlé de documents, est-ce que tu les as ?

— Ouais, ne bouge pas.

Le vieux flic tourna les talons et s'éclipsa un instant pour revenir avec une liasse de feuilles A4 fripées. Un sacré paquet. Phil estima la pile à une grosse cinquantaine de pages.

— On les a retrouvées par terre, dans le salon. À côté de deux pochettes en carton. Comme si quelqu'un les avait balancées. C'est la seule chose qui m'a intriguée. Enfin, à part ça… bien sûr, ajouta Owens, livide, en désignant du menton la dépouille de la victime.

— Et si ces papiers sortaient du lot, pourquoi ne sont-ils pas sous scellé ? Qui sait ce qu'on aurait pu relever comme empreintes ?

— Je n'avais pas les idées claires en entrant ici, tu sais. Le corps, le gamin à gérer… Et puis, je pense que tu es mal placé pour parler empreintes, tu ne crois pas ?

Le vieux marquait un point. Contrarié, Phil s'empara de la liasse et s'empressa de faire défiler les pages, comme absorbé. Deux noms bien connus le frappèrent au premier regard.

EduCorp.

William Sullivan.

J'espère que cet idiot sait ce qu'il fait…

Ses pensées furent interrompues lorsqu'il vit le nom du cabinet Forsberg en haut à droite de la dernière page du premier rapport.

— Ça confirme ce que disait le boss.

— Et c'est bien pour ça qu'on vous a appelé ! rebondit Owens, dont la confiance semblait revenue. Carl Forsberg, de près ou de loin, doit être lié à tout ça.

— C'est bien possible. Ces copies lui appartiennent, ça ne fait aucun doute.

— Sans compter les noms inscrits sur les pochettes. William Sullivan et EduCorp. Tout nous ramène à Visalia.

Phil ne releva pas et replongea dans les feuillets.

Il trouva un rapport général d'audit financier d'EduCorp, pointant les fonds investis et l'historique d'entrepreneur de William Sullivan.

Son ami Will.

Il en avait presque oublié la question la plus importante.

Owens, hagard, fixait le corps nu dans la baignoire. Une sincère tristesse se lisait sur son visage rêche et émacié ravagé par les années.

— Jeff, est-ce qu'on a identifié la victime ?

Phil se sentit honteux de ne pas avoir posé cette question d'entrée de jeu. Au fond de lui, il devait la redouter.

L'agent hocha la tête avec vigueur.

— Oui, ça c'est plutôt facile. Je ne sais pas pourquoi je ne t'en ai pas parlé tout de suite, d'ailleurs. Il s'agit d'Erin Silva. Vingt-cinq ans. Une fille sans histoires, arrivée dans le coin il y a quelques mois à peine. Elle bossait à temps partiel en tant que secrétaire au Réseau de santé familiale, sur Sierra Drive. Depuis janvier, il me semble. Une belle plante comme ça, on la remarque d'emblée, surtout à Three Rivers, où tout le monde se connaît. Pour le reste, va falloir creuser.

Pas trop loin si possible, songea Phil.

Il ne put s'empêcher de reluquer à son tour la dépouille dans la baignoire.

— Erin Silva ? Pas possible ! Elle ne lui ressemble pas du tout…

Les yeux du flic s'attardèrent sur le visage terne de la victime. Il détailla ses lèvres bleutées, fines et étirées. Son petit nez retroussé. Ses yeux bleu océan. Ses formes généreuses. La croix gothique tatouée sur son épaule droite.

Il savait que c'était elle mais se contenta de rester vague.

— Merde, c'est vrai qu'il y a un air. Et puis elle avait, semble-t-il, déménagé de Visalia. C'est donc ici qu'elle s'était installée ?

— Tu la connais ?

— Oui, vaguement. Elle bossait pour un ami jusqu'à…

Phil blêmit et dut se reprendre. Et Owens devait avoir vu sa tronche effarée l'espace d'une seconde.

Il quitta précipitamment la salle de bains, téléphone portable en main, avant qu'Owens ne rebondisse sur l'identité de *l'ami* en question.

Il avait un coup de fil urgent à passer.

11

6510 WEST LARK COURT, VISALIA
COMTÉ DE TULARE, CALIFORNIE
LUNDI 18 MAI 2020
9 H 22

Le jardin de la propriété des Forsberg s'étendait sur plusieurs centaines de mètres carrés, accentuant la majesté de la gigantesque bâtisse érigée en son centre : la réplique d'une *hacienda* plantée à l'extrémité du quartier de Goshen comme le serait une île privatisée au milieu du Pacifique.

L'avocat aimait faire étalage de ses richesses et l'exubérance de sa demeure principale le reflétait sans aucun doute, remarqua Dimitris en découvrant les hauts murs blancs et les multiples fenêtres témoignant du nombre astronomique de pièces qui la composaient.

Malgré la fatigue qui le plombait, phénomène renforcé par ces foutues bières qu'il regrettait d'avoir ingurgitées trop tôt, le flic demeura en alerte : pour lui, trouver ouvert le portillon de ce bunker relevait de l'absurde.

Il traversa le jardin sans perdre de temps. Le nez irrité par l'odeur du gazon mouillé qu'il détestait par-dessus tout, ses yeux accrochèrent le faible halo de lumière jaune qui émanait de l'une des fenêtres à l'étage malgré la clarté du jour.

Il y a donc bien quelqu'un. L'interphone devait être hors d'usage, après tout.

Rassuré, le Grec gravit les quelques marches de granit qui le séparaient de l'entrée. Là, il sonna avant de frapper le bois noble de la porte d'un poing ferme et décidé.

Trois coups.

Toujours rien.

Quelques secondes suffirent à l'impatience pour dominer le flic, comme à l'accoutumée. Il se mit à tambouriner sans discontinuer, de quoi faire enrager n'importe quel habitant en temps normal.

Putain, il y a un truc qui cloche...

Dimitris cessa son vacarme et tenta d'ouvrir la porte. Sans succès.

Fataliste, il posa la main sur son smartphone. Fallait-il appeler le boss, demander des renforts ? Non, après tout, il n'avait même pas mis le pied à l'intérieur, ça serait bête de rameuter la cavalerie pour tomber sur une maison vide de ses occupants. On le prendrait pour un fou et son défaut de jugement serait pointé du doigt. Sans compter Phil, qui ne manquerait pas de se moquer de son intuition défaillante, ou pire encore, les Forsberg, capables de le poursuivre pour violation de domicile.

Dimitris balaya cette option. Il détestait par-dessus tout qu'on l'accule en remettant en cause ses capacités.

Mais que dire de la grille ouverte et de la lumière à l'étage, alors ? Un simple oubli ? Ça lui arrivait à lui aussi de se tirer de son appart' en quatrième vitesse en laissant la lumière allumée. Pour la porte, c'était autre chose.

Il haussa les épaules. Était-il la meilleure des références ? Clairement, non. Conclusion, les Forsberg avaient droit au bénéfice du doute...

Après une ultime hésitation, Dimitris trancha en faveur de l'option qu'il foutait toujours à la poubelle la première en temps de paix : *rester* et *poursuivre* son investigation. Il recula de cinq bons mètres. Coup d'œil à la ronde. Sur la gauche, une étendue de gazon et de ciment, au milieu de laquelle une piscine en L fuyait en aval jusqu'à disparaître dans l'angle de la baraque. Le lieutenant l'ignora et opta pour la droite. Ses bottes crissèrent en s'enfonçant dans le chemin de graviers creusé d'un sillon qui l'amena du côté du garage. Il s'approcha du pick-up et s'étonna de le voir souillé par la terre qui formait de minuscules dépôts brunâtres sur la carrosserie, les fenêtres et le pare-brise. Ce dernier était fissuré en son centre, sur une bonne dizaine de centimètres.

Le Grec s'attarda sur les roues du bolide, méconnaissables sous une épaisse couche de boue séchée mêlée à des plantes. La calandre était endommagée, les phares avant explosés. Dimitris avisa les deux tracés de terre qui connectaient le véhicule au grand portail en contrebas et resta perplexe. De ce qu'il savait à son sujet, Forsberg n'était pas un mec qui négligeait ses affaires, encore moins ses signes extérieurs de richesse.

Poussé par la curiosité, le flic plissa les yeux et reluqua l'intérieur du véhicule. Il ne distingua rien qui sorte de l'ordinaire, hormis une sacoche par terre, côté passager. L'habitacle brillait comme un sou neuf ou presque, contrastant avec l'apparence externe du véhicule.

Ils ont dû faire une escapade en famille le week-end dernier et avoir un accident. Ça n'arrive pas qu'aux autres, après tout.

Dimitris avait beau se le dire, il savait que ce n'était pas ça. Même si son intuition le trompait souvent, cette fois, il sentait que le vent tournait.

Il abandonna le Range et s'émerveilla devant la porte de garage sectionnelle marron face à lui. Forsberg ne s'emmerdait pas, dis donc ! Ce type d'installation coûtait une fortune.

L'accès latéral était béant.

Ça commençait à faire beaucoup de portes ouvertes.

Le lieutenant traça son chemin au milieu des bibelots et des étagères où s'entreposaient les réserves de bouffe et d'alcool de la famille Forsberg. Il slaloma entre des caisses remplies de bouquins, obnubilé par la énième porte dressée devant lui. Celle qui le séparait de l'intérieur de la villa. Il n'hésita pas au moment d'en abaisser la poignée.

Tant pis si le maître des lieux était là, il brandirait son insigne et son inquiétude ferait office de prétexte à son intrusion.

Forsberg comprendrait ça, non ?

Encore une fois, la porte céda sans broncher.

La cuisine se matérialisa devant lui.

Dimitris plaqua une main sur son nez et sa bouche. Ses yeux s'écarquillèrent de surprise.

D'horreur.

L'îlot central de marbre gris et noir était zébré de rouge foncé, celui du sang coagulé. Une odeur dominante de fer couplée à celle, plus écœurante, de chair en décomposition, stagnait dans l'air. Visage déformé par le reflux acide brûlant son œsophage, Dimitris garda ses iris fixés sur le jack russell qui se tenait devant lui.

Ou plutôt ce qu'il en restait.

Crâne défoncé, les quatre fers écartés dans une position improbable, le corps rigide, un trou béant laissait apparaître une mélasse de boyaux et de sang séché à la place du ventre du canidé. Une partie des organes avaient été extraits et posés sur l'îlot. La joyeuse petite boule de nerfs que devait être l'animal était réduite à cette dépouille écartelée, raidie et grotesque.

Qui pouvait être assez taré pour faire ça ?

Dimitris porta une main à son cou et déglutit avec peine pour réprimer l'envie de vomir qui le prit aux tripes. L'improbabilité de la situation relégua à des années-lumière son incartade matinale au bar. Le flic s'octroya quelques secondes nécessaires pour retrouver ses sens, sortit son arme du holster caché sous sa veste, la pointa devant lui et traversa la cuisine avec prudence, son avant-bras libre plaqué sur son nez en vain rempart contre l'odeur pestilentielle. Il inspecta furtivement chaque recoin de l'endroit tout en prenant soin de ne pas poser les yeux sur le pauvre chien. Rien d'autre ne semblait sortir du lot, mais la nervosité et la sensation d'inconfort qui traversaient le flic ne l'aidèrent pas à s'en assurer.

— Police de Visalia ! Y a quelqu'un ? Si quelqu'un est là, montrez-vous les mains en l'air !

Sa voix fébrile se heurta au rideau invisible du silence environnant.

Que je suis con… Comme si la personne qui avait fait ça allait gentiment me dire : « Oui, oui ! Je suis là ! Je me rends ! »

Sournoises et opportunistes, les interrogations qui lui collaient au train s'insinuèrent à nouveau dans l'esprit du Grec. Nouvel éventail de choix. Devait-il déguerpir d'ici, appeler Dave et attendre qu'on lui prête main-forte ? Il n'avait aucune envie d'affronter cette maison tout seul. Qui sait si le danger ne s'y tapissait pas, prêt à lui bondir dessus et à l'éventrer, lui aussi ?

Ça se trouve, la sonnette fonctionne et j'ai foutu les pieds dans le plat…

Des dizaines de pointes de sueur perlèrent sur son front à l'évocation de cette possibilité. Transi par le frisson qui remonta le long de son échine, Dimitris songea à se tirer d'ici. C'était sans compter sur ses pas qui, sans qu'il ne s'en aperçoive, le menèrent dans le séjour. Il fut accueilli par l'odeur musquée des senteurs d'ambiance déposées aux quatre coins de l'immense et luxueuse pièce de vie baignée par le soleil.

Une pièce sens dessus dessous.

La grande télé du salon émargeait de cette pagaille, se distinguant par le bleu électrique et agressif qui occupait la totalité de l'écran, comme si on avait laissé ce dernier allumé après l'avoir déconnecté d'un outil périphérique, type lecteur Blu-Ray ou clé USB.

Dimitris resta coi, pétrifié par cette ambiance surréelle. Il prit une grande bolée d'air mais rien n'y fit. Il se sentait à l'étroit, son cœur cognait comme un sourd contre sa poitrine et l'empêchait de réfléchir. Dans quoi avait-il foutu les pieds, bordel ? Il essaya de s'imaginer ce qu'il avait pu se produire, mais ne réussit qu'à alimenter sa confusion. Sous le coup du stress, son niveau de compréhension et de jugement avoisinait celui d'un nouveau-né devant une partie d'échecs.

Il appuya sur le bouton « off » de la télé et expira jusqu'à vider ses poumons. Le bleu hypnotique ne disparut pas pour autant ; il s'était imprimé sur sa rétine, le forçant à cligner des yeux à plusieurs reprises pour dissiper le voile rémanent qui gênait sa vue.

Je dois rester sur mes gardes. Il doit forcément y avoir quelqu'un…

Dans un état second, Dimitris s'engagea dans l'escalier pour fuir ce séjour à l'atmosphère étrangement chaleureuse et hospitalière. Arme au poing, il se dressa face à un long couloir à l'étage, troué à intervalles réguliers par l'accès à ce qu'il devinait être les chambres. Toujours ballotté par des sentiments contraires, suant désormais à grosses gouttes, le Grec se résolut à en finir avec cette baraque une fois pour toutes avant de prévenir le boss.

Certaines personnes avaient un don, un sixième sens pour trouver les toilettes dans une maison qu'ils ne connaissaient pas. Dimitris avait le même, mais pour dégoter la chambre principale. Capacité qui lui avait maintes fois servi pour conclure avec une gonzesse après une soirée arrosée.

Sauf que là, le but était tout autre.

Il était question de lever les doutes qui commençaient à polluer son esprit. Qui accompagnaient l'hypothèse macabre tout droit venue de sa psyché surmenée au fil des minutes.

Il mit les pieds dans la bonne pièce du premier coup.

Les premières lueurs du jour baignaient la chambre de leur clarté blanchâtre, presque angélique. Les stores étaient ouverts aux trois quarts. La même odeur métallique que dans la cuisine saturait l'air.

Dimitris cilla. Ses pupilles se dilatèrent, le vide se fit sous ses jambes à la vue de cette femme au physique frêle dans sa nuisette blanche, recroquevillée sur elle-même, en position fœtale dans son lit *king size*. Un vêtement et un lit perclus de taches rouge foncé, tirant sur le mauve, témoignant de l'important épanchement de sang de sa propriétaire pendant sa présumée lente agonie.

Anne Forsberg gisait dans ses draps, comme endormie, le corps lardé de coups de couteau.

Dimitris, choqué, serra les dents et fit la première chose qui lui passa par la tête.

Il tira le drap d'un coup sec et compta les ouvertures béantes par où l'arme s'était insinuée. S'arrêta, incrédule, après avoir dépassé dix. Une véritable boucherie. Avant-bras, épaules, poitrine, rien n'avait été épargné… Le visage de la pauvre femme, figé dans un abominable rictus de souffrance, présentait une section nette, immonde, au niveau de la bouche. L'estafilade, large sillon de sang séché, se prolongeait jusqu'au menton et à la gorge de la malheureuse.

En plus des blessures infligées à l'arme blanche, le corps d'Anne était perclus de larges auréoles violacées. On avait dû s'en servir comme d'un punching-ball avant de mettre fin à ses jours…

Un massacre. C'est un putain de massacre !

Cette fois, malgré toute sa bonne volonté, son estomac gagna la partie et il rejeta sur le parquet stratifié de la chambre un flot visqueux et mousseux, mélange de bière et de bile, à grand renfort de toux et de raclements de gorge. Il se redressa, essuya sa bouche et chassa les larmes qui lui obstruaient la vue. Tenta de retrouver ses esprits. Il savait ce que signifiait ce meurtre : des emmerdes. Rien que des emmerdes. Sans compter le traumatisme qui perdurerait. Il en avait vu, des cadavres, mais pas dans un tel état !

La main crispée sur le cadre du lit, Dimitris passa une dizaine de secondes supplémentaires à essayer de se remettre en ordre de marche. De toute évidence, Forsberg n'était pas là, sinon il serait dans ce pieu, dans le même état que sa femme, non ?

À moins que ce ne soit lui, l'auteur de ce carnage… Et qui sait si ce n'était pas lui aussi, le coupable de l'homicide de Three Rivers ? Il tirerait ça au clair avec Phil.

L'adrénaline aidant, le Grec rassembla ses pensées, jusqu'à ce qu'une boule de désespoir émerge dans sa poitrine.

Les Forsberg ont deux gosses en bas âge, non ?

Dimitris oublia de respirer l'espace de quelques secondes. Le monde se mit à tourner autour de lui. Arme en main, il opta pour le sprint, quittant le cadavre de la mère pour se lancer dans le vestibule, à la recherche des filles Forsberg. Il essuya plusieurs échecs tombant tour à tour sur la salle de bains, le bureau du patriarche et le dressing, avant de tomber sur une pièce aux couleurs criardes, mélange de violet, de rose et de jaune, jonchée de jouets échoués sur un grand tapis où était imprimée une licorne. *La salle de jeu*, déduit-il.

Personne.

Dimitris persévéra et trouva la chambre des filles, en grand désordre. Deux petits lits une place étaient disposés de part et d'autre de la pièce, couvertures à l'effigie de chevaux galopant défaites.

Il dut se rendre à l'évidence.

Les deux gamines avaient disparu.

12

6510 WEST LARK COURT, VISALIA
COMTÉ DE TULARE, CALIFORNIE
LUNDI 18 MAI 2020
9 H 48

Le Grec raccrocha avec les secours.

Pendant une bonne minute, il perdit tout repère avec le monde réel. Il resta dans un état presque catatonique au beau milieu des jouets qui jonchaient le sol de la chambre des jumelles. Bras ballants, son flingue par terre, son esprit en plein dans la stratosphère.

Une *hacienda* de luxe aux contrastes saisissants. Une propriété emplie de mort et de mystères. Un assassinat. Deux même, s'il comptait le clebs. Et un double kidnapping. Le tout en une seule occasion.

C'en était trop, beaucoup trop pour lui, qui n'était qu'un petit flic de campagne !

Il ne parvenait pas à revenir de cet état de choc. Plusieurs options se pressaient les unes contre les autres dans l'entonnoir de sa pensée. L'ensemble pesait lourd sur sa conscience et pourtant, il ne pouvait faire qu'une chose à la fois.

Prévenir Phil, son coéquipier ?

Appeler le boss ?

Ou carrément appeler le maire ? C'était la fille de ce dernier qu'il venait de trouver assassinée. Ses petites-filles qui s'étaient volatilisées…

Indécis, Dimitris ramassa son arme et se pinça l'arête du nez du pouce et de l'index de sa main libre. Il peinait à trouver un souffle normal, régulier.

Il n'avait surtout pas intérêt à se planter. Cette affaire le foutrait sur un bûcher s'il ne se montrait pas à la hauteur. La première personne qu'il préviendrait le lancerait sur un chemin sans arrêt jusqu'à son terminus.

Qu'est-ce qui l'attendait au bout ?

Sa prochaine action le déterminerait.

Le Grec sortit son portable de la poche arrière de son pantalon, le déverrouilla et, le doigt hésitant, ouvrit son application Internet. Il tapa les mots-clés « mairie, Visalia, contact » et valida sa recherche. Un nouvel écran se chargea. Il ouvrit le premier lien, fit glisser la page d'un mouvement de l'index de bas en haut. Repéra la section qu'il convoitait. Puis appuya sans attendre sur le numéro bleu souligné deux fois et libellé « SECRÉTARIAT » avant de porter le téléphone à son oreille.

Une sonnerie.

Dimitris se mit à respirer la bouche grande ouverte en réfléchissant à ce qu'il allait pouvoir dire pour amener la nouvelle fatidique.

Deux sonneries.

Déglutition soudaine. Incontrôlée. Sensation d'étouffement.

Trois…

Mû par une force invisible, il raccrocha subitement, le cœur battant, haletant comme s'il venait de passer une minute sans oxygène.

Putain ! Non, non… je peux pas… fait chier ! FAIT CHIER !

Il aurait tellement voulu être plus fort et appeler directement la personne la plus concernée par ce carnage. Mais c'était au-delà de ses forces.

Ce n'était pas à lui de se mettre en première ligne.

Tout simplement.

La mort dans l'âme, il en revint aux bonnes vieilles méthodes, aux gestes mille fois exécutés depuis qu'il servait à Visalia et dès qu'il rencontrait le moindre problème. Ses doigts trouvèrent seuls le chemin du répertoire de son mobile. La fiche contact de David Little. Pressèrent la petite icône verte pour entrer en contact avec lui.

Le boss décrocha à la première sonnerie.

Entendre sa voix le rassura un peu.

— Dimi ? Tu en as fini avec le gros Forsberg ? Qu'est-ce qu'il dit de tout ça ?

Le Grec se demanda en quoi Dave se croyait moins opulent que l'avocat. Mais là n'était pas l'important.

— Pas exactement, boss…

— Ne me dis pas que tu as encore déconné ?

— Non, non… c'est pas moi !

— Pas toi qui quoi ?

— Boss… c'est une cata sans nom ici. J'avais encore jamais vu ça… Non seulement Forsberg n'est pas là, mais sa femme… sa femme…

— Quoi, sa femme ?

— Forsberg est pas là, répéta-t-il. Et sa femme est… Elle est morte. On l'a assassinée. À coups…

Souffle court. Tête qui tourne. Pause nécessaire.

— À coups de couteau. Je te jure que c'est pas beau à voir… Elle présente aussi de nombreuses ecchymoses au visage et sur les membres supérieurs. On s'est acharné sur elle. Même le chien de la famille y est passé.

Un silence de cathédrale s'instaura entre les deux hommes, entrecoupé par les halètements de Dimitris. Ce dernier n'osait pas rebondir sur ses paroles et imaginait la tête que Dave devait tirer à cet instant précis, la main sur le ventre, la tête en l'air. Sa marque de fabrique lorsque les émotions le submergeaient.

— L'enfoiré ! Ce n'est pas possible… Ne me dis pas que tu avais raison ?

— De quoi tu parles, boss ?

— Tu insinuais en te marrant ce matin que Forsberg pourrait avoir tué cette femme, à Three Rivers. Et maintenant on se retrouve non pas avec un, mais deux cadavres ? Visalia et Three Rivers ? La *même* nuit ? Est-ce qu'il faut que je te fasse un dessin ?

Dimitris écarquilla les yeux. Quelle était la probabilité pour que deux homicides dans un rayon de cinquante kilomètres se produisent en seulement quelques heures, dans une région où il ne s'était rien produit depuis des années ? Avec le nom de Forsberg associé aux deux scènes de crime ?

C'était tout sauf une coïncidence.

— Pourquoi Forsberg tuerait sa femme, boss ?

— Écoute-moi bien, Dimi. Ne panique pas. On va se sortir de ce merdier, tu m'entends ?

David Little lui-même semblait ne pas appliquer les conseils qu'il prodiguait.

— Une autre question. Où sont ses filles ? Ne me dis pas qu'il les a aussi…

— Non. Enfin, je sais pas. Il est trop tôt pour le dire. En tout cas, elles sont pas là. Leur chambre est en bordel, j'ai rien trouvé qui fasse penser qu'elles sont mortes, elles aussi. Pas de sang. Juste du désordre. Partout. Un foutoir sans nom.

— Forsberg a dû les prendre avec lui dans sa fuite.

— Possible. On va partir là-dessus.

Dimitris le pensait vraiment, et pourtant, le doute l'assaillait. Une suspicion qui prit de l'ampleur quand il se remémora le pick-up dégueulasse et tout cabossé qui dormait près du garage. Il voulut en parler mais les mots refusèrent de sortir. Alors il prit une grande inspiration et tenta d'avancer.

— Et maintenant… on fait quoi ?

— Tu as appelé les secours ?

— Oui, c'est fait.

— Bien. Ne bouge pas. Reste où tu es, je t'envoie des renforts. On va boucler la scène et essayer de la faire parler. Avec un peu de chance, on arrivera à comprendre ce qu'il s'est passé. OK ?

— Et… euh… on fait quoi pour… Anne Forsberg ?

Long soupir du boss.

— Pas le choix, je m'occupe de prévenir Gastón Ramirez. Mais pas tout de suite. Il vaut mieux qu'on ait un maximum d'infos. Ça va être la déferlante dès l'instant où le maire sera informé que sa fille unique est décédée. On a intérêt à avoir des couilles en titane.

— Je vais faire de mon mieux.

— Faire de son mieux, ce n'est pas la question, fiston… Si on ne vient pas à lui avec du concret, on va passer un sale moment.

Garanti. Alors, respire un coup, attends la cavalerie et mettez-vous au boulot. Je veux une confirmation des causes de la mort pour sa femme, et une hypothèse claire sur ce qu'il a pu se passer avec ses filles. Sophia et Ava. Ce sont des jumelles de neuf ans. Longs cheveux bruns. Assez grandes et plutôt maigres pour leur âge. Je t'envoie leur signalement détaillé par message.

— Je sais qui sont les petites Forsberg.

— Je te donne une… non, deux heures. Tant qu'on n'a pas tous les éléments en main, je n'appelle pas Ramirez. Mais l'horloge va tourner, alors… midi, dernier carat. Passé ce délai, je le préviens quoi qu'il arrive. Du concret. C'est compris ?

Dimitris hocha la tête et murmura un « compris » presque inaudible. Le boss raccrocha sans préambule, le laissant seul face à ses démons.

Le Grec devait suivre les ordres. Contrôler l'agitation qui gangrènerait à coup sûr le quartier de Goshen. Une mission quasi impossible.

Moins de dix minutes plus tard, les sirènes des ambulances et des véhicules de police mirent un terme à l'attente anxieuse du policier.

13

1993 AUGUSTA COURT, VISALIA
COMTÉ DE TULARE, CALIFORNIE
LUNDI 18 MAI 2020
9 H 57

Will entra dans ce qui fut jadis le cagibi. L'odeur de plâtre et les relents de peinture flottaient dans l'air.

Il appuya sur l'interrupteur à droite de l'entrée. L'ampoule qui pendait au plafond, vierge de tout abat-jour, s'alluma d'un blanc intense et sauvage, comme pour rappeler à l'entrepreneur qu'il n'avait pas encore pu s'occuper de la déco. Il en aurait sûrement l'occasion plus tard, après avoir terminé de déblayer les gravats qui s'accumulaient au sol, vestiges du mur qui séparait encore il y a quelques jours cette pièce minuscule à l'utilité limitée de sa voisine trois fois plus grande. Mais le temps lui manquait cruellement depuis leur emménagement.

Oui, tout compte fait, c'est là que tout avait commencé à devenir plus long, plus laborieux. Sandy et lui avaient jeté leur dévolu sur cette somptueuse villa de charme typiquement californienne. L'une des dernières disponibles dans ce quartier du sud-ouest de la ville, au milieu des propriétés bordées de palmiers et cotées à plusieurs millions de dollars. De grands espaces cubiques au design épuré qu'ils retapaient petit à petit pour aboutir à un cocon à l'agencement aéré, confortable, chaleureux et fonctionnel. À leur image. Au rez-de-chaussée, ils profitaient d'un séjour presque aussi volumineux que leur ancienne maison nichée en centre-ville. De larges baies vitrées se chargeaient d'opérer la transition vers l'extérieur, où s'étalait une vaste terrasse en bois exotique sans délimitation, sur le jardin et la piscine. À l'étage, en plus des parties communes refaites à neuf, quatre chambres

– deux grandes et deux plus petites – aux couleurs claires et aux multiples ouvertures achevaient de donner au couple l'impression d'avoir fait le meilleur investissement qui soit. Une résidence parfaite, à la hauteur de leurs ambitions, même si beaucoup restait à faire. Ils passaient par une société pour le gros des travaux, mais Will se gargarisait d'enfiler lui-même le bleu de chauffe pour effectuer certaines finitions, histoire d'évacuer le stress généré par les affaires.

Un exutoire indispensable mais vain.

Avant que tout ne s'enchaîne.

Les heures au bureau qui n'en finissaient plus. Son entreprise qui battait subitement de l'aile sans qu'il puisse mettre le doigt sur le grain de sable qui grippait le mécanisme chaque jour un peu plus. La concurrence, féroce et opportuniste qui grossissait en même temps que ses doutes de voir EduCorp conserver la mainmise sur son marché. La défiance puis les querelles intestines nées des rumeurs et des non-dits entre lui et ses associés. Les éléments contraires s'étaient accumulés à une vitesse ahurissante.

Avant *la* proposition, de la part du fonds d'investissement privé Callaway & Partners, basé à Vancouver. L'offre se voulait à l'encontre de ses principes les plus fondamentaux. Pas question de s'en sortir grâce à l'aide d'une tierce personne, aussi aisée soit-elle. Ses propres compétences et son expérience finiraient par le tirer de ce mauvais pas. Enfin, c'est ce qu'il avait soutenu avec véhémence. Avant de capituler, la mort dans l'âme, devant les avantages majeurs que présentaient les investisseurs étrangers.

Le déroulement des événements était simple.

Première étape : simuler une levée de fonds majeure. Une période risquée qui passait par une falsification des comptes de la compagnie. De quoi attirer les réels investisseurs et se voir injecter de l'argent frais. Beaucoup, beaucoup d'argent.

Deuxième étape : laisser le temps faire son œuvre. Un an passé à transférer les fonds engrangés vers Callaway & Partners, dans la plus grande discrétion. Simuler la lente agonie d'EduCorp. Là encore, la falsification s'imposait. S'intensifiait, même.

Troisième étape : franchir le cap « moral », ravaler sa fierté et fermer EduCorp.

Quatrième étape : ouvrir une nouvelle compagnie quelques mois après, histoire de montrer à tous que Will Sullivan n'abandonnait jamais, et ouvrir officiellement un nouveau chapitre de sa vie d'entrepreneur.

Cinquième et dernière étape : récupérer une partie de l'argent, comme convenu avec Emily et les membres de Callaway.

En résumé, une magouille qui permettait à Will de préserver son capital et sa réputation. À condition de ne pas être pris la main dans le sac ou de se retrouver au centre d'une enquête fiscale un peu trop poussée.

Sandy, sa femme, avait joué un rôle décisif.

Elle lui avait rappelé les sacrifices consentis pour qu'il s'investisse dans ses *start-up*. Et puis, ils projetaient de fonder une famille. Elle souhaitait une vie plus sereine, et non pas une existence uniquement basée sur les risques qui accompagnaient la gestion et la création de nouveaux business. Elle l'avait donc persuadé : une fois cette opération terminée, il pourrait s'adonner à ses affaires autant qu'il voudrait, sans se soucier de leur rentabilité.

Et pour cause.

Ils seraient riches. Très riches.

Will avait fini par céder, acceptant dans le plus grand secret la proposition de l'investisseur canadien. Dans cette partie reculée de la Californie, peu de chances de se faire attraper par le gendarme financier américain, bien trop occupé à flairer les transactions gigantesques entre gros poissons de la Silicon Valley. Depuis 2018, la SEC[1] rongeait l'un des plus gros os qu'il lui ait été donné avec la plus importante fraude à l'investissement jamais découverte, celle orchestrée par une biotech de Palo Alto censée révolutionner les analyses biologiques.

1. Security and Exchange Commission, l'organisme fédéral américain de réglementation et de contrôle des marchés financiers (l'équivalent de l'Autorité Européenne des Marchés Financiers).

Comme prévu, le deal avait rapidement mis fin à l'aventure EduCorp, laissant Alec et Glenn, ses associés, pantelants. Défaits. Ignorants.

Une fois EduCorp coulée, la clé sous la porte, le vide s'était imposé. La remise en question. Conformément à la quatrième étape, Callaway & Partners, par la voix de ses représentants, lui avait conseillé de créer un nouveau business, pour rester fidèle à sa réputation de *serial entrepreneur*. Personne n'y verrait rien à redire.

Mais le doute l'avait assailli.

La tentation était forte de choisir une autre option : la facilité. Se faire oublier, le temps que les choses se tassent. Retourner dans la sphère privée et se trouver un job alimentaire dans une grosse boîte sans âme qui l'aurait payé grassement pour justifier ses multiples diplômes. Un job qui ne servirait à rien d'autre qu'à masquer les apparences.

Mais Will savait qu'il ne voulait pas ça. Il n'était pas fait de ce bois-là. Un trentenaire ambitieux et rêveur, doublé d'un entrepreneur hors pair. Un type capable de se jeter à corps perdu dans le travail pour soutenir un embryon d'idée novatrice et la transformer en un business excitant et juteux.

Voilà qui il était vraiment.

Il avait donc continué sur la même voie en profitant de l'extraordinaire manne financière qui se promettait à lui.

Et puis de toute manière, il était trop tard pour la jouer petit bras.

L'affaire était conclue. Les investissements avaient afflué et dormaient au chaud dans les caisses de la firme canadienne.

Plus que quelques jours avant de remettre la main dessus. De quoi se la couler douce avec Sandy, à profiter de leur confort et à se payer des escapades quelques milliers de kilomètres plus bas, à Cancún ou à Playa del Carmen. L'occasion peut-être de se remettre au golf de manière plus assidue, aussi.

Cette belle baraque dans laquelle ils vivaient, en marge de la nationale 198 à seulement une heure à l'est de Fresno, lui avait inspiré Domos, son nouveau bébé, créé en début d'année, peu après la fermeture d'EduCorp. Pour brouiller les pistes. Conformément au plan.

Et quand il se plaignait de l'échec cuisant EduCorp – ce qui lui arrivait encore par moments – Sandy lui sortait toujours la même rengaine.

« *Franchement, Will, tu as essayé. Tu as échoué. Il valait mieux arrêter de te bercer d'illusions et laisser tomber !* lui avait-elle dit quelques mois plus tôt, alors qu'il venait de lui annoncer la création de sa seconde société. *On n'a plus le temps de déconner !* »

Will soupira en repensant à cette scène, tandis qu'il fouillait d'une main nerveuse le bureau enseveli sous les pochettes plastiques protégeant les imprimés des nombreuses interviews et articles de presse en son honneur, reliques d'un passé récent et prospère. L'odeur de la sciure de bois et de peinture s'arrima à ses narines. Il renifla avant de rajuster le col de sa chemise blanche. Il s'y sentait à l'étroit, étranglé par le nœud de la cravate rouge toute neuve qu'il portait pour la première fois. Cet attirail non familier, aux antipodes de son style vestimentaire, le transformait en un Will Sullivan factice, faire-valoir pour les politiciens de l'État. Un vulgaire pantin d'un mètre soixante-quinze en costume deux-pièces.

Sandy l'encourageait à suivre cette voie. Être un personnage public lui assurerait la tranquillité et servirait ses desseins. Personne ne découvrirait jamais son manège.

Will comptait bien arriver à ses fins. Sandy, malgré sa condition, enchaînait les gardes au Delta[1], dans la limite de ses moyens physiques. La passion du métier. Ou plutôt l'envie de faire comme si de rien était jusqu'à ce que « l'opération C&P » arrive à son terme.

Will se laissait guider par les élus qui le traînaient de réunions en visites comme leur chose, leur bête de foire, l'atout dans leur manche en vue des élections qui se tiendraient en novembre. Malgré le fiasco EduCorp, il conservait une belle cote. Celle d'un enfant du pays ayant résisté aux sirènes et aux investisseurs

1. Kaweah Delta Medical Center, l'hôpital de la ville de Visalia.

de Los Angeles et San Francisco. D'un homme prêt à tout pour contribuer avec succès – même relatif – à l'activité économique de Visalia, ce *no man's land* planté en pleine vallée de San Joaquin et davantage connu pour ses exploitations viticoles et ses champs de pavots que par sa fibre technologique.

Une question subsistait cependant.

Si Sandy savait *jusqu'où* il avait dû aller pour protéger cette opération salvatrice, l'aurait-elle poussé à suivre cette voie ?

*

Will dénicha sous une pile de documents le papier bleu à en-tête encrée d'un « D » en calligraphie moderne qu'il cherchait. Il le plia et l'inséra dans une enveloppe vierge, avant de dévaler les escaliers rejoindre sa femme. Cette dernière patientait sur le palier, engoncée dans un pantalon de grossesse soulignant son ventre proéminent, seul signe distinctif de maternité prochaine.

Sandy était tombée enceinte en début d'année de manière totalement inattendue, alors qu'ils s'étaient fait une raison. Après plusieurs fausses couches et un suivi médical traumatisant, elle avait pourtant mis au placard le désir de devenir mère.

Cette divine surprise, fruit probable d'une de leurs nombreuses nuits de « réconciliations », reléguait au second plan tous les maux récurrents du couple. Après une fin d'année 2019 branchée sur courant alternatif, ils avançaient de nouveau dans la même direction, plus unis que jamais.

Comme d'habitude à chaque fois qu'elle partait bosser, Sandy ne prenait pas la peine de s'apprêter. Pour elle ce n'était que de l'énergie gaspillée. Une perte de temps qu'elle préférait passer sous la couette. Pas besoin de maquillage et encore moins de brushing pour se rendre à l'hosto. Elle aimait la simplicité. Vêtements amples et baskets confortables, ses longs cheveux blonds noués en un chignon tenu par un crayon. Seule la petite touche florale et fruitée de son parfum de prédilection trouvait grâce à ses yeux.

Will tendit la missive.

— Tu n'as plus qu'à le donner à ton supérieur. On croise les doigts.

Sandy saisit l'offrande et, sans prévenir, sortit le devis de l'enveloppe. Son œil affûté s'attarda sur les dernières lignes du document, en gras. Elle sifflota en hochant la tête devant la somme à quatre zéros affichée.

— Ah oui, quand même ! S'il accepte, ça ferait un sacré futur contrat pour ta nouvelle compagnie, en attendant *tu-sais-quoi* ! De quoi assurer une transition tout en douceur.

Elle glissa la lettre dans son sac et tapota le plexus de son mari de son index.

— Mais n'oublie pas ton rendez-vous aujourd'hui ! ajouta-t-elle d'un ton professoral. C'est ça le plus important.

Will se mordilla la lèvre inférieure et acquiesça, masquant la pointe de déception qui le rongeait. À son grand regret, Sandy n'avait jamais exprimé une once d'intérêt pour ses entreprises. Cet instant était le premier où elle daignait se pencher sur sa nouvelle activité. Un premier devis rendait les choses concrètes : en d'autres mots, après le temps des promesses, il y avait enfin de l'argent à la clé. Difficile d'en vouloir à sa femme, même s'il la trouvait un peu trop pragmatique, limite vénale.

— T'en fais pas, ça ira, comme d'habitude, assura-t-il. Je maîtrise.

Sandy planta ses billes bleues dans les siennes.

— Oh oui, j'en suis sûre ! La route est longue, mais je suis certaine que ça va payer. Quand Ramirez sera réélu, il te renverra l'ascenseur, tu verras. On aura la paix.

— Au diable le maire, c'est pour toi que je m'inquiète plutôt, coupa Will. N'en fais pas trop, c'est tout ce que je te demande. Au moindre souci, tu arrêtes tout et tu rentres, OK ? *Le plus important*, comme tu dis, c'est ta santé et celle de notre enfant. Tu n'as pas à bosser autant.

— Keller me renverra à la maison à coups de pied au derrière si c'est le cas ! argua Sandy en posant une main délicate sur son ventre rebondi. Cette femme est un tyran en blouse blanche, mais elle est pleine de bon sens. Elle a fait le forcing pour aménager mes gardes alors que je ne suis qu'à cinq mois de grossesse. Depuis la semaine dernière, je me coltine la paperasse de presque tout le service, en plus du baby-sitting des stagiaires. Quasiment plus de contact avec les patients. Pas très excitant, mais c'est mieux que d'être arrêtée.

Sandy écarta les bras, tout sourire.

— Et puis… en cas de pépin, je suis déjà sur place, non ?

Elle écourta leur échange en comblant l'espace qui les séparait. Agrippa son mari par l'épaule et posa ses fines lèvres sur les siennes avant de regagner son véhicule. Puis elle lui lança un «*et fais-leur un discours du tonnerre, ils vont adorer, j'en suis sûre!*» de sa voix claire et enjouée. Will se contenta d'un signe de la main et rejoignit son antre en se focalisant sur ces dernières paroles.

Un discours.

Un laïus dans le réfectoire du vieux lycée Golden West, accompagné du maire, Gastón Ramirez, candidat à sa propre succession, et de Carl Forsberg, le plus gros avocat du coin. De 12 h 30 à 13 h 30. Une heure dans son ancien repaire, berceau de sa passion pour la science et l'électronique, devant une foule d'élèves qu'il imaginait tantôt bruyante et dissipée, tantôt figée et amorphe. Il lui faudrait trouver le juste milieu. Se promouvoir auprès de gosses ne l'enchantait pas, mais il comptait en profiter pour dessiner les contours d'un futur contrat de partenariat avec l'établissement scolaire, pour sa toute nouvelle compagnie. De quoi sortir gagnant de cette journée.

Surtout que l'un des membres de l'équipe de campagne manquerait à coup sûr à l'appel.

Le cœur de Will se signala dans la foulée par des cognements plus sourds sur sa cage thoracique.

L'entrepreneur remonta dans son bureau en réfection et avisa les étagères où trônaient les trophées remportés ces dernières années, tous issus du monde de l'innovation dans les technologies digitales. Puis il scruta le calendrier de la ville de Visalia accroché au mur. La date d'aujourd'hui, lundi 18 mai 2020, était cerclée de rouge, tout comme le vendredi 22 et le samedi 23, deux jours qu'il passerait près du Sequoia National Park avec ses ex-associés d'EduCorp. Dieu qu'il avait hâte de retrouver ses anciens collègues ! Malgré la faillite de la compagnie, l'aventure humaine avait été à la hauteur. Le groupe se revoyait au vert, tous les deux mois environ, pour se tenir au courant des avancées de chacun. Combien de temps cela durerait-il ? Il savait bien que tout était éphémère. Quelle que soit la fermeté des liens tissés, ces « rassemblements », comme ils les nommaient, finiraient par s'espacer de plus en plus. De deux mois ils passeraient à six, puis à douze. Et ensuite ? Les aléas de la vie les éloigneraient. Assurément la meilleure façon pour Will de clore ce chapitre, lui qui s'en voulait de les avoir trahis.

Ces divagations le ramenèrent à la nuit dantesque qu'il venait de vivre.

Il avait complètement perdu les pédales, c'était peu de le dire.

Il ferma brièvement les yeux et mit en branle son incomparable capacité à ériger des murs contre sa culpabilité. Cloisonner pour être plus efficace.

J'ai plus urgent à penser, là.

Il se mit à arpenter la pièce, tête en l'air, bloc-notes et stylo bille à la main.

De l'idée à l'innovation.

Un sujet bien vaste sur lequel il pouvait aisément disserter pendant des heures entières. Comment rendre cette intervention attrayante, ludique et source d'introspection pour des gosses d'à peine seize ans ? S'il avait une accroche, un sujet qui puisse trouver écho auprès de jeunes adultes, quelque chose à quoi ils puissent s'identifier. Les motiver, les pousser à réfléchir à un futur que la plupart d'entre eux s'imaginaient loin d'ici, dans la baie de San Francisco, sur les hauteurs de Los Angeles, voire dans un autre État.

De quoi les façonner à son image.

Et se racheter une conduite ?

Si j'attaque en exposant ma volonté d'améliorer les conditions de vie des habitants du coin, ça devrait faire mouche, non ? Et puis, tant qu'à faire, autant parler d'EduCorp, histoire de leur montrer que l'échec n'est qu'une étape vers...

La mélodie qui s'échappa du téléphone portable arracha Will à son ébauche de présentation. L'entrepreneur leva les yeux au ciel de dépit.

Bon sang... je n'y arriverai jamais !

Guidé par les vibrations du smartphone qui accompagnaient la sonnerie, Will contourna son bureau et se fraya un chemin au travers des débris de placo, pots de peinture et bâches en plastique. Des questions plein la tête, il attrapa l'engin qui reposait sur le plan de travail de son atelier de domotique perso en cours de finalisation.

— Phil ?

Une voix étouffée lui parvint.

— Je te dérange ?

— Non, non. Au contraire. Qu'est-ce qui se passe ?

Toussotements à l'autre bout du fil. La voix du lieutenant se fit plus claire. Plus nette.

Perçante.

— Tu vas bien ? Et Sandy ?

Will afficha un petit rictus teinté d'ironie à l'évocation de sa femme.

— Sandy ? Une pile, comme d'habitude ! Pourquoi tu me demandes ça ? À quoi tu joues, là ?

— Quoi ? Un garçon ? T'es un sacré cachottier, dis donc !

L'entrepreneur écarquilla les yeux. Resta bouche bée. Phil devait avoir de bonnes raisons d'agir ainsi.

— Laisse tomber, c'est pas grave, ajouta Phil. Ça fait un bail qu'on s'est pas vus ! On va avoir le temps d'en parler. Tu es libre ce matin ?

— Tout va bien ?

Silence prolongé, entrecoupé par les raclements de gorge du policier.

— Phil ?

— Un speech au lycée Golden West ? Vraiment ? Écoute, je crois que tu vas devoir annuler ton intervention. J'ai besoin de toi... ou plutôt, *on* a besoin de toi au poste.

— Pardon ?

— On a besoin de toi, répéta Phil d'un ton plus assuré. Pour l'instant, je suis à Three Rivers, une affaire de meurtre supposé. J'ai avec moi l'agent Owens, de la police locale. Mais je redescends d'ici une heure ou deux. On se retrouve à midi au poste de Visalia ?

Will stoppa net ses allées et venues dans son bureau. Three Rivers. Meurtre supposé. La voix de son compère se voulait grave. Le message était passé.

Seule option, jouer le jeu.

— En quoi ça me concerne ?

— Pour l'instant, je n'en sais rien. Ce qui est sûr, c'est qu'on a retrouvé sur place tout un tas de papiers qui font référence à ton parcours, tes entreprises et tes comptes. Sans parler de la victime elle-même.

— Qui est-ce ?

Will ne fut pas surpris lorsque Phil répondit.

— Erin Silva. Ton ancienne secrétaire.

14

MAIRIE DE VISALIA
707 WEST ACEQUIA AVENUE
COMTÉ DE TULARE, CALIFORNIE
LUNDI 18 MAI 2020
11 H 37

Un hurlement de dépit troubla la tranquillité de l'hôtel de ville.

Gastón Ramirez claqua la porte de son bureau et s'attarda devant celui de sa secrétaire – une blonde au visage rond et aux cheveux courts – pour lui rappeler de n'accepter aucun rendez-vous avant 16 heures.

Penelope Swain acquiesça tout en le gratifiant de son habituel sourire radieux.

Un sourire de façade.

— Prêt pour votre visite ?

— Cette bande d'ados décérébrés me tape déjà sur les nerfs, Penny, rétorqua Ramirez, fataliste, en tirant sur les pans de la veste de son impeccable costume bleu nuit. Mais que voulez-vous, ma chère, il faut bien les éduquer d'une manière ou d'une autre. Surtout ceux en fin de cursus qu'on va lâcher dans la nature dans à peine quelques semaines. Pauvre de nous.

Penny se garda bien de renvoyer la balle et replongea dans le courrier du jour.

Le maire l'interrompit à nouveau.

— Avec ou sans cravate ?

— Sans, répondit Penny du tac au tac. Il va faire chaud aujourd'hui. Et puis, c'est un peu plus décontracté pour aller à la rencontre de lycéens, non ?

Ramirez baissa le menton, plaqua et retira plusieurs fois sa cravate rouge pétard sur sa chemise blanche puis, l'air fataliste, décida de suivre les conseils de sa secrétaire. Il posa l'accessoire sur le coin de bureau de cette dernière et sortit sans un mot.

Penny prit appui sur les bras de sa chaise et se redressa brusquement. Elle voulut l'interpeller mais se retint. Son patron avait le front qui luisait de sueur, comme à chaque fois qu'il s'emportait plus que de raison. Il devait être d'humeur massacrante. Dubitative, elle le regarda traverser d'un pas nerveux le hall du bâtiment principal en direction du parking intérieur de la mairie de Visalia.

Penny avait deux gosses, un garçon de dix ans et une fille de douze ans qui lui en faisaient voir de toutes les couleurs (c'était ça, l'âge ingrat, non ?), mais aucun d'eux n'était *décérébré*. Ce n'était pas la première fois que le maire s'exprimait ainsi devant elle. Ce ne serait pas la dernière. Sa longue expérience à ses côtés avait appris à Penny à ignorer les diatribes acides que cet homme, un peu trop imbu de lui-même, lançait parfois comme des torpilles, lorsqu'il se sentait acculé et sous pression.

Avec l'élection municipale qui se profilait cette année, il avait toutes les raisons de l'être.

Penny aussi.

En cas de défaite, elle pouvait dire adieu à son job si important pour elle. Pour son ego. Après tout, elle était la secrétaire à la mairie de Visalia, la fameuse « porte d'entrée vers les séquoias » ! Un emploi qui lui avait ouvert des portes insoupçonnées ces dernières années. Permis de rencontrer des hommes d'argent. Des hommes de pouvoir.

Ses pensées se concentrèrent sur un grand mec costaud en particulier. Un mec qui l'acceptait telle quelle, avec sa silhouette tassée, son embonpoint naissant et son arthrite chronique. Elle eut envie de le voir là, maintenant, pour qu'il la libère de ses désirs ardents de mère célibataire. C'était d'ailleurs pendant l'un de leurs *rendez-vous spéciaux* qu'il lui en avait fait la confidence.

Ramirez stressait pour rien.

Inutile de se prendre la tête.

Il serait élu haut la main.

Tant que le fabuleux Carl Forsberg serait à ses côtés, tout se passerait bien.

*

Gastón Ramirez dévala une première volée de marches pour s'extraire du bâtiment, puis une seconde, à l'extérieur cette fois. L'atmosphère s'alourdissait de minute en minute à cette heure de la journée, l'obligeant à presser le pas pour échapper à la chaleur. Le thermomètre devait déjà allègrement dépasser les vingt degrés. Pas question d'arriver trempé pour la mini-conférence ! Il comptait en plus se prendre quelques minutes au calme pour une ultime préparation.

Quelques enjambées plus loin, il s'engouffra dans la berline noire climatisée aux vitres teintées qui patientait à l'ombre des pins, devant l'hôtel de ville, un ensemble d'immeubles désuets rouges et blancs répartis sur un bloc entier.

Le véhicule s'élança tandis que le regard noir de Ramirez se perdait dans les méandres de ses préoccupations. La vétusté de la mairie de la ville en faisait d'ailleurs partie, non conforme avec l'homme qu'il était et les ambitions qu'il nourrissait.

Un vrai scandale qu'il essaierait de rectifier en cas de réélection.

Selon la loi en vigueur, il pouvait briguer un second – et dernier – mandat de deux fois deux ans, s'il était renommé parmi les cinq membres du conseil municipal. C'était donc ce qu'il faisait, en plus de préparer le terrain pour *l'après*. Il avait une bonne idée pour cela : que William Sullivan, un néophyte, lui succède à la mairie après son départ. Histoire de continuer à exercer un certain pouvoir sur la région par l'intermédiaire de l'entrepreneur. Ramirez comptait forger ce dernier à son image et c'est *aussi* pour cela qu'il l'avait accepté dans son équipe de campagne. D'ici là, en cas d'élection, Sullivan deviendrait un bon petit soldat.

Dans cette optique, l'intervention à Golden West constituait une étape importante. Un passage à ne pas manquer.

Sullivan le savait bien.

Alors pourquoi l'avait-il appelé en catastrophe, quinze minutes plus tôt, pour lui poser un lapin ?

Je suis convoqué chez les flics, avait argumenté l'entrepreneur sans donner plus de précisions.

Excuse non recevable. Depuis quand une convocation au poste de police prenait-elle le pas sur une rencontre avec Gastón Ramirez ?

Carl Forsberg, son gendre, manquait à l'appel, lui aussi.

D'une équipe de trois, Ramirez se retrouvait tout seul. Tant pis. Il allait devoir s'adapter. Meubler. Mettre au placard sa langue de bois et tout faire pour ne pas endormir ou dissiper son auditoire. Ne pas se ridiculiser.

En résumé, sauver les apparences.

Ramirez leva les yeux en l'air en signe d'impuissance.

Il avait songé un temps à annuler purement et simplement l'intervention, mais il ne pouvait pas se le permettre. Le personnel de l'établissement scolaire misait gros sur cette heure de présentation, afin de rebondir sur la question de l'orientation des élèves et leur futur parcours universitaire. Un futur qu'il concevait pour eux ici, à Visalia. Son envie de construire un pôle d'excellence coïncidait avec le souhait de Sullivan. Tous deux en avaient marre de voir la crème de leurs étudiants se tourner vers la Silicon Valley, la baie de San Francisco, ou encore pire, au-delà des limites de la Californie.

S'il voulait tirer parti des forces vives en les gardant dans cette région du centre de l'État, il n'avait pas le choix. Il devrait se montrer dynamique, enjoué, enthousiaste.

Persuasif.

Sauf que là, tout de suite, il en était absolument incapable.

La colère était son seul guide.

15

LAKESIDE HOTEL
COMTÉ DE TULARE, CALIFORNIE
LUNDI 18 MAI 2020
11 H 44

Un remugle de sueur, de tabac froid et d'alcool heurta les sens de Rosita Reyes lorsqu'elle pénétra dans la pénombre de la chambre 107 du Lakeside, en fin de matinée.

Pour tout réflexe, la femme de ménage rajusta ses écouteurs.

Pour elle, la voix pleine de son idole de jeunesse Vicente Fernandez constituait le meilleur remède à tous les maux de ce monde. Il était hors de question de passer une journée au boulot sans elle.

La pièce, plongée dans le demi-jour, sentait tellement le renfermé qu'on aurait pu croire qu'un groupe d'ours y avait séjourné. À tous les coups, un idiot avait réservé sa chambre pour y rameuter ses copains de beuverie. Encore un. Plus le temps filait et plus elle tombait sur ce genre de scène dégoûtante aux relents de sexe, de drogue et d'alcool. *Les jeunes ne respectent plus rien!* s'agaça-t-elle en poussant avec peine son chariot surchargé.

Rosita claqua la porte, s'empressa de tirer les rideaux pour briser l'obscurité et d'ouvrir la fenêtre pour renouveler l'air vicié. La chaleur avait pris ses quartiers mais un léger vent soufflait. Elle contempla le désordre, l'œil courroucé, les mains fichées dans le creux des reins. La semaine démarrait mal, elle commençait à en avoir marre de vivre toujours la même galère, mais pas question de lâcher prise ! Ce job était important, tout comme celui de caissière qu'elle tenait chaque après-midi dans la station-service délabrée située à l'entrée de Visalia. Sans cette double rentrée d'argent, impossible de joindre les deux bouts ! Les études de

Juan, à l'université de San Diego, mangeaient l'essentiel de leurs ressources. Et ce n'était pas la pension d'invalidité de son mari qui les aiderait à survivre. Loin de là. Elle s'en remettait à Dieu, espérant secrètement que son fils, une fois son cursus achevé, reviendrait s'installer dans la région pour les soulager financièrement.

Juan était le seul de la fratrie à vivre de ce côté de la frontière. Son demi-frère, né d'une précédente union ne donnait plus aucun signe de vie depuis qu'il avait sombré dans le quotidien des gangs de *narcos* de Tijuana, dix ans plus tôt. Né bien après lui, Juan n'était qu'un gosse à l'époque. Rosita s'était fait une raison. La seule chose qu'elle demandait : que ce délinquant ne compromette pas son fils chéri. Cette peur hantait ses nuits.

Les journées se répétaient inlassablement dans l'attente du diplôme de fin d'études de Juan. Un bout de papier aux allures de délivrance.

Encore deux ans, se raisonna-t-elle. *Deux ans, et je pourrai enfin souffler une bonne fois !*

Mine contrite, armée de ses sempiternels gants de latex verts qui recouvraient ceux fournis par l'hôtel – elle ne concevait pas son service sans cette double couche de protection – Rosita entreprit de délester le lit de son drap froissé, marqué de grosses taches sombres en son centre. La sexagénaire attrapa l'un des bords du tissu souillé et le porta près de son visage. Elle grimaça face aux relents ferreux qui s'en dégageaient.

On dirait du sang.

Elle remarqua d'autres traces plus petites mais plus nombreuses, visqueuses et incolores. Une forte odeur de poisson acheva de la rebuter. Visage fermé, Rosita retira avec énergie l'ensemble de la literie, la roula en boule et la glissa dans la grosse poubelle en plastique accrochée au chariot. Il faudrait qu'elle passe voir le registre tout à l'heure, après avoir fini de nettoyer les chambres. Le réceptionniste, un étudiant boutonneux, à moitié endormi et dont le nom lui échappait, lui laisserait sûrement le temps d'y jeter un œil. Elle ressentait comme un besoin impérieux, viscéral d'associer ces actes barbares qui l'indignaient à l'identité de leur auteur, même si elle savait que ça ne l'avancerait à rien. Son connard de patron s'en tamponnait.

Frustrée, Rosita attrapa la bouteille de Javel, un grattoir et un chiffon et s'attaqua aux toilettes dans l'optique d'en finir le plus vite possible. Traces de vomi séché et d'excréments maculaient la cuvette, l'abattant et même les murs. L'esprit empli de grossièretés qu'elle se garda de proférer, elle s'affaira durant de longues et pénibles minutes avant de venir à bout cette saleté sans nom.

Son dos recommençait à la faire souffrir.

Heureusement qu'après ça, elle en avait quasiment fini ! Malgré la merde – *au propre comme au figuré*, se dit-elle avec une pointe d'ironie – l'hôtel n'était pas très occupé ces derniers temps. Mais ce n'était qu'un trompe-l'œil, le calme avant la tempête, qui se traduirait par l'afflux de touristes en route vers la vallée de la Mort, au travers de cette région paumée. La faute au Sequoia National Park et à son illustre General Sherman[1].

Une boule d'angoisse se forma dans son ventre en pensant à cette période de forte activité à venir. Est-ce qu'elle tiendrait le coup ?

La question ne se posait pas.

Il le fallait.

Rosita changea les draps, passa l'aspirateur et en termina enfin avec la 107. Son périple reprit. Son vieux chariot couinait sur le ciment humide et fissuré le long de la façade du Lakeside alors qu'elle se rapprochait de la dernière chambre à nettoyer.

Celle de son obsédé de patron.

Le souvenir du message laissé dans le local de service remonta à la surface. Un bout de papier scotché sur la porte de son casier.

« *Chambre 110 – ne pas déranger. C.F.* »

Une note courte et imprécise. *Il n'a même pas écrit l'heure !* songea la femme de ménage en jetant un regard sur sa montre.

1. Arbre le plus imposant du monde, il est ainsi considéré comme l'organisme vivant le plus imposant qui existe par ses 1 487 m^3 de son tronc. Son âge est estimé à environ 2 200 ans.

11 h 57. Dans moins d'une heure, elle devait être en poste à la station-service, ce qui supposait qu'elle remballe à midi, se change, engloutisse sa *cemita*[1] au volant de son vieux monospace et avale la vingtaine de kilomètres qui la séparaient de l'entrée de Visalia. Le temps lui manquait. Quoi que soit venu faire le chef ici hier soir, il devait avoir fini !

Elle n'était pas dupe.

Cette armoire à glace, ce connard vaniteux et antipathique profitait de sa notoriété pour tromper sa femme avec une régularité de métronome. Cela écœurait profondément Rosita, mais pas question de l'ouvrir au risque de perdre son boulot.

Elle trouva juste étrange ce mot laissé à son attention. Pas le genre de la maison. Sans compter cette écriture fine et aérée qu'elle ne lui connaissait pas. Ce sentiment ne l'empêcha pas d'insérer son passe-partout dans la serrure de la 110, sans même toquer histoire de vérifier si le patron ne s'envoyait pas en l'air une dernière fois avant de partir travailler. Elle était juste pressée d'en finir avec cette corvée qui s'éternisait. L'horloge tournait contre elle.

La porte s'ouvrit en grinçant.

Dans sa bulle musicale, Rosita laissa échapper un ouf de soulagement. Son anxiété s'évapora en découvrant une pièce en ordre, si elle faisait fi des cadavres de bouteille en plastique qui jonchaient le sol.

Une chambre vide.

1. Sandwich mexicain rempli de garnitures variées, qui se mange chaud ou froid.

PARTIE II

Onze heures plus tôt

16

LAKESIDE HOTEL, CHAMBRE 110
COMTÉ DE TULARE, CALIFORNIE
LUNDI 18 MAI 2020
00 H 20

Carl Forsberg se leva, trempé de sueur, la bouche pâteuse, les yeux secs, la poitrine serrée comme si un étau lui broyait les côtes. La douleur irradiait ses membres, se faisait omniprésente dans sa boîte crânienne. Chaque inspiration se transformait en torture. L'air entrait dans ses bronches trop contractées et émettait un sifflement prononcé en ressortant.

Il toussa comme un perdu. Ses poumons étaient en feu. Son cœur battait trop fort. Trop vite. Il ferma les yeux, se concentra sur sa respiration et reprit pied. Tout doucement.

Avant de vaciller.

Rien à faire, il devait prendre le temps de récupérer. La soif le tenaillait. En caleçon, assis sur le rebord du lit, coudes posés sur les genoux et tête dans les mains, il fit un constat amer de la situation.

Les dernières heures avaient été… surréalistes.

Démentielles.

Pour pouvoir tromper la vigilance de cette femme, il avait dû se mettre une belle cuite.

Et simuler un peu, aussi.

Il avait écarquillé les yeux autant que possible, ouvert la bouche et mimé une attaque cardiaque soudaine, portant les mains sur sa poitrine, avant de se vautrer sur cette… *garce*. Elle avait poussé un petit cri en se débattant, du genre de ceux qui lui filaient la gaule en temps normal. Il avait senti ses mains glissant sur son corps couvert de sueur alors qu'elle mobilisait ses forces pour s'extraire de son poids supposé mort. Ce qu'elle avait réussi à faire après une bonne minute de lutte solitaire, aux confins d'une agonie entrecoupée de râles et de gémissements des plus excitants.

Il s'était alors affaissé sur le ventre, visage tourné dans sa direction.

Les secondes les plus longues de sa vie sans respirer ni cligner des yeux.

Est-ce que sa mise en scène correspondait à ce qu'attendait cette salope ?

Est-ce qu'elle attendait bien une crise cardiaque? Autre chose ? Une réaction épidermique, des vomissements et une lente asphyxie, peut-être – auquel cas il était foutu ! Un tourbillon de doutes avait dévasté ses pensées alors qu'il était là, immobile et vulnérable. Il fallait qu'elle le croie mort. Il le fallait ! C'était sa meilleure chance de comprendre à quoi rimait cette mascarade.

Le picotement croissant dans ses globes oculaires avait failli le trahir. Mais la chance avait choisi son camp. Cette connasse ne s'était aperçue de rien, même pas des larmes qui s'étaient postées à la commissure de ses paupières, prêtes à dévaler ses joues. Au contraire, c'est elle qui avait chialé comme une pisseuse, sûre d'avoir réussi son coup.

Il en avait profité pour se remettre à respirer lentement, de la manière la plus subtile qui soit, un mince filet d'air passant la barrière de ses lèvres pour aller saturer ses poumons en oxygène. Son cœur avait bondi lorsqu'elle avait tendu un bras tremblant vers lui. Est-ce qu'elle cherchait à lui prendre le pouls ? Finalement, la garce s'était ravisée, préférant se lever et traverser la pièce. Il l'avait entendue fouiller sa sacoche avec frénésie – sans rien voir, et pour cause, sa tête gisait du *mauvais* côté. Pas de bol, mais il ne pouvait pas prévoir les choses à ce point-là.

S'en était suivi un ultime coup de chaud, alors qu'elle quittait la chambre. Il avait pris une grande goulée d'air – il n'en pouvait plus de ces micro-respirations à la con évoquant un poisson rouge hors de son bocal – et avait *senti* dans son dos qu'elle s'était figée.

Qu'elle le fixait.

Nerfs en pelote. Carcasse tétanisée. Frissons le long de son épine dorsale.

Panique totale.

Le temps s'était suspendu.

L'avait-elle vu ?

Après une attente interminable, la réponse s'était matérialisée sous la forme d'un claquement de porte.

Clignement frénétique des yeux. Respiration bruyante et désordonnée. Tension en chute libre.

Enfin !

Il avait fait illusion.

Forsberg sortit de ses songes en se claquant mollement les joues, puis se pencha en avant et tendit le bras pour attraper l'une des nombreuses bouteilles d'eau cachées sous le lit, dans cette chambre qu'il connaissait par cœur. Cette manie qu'il avait de boire à longueur de nuit lui avait été utile, finalement. Il retira le bouchon et vida le contenant d'un trait, faisant craquer les anneaux de plastique. Une partie du liquide prit le mauvais chemin. Nouvelle quinte de toux à s'en décoller la plèvre.

Il frotta ses yeux embués.

Les intentions de la garce étaient réelles. Il l'avait échappé belle.

La mort l'aurait cueilli, ce soir, s'il n'était pas tombé sur ce texto quelques heures plus tôt, dans la chaleur insupportable du bar où ils s'étaient donné rendez-vous pour quelques verres en guise de préliminaires. Lorsqu'elle s'était éclipsée pour aller aux toilettes, oubliant son gros portable rose à paillettes sur la table, la chance avait voulu qu'un message arrive sur l'engin. Deux longues vibrations de l'appareil. Activation de l'écran. Trois lignes inattendues et sans équivoque, tracées en blanc dans une bulle verte, et qui parlaient de « poison », de « bouteille » et de « gros lard ».

Il n'avait pas du tout aimé cette éventualité, mais quoi qu'il dise, le gros lard, c'était *lui*. Le poison, c'était *pour* lui. Quel enfoiré avait écrit ce message et pourquoi lui en voulait-il au point de l'éliminer ?

Sa première réaction avait été de mettre les voiles pour échapper à ce plan foireux.

Mais Carl Forsberg n'était pas une chochotte.

Il s'était ravisé et avait profité que la garce soit aux chiottes pour faire tourner ses méninges. Cette femme s'intéressait beaucoup à son boulot.

Beaucoup trop.

Il ne se faisait pas d'illusions, toutes les nanas en avaient après son argent, pas son physique. Il serait bien con de croire le contraire. Mais elle ne parlait littéralement que de ça.

Elle avait confié enseigner les maths au lycée Mount Whitney et avoir un contentieux avec William Sullivan au sujet des logiciels utilisés dans son établissement. Logiciels dont la maintenance tombait à l'eau avec la fermeture de la compagnie, causant un préjudice important à l'école qui avait misé sur ces outils nouvelle génération. Lui avait souri et avoué être au beau milieu d'une enquête sur les comptes de feu EduCorp – heureuse coïncidence – dans le cadre de son activité.

Pour être honnête, il se foutait de divulguer ce type d'informations sans relief, du moment qu'il arrivait à ses fins. Ça n'était qu'un argument de plus pour l'attirer dans son pieu. Comme toutes les autres. Il l'aurait tringlée, puis coupé tout contact une fois ses pulsions rassasiées, avant de se mettre en quête d'une nouvelle proie bien fraîche. La recette gagnante.

Mais à la lumière du SMS lu, son intuition lui avait soufflé que cette petite brune au corps de rêve ne s'appelait pas Angela, comme elle l'avait prétendu jusqu'ici. Pour lui qui connaissait ses dossiers sur le bout des doigts, l'identité de cette menteuse lui avait sauté au visage à cet instant précis. Même si son apparence avait beaucoup changé, il devait s'agir de la seule femme dont le nom figurait sur les organigrammes d'EduCorp.

L'ancienne secrétaire de la *start-up*.

Erin Silva.

Plutôt que de la confronter, il avait laissé la soirée suivre son cours.

Tout viendra en temps et en heure, s'était-il dit. Ils avaient continué à picoler comme si de rien n'était. Lui tournait toujours à la vodka, elle au gin. Elle l'avait chauffé comme jamais auparavant. Ah pour ça, elle s'était crue intelligente, cette salope. Elle croyait le duper de la sorte ?

Une fois à l'hôtel, il avait vite repéré son manège. Ses coups d'œil inquiets vers la table de chevet. Là où elle avait posé *pour toi, mon chéri* (avait-elle dit en minaudant) la bouteille d'eau qu'elle lui avait demandée avant d'entrer dans le bar, et qu'il avait tiré de la boîte à gants de sa bagnole.

Erin la garce n'était vraiment pas discrète. Ses yeux dansaient un tango étrange dans leurs orbites, elle respirait comme une vache que l'on menait tout droit à l'abattoir et sa lèvre inférieure allait finir par pisser le sang à force de se faire martyriser !

La voir comme ça l'avait mis en confiance. Ça n'était qu'une gamine, après tout. Il savait comment se jouer d'elle.

À la lueur d'une nouvelle pause pipi – à croire qu'elle passait sa vie sur la cuvette des chiottes ! – il avait analysé la bouteille en plastique jusqu'à dénicher un minuscule orifice sur le bouchon. Un trou que pourrait très bien causer une seringue.

Mélange malsain de jubilation et d'horreur. C'était ça. C'était forcément ça !

Il avait remplacé le contenant supposé empoisonné puis attendu le moment propice à sa petite mise en scène. À moins que ce ne soit le pire ? Tout dépendait de l'angle selon lequel on se plaçait. Le meilleur pour être sûr de duper cette salope et d'obtenir de précieuses infos sur ses motivations ; son opposé pour sa chance d'enfin la baiser qui tombait à l'eau.

Il aurait adoré l'entendre gémir et prononcer son nom.

Forsberg se surprit encore à somnoler, les poings serrés en repensant à cet épisode. Personne ne se moquait de lui impunément. Personne ! La garce ne perdait rien pour attendre. Pareil pour l'auteur du texto. Quand il leur mettrait la main dessus, le *gros lard* leur montrerait de quel bois il se chauffe. Putain, il préférait encore *Carlsberg*, le surnom débile que lui donnaient ses anciens potes à la fac. Au moins ça avait du sens. Même s'il détestait la bière, car ça l'envoyait aux chiottes toutes les cinq minutes.

Il se releva et porta une paume à son crâne chauve. Malgré une soif persistante, il ne ressentait plus de signes d'étourdissement. Enfin. Car il y avait urgence. Même si son cerveau engourdi par l'alcool empilait et connectait les infos à la vitesse d'une tortue tout juste sortie d'hibernation, il comprenait sans peine ce qui se tissait. Quelque chose de pas net se tramait autour de ce gringalet de William Sullivan. Maintenant qu'il savait *qui* était réellement la garce et *jusqu'où* elle était allée pour se débarrasser de lui, il ne faisait nul doute qu'elle ne reculerait devant rien pour récupérer ses rapports d'enquête. Seul le mobile lui manquait. Même si elle était conne comme un manche, Erin Silva devait en avoir un.

Personne n'agit sans convictions.

Forsberg fit quelques pas en direction de l'entrée et attrapa sa sacoche.

Les dossiers relatifs à Sullivan avaient disparu.

Voilà qui confirmait sa théorie.

Si cette idiote croyait avoir mis la main sur quoi que ce soit, elle se trompait. Il ne se promenait jamais avec le fruit de ses recherches. Question de bon sens. De professionnalisme. De confidentialité. De logique. Erin la garce était bien naïve pour croire qu'elle pourrait se jouer de lui de la sorte et s'en tirer indemne.

À moins qu'elle ne soit pas si bête ?

Après tout, elle n'agissait pas seule. La deuxième personne devait être le cerveau des opérations. Ce mec – ça ne pouvait être qu'un mec pour écrire un SMS aussi froid – avait l'air un peu moins à la masse. La preuve, il était resté tapi dans l'ombre. Et s'il avait réellement plus de jugeote que sa complice, que ferait-il en la voyant rentrer au bercail les mains vides ? Il détesterait ça. Chercherait un moyen de l'atteindre, coûte que coûte.

Il…

Forsberg resta coi, le corps figé, les yeux ronds. Son intuition, encore elle, venait de lui susurrer un paquet de scénarios délirants.

Effrayants.

Le premier d'entre eux : que le mec et la garce se ramènent ici, au Lakeside, pour fouiller à nouveau la chambre. Plausible mais peu probable… à part la sacoche, il n'avait rien. Aussi idiote qu'Erin Silva puisse être, elle restait une personne dotée de deux yeux en état de marche. Même voilés par l'alcool et les larmes. Et puis, le mec ne se montrerait pas comme ça.

Quant au second scénario possible…

Bouche ouverte formant un « O », Forsberg se prit la tête dans les mains et se mit à faire les cent pas.

Non, non, ils ne vont quand même pas… pas à cette heure-ci ?

Sa raison l'invectiva. L'adrénaline dévala ses veines. Qu'est-ce que l'heure affichée à l'horloge avait à faire avec ça ? Comme si ce duo d'enfoirés aurait la gentillesse d'attendre le lendemain pour aller faire un tour chez lui ? Après avoir attenté à sa vie ? Et puis quoi encore ?

Il valait mieux qu'il retourne à West Lark Court, et vite.

Malgré le mal de tête qui lui matraquait les tempes, il se rhabilla à la hâte, vérifia qu'il n'avait rien laissé traîner et quitta les lieux en courant.

Pantelant, il traversa le parking, ignora l'averse qui s'abattait sur lui, frappant son crâne chauve et imprégnant ses vêtements. Trempé jusqu'à l'os, le cœur battant, il sauta dans sa bagnole et démarra en trombe.

Comme si sa propre vie en dépendait.

*

Les larges essuie-glaces du Range oscillaient de gauche à droite sans discontinuer, inefficaces face au rideau de pluie dressé en permanence devant eux. La climatisation tournait à fond pour éviter que la buée envahisse le pare-brise. Le moteur criait son mécontentement. Le compte-tours tutoyait les sommets.

Les yeux secs, ses grosses mains sur le volant, pied au plancher, peur arrimée aux tripes, Forsberg serrait les dents, son attention tout entière centrée vers le puissant halo blanc transpercé par la pluie qui illuminait l'asphalte à dix mètres devant lui. Sa seule source de visibilité sur cette route sinueuse, déserte et dépourvue de lumière. Vivement que son permis de construire autour du Lakeside soit approuvé, il en profiterait pour foutre des lampadaires le long de cette saleté de route 198. Pourquoi personne n'y avait pensé avant ? Une fois Ramirez réélu – parce qu'il le serait, il y avait personnellement veillé – il continuerait à s'approprier le coin et le connecter à l'entrée est de Visalia. En attendant, il déployait des trésors de concentration pour y voir le plus clair possible au travers de toute cette flotte. Plisser les yeux et tenter de conduire correctement.

Son mal de crâne ressurgit. À se taper la tête contre les murs. Dans ces conditions dantesques, Forsberg savait qu'il lui faudrait une vingtaine de minutes pour rejoindre la ville. Plus une dizaine encore pour arriver chez lui. Dans le meilleur des cas.

Bien plus que la normale.

Son cerveau tournait à plein régime. Il pensa un peu à Anne et beaucoup aux jumelles. Même s'il ne regrettait pas le moins du monde ses infidélités, rien ne remplacerait sa famille s'il leur arrivait malheur. Rien. Putain, une fois hors de danger, il dévoilerait coûte que coûte le mystère entourant Domos et/ou EduCorp et foutrait Erin la garce et le mec au SMS croupir en taule en moins de temps qu'il ne faut pour le dire.

Le Range enchaîna les lacets à vitesse réduite, en descente, avant de retrouver une portion de bitume plate et rectiligne sur plusieurs kilomètres. L'occasion de remettre les gaz. Gardant une main ferme sur le volant, l'avocat se massa les tempes en grimaçant tandis qu'il écrasait la pédale d'accélérateur pour gratter de précieuses secondes.

Malgré le stress, la fatigue s'intensifiait. Forsberg ne put réprimer un bâillement. Son champ de vision s'embua.

Il cligna fortement des yeux pour chasser les larmes qui le gênaient.

Il ne le vit qu'au tout dernier moment.

Un animal au beau milieu du chemin.

Aussi grand que le pick-up lancé à toute berzingue.

Forsberg distingua des cornes… ou plutôt des bois.

Merde !

Il donna un coup de volant sec et les pneus du Range crissèrent. Le véhicule évita le cervidé de justesse et quitta l'asphalte sur sa droite. Avec fracas. Ses roues désobéirent à la pesanteur pendant une fraction de seconde. Accrochèrent la terre engorgée de pluie du champ voisin. L'avocat tenta de contrebraquer. En vain. La voiture fila tout droit en cahotant sur plusieurs dizaines de mètres, dopée par la rapidité de sa sortie de route.

Forsberg perdit tout contact avec les commandes. Son corps secoué ressemblait à celui d'un pantin désarticulé, ballotté dans tous les sens. La ceinture de sécurité lui comprima le bide. Le véhicule ralentissait mais Forsberg ne put reprendre la main pour autant. Il était prisonnier de ce carcan de tôle incontrôlable lancé plein pot dans cet océan de boue. À la merci du premier obstacle rencontré.

Le choc tant redouté se produisit.

La calandre heurta quelque chose de dur, coupant net la course folle du Range sous la pluie diluvienne. Malgré la faible allure précédant l'impact, la perte d'inertie projeta Forsberg vers l'avant. Son front rencontra le poste de conduite avec une violence rare.

Sa conscience bascula dans les ténèbres.

17

6510 WEST LARK COURT, VISALIA
COMTÉ DE TULARE, CALIFORNIE
LUNDI 18 MAI 2020
2 H 13

Trois tonalités retentirent avant le déclic.

— C'est moi, fit une voix grave.

— J'avais compris. Qu'est-ce qu'il t'arrive ? répliqua son interlocuteur. Y a un souci ?

Ruminement aux allures de grognement sourd.

— Ouais… Disons que tout ne s'est pas déroulé comme prévu.

— Quoi ? Comment ça ? Ne me dis pas que… Elle a manqué son coup ?

— Et comment qu'elle l'a foiré ! Le risque était trop gros. Je te l'avais dit, pourtant ! Mais non, il a fallu que t'insistes ! Je t'en foutrais moi, des *bonnes idées* ! Cette gonzesse ne m'a apporté que des emmerdes !

— On… on n'avait pas le choix. Tu sais bien qu'elle nous aurait balancés sinon. Même raide dingue de toi, elle n'aurait pas hésité une seconde.

— Ne me ressors pas ton baratin. Bien sûr qu'on avait le choix, nom d'un chien ! Il aurait suffi de la buter d'entrée et faire passer ça pour un accident, au lieu de se la taper tout le long et modifier les plans !

— Écoute, ce n'est pas comme ça que…

La voix grave se fit sèche.

— Non, cette fois, c'est toi qui vas m'écouter. À cause de tes conseils à deux balles, j'ai dû me débarrasser d'elle dans l'urgence. Sans réfléchir… ou presque. Et ça, ça craint, tu vois. Tu sais que je déteste l'improvisation et les demi-mesures ! Putain, t'as de la chance, c'est toi que j'aurais dû envoyer faire le sale boulot à ma place !

Bruits de frottement d'une couverture que l'on retire à la hâte, suivi d'un silence entrecoupé de halètements.

— Will… Attends… Tu as t-tué Erin ? Tu l'as tuée ? Juste parce qu'elle n'a pas pu récupérer les infos ? Mais tu débloques ou quoi ?

— Ta gueule ! Je t'ai dit, pas de noms quand on s'appelle, bon sang ! Ni le tien ni le mien ! C'est clair ?

— Oh mon Dieu…

— Si ça peut te faire plaisir, ça a été rapide. Elle n'a pas souffert. Voilà pour ton *Dieu*. Pour le reste, je compte sur toi, et toi seul, pour gérer ce cas. C'est bien à ça que tu me sers, non ?

En attendant que je me débarrasse de toi aussi, mon vieux.

— Et je ne te parle pas que des infos, appuya Will. Oui, cette idiote n'a rien obtenu de lui. Mais le pire dans tout ça, c'est qu'elle n'a pas été fichue de l'éliminer. Il suffisait de suivre les instructions à la lettre. Ce n'était pourtant pas bien compliqué ! Le gros porc s'en est tiré indemne. Voilà le vrai problème.

— Tu comptes faire quoi ?

— Il doit être en route à l'heure qu'il est. Mais pas d'inquiétude. Je le connais bien, à force. Je te parie qu'en ce moment même, il doit flipper à mort pour ses filles. Je lui prépare un beau comité d'accueil à ma façon. Il risque de ne pas s'en remettre !

Un soupçon de panique vint troubler la voix étouffée.

— Attends, de quoi tu parles, là ? En route vers quoi ? Tu es où ?

Soupir long et bruyant à l'autre bout du fil.

— D'après toi ? Je pensais qu'il serait déjà ici, mais ce n'est pas le cas. Pour l'instant. Alors j'en ai profité pour régler la question de sa famille.

Agitation dans le combiné.

— Quoi ? Qu'est-ce que tu racontes ? Dis-moi que ce n'est pas possible ? Tu… n'as pas osé ? Ça fait aussi partie des ordres de Toronto ?

— Vancouver, corrigea Will. Et si, mon vieux, c'est terminé, les conneries. Pas de pitié. Pas de risques supplémentaires. On me l'a bien fait comprendre : si Forsberg trouve quoi que ce soit, je suis foutu. Et si ça arrive, tu tombes avec moi, tu m'entends ? Ils nous descendront tous les deux. N'oublie pas que tu me dois un sacré paquet de fric ! Tu feras comment si je te coupe les vivres ?

Petit blanc perturbé par des claquements sourds d'abord réguliers, puis gagnant en fréquence.

Son correspondant s'était levé et devait faire les cent pas, comme à son habitude en cas de stress.

— OK, OK, c'est pigé, finit-il par concéder, à bout de souffle. Qu'est-ce que tu attends de moi ? On… ne va pas le tuer, quand même ?

Un rictus se dessina sur les lèvres de Will.

— Pas encore, pas encore. La donne a changé. Il faut que Forsberg parle. D'abord, je m'occupe de le maîtriser. J'ai de quoi le faire roupiller pour un bon moment. Ensuite, tu me files un coup de main et on l'embarque en même temps que ses filles.

Soupir de soulagement.

— Tu les as épargnées ? Dieu soit loué !

— Après ça, trois choses, enchaîna Will sans prêter attention à la remarque. *Primo*, quand on y pense, tout est arrivé trop vite. Il a forcément un donneur d'ordres. Faut absolument qu'on sache qui. *Deuzio*, on doit déterminer jusqu'où il est allé dans ses recherches. Au cas où cet enfoiré aurait découvert quelque chose de compromettant, tu me suis toujours ? Si oui, démerde-toi comme tu veux, tant qu'il crache le morceau. OK ? Et *tertio* : t'as pas intérêt à te manquer. Je te préviens, l'échec n'est pas une option.

— Mais qui te dit qu'il va se montrer ?

— Tu m'as écouté ou pas ? Je te dis que Forsberg n'est pas con, il va forcément penser au pire pour ses filles. Il sait que c'est son point faible. Ses jumelles sont tout pour lui. Il ne peut pas vivre sans elles. Il va se pointer, c'est sûr ! Je l'attendrai toute la nuit s'il le faut.

— Admettons que tout se passe comme prévu. Je fais quoi après, moi ?

— Tu te débarrasses de lui. Je veux qu'il *disparaisse*. J'ai vu dans une série que l'acide, ça marchait bien. C'est peut-être l'occasion de tester.

— C'est risqué de le tuer, non? Vu ce que tu as... fait à sa famille, tu peux être sûr que demain à la première heure on retrouvera sa tronche sur tous les avis de recherche de l'État... voire plus. On peut s'en servir à notre avantage. Tu ne crois pas ?

Tapi dans l'obscurité du séjour, Will serra les mâchoires et contint sa colère. Sa main manqua de broyer son smartphone. De quel droit ce moins que rien osait-il lui parler de *risque*, maintenant que la situation menaçait de leur échapper ?

— Si tu la boucles pas, ce que tu vas gagner, mon gros, c'est que je vienne m'occuper de toi aussi. Fais ce que je te demande, c'est tout. Tu crois vraiment qu'on a le choix ? L'ordre est clair, éliminer l'avocat avant qu'il ne découvre le pot aux roses. Sa femme et son clébard n'étaient pas prévus au programme, mais un peu d'improvisation ne fait pas de mal. Il faut bien ça pour le briser, cet enfoiré ! Et c'est loin d'être terminé.

Un blanc en guise de réponse.

— Et si vraiment tu manques de créativité, j'ai deux ou trois idées pour s'assurer que Forsberg parle, tu verras !

— C'est bon, j'ai compris.

Will perçut la résignation dans le ton de son interlocuteur. Ce dernier était enfin coopératif.

— Dans ce cas, ramène ton cul par ici. Il te faut combien de temps ?

— Une demi-heure, grand maximum. Je peux être là avant... avant 3 heures du mat'.

— OK. Magne-toi alors. Gare-toi à distance raisonnable et ne joue pas les cow-boys ! Tu m'envoies un message pour me prévenir de ton arrivée, et tu attends sagement que je t'appelle quand le *gros lard* sera au tapis. Et ne t'avise pas de t'endormir, tu m'entends ?

Il ne laissa même pas le temps à son interlocuteur de confirmer et raccrocha, avant de se remettre à la tâche. L'immense écran de télévision s'alluma dans un flash de lumière bleue, découpant la silhouette de l'entrepreneur dans le salon obscur.

Un sourire fou barra son faciès.

Il savait exactement comment faire tomber l'avocat.

18

ROUTE 198
LUNDI 18 MAI 2020
2 H 19

Anne Ramirez sourit comme une gamine lorsqu'il l'invita à sortir pour la première fois avec toute l'assurance dont il put faire preuve. Il admira chaque parcelle de son être : l'ovale de son visage, ses boucles brunes qui ondulaient dans le vent, ses yeux rieurs, son petit grain de beauté niché sous son œil droit.

Anne resplendissait.

Il sourit à son tour en essayant d'afficher un maximum de confiance. Mais à l'intérieur, Forsberg flippait. Il avait mis tout ce qu'il possédait de courage pour se pointer devant le lycée pile à la sortie des cours, là où la belle enseignait la littérature. Il était certain de la trouver ici à cette heure. Ça faisait des semaines qu'il l'observait. Sa routine ne souffrait d'aucune variation.

Les joues d'Anne rougirent avant qu'il n'ait eu le temps de réitérer sa demande. Elle porta un poing devant ses lèvres et gloussa.

Le genre de signes qui ne trompait pas, selon lui. Anne l'aimait déjà ! Elle avait dû le reconnaître. C'était ça. Elle n'en revenait pas que Carl Forsberg en personne s'intéresse à elle.

Tout le monde a le droit à l'amour, ma chérie. Tout le monde, se dit-il, la mine triomphante.

Il voulut prononcer ces paroles à voix haute. Les mots moururent à la commissure de ses lèvres. Peut-être aurait-il dû ?

Ce jour-là, elle lui mit une veste inattendue.

Mémorable.

Elle l'éconduisit de la pire manière qui soit, à l'heure de pointe, devant la foule grouillante d'élèves pressés qui quittaient le bahut, direction leurs clubs de sport respectifs.

«Mais vous êtes qui ? Je ne vous connais même pas ! Et puis, vous n'êtes pas mon genre», lâcha-t-elle.

Pas son genre.

Trois mots inoffensifs qui, une fois associés, devenaient douloureux, tranchants, aussi acérés qu'une lame de rasoir.

Le monde se teinta de noir.

Forsberg eut l'impression de tomber dans un trou sans fond.

Il haïssait l'échec, alors que dire de l'humiliation qu'elle venait de lui faire subir, en public qui plus est ? Anne se croyait maligne ? Il savait tout d'elle. Tout. Que ce soit au sujet de ses amies profs, de ses ex débiles, de sa mère trop tôt disparue ou encore de son père, avocat dans un cabinet minable et qui miroitait la mairie de Visalia comme un gosse s'extasie devant *Disney California Adventure.*

Il défia Anne du regard. Incapable de piper mot, il fit volte-face, les jambes flasques et l'esprit confus. Il remonta dans son coupé Mercedes garé dans la rue adjacente. À l'abri, il agrippa le volant des mains et le serra de toutes ses forces. Visage déchiré par la colère, il hurla comme un damné, se jurant de la faire céder. C'était elle qu'il avait choisie pour bâtir la future génération de Forsberg, selon ses propres critères : beauté et facultés intellectuelles. Sans oublier l'emprise qu'il pourrait exercer sur elle. Avec en bonus le charme de ses origines mexicaines.

Il la voulait, elle, et personne d'autre !

L'avocat finit par se calmer.

Une idée lui vint. Utiliser le père Ramirez pour plier sa fille à sa volonté.

Son visage s'assombrit.

Elle allait fermer sa gueule et obéir docilement.

Ce n'était qu'une question de temps.

Et d'argent.

*

Forsberg maugréa.

Bras ballants, la tête contre le volant, le volet de ses paupières s'ouvrit avec difficulté.

Son crâne paraissait pris dans un étau invisible tandis que sa vue se rétablissait.

Ce n'était pas l'habitacle du coupé Mercedes.

Et on était loin des bâtiments branlants et décatis où Anne travaillait autrefois.

Il prit appui sur le tableau de bord et poussa un râle de douleur en se redressant. Son dos aussi le faisait atrocement souffrir. Il se contorsionna. Plaqua sa main sur ses lombaires en feu. Fit craquer ses cervicales. Sonda le reste de son corps et bougea ses membres.

Des contusions, des bleus. Mais rien de cassé.

Sa salive avait un curieux goût de fer. Le bout de ses doigts tapota ses lèvres sanguinolentes. Il les essuya d'un coup de manche de chemise.

Après quelques secondes, le ronronnement du Range tournant au ralenti parvint à ses oreilles encore sifflantes. Pas d'odeur d'essence. Pare-brise fissuré. Phares explosés. La calandre avait dû morfler, elle aussi. Forcément. Mais la bagnole semblait en état de marche.

Il pria pour que le moteur fonctionne.

Plaqué contre le siège, il revit la ligne droite. L'animal évité de justesse. Ou plutôt le cerf. Ça ne pouvait qu'être un de ces putains de cerfs qui causaient des accidents similaires partout dans l'État.

Il s'en tirait bien. Vraiment bien.

La page faits divers du *Visalia Delta-Times* était pleine à craquer de ces mésaventures à cette période de l'année. Et dire qu'il avait fait gaffe dans la descente du col, la partie la plus difficile à négocier, pour se planter en beauté dans une zone réputée sans danger !

La nuque aussi raide qu'un rondin de bois, Forsberg regarda à grand-peine autour de lui. La pluie ne tombait plus. Pas une âme qui vive à des kilomètres à la ronde. Son véhicule, échoué au beau milieu du champ, avait percuté ce qui ressemblait à un minuscule abri en béton. De quoi amocher la caisse, mais pas suffisamment pour en faire une épave.

Un moindre mal.

Ses yeux accrochèrent avec consternation la seule source de lumière disponible : celle du cadran digital du tableau de bord.

2 h 22.

Il avait passé presque deux heures dans les vapes ?

Anne, celle d'il y a dix ans, reprit temporairement possession de son esprit. Elle le repoussait, encore et encore. Le narguait.

Mais elle avait fini par céder face à sa persévérance. Convaincue par son père, Gastón Ramirez. Sacrifiée sur l'autel des ambitions de celui qui réaliserait son rêve quelques années plus tard en devenant le nouveau maire de Visalia.

Forsberg avait fait preuve d'ingénuité et de culot dans son approche. Anne n'avait pas eu le choix. Obligée de quitter son poste de prof. Forcée de devenir sa femme, le réceptacle de sa descendance.

Les jumelles étaient nées un an après.

Ses petites filles adorées.

Son cœur s'emballa. Luttant contre son corps meurtri, Forsberg entreprit de sortir le Range du bourbier où il s'était empêtré.

Marche arrière et coup d'œil mal assuré dans le rétroviseur. Les grosses roues du pick-up se mirent en branle. Avalèrent une dizaine de mètres de terre moite et de pavots. Forsberg donna un coup de frein sec et braqua sur sa gauche. Marche avant. Le véhicule cahota. Le masque de douleur accroché au visage de l'avocat ne le quittait pas. À tous les coups, il devait avoir une vertèbre coincée ou une connerie de ce genre. Mais pas le temps de s'apitoyer sur son sort. Après plusieurs minutes au petit trot, le Range désormais aveugle retrouva l'asphalte toujours dépourvu d'éclairage sur cette portion de la route 198. À son bord, tentant de pallier le manque de visibilité par une concentration exacerbée, Forsberg était loin de se douter du carnage qui venait de se produire une dizaine de kilomètres en contrebas, dans son quartier de Goshen.

Et encore moins de ce qui l'attendait.

*

Lorsqu'il arriva en marge de sa propriété, une grosse demi-heure plus tard, le dispositif fixé à même le tableau de bord côté passager clignota. La diode rouge brilla par intermittence. En réponse, le grand portail électrique coulissa sans un bruit. Forsberg patienta une dizaine de secondes. Une seule aurait pourtant suffi à apercevoir la berline noire garée une cinquantaine de mètres en contrebas, sur le trottoir d'en face, devant le champ de blé balayé par le vent.

Guidé par l'habitude, il manœuvra en gardant les yeux rivés sur la lumière allumée à l'étage de la maison. Le pick-up vint se parquer devant le garage.

Forsberg eut toutes les peines du monde à glisser son mètre quatre-vingt-quatorze hors du véhicule. Il trouvait étrange qu'Anne ne dorme pas à cette heure-ci, mais dans un sens, ça l'apaisait. Sa femme était du genre bouquineuse, grande consommatrice de thrillers. Elle devait sûrement être dans le final d'un énième polar islandais ou finlandais avec un thé bien chaud, en pensant à la chronique qu'elle devait rédiger le plus tôt possible, selon des délais saugrenus qu'elle s'était infligés à elle-même. *Impossible de décrocher avant la dernière page*, disait-elle souvent. Il ne comprenait pas cette passion dévorante et encore moins cette lubie de partager ses ressentis avec de parfaits inconnus, au travers des réseaux sociaux. Facebook, Twitter, Instagram. Et même un blog à son nom. À quoi ça rimait, sérieusement ?

Elle ferait mieux de s'occuper des gosses. Ça, c'était du temps bien passé. C'était bien à ça qu'elle servait, non ?

Putain que ça l'exaspérait.

Voilà pourquoi il ne pouvait pas s'empêcher de la cogner à chaque fois que cet afflux de colère montait, montait, et finissait par déborder. Phénomène de plus en plus fréquent ces derniers temps. De moins en moins contrôlable. Comme la fois où il l'avait attrapée en train de pouffer de rire comme une adolescente devant son écran – découvrant par la même occasion qu'elle discutait régulièrement sur un chat avec des amis virtuels. Quelle connerie ! Ou comme lorsqu'il la surprenait à lire au lieu de frotter la baraque ou de sortir le chien. Plus que l'activité à laquelle elle s'adonnait, c'était la perte de temps associée qui le faisait sortir de ses gonds sans retenue.

Un coup de vent. Un bruissement. Forsberg crut sentir une présence dans son dos. Mais à part ce temps trop instable pour la saison, rien ne sortait de l'ordinaire. Les alentours étaient tranquilles. L'atmosphère chargée en humidité le fit frissonner sous sa chemise blanche tachetée de vermillon et trempée de sueur. Forsberg soupira et conclut qu'il s'était un peu trop vite emballé. Il les avait surestimés.

Tant mieux.

Erin la garce et le mec au SMS n'étaient que des amateurs. Des imbéciles qui se croyaient plus intelligents que lui et qui allaient payer pour avoir osé s'en prendre à lui.

Il s'en fit la promesse.

L'avocat sortit son trousseau de clés et le manipula avec réticence à mesure qu'il claudiquait vers le garage. Au fond de lui, il ne voulait pas rentrer. Surtout pas dans cet état lamentable, à 3 heures du matin ! Quelle honte pour lui, de se montrer sous ce jour pitoyable auprès d'Anne.

Mais il valait mieux être présent.

Pas besoin de s'expliquer auprès de sa femme. De toute manière, quoi qu'il dise, Anne ne répliquerait pas. Ni pour la forme ni pour se donner une contenance.

Anne s'en foutait.

Malgré les écarts de conduite dont il se rendait coupable, elle ne pouvait strictement rien contre lui. Anne avait peur.

Et pour cause. Aujourd'hui encore, Forsberg tenait son père par la peau des couilles.

Sans lui, pas de mairie, si durement acquise.

Sans lui, la vie de Gastón Ramirez était finie.

Anne chérissait son paternel, qui lui chérissait l'argent de l'avocat. Personne ne quittait la poule aux œufs d'or, quelles que soient les crasses qu'elle ait pu ou puisse vous faire.

Forsberg se demanda quoi faire du Range. Il tâcherait de quitter la maison assez tôt, soit dans une poignée d'heures. Éviter le trafic matinal et confier la bagnole à Lopez, son mécanicien de toujours, à deux pas du bureau.

Problème résolu.

Face à la porte de garage sectionnelle – l'une de ses nombreuses fiertés – il inséra la plus grande de ses clés dans la serrure de l'entrée latérale.

19

6510 WEST LARK COURT, VISALIA
COMTÉ DE TULARE, CALIFORNIE
LUNDI 18 MAI 2020
3 H 01

La porte s'ouvrit avant même qu'il ne tourne la clé. Anne avait oublié de la verrouiller, comme d'habitude. Dès qu'il s'absentait, sa femme faisait n'importe quoi !

Au diable l'heure tardive et son look dépravé, il allait monter fissa lui rappeler qui commandait ici.

À peine le seuil du garage franchi, une odeur abominable saisit ses narines. Rien à voir avec le stock gargantuesque de bouffe et les trésors de chasse que Forsberg entassait soigneusement en attendant de savoir quoi en faire.

Un relent de tripes et de fer dominait l'atmosphère.

L'avocat tendit l'oreille. Aucun bruit ne venait troubler le rez-de-chaussée de la demeure.

Le corps perclus de tiraillements et de douleurs, il avança la boule au ventre, comme un automate. Plus question de fanfaronner ni de sous-estimer ces imbéciles. Quelque chose ne tournait pas rond, c'était évident. Rien n'allait plus depuis qu'il avait croisé Erin. Il ne devrait pas être surpris. Et pourtant. Son cœur se mit à cogner plus fort, pour l'avertir d'un danger imminent.

Là, tout près.

Sans se départir de ce mal-être grandissant, il abaissa la poignée de la porte de la cuisine et plaqua la paume de sa main sur l'interrupteur à sa gauche. Avant de se raidir, les yeux écarquillés, la bouche ouverte, les muscles tétanisés.

Randy !

Le chien de la famille, ce petit être court sur pattes dont il se moquait mais que ses filles adoraient, gisait sur le dos en plein milieu de l'îlot central, le ventre sectionné à la verticale. Chairs écartées, boursouflées et sanguinolentes. Boyaux à l'air. On avait pris un soin particulier pour extirper ces derniers de leur emplacement naturel et les disposer sur le marbre sombre. Le sang encore tiède ruisselait jusque sur le sol.

Malgré la puanteur infernale qui s'immisça au plus profond de lui, Forsberg ne détourna pas le regard. Ses yeux glissèrent sur la dépouille. Virent le crâne éclaté ainsi que le bouillon difforme et écarlate qui remplaçait l'appareil génital du pauvre jack russell.

Incrédule face à l'atrocité des mutilations subies par son chien, l'avocat se dirigea droit vers le porte-couteau situé sur le plan de travail, entre les plaques à induction et l'évier et saisit la plus grande lame qu'il trouva.

Son visage abandonna toute expression de surprise et laissa place à un masque de colère et d'appréhension.

S'ils ont osé toucher à mes filles...

Déterminé, il posa un œil froid sur Randy et s'engouffra en boitillant dans la salle de séjour vide, plongée dans la nuit. Il resta sur le seuil pendant une dizaine de secondes, bras tendu, le manche du couteau fermement en main, les sens en exergue, à l'écoute du moindre bruit suspect. Rien ne l'effleura, hormis le battement acharné de son cœur et le sifflement de sa propre respiration. Il fixa le faible halo de lumière jaune provenant de l'étage.

Sa tension grimpa en flèche.

Il se lança à l'assaut des marches comme s'il s'attaquait à l'Éverest. Son dos continuait de le faire atrocement souffrir. À défaut de le réduire en pièces, l'accident causé par ce foutu cerf l'avait salement amoché. Il lui faudrait plusieurs jours – au bas mot – pour s'en remettre. Mais encore fallait-il se sortir de cette situation désespérée. Une issue loin d'être acquise.

Les choses risquaient plutôt d'empirer.

Mes filles...

La main posée sur sa poitrine, Forsberg ne put réprimer une toux grasse et bruyante. Le sifflement de ses bronches disparut un instant. L'avocat reprit son souffle et avança dans le vestibule, l'estomac noué par l'angoisse. De la première chambre filtrait la lumière de la veilleuse d'Anne.

Il ne se déroba pas au moment d'entrer dans la pièce.

Lorsqu'il découvrit sa femme réduite à l'état de charpie, de profondes entailles irrégulières rouges sang sur tout le corps, il ne cilla pas. Paupières grandes ouvertes, il avisa également les stigmates laissés par ses propres coups sur la peau de la malheureuse. Détailla trait par trait le visage figé dans l'agonie éternelle d'Anne.

Ces yeux rieurs qui s'étaient parés d'un voile transparent. Cette bouche d'ordinaire pulpeuse, à présent lacérée et ouverte sur des dents teintées de rouge.

Forsberg porta une main en coupe sur l'une des joues de la dépouille.

Un flot d'émotions contraires le rongeait.

Si elle était morte, c'était sa faute à *elle*, et uniquement la sienne. S'il avait dû aller voir ailleurs pour combler ses envies bestiales, c'était aussi sa faute à *elle*. Anne Ramirez l'avait épousé pour la forme. Pour satisfaire aux ambitions de son propre père.

Mais elle ne l'avait jamais vraiment accepté, *lui*.

Alors pourquoi les larmes coulaient-elles sans qu'il puisse les en empêcher ?

Tu vois, si tu avais plutôt profité du bonheur de m'avoir dans ta vie au lieu de t'opposer sans cesse à moi, on n'en serait pas là, Anne. On n'en serait pas là.

Des pleurs retentirent soudain, ramenant Forsberg du voyage de quelques secondes qu'il venait de faire dans les méandres de son passé.

Des pleurs d'enfants.

Ça provenait du rez-de-chaussée, pourtant désert quelques minutes auparavant.

Des lamentations qu'il reconnut tout de suite.

Sophia ! Ava !

Subite montée d'adrénaline. Sans prendre la peine de chasser ses larmes, il dévala comme il put les marches dans le sens inverse.

À l'instinct.

Mes filles ! Putain, si ces connards touchent à un seul de leurs cheveux...

Oubliant la douleur qui lui vrillait les lombaires, l'avocat déboula et se planta au milieu du séjour, éclairé de manière intermittente par les images défilant sur l'écran de l'immense télé accrochée au mur du fond de la pièce. Il resta pantois face à cette séquence qu'il connaissait par cœur. L'une des centaines de vidéos de ses deux diamants qu'il gardait précieusement dans l'espace de stockage de ses appareils. Télévision, tablette, téléphone. Il adorait en piocher une au hasard et la visionner, un bon verre de whisky à la main, les rares nuits où il était chez lui. L'innocence de ses filles lui permettait d'oublier son comportement souvent irascible et ses dérives. Une manière comme une autre de se purger. De remettre l'église au milieu du village de sa morale.

Devant ses yeux incrédules, Sophia, encore peu habituée à rouler sans stabilisateurs, tanguait dangereusement sur son vélo rose et blanc, virant sans cesse à gauche et à droite. Après un ultime numéro d'équilibriste, elle s'arrêta près d'Ava.

Sa jumelle était au sol, une jambe ramenée vers son buste, ses petits bras enserrant son genou endolori par la chute qu'elle venait de faire et ce, malgré ses grosses protections en PVC.

Ava pleurait.

Sophia descendit de son vélo, se précipita sur sa sœur et l'imita. La scène se mit à osciller, au gré des soubresauts du téléphone portable qui avait servi de caméra.

Forsberg se souvenait de ce moment où il avait accouru pour sécher leurs larmes. Leur dire que ce n'était rien, que l'on tombait parfois. Que l'important était de se relever et de persévérer.

Le temps se suspendit. La surprise laissa place à l'incompréhension.

Qui avait allumé la télé ? Fouillé dans ses archives ?

Où étaient *réellement* ses filles ?

Sophia. Ava.

Une vague de désespoir faucha Forsberg en plein milieu du salon obscur. Le manche du couteau fila entre ses doigts.

À genoux, obnubilé par l'écran, il ne l'entendit pas approcher.

Un bras encercla son cou et le tira vers l'arrière. Moins d'une seconde après, une seringue s'enfonça dans son nez et un liquide submergea ses narines. Il eut l'impression de se noyer. Il battit des bras dans l'espoir d'attraper son agresseur. L'étreinte se relâcha aussitôt, mais la semelle de l'assaillant se posa sur son dos et le projeta au sol. L'avocat réussit à se saisir de sa lame et pivota d'un coup en frappant dans le vide, manquant sa cible de peu. Un geste réflexe dont l'ampleur et la maladresse lui firent lâcher le couteau qui vola à l'autre bout de la pièce. L'arme finit sa course au sol dans un *clang* métallique.

Forsberg se releva et se moucha à mains nues, pour évacuer à tout prix ce qu'il savait être un poison. Son esprit fit immédiatement le lien avec cette maudite bouteille d'eau qui avait failli lui coûter la vie plus tôt dans la nuit. Son sang ne fit qu'un tour.

Son agresseur avait fui dans la pénombre en direction du garage, comme s'il avait la mort aux trousses. Forsberg se mit à hurler comme un chien enragé.

— Où sont mes filles, espèce d'enculé ! Qu'est-ce que tu leur as fait ?!

L'individu mystérieux se retourna pour lui faire face, baskets plantées au sol, jambes écartées et dos courbé, sur ses gardes. La lumière crue de la cuisine révéla un homme de taille moyenne, entièrement vêtu de noir, cagoule et gants compris. Impossible à identifier. Après quelques secondes à se jauger, le type se redressa et ouvrit les bras comme s'il l'invitait à le rejoindre.

— T'aimerais bien le savoir, hein, gros lard ?

Le *gros lard* vit rouge. Piqué au vif, porté par la fureur aveugle qui le consumait, il chargea comme un sanglier, prêt à empaler son assaillant pour protéger la seule famille qui lui restait. La seule qui comptait véritablement. Ses deux petites filles. La prunelle de ses yeux. En supposant qu'elles soient encore en vie.

Forsberg se sentit nauséeux. La distance qui le séparait de sa cible s'étira.

« Je vais te tuer ! » furent les derniers mots qu'il lança, hystérique, avant de chanceler sur plusieurs mètres en se tenant à tout ce qu'il trouvait sur son chemin.

Il finit par chuter lourdement. Face contre terre. Inconscient.

Terrassé par le produit inconnu qui se propageait en lui.

PARTIE III

LUNDI 18 MAI 2020
9 H 01

Alors ?

Je m'attendais à recevoir un appel ou, au moins, une réponse à mon message. J'ai veillé toute la nuit dans l'espoir d'un signe de votre part. Mais nous sommes lundi, il est déjà 9 heures, et je n'ai toujours pas de nouvelles. Vous comprendrez donc ma profonde déception.

Inutile de vous dire que c'est anormal.

Inutile de vous dire que je suis très contrariée.

Alors donnez-moi des garanties du succès de votre plan.

Et vite.

Dites-moi tout, en commençant par le plus important : confirmez-moi que Carl Forsberg a rendu l'âme, et dans quelles circonstances. Vous avez intérêt à vous être débarrassé du corps sans laisser de traces. On ne doit pas le trouver. Sous aucun prétexte. J'espère m'être bien fait comprendre. Je ne tolérerais pas le risque qu'on puisse remonter jusqu'à vous. Jusqu'à NOUS.

Une deuxième chose.

Nous en avons déjà parlé, j'espère que vous ne l'avez pas oublié : je veux savoir ce que Forsberg a amassé comme informations à notre sujet. Cet homme a eu le temps de travailler. De bien travailler.

À cause de vos tergiversations, il a même pu disposer de quelques semaines supplémentaires pour ses recherches. Il n'en demandait pas tant. Vous le savez autant que moi. Cela ne m'étonnerait pas qu'il ait collecté un premier faisceau d'éléments à charge contre nous.

Ce type est prêt à tout pour arriver à ses fins. Si son intuition l'a guidé vers nous, il ne s'arrêtera que lorsqu'il aura obtenu satisfaction. Soyez-en certain. Tous les moyens seront bons. C'est une sangsue : il s'accrochera à nous de toutes ses forces et ne se rétractera que lorsqu'il nous aura vidés de notre substance. Nous serons vilipendés sur la place publique. Rien ni personne ne pourra nous sortir de là.

Sans compter que la prison nous attendrait. Pour de très longues années.

Faites-moi un rapport détaillé et complet dans les plus brefs délais. En fonction de ce retour, je déciderai des éventuelles conséquences et actions à mener.

Il devient urgent d'en finir avec lui. Vous comprenez bien que nous avons tous à y gagner. Et beaucoup à perdre.

Surtout, n'omettez rien.

Si vous me cachez quoi que ce soit, je le saurai.

J'attends que vous mettiez un point final à cette histoire, afin que nous puissions boucler cette opération et célébrer ensemble la réussite de notre plan. Vous toucherez votre pactole. Vous retrouverez le prestige auquel vous aspirez.

Vous me l'avez dit vous-même : vous êtes prêt à tout, absolument tout, pour protéger votre vaisseau amiral, quitte à devenir le pire des monstres.

Alors je vous le redis. Une dernière fois.

Ne me décevez pas.

Vous avez jusqu'à la mi-journée pour répondre à ce message.

Pour Callaway & Partners,
Emily

20

DÉPARTEMENT DE POLICE DE VISALIA
303 SOUTH JOHNSTON STREET
COMTÉ DE TULARE, CALIFORNIE
LUNDI 18 MAI 2020
11 H 58

Plein soleil sur Visalia. L'astre brillant approchait de son zénith.

Anxieux, Will se gara au milieu du parking désert, sauta hors de son SUV – un Mercedes-AMG GLS noir charbon toutes options, sa fierté – et claqua la porte.

Il fulminait d'avoir loupé une occasion de se mettre en avant, même s'il était ravi d'échapper à Gastón Ramirez et à la bande d'ados déchaînés et indisciplinés du lycée Golden West. Le maire avait très mal pris son retrait de dernière minute. Pas surprenant, lui aussi détestait qu'on lui fasse faux bond.

Il fallait s'attendre à des représailles. Mais cela importait peu.

Son estomac se noua à l'idée de revoir Phil et d'en savoir un peu plus au sujet de l'enquête ouverte à Three Rivers. Will ne connaissait pas l'agent Owens. Pour peu que ce dernier soit compétent… Le risque que l'on découvre qui avait assassiné Erin n'était pas nul.

Deuxième source d'inquiétude, l'affaire Forsberg qui revenait *de facto* à la police de Visalia. Plus ce mail d'Emily. Le second auquel il ne répondait pas. Un rapide coup d'œil à sa montre et Will comprit que le délai imposé par Callaway & Partners serait officiellement dépassé dans deux minutes.

Three Rivers, Visalia, Vancouver. Quelle que soit l'origine, pas question que l'on remonte jusqu'à lui.

Il devait s'en assurer au plus vite.

Will traversa le parking inondé de soleil et s'aventura dans le poste de police. Il tomba nez à nez avec une femme à la longue chevelure rousse, arc-boutée sur son fauteuil, les coudes sur le bureau et les yeux rivés sur le smartphone qu'elle tenait à deux mains. Le pouce de sa main droite glissait sur le large écran tactile avec une régularité de métronome, son faux ongle verni de rouge martelant la surface de l'engin à chaque impulsion.

Tac. Tac. Tac.

Will se dit que c'était encore une de ces accros des jeux mobiles à la Candy Crush où l'on collectait bonbons et chocolats et où on matraquait ses contacts Facebook à coups de notifications dans l'espoir de gratter des vies supplémentaires. Même Sandy s'y adonnait parfois, pour tuer le temps.

La réceptionniste devait sacrément s'ennuyer pour s'attarder sur un jeu débile et chronophage.

— Je suis à vous dans une minute, marmonna-t-elle d'une voix basse, sans un regard.

Rectification: elle devait *sacrément* s'ennuyer et être *sacrément* en pétard. Quelle mouche l'avait piquée pour qu'elle l'expédie comme un malpropre ? Encore une mal baisée ?

Will lui demanda pourquoi le faire poireauter alors que l'affluence au poste de police ressemblait à celle de Long Beach en plein mois de décembre.

Et puis, il n'avait pas que ça à faire.

— Je viens voir Philip Jones, ajouta-t-il.

Les *tac* cessèrent.

Le corps de la rousse se raidit net. Elle leva la tête, rajusta la monture de ses grosses lunettes rondes et lui adressa un regard soupçonneux. À croire que le nom de Phil était la clé d'accès à son attention.

Qu'est-ce qu'il lui a fait ? se demanda Will en passant des yeux bleu-vert de la réceptionniste à l'alliance en or qu'elle portait à son annulaire gauche.

Il le savait, Phil n'était pas du genre à être repoussé par une simple bague. C'était même son truc, les femmes mariées. Faute de mieux.

— Phil n'est pas encore rentré. Vous lui voulez quoi, au juste ?

Ignorant le ton agressif employé contre lui, il déclina son identité et expliqua avoir reçu un appel dudit Phil, son ami, en milieu de matinée, au sujet d'une nouvelle affaire.

Il choisit de ne pas dire de quoi il en retournait exactement. Après tout, se pointer dans un bureau de police et prononcer le mot « meurtre », sans faire partie de la maison, c'était l'assurance de s'attirer des emmerdes. Mieux valait éviter.

Le regard de la réceptionniste s'illumina.

— Ah, c'est vous le petit génie dont le boss parlait ce matin… Oui, maintenant que vous me le dites, votre nom me revient. On vous voit partout dans les journaux ces temps-ci, vous et votre cravate rouge de businessman !

Will fit une moue dubitative en imaginant l'un des récents articles où il apparaissait avec Gastón Ramirez et Carl Forsberg. C'est vrai que les papiers à leur sujet se multipliaient.

Mais tout ça était fini pour de bon désormais. Le trio devenait duo.

— Génie, génie, c'est vite dit ! rétorqua-t-il. J'essaie juste de faire de mon mieux, comme tout le monde.

Elle secoua la tête, sourire accroché aux lèvres.

— Ne la jouez pas modeste ! Vous avez sûrement dû croiser mon mari plus d'une fois. Il est journaliste au *Times*. Harold Leroy. Il ne jure que par vous.

— Leroy, hein ? Oui, je vois.

Will s'impatientait. Il ne voyait rien de plus en Leroy que le morpion à qui il avait refusé une interview le jour de la fermeture d'EduCorp, et n'en pouvait plus de cette discussion de comptoir. La situation était grave mais cette bonne femme n'avait pas l'air au courant.

— Quand il saura que je vous ai parlé ! Il va être jaloux, c'est sûr !

— Pardon, mais entre nous, je préfère éviter que ça s'ébruite, merci.

Il ne lui laissa pas le temps de négocier.

— Phil sera là quand ?

La rousse se leva, dévoilant une jupe crayon noire et des escarpins assortis. Étonnant qu'elle ne porte pas l'uniforme, comme tout le monde. Les effluves fruités de son parfum – le même que Sandy – parvinrent jusqu'à Will.

— Il a appelé tout à l'heure, au moment de reprendre la route. Je suis sûre qu'il sera là d'une minute à l'autre.

Elle pointa le carré de chaises vides devant elle.

— Attendez là un moment, je vais voir avec le rustre qui me sert de boss, bougonna-t-elle.

La secrétaire s'éclipsa pour revenir avec *le rustre*.

Will connaissait le capitaine des Opérations David Little, mammifère caverneux indécrottable malgré les résultats en dents-de-scie de ses équipes. La police de Visalia était à l'image de son chef: peu loquace, lente et inefficace. Ce qui n'avait pas l'air de gêner le maire. Ramirez lui avait même confié qu'il comptait laisser les choses telles quelles en cas de réélection. Une aberration tant le nombre de crimes en tout genre augmentait année après année.

Little était pendu au téléphone. À en juger par ses traits tirés, les veines saillantes zébrant son front ridé et les auréoles qui s'élargissaient sous sa chemise, les nouvelles n'étaient pas bonnes.

Probablement des infos complémentaires sur Erin, pensa Will.

Le gros flic donna ses instructions d'un mouvement nerveux et répété de l'index, désignant l'allée qui courait entre les bureaux à moitié vides de la station. Il ponctua sa gestuelle en brandissant sa paume comme pour dire «cinq minutes». Puis il tourna le dos et repartit d'où il était venu d'un pas pressé, laissant sa secrétaire furieuse.

Will eut le temps de capter un «*putain, c'est pas possible! On nage en plein cauchemar!*» ainsi qu'un «*OK, c'est bon, plus le choix, je m'occupe de le prévenir*» avant que la silhouette du boss disparaisse à l'angle du couloir opposé.

Une réaction bizarre.

À qui s'adressait-il?

Sûrement pas à Phil, censé être là *d'une minute à l'autre*. D'ailleurs, le flic ne lui avait peut-être pas tout dit au téléphone, plus tôt dans la matinée, alors qu'il se trouvait en présence de l'agent Owens.

Ses questions l'accompagnèrent jusqu'à la salle numéro 1, où la secrétaire le laissa mijoter sur une chaise en plastique des plus spartiates sans même lui proposer à boire. Mis à part la table en fer sur laquelle il s'accouda, la pièce aux murs gris était vide, froide et impersonnelle. Will posa son menton sur ses mains jointes.

Inutile de paniquer. Le temps lui avait fait défaut, mais il s'était préparé à finir dans une salle d'interrogatoire. Après son dérapage incontrôlé cette nuit, l'une des conséquences logiques se matérialisait ce midi. Un peu plus tôt qu'escompté.

Les flics devaient le tenir en bonne place sur leur liste de suspects concernant la mort d'Erin. Aussi incompétents qu'ils puissent être, ils devaient avoir compris qu'il s'agissait d'un meurtre.

Et comme une mauvaise nouvelle n'arrive jamais seule, une inconnue s'était ajoutée à l'équation. Harold Leroy du *Times*. Le type qui soi-disant ne *jurait que par lui*. Will ne se faisait guère d'illusions. Malgré son avertissement, toute fière de son scoop, la réceptionniste ne manquerait pas de mettre son mari au parfum. Si ce n'était pas déjà fait. William Sullivan, l'entrepreneur, la coqueluche de Gastón Ramirez ? Se retrouver en salle d'interrogatoire ? En voilà une nouvelle !

Will soupira.

Un truc de plus à surveiller. Une personne de plus à museler ?

Il chassa tout de suite l'idée d'un autre acte violent. Ça frisait l'inconscience. Autant se faire une raison. Quoi qu'il fasse, sa réputation risquait d'en prendre un coup avec ce petit rendez-vous au poste de police. Ce ne serait que temporaire. Cet accroc n'était qu'une minuscule aspérité sur son chemin tout tracé.

Rien qu'il ne puisse surmonter.

21

DÉPARTEMENT DE POLICE DE VISALIA
303 SOUTH JOHNSTON STREET
COMTÉ DE TULARE, CALIFORNIE
LUNDI 18 MAI 2020
12 H 17

Debout devant sa chaise, dos courbé, mains à plat sur le bureau, le regard vide, David Little cherchait un moyen d'appréhender la folle situation dans laquelle sa si tranquille Visalia, le « Joyau de la Vallée », s'enfonçait heure après heure.

Une crise sans précédent pour lui.

Il releva la tête et fixa le mur tapissé de photos de famille en face de lui. Sa femme Liz – ancienne flic reconvertie en mère au foyer – ses trois enfants et même son petit-fils de quatre ans s'y étalaient, présents sur la totalité des clichés, tout sourires. D'ordinaire, la fresque lui donnait la force d'affronter le profond ennui de son quotidien de flic depuis qu'il était devenu capitaine. Surtout cette photo où ils posaient tous devant le château de Disneyworld, en Floride, l'État où vivait son père. Quel voyage mémorable ça avait été !

Aujourd'hui ces instantanés, vestiges de moments heureux, lui tordaient les boyaux.

Dave ne pouvait s'empêcher d'établir un hypothétique parallèle morbide avec l'actualité qui frappait le maire de la ville.

À s'en donner des sueurs froides.

Cette question le traversait souvent : comment affronter la disparition ou la perte de ses proches ? Il n'osait pas imaginer sa réaction si sa fille et son petit-fils se volatilisaient le même jour. La même nuit.

Pas sûr qu'il sache comment appréhender un tel drame. Ni qu'il s'en remette.

Ce scénario catastrophe frappait Gastón Ramirez de plein fouet. Sa fille Anne, assassinée. Ses petites-filles Sophia et Ava, introuvables. Présumées vivantes, comme disent les bouquins, mais pour combien de temps encore ? Au vu des actes barbares commis ici comme à Three Rivers la nuit dernière, le pire était à redouter.

Le boss savait que la pression, telle l'hydre de Lerne, ne le quitterait pas d'une semelle. Que ce soit Ramirez, la presse ou ses équipes, tout le monde y prendrait part et ne lui laisserait aucun répit. S'il ne se bougeait pas le cul, un de ces quatre on tomberait sur les jumelles dans un champ ou au fond d'un caniveau, leur petit corps souillé, leur innocence arrachée, leur âme volée...

Cette idée lui était insupportable.

Retrouver les deux petites filles était prioritaire. Mais, dans le même temps, il ne pouvait pas mettre au placard l'enquête sur la mort tragique de leur mère. Ni même sur celle d'Erin Silva.

Il fallait trouver le moyen de rester cohérent.

L'idée de deux incidents isolés, sans aucune connexion, ne l'effleura même pas. Il pressentait qu'ils avaient affaire à un seul et unique prédateur. L'un de ceux qu'il n'avait rencontrés que dans les manuels de l'école de police jusqu'à présent.

Aucune autre affaire sordide de ce type ne s'était déclarée dans cette région semi-désertique depuis qu'il avait pris les rênes des forces de l'ordre de Visalia.

Le regard de Dave se perdit vers la fenêtre de son bureau. Une ambulance, toutes sirènes hurlantes, remontait South Johnston à vive allure, suivie de près par un camion de pompiers dont la station se trouvait à quelques mètres seulement, à l'angle de Willow.

Le vacarme s'estompa, petit à petit. La rue retomba dans sa léthargie. Le flic se mordit la lèvre inférieure et essuya ses mains moites sur son pantalon. Le souvenir d'une époque qu'il aurait préféré oublier se manifestèrent, comme à chaque fois que le ululement aigu des véhicules prioritaires déchirait ses tympans.

Dave avait peur de ne pas savoir comment s'y prendre. De révéler à la face du monde l'étendue de son incompétence, lui qui avait combattu son traumatisme pour monter en grade jusqu'à devenir capitaine. Quel paradoxe !

La tragédie humaine qui se jouait acte après acte sous son nez ne faisait nul doute. Dans quelques heures, elle frapperait l'opinion publique. Affecterait les habitants du comté, de la Vallée tout entière. Résonnerait même au sein de sa propre famille.

Et pourtant, Dave ne pensa qu'à sa petite personne. À son petit confort. À ses habitudes de flic sédentaire, de bureaucrate nourri à la routine depuis sa prise de poste. Pour rien au monde il n'abandonnerait cette existence si durement acquise.

Mais il était lucide.

Le plan de sa fin de carrière, jusqu'ici mené d'une main de maître, menaçait de s'écrouler. Au pire moment.

Non, ma carrière ne menace pas de se casser la gueule. Elle VA se casser la gueule, que tu le veuilles ou non, se corrigea-t-il mentalement. *Tu es fait comme un rat, mon p'tit gars, ce n'est qu'une question de jours. De semaines, tout au plus.*

Il dirait bientôt adieu à sa vie pépère, planqué derrière son bureau à s'enivrer de senteurs exotiques et à déléguer tout ce qu'il pouvait à ses subordonnés, ses braves petits soldats. Sa tête allait valser en moins de deux dès cette affaire réglée, quel qu'en soit le dénouement. Il fallait un bouc émissaire et Dave savait qu'il était le candidat tout désigné. Il entretenait de bonnes relations avec le maire et c'est justement ce qui le poussait au pessimisme. Ramirez, ce bourreau, n'hésiterait pas une seconde à le sacrifier pour contenter ses électeurs.

Un frisson parcourut son corps.

L'impuissance le tenaillait. Ses équipes, rouillées et inexpérimentées, ne pouvaient pas anticiper une vague de violence si soudaine et d'une telle ampleur.

Personne ne pouvait prédire une telle hécatombe.

Personne, hormis l'assassin lui-même.

Dave se laissa tomber sur son siège et se rongea les ongles tout en scrutant son téléphone portable. Ses méninges embourbées dans l'inactivité se mirent en branle.

Il pensa à l'ancienne secrétaire d'EduCorp, Erin Silva, retrouvée morte dans sa baignoire, une mare sanguinolente causée par une profonde entaille au poignet. Sur place, des notes personnelles écrites de la main de Carl Forsberg. Entre autres.

Son attention voyagea cinquante kilomètres à l'ouest, vers la terrible scène de l'hacienda de l'avocat, à l'extrémité de la ville, dans le quartier de Goshen. Anne Forsberg battue. Poignardée une dizaine de fois. Un couteau – assurément l'arme du crime – retrouvé dans le séjour. Un cas de figure où la première personne à suspecter était la seule qui brillait par son absence. Celle que l'on devait prévenir et qui comme par hasard ne répondait pas.

Un certain Carl Forsberg.

Encore lui.

L'estomac de Dave se manifesta à nouveau, pliant le flic en deux sur sa chaise.

C'était juste impossible. Jamais Forsberg n'irait commettre des actes aussi odieux, aussi dénués d'humanité. L'avocat était loin d'être un saint, il le concédait lui-même volontiers à qui voulait l'entendre, mais il était doté d'une intelligence rare et avait foi en la justice. Jamais il n'irait jusqu'à tuer quelqu'un, et encore moins sa femme ! Pourquoi ferait-il ça ?

Non, ne jamais dire jamais. Le doute subsiste. Il ne s'agit pas d'écarter les maigres pistes qui se présentent à cause de ressentis personnels.

Comme pour étayer sa réflexion, Dave énuméra les faits relevés par le Grec chez Forsberg, au-delà du meurtre et du double kidnapping qui, soit dit en passant, étaient déjà bien plus qu'assez à gérer selon lui.

Certains détails étaient troublants.

Le pick-up Range défoncé devant le garage.

Le désordre dans la baraque.

La cruauté gratuite, invraisemblable qui s'était abattue sur le pauvre chien de la famille.

Dave fut pris d'un haut-le-cœur en imaginant la dépouille de l'animal éventré.

Tout ça le dépassait. Il ne se sentait ni l'envie ni la force de gérer un tel dossier. Même sous la contrainte.

Il faut que je sauve les apparences…

Une idée lui vint. Rien de révolutionnaire ou qui le prémunirait du courroux de Ramirez, mais ça pourrait marcher. À condition d'être clair d'emblée. Faire comme d'habitude.

Déléguer.

Dimitris déjà dans la merde jusqu'au cou sur la scène de crime de l'hacienda, il ne restait qu'un subordonné digne de ce nom pour prendre les rênes. Un lieutenant pour qui il avait une affection toute particulière.

Le beau gosse. Phil Jones. Il lui devait bien ça.

Ce dernier ne tarderait plus à franchir les portes du poste de police. Si ce n'était pas déjà fait.

Dave ne lui confierait pas officiellement les clés du camion, bien sûr. Phil gérerait les choses sur le front tandis que lui récolterait les lauriers en coulisses. La presse n'y verrait que du feu. Ramirez, quant à lui, ne serait pas dupe. Mais cela n'avait que peu d'importance. Cette mesure visait simplement à le préserver, *lui*, des démons qui le rongeaient depuis si longtemps.

Il hocha la tête, d'abord lentement, puis de plus en plus vite.

Ce choix lui plaisait.

Mais avant ça…

Dave porta les yeux sur son téléphone portable. Quoi qu'il dise, sa fonction lui imposait une certaine corvée. Et pas des moindres.

Prévenir Gastón Ramirez du destin tragique qui s'abattait sur lui.

22

LYCÉE GOLDEN WEST, VISALIA
1717 NORTH MCAULIFF STREET
COMTÉ DE TULARE, CALIFORNIE
LUNDI 18 MAI 2020
12 H 20

Le brouhaha s'élevait dans le grand réfectoire à mesure que les élèves entraient, par dizaines, sourire accroché aux lèvres pour certains, la mine neutre ou celle des mauvais jours pour d'autres. Les pieds des chaises crissaient sans discontinuer dans l'espace aménagé avec soin pour l'intervention du trio tant attendu : le maire Gastón Ramirez et ses deux têtes de gondole, l'avocat fiscaliste Carl Forsberg ainsi que l'entrepreneur symbole de la région William Sullivan. Les pancartes électorales étaient montées. Une énorme banderole rouge et blanche où était inscrit « LES JEUNES : LE FUTUR DE VISALIA ET DE LA VALLÉE DE SAN JOAQUIN » entre deux drapeaux américains garnissait le mur du fond de la cantine. L'agitation, palpable, gagnait du terrain au fil des minutes. Il faisait chaud. L'odeur ammoniaquée des produits d'entretien se mêlait aux effluves de friture venant des cuisines adjacentes, où le personnel s'affairait pour le repas qui serait servi après la rencontre.

Ce lieu bruyant, inhospitalier et inapproprié pour une allocution à portée politique, faisait office de passage obligé pour Gastón Ramirez, qui avait spécialement pensé à cette mise en scène décalée, différente, un peu moins austère et sérieuse qu'un amphithéâtre. En façade, le maire prônait la décontraction et une proximité de tous les instants avec son auditoire. Il se devait de l'illustrer en venant à la rencontre des adolescents de la ville. Mount Whitney, Redwood, Sequoia, El Diamante… Tous les lycées y passeraient.

Pure stratégie. De quoi s'attirer les faveurs des parents d'élèves en vue de sa réélection.

Première étape: bien négocier l'entrevue d'une heure qui se profilait avec les troisième et quatrième année de l'établissement Golden West.

L'année scolaire se terminant dans moins d'un mois, il n'avait pas eu le choix au moment de planifier l'événement. Il n'y aurait pas d'autre chance avant la dernière ligne droite précédant le vote. D'où la confiance placée en ses poulains, ses deux atouts Forsberg et Sullivan, censés donner du poids et de l'énergie à sa campagne.

Voilà pourquoi leur défection l'ennuyait autant.

Celle de Sullivan en particulier.

Il ne pouvait pas s'empêcher de maudire l'entrepreneur, aux prises avec les forces de l'ordre à l'heure qu'il était, sans qu'il ne sache précisément pourquoi.

— Monsieur le maire, ça va être à vous dans un instant.

La voix haut perchée que Ramirez reconnaîtrait entre mille l'interpella. La directrice fit irruption derrière le grand rideau de toile gris dressé à la hâte entre l'auditoire et le rectangle de dix mètres sur trois où il tournait en rond depuis quelques minutes. La cinquantaine grisonnante, Ashley Higgins se démarquait par ses formes peu avantageuses, pour ne pas dire disgracieuses. Et ça n'avait pas l'air de s'arranger. Ses cuisses volumineuses semblaient avoir fusionné depuis la dernière fois qu'il l'avait vue. Sa chevelure frisée tirée en arrière et nouée en un chignon strict mettait en avant son visage à la peau grasse, cachée sous une tonne de fond de teint trop mat. Une baleine à l'étroit dans un tailleur violet XXL bon marché et au minois surchargé, contrastant avec la pâleur de son cou.

Voilà ce qu'elle lui évoquait.

Il répondit à la principale d'un signe bref de la tête et jeta un coup d'œil à sa montre.

12 h 22.

En théorie, il lui restait huit minutes avant de se lancer.

Dans le réfectoire, les quelques journalistes autorisés par son équipe firent leur apparition, tout au fond de la salle, en marge de l'assemblée d'étudiants.

Parmi eux, un quadra à la carrure sportive et aux cheveux gris coiffés en brosse. Adossé contre le mur, à deux pas de l'entrée, il trépignait d'impatience. Visage lumineux, un iPhone greffé à la main droite en guise d'appareil photo, son attention se dirigeait sur le rideau le séparant de son objectif.

Peu à peu, la nervosité gagnait Ramirez.

Pas le choix, il fallait assurer. Seul.

Plus vite j'y serai et plus vite ce sera fini.

Il épousseta et rajusta son costume pour asseoir sa contenance. Balaya une mèche grise rebelle. S'éclaircit la voix.

— C'est bon, on y va.

Il ne fit pas trois pas avant que son téléphone portable, niché dans la poche intérieure de sa veste, ne se mette à vibrer.

— Attendez une seconde.

Un nom familier s'afficha sur l'écran de l'engin. Celui de la personne qu'il aurait de toute façon contactée pour avoir des précisions, sitôt l'intervention finie.

David Little.

Il devait absolument prendre cet appel. Ramirez fit un signe de la main à la directrice pour l'inviter à patienter *à peu près trois minutes* de plus. Cette dernière répondit qu'elle allait en profiter pour aller surveiller les élèves, puis s'éloigna d'un pas lourd et contourna le rideau.

Le maire s'assura d'être seul puis décrocha.

Comme à son habitude, il prit le contrôle des échanges d'une voix sèche et autoritaire. Pas de préliminaires. Il devait comprendre ce que Sullivan trafiquait au poste au lieu d'être ici avec lui.

Il sentit aux intonations graves et paniquées du chef de la police que quelque chose de sérieux s'était produit.

— Est-ce que vous pouvez venir ici ? Il vaut mieux qu'on puisse parler de vive voix.

— Je n'ai pas le temps, Little. Dites-moi ce qui se passe. C'est mon collaborateur, c'est ça ? Il n'a rien fait de fâcheux j'espère ?

— Vous parlez de William Sullivan ? Il est au poste, oui, mais impossible à dire pour l'instant. On se prépare à l'interroger. Mais…

Le silence s'installa, ce qui irrita Ramirez au plus haut point, lui pour qui chaque seconde valait son pesant d'or.

— Mais quoi ? Abrégez, je n'ai pas toute l'après-midi à vous consacrer ! Si ça concerne bien Sullivan, je ferai un détour après mon intervention auprès des élèves, à laquelle il devait d'ailleurs participer. Dans une heure environ. Faites-lui passer le message.

— Non, ce n'est pas à propos de lui. C'est… plus grave que ça. Il faut vraiment que vous veniez tout de suite, monsieur le maire. Je ne peux pas vous en parler comme ça, au téléphone…

— Écoutez-moi bien, Little. L'année scolaire touche à sa fin. Vous devez comprendre que l'occasion de revenir à Golden West ne devrait pas se représenter avant plusieurs mois. Soit vous me dites de quoi il en retourne, soit je raccroche. Est-ce clair ?

Soupir de résignation à l'autre bout du fil.

— Vous… vous en êtes sûr ?

Nouvel accès de tension.

— Certain ! Vous allez lâcher le morceau ou pas ?

Après quelques secondes d'hésitation, David Little lâcha le morceau.

La foudre s'abattit sur Gastón Ramirez.

Il cligna des paupières en balayant la scène tout autour de lui, comme s'il était à la recherche d'un point d'accroche. Ouvrit la bouche et tenta de reformuler. Pour en être sûr. Puis se hasarda à quelques courtes questions. Pour essayer de comprendre.

À l'autre bout du fil, David Little confirma.

La nouvelle était terrifiante. Irréelle. Le brouhaha ambiant se distendit et finit par s'effacer au profit d'un sifflement aigu. Déchirant.

Ramirez accusa le coup. Un frisson l'électrisa. Sa vision se mit à tanguer. Son souffle se raréfia. Ses yeux s'écarquillèrent. Son visage à l'expression d'ordinaire si impénétrable s'étira en un rictus effroyable. Une douleur sourde, fulgurante, remonta le long de son bras gauche jusqu'à atteindre sa poitrine. Son cœur se comprima. La douleur s'intensifia. Sa main libre passa sous un pan de sa veste et empoigna sa chemise au niveau du thorax avec une force égale à la souffrance qu'il endurait. Il voulut répondre à David Little. Donner l'alerte. Aucun mot ne sortit.

L'oxygène se fit rare.

Le maire tremblait. Ne savait plus s'il avait chaud ou froid. Le téléphone portable lui échappa et toucha terre en émettant un son mat, mettant fin à la discussion.

Ramirez perdit pied en moins de trente secondes.

Son corps ne le supportait plus. La gravité l'attirait au sol.

Les bras en croix, il s'agenouilla au ralenti avant de basculer sur le côté, terrassé, sous les yeux effarés de la directrice qui se précipita pour lui porter secours.

Les journalistes, habitués à flairer le moindre incident, accoururent à leur tour. Au milieu de la masse, l'homme aux cheveux gris dégaina son smartphone et immortalisa la scène en mode rafale.

23

LIEU INCONNU
HEURE INCONNUE

Forsberg, pour la seconde fois en peu de temps, émit un râle en revenant à lui. Son corps entier irradiait de douleur. Il gisait allongé par terre, sur le côté droit, au milieu d'une pièce sombre qu'il n'arrivait pas à identifier. Sa tête reposait sur un vieux tapis poussiéreux.

L'avocat sentit immédiatement l'épais tissu plaqué sur ses lèvres, tendu à l'extrême, qui courait à l'horizontale en enserrant ses joues jusqu'à former un solide nœud à l'arrière de son crâne.

Il mit une bonne minute à s'adapter à l'obscurité ambiante.

C'est là qu'il le vit.

Un mince filet lumineux filtrait par l'interstice microscopique qui séparait une porte de son chambranle, droit devant, à environ deux mètres de hauteur.

Au même niveau, dans un recoin de la pièce, il repéra une autre nitescence.

L'homme de loi, ruisselant de sueur, en déduisit qu'il devait se trouver dans une remise ou une cave. Malgré la chaleur prégnante qui lui asséchait la gorge et accentuait l'odeur de fauve qu'il dégageait, des frissons parcouraient son corps éprouvé, malmené par les ordalies successives qu'il venait de traverser.

Il ferma les yeux et prit une grande inspiration par le nez pour tenter de se calmer. Un mélange de sciure de bois et poussière s'immisça dans ses voies respiratoires déjà enflammées.

Il éternua trois fois de suite.

Une violente douleur lui cisailla le bas du ventre, sans qu'il ne sache la localiser avec précision. Forsberg tenta d'écarter les lèvres et d'ouvrir la bouche en grand, dans l'espoir de faire glisser son bâillon de fortune.

Mmmh ! Mmmh !

Peine perdue. Quelque chose, coincé entre sa langue et son palais, l'en empêchait. Une sphère volumineuse au goût de papier bloquait sa mâchoire, l'empêchant d'articuler. La salive s'écoulait avec abondance et la feuille ramollissait. Pas assez pour lui permettre de retrouver l'amplitude désirée. À la place, la saveur astringente et acide de l'encre d'imprimerie submergea ses papilles. Incommodé, Forsberg chercha à déglutir sans y parvenir.

Il roula à grand peine pour se mettre sur le dos. Le nœud de son bâillon se pressa contre sa nuque. Il inclina la tête pour se délester de cette douleur.

Les faits lui revinrent en mémoire.

Le Lakeside.

Son retour précipité chez lui.

L'accident.

L'agression.

Lui qui pensait sa dernière heure arrivée… Il ne savait pas par quel miracle, mais il était vivant. Son cœur au tonus endiablé le prouvait.

À défaut de produit mortel, on avait dû utiliser un anesthésique puissant. Suffisamment pour le faire tomber aussi vite, lui qui pesait quand même son poids.

Tout compte fait, il n'avait peut-être pas affaire à un amateur.

Une question resta en suspens.

Pour quelle raison le retenait-on prisonnier alors qu'on avait essayé de le tuer quelques heures auparavant ?

L'interrogation fit place à la nette sensation que quelque chose d'autre lui échappait.

Quelque chose d'important.

Un mal de crâne insupportable lui suggéra de repousser à plus tard sa réflexion. Mieux valait agir. Tenter quelque chose pour se sortir de là.

La première de ses priorités était de se libérer de ses entraves. De grimper quatre à quatre les marches de l'escalier face à lui et de s'enfuir de cet endroit de malheur. Puis de trouver celui qui l'avait humilié et de le mettre en pièces, après l'avoir fait cracher tout ce qu'il savait sur le sort réservé à ses filles.

Sur le dos, les jambes pliées et les pieds à plat, Forsberg progressa comme un lombric sur environ deux mètres, s'écorchant les coudes et les omoplates. Sa chemise trop fine et déchirée par endroits ne lui offrait aucune protection.

Il abandonna à la troisième poussée. Ses cuisses ne supportaient pas l'effort. La force lui faisait défaut.

Il changea de stratégie et bascula sur le côté, avant de se tortiller comme un damné pour essayer de se rapprocher du mur, à un mètre de lui. Sa cible: l'espace entre deux meubles déstructurés au bois pourri.

Nouvel échec.

De plus en plus anxieux, il fit une énième tentative pour se libérer. Ses muscles se bandèrent tandis qu'il expirait tout l'air emmagasiné. Ses avant-bras et ses mains ne bougèrent pas d'un iota. Ses poignets étaient sanglés avec force par une corde rugueuse, rongeant sa chair. Un picotement désagréable tapissait le bout de ses doigts. L'énergie lui manquait pour serpenter vers son but.

Il éructa intérieurement.

Putain, je suis où, là ? La baraque de ce fumier, c'est ça ?

Lessivé, Forsberg opta pour une dernière approche. La plus économe.

Son visage poupin prit vingt ans d'un coup lorsqu'il plissa les yeux et tendit l'oreille, à la recherche du moindre son qui lui permettrait de savoir où il se trouvait.

Le calme fut bientôt troublé par une voix aiguë, claire et directive. Une femme parlait lentement mais avec fermeté, appuyant sur chaque syllabe, comme si elle s'adressait à un gamin attardé. Ça rappelait à l'avocat sa manière débilitante d'expliquer les ficelles du métier aux stagiaires qui passaient parfois par son cabinet. Il avait toujours tendance à parler plus fort dans ces situations quasi scolaires.

— Allez, on éteint ! Hors de question d'avoir mal au crâne ! On va se reposer un peu. Au moins quelques heures. D'accord, Janice ? Il est déjà tard ! La journée a été longue !

Une femme qui parlait à une autre. La dénommée Janice devait être sourde, déficiente mentale, ou vieille. Au choix. À moins que ce ne soit les trois.

Il se concentra pour capter une éventuelle réponse, mais ne récolta que le vide.

L'estomac de Forsberg émit un interminable gargouillement sonore pour toute réaction face au silence pesant qui régnait. Depuis quand n'avait-il pas mangé ?

« *Il est déjà tard.* »

« *La journée a été longue.* »

C'était donc la nuit ?

Non, s'il en jugeait la lumière qui émanait du soupirail sur sa droite.

« *On va se reposer un peu. Au moins quelques heures.* »

La confusion régnait. Depuis combien de temps exactement était-il enfermé ? Des heures ? Des jours ? Le sommeil de plomb dans lequel on l'avait plongé lui avait fait perdre tout repère.

Les deux personnes qui semblaient vivre ici constituaient son seul point d'accroche vers une réalité qui le fuyait. Il devait trouver le moyen de se faire la malle avant que son ravisseur revienne. Il roula des yeux dans la pénombre en se demandant comment il allait se sortir de ce pétrin sans y laisser sa peau.

Une pointe d'angoisse le transperça alors qu'il pensait à ses deux princesses. De quoi relancer la machine.

Le voilà qui réfléchissait à nouveau.

Ses céphalées reprirent de plus belle.

À bout de nerfs, Forsberg ferma les paupières et se retint pour ne pas se cogner la tête contre le sol.

*

Sophia voguait dans les limbes. Son corps frêle flottait dans une sorte de bulle transparente, au milieu d'un environnement grisâtre, flou et difforme. Elle se sentait si légère ! Cette agréable sensation contrastait avec le sentiment d'insécurité qu'elle éprouvait au plus profond d'elle. La jeune fille se mouvait sans but, au gré des fluctuations de sa pensée, dans un monde monochrome, désespérément vide.

Maman ? Maman !

La seule référence à sa mère secoua la mosaïque de sa psyché. Les contours de cette dernière se matérialisèrent. Se parèrent d'un rouge agressif. Sanguin.

Sophia poussa un cri lorsque sa bulle protectrice éclata.

Son univers intérieur se déchira.

Elle fit une chute vertigineuse. Interminable.

Sa conscience s'effaça.

Après une durée indéfinie, ses yeux s'ouvrirent sur sa maison, plus grande, plus belle et brillante que jamais. Toute en couleurs. Est-ce que ces hautes tours qui l'encadraient étaient nouvelles ? Et ce large pont en pierre qui enjambait la rivière, depuis quand était-il là ? Que dire du cours d'eau lui-même ?

Sophia s'émerveilla devant tant de majesté. Un vrai château de princesse !

C'est là qu'elle la vit.

Sur le pas de la gigantesque porte d'entrée, souriante, drapée dans une robe blanche qui scintillait de mille feux.

La maîtresse des lieux.

Maman !

Anne lui adressa un signe de la main. Sous le charme, Sophia s'empressa de lui rendre la pareille.

— *Tu viens, ma chérie ?*

Incroyable ! La douce voix de sa mère résonnait dans sa tête. De la télépathie ?

— *Maman, j'arrive ! Mais…*

— *Mais quoi, ma chérie ?*

— *Où est Ava ? Elle est pas avec toi ?*

Le sourire qui barrait le visage d'Anne se rétracta comme par enchantement. L'air grave, elle tourna les talons, sans un mot.

La grande porte grinça et se referma sur l'occupante du château rutilant.

— *Maman ? Maman ! Mais pourquoi tu... ? Me laisse pas !*

Soudain, le sol se mit à tanguer. Les soubresauts se transformèrent en secousses, de plus en plus intenses.

Sophia perdit l'équilibre. Le pont devant elle se disloqua, englouti par la rivière déchaînée. Le sol se craquela. Le ciel s'assombrit.

Une large fissure se créa et une langue de terre avala la jeune fille sans demander son reste.

— ... phia ! Sophia ! SO-PHIA !

Les convulsions finirent par cesser. Les paupières de la plus âgée des jumelles – elle tenait à ce statut ! – se levèrent sur le regard fou d'inquiétude d'Ava, le visage et les yeux rougis par le chagrin.

— Ouf ! C'est pas trop tôt ! Ça va ?

Sophia, étendue à même le sol, se redressa et avisa sa sœur, vêtue d'un pyjama violet à l'effigie d'Alias, son poney. Sa cadette de quelques minutes se trouvait dans un état d'excitation avancé.

Une odeur ammoniaquée piqua ses narines. Elle baissa les yeux. Elle portait le même accoutrement, à la différence près que Milo, *son* poney, s'y trouvait représenté. Une auréole nauséabonde s'étalait au niveau de son pubis. Ses cuisses la démangeaient.

Elle s'était uriné dessus pendant son sommeil.

Les joues empourprées de honte, elle jeta un coup d'œil à la ronde avant de se risquer à demander :

— Où... on est où ? Et maman, elle est où ?

— Je... Je sais pas, rétorqua Ava. J'ai appelé, ça répond pas.

— Et Randy ?

— Sûrement à la maison. On l'aurait entendu aboyer, s'il était là. Tu sais bien comment il est.

Elle pointa du doigt l'autre bout de la pièce.

— Regarde. Y a une fenêtre là-bas, mais le store est baissé. La lumière passe à peine. On voit juste à travers les petits trous !

Sophia ignora la description sommaire faite par sa sœur. La chambre plongée dans la pénombre était minuscule. La moitié de la leur. Peut-être même moins que ça ! Il faisait chaud.

Ce qu'elle distingua à côté du grand lit qui meublait la pièce lui fit reprendre espoir.

— Et la porte, là ?

— J'ai essayé plusieurs fois. Ça s'ouvre pas. J'ai p'têt pas assez de force ?

— Ou alors, c'est fermé à clé.

— Oui, t'as sûrement raison. On fait quoi ?

— J'ai… J'ai dormi pendant longtemps ?

Ava haussa les épaules et écarta les mains.

— Aucune idée. Quand je me suis réveillée, on était déjà là. Et toi… tu dormais. Je t'ai secouée, je t'ai crié dans les oreilles, mais tu te réveillais pas ! Et puis tout d'un coup tu t'es mise à hurler et à trembler comme une folle ! J'ai eu vachement peur !

Sa sœur revivait ce moment. Visage décomposé, elle balbutia.

— Tu te rappelles quelque chose ?

— Rien du tout. Et toi ?

— Moi non plus.

Le silence s'insinua entre les filles, médusées. Un gargouillement troubla cet instant de mal-être.

— J'ai faim, râla Sophia. Et j'ai soif, aussi.

— Attends, bouge pas.

Ava se leva, traversa la pièce et disparut dans l'angle distal du lit pour revenir avec un sac plastique. Celui-ci contenait deux paquets de gâteaux, dont l'un était entamé. L'autre main de la petite fille serrait une bouteille d'eau tiède.

Sans demander son reste, Sophia bâfra et but ce que lui tendit sa jumelle. Ces cookies pouvaient provenir de Mars, elle en mangerait quand même. Cette eau pouvait venir des toilettes, elle en boirait quand même.

Ava passa une main dans ses longs cheveux fins.

— Alors, qu'est-ce qu'on fait ? Tu crois qu'on va sortir de là ? On a même pas fini nos devoirs…

— On a pas le temps de penser à l'école, soupira Sophia. Aide-moi plutôt.

Rassasiée et réhydratée, la revenante ausculta la porte. Cogna dessus. Tira sur la poignée. Impuissante, elle s'attaqua à la fenêtre.

— J'ai déjà essayé, la prévint Ava. Ça s'ouvre pas non plus. Et y a pas de télécommande pour le store.

Sophia dut se rendre à l'évidence, elle aussi.

Elles étaient enfermées dans cette chambre inconnue.

Dans une maison inconnue.

Sans leur mère.

24

DÉPARTEMENT DE POLICE DE VISALIA
303 SOUTH JOHNSTON STREET
COMTÉ DE TULARE, CALIFORNIE
LUNDI 18 MAI 2020
12 H 18

Au moment même où David Little, mains crispées sur son bureau, se demandait comment il allait pouvoir apprendre au maire le décès de sa fille Anne, une Chevrolet Cobalt se garait sur le parking en marge du poste de police, non loin du SUV de Will Sullivan.

Après avoir décidé de laisser le scellé contenant le smartphone d'Erin dans sa boîte à gants, Phil claqua la porte de sa voiture et trottina vers le bâtiment principal. Il avait l'étrange impression de courir sans arrêt ces dernières heures. Pas que ça le dérange, au contraire. Pour une fois qu'il sortait de son quotidien sinistre et ennuyeux… Mais son anxiété légendaire lui menait la vie dure. De plus, il fallait se l'avouer, la situation dans laquelle il se trouvait n'était pas des plus confortable.

Une fois à l'intérieur, il scanna l'entrée à la recherche de la tignasse de feu d'Amber. Cette dernière surgit sur sa droite, revenant du couloir conduisant aux bureaux des officiers. Elle écarquilla les yeux en s'apercevant de sa présence, avant de se diriger vers lui d'un pas hâtif.

— Phil ! Enfin ! C'est pas trop tôt.

— Où est Will ?

Raclement de gorge.

— Je veux dire, William Sullivan ?

— Salle 1. Mais on a un autre problème, si tu veux mon avis !

— De quoi tu parles ?

— C'est le boss. Il s'est retranché dans son bureau, le téléphone greffé à l'oreille. Il est dans tous ses états. Je l'ai rarement vu aussi stressé ! Il était en nage, malgré la clim ! Il se passe quoi ? Un souci de famille ? Sa femme lui fait des misères, c'est ça ?

Phil évita le regard chargé d'inquiétude sincère de la réceptionniste et pensa immédiatement à la baraque des Forsberg. L'abominable scène de crime de Goshen.

Putain, Will... Tu as vraiment déconné sur ce coup.

— Tu ne veux pas aller voir ce qui ne va pas ? continua Amber d'une voix triste. Ça fait au moins vingt minutes qu'il s'est enfermé là-dedans.

Le flic secoua lentement la tête.

— Vaut mieux pas le déranger. Tu sais comment il est avec son bureau... S'il a quelque chose à nous dire, il finira par sortir et le fera, c'est sûr. Ne t'alarme pas, d'accord ?

Hochement de tête timide en guise de réponse.

— Ah, et surtout pas un mot à ton mari, ajouta Phil. Même si je ne le connais pas, je suis sûr qu'Harold est un bon gars et un journaliste talentueux... mais crois-moi sur parole, il ne vaudrait mieux pas qu'il mette son nez dans tout ça.

Amber savait son mari au lycée Golden West. Harold n'était pas aveugle. Il réaliserait vite que Sullivan manquait à l'appel. Il se mettrait à le chercher, sans doute.

Elle choisit de ne pas partager cette réflexion, se contentant de demander si William Sullivan était la cause de toute cette agitation chez le boss.

Phil secoua la tête.

— Non, non. Il est là pour autre chose. Rien de méchant. Je m'occupe de lui.

Phil s'éloigna d'un pas vif en direction des bureaux des agents de terrain, laissant Amber plantée là, bras croisés autour d'un bloc-notes grand format, ses yeux bleu-vert plongés dans l'incompréhension.

Il ne pouvait pas la blâmer. Les événements de la demi-journée écoulée surpassaient tout ce qu'ils avaient pu voir au cours des trois dernières années réunies. Au minimum. Et encore, la pauvre était loin de se douter de l'entièreté des faits.

Lui aussi, d'ailleurs.

Phil traversa l'*open space* en saluant les quelques collègues présents d'un sourire emprunté, presque imperceptible, avant de se focaliser sur sa destination.

La salle d'interrogatoire numéro 1.

Will était son pote de toujours. La seule personne qui lui venait en aide depuis toutes ces années. Grâce à ses dons plus que généreux, il avait pu petit à petit adapter sa maison de Greenhouse Avenue à sa mère malade, en minimisant tout ce qui pouvait présenter un danger physique ou un risque d'accident. Des modifications à foison : installation de mains-courantes dans l'ensemble du logement, changement de mobilier, d'électroménager, de déco, pose de signalisation particulière (notamment la grosse croix rouge qui ornait la porte menant à la cave). Liste non exhaustive. Tout devait être parfait.

Il fallait ajouter à cela le salaire non négligeable de Lee-Ann qui passait le plus clair de son temps chez eux. Des émoluments conséquents.

Le lieutenant devait tout ça à son ami. Sans lui, qui sait si sa mère ferait encore partie de ce monde ? Et pourtant le flic se sentit mal à l'aise au moment de pousser la première des deux portes qui le séparait de l'entrepreneur. Ce dernier avait complètement perdu les pédales la nuit précédente. Méconnaissable, passé de monstre de business à monstre tout court, prêt aux pires atrocités pour préserver ses intérêts et sa petite personne.

Phil resta un moment dans le sas à observer Will à travers le miroir sans tain. L'entrepreneur se tenait droit dans son costume impeccable, les avant-bras appuyés contre la tranche de la table en fer, les mains jointes, l'air serein. Impassible. Comme s'il contrôlait la situation. Will avisait la mini-caméra postée dans le recoin de la salle, pile en face de la porte d'entrée. La diode de l'engin ne montrait aucun signe d'activité.

Phil s'assura que l'enregistrement était bel et bien désactivé avant de pénétrer dans la pièce.

Il ne vit pas Amber, toujours accrochée à son bloc-notes et dévorée par la curiosité, entrer à son tour dans le sas et s'approcher à pas de loup pour venir observer la scène.

*

Lorsque Phil fit son entrée, Will changea de braquet et le foudroya des yeux. Nullement démonté, Phil se contenta de pointer la caméra du doigt.

— Elle est éteinte, ne t'en fais pas.

— J'avais compris. N'oublie pas que ce qui touche à la technologie, c'est mon gagne-pain. Qu'est-ce que tu foutais ? éructa Will après un petit temps de latence. T'en as mis, du temps !

— Je pense que tu sais ce qui m'a retenu, non? se défendit Phil en levant les deux mains comme pour calmer le jeu. Et surtout, par pitié, baisse le volume et fais comme si nous discutions calmement.

Will se gratta le front pour tout assentiment, avant de lui demander comment les choses s'étaient passées.

— Avec les collègues de Three Rivers ? Oh, tu n'as rien à craindre, à mon avis. L'agent Owens est à côté de la plaque. Le légiste du comté n'a pas l'air des plus futés lui aussi…

— Ils me suspectent ?

Phil scruta le verre teinté de la fenêtre en priant pour que personne ne les surprenne. Il tira la chaise et s'installa de l'autre côté de la table en fer, face à son ami. Il se pencha en avant en affichant un air grave.

— Pas un seul instant, chuchota-t-il. J'ai retrouvé l'arme du crime et bien émis l'hypothèse d'un homicide, mais j'ai orienté les doutes vers Carl Forsberg. Après tout, les documents officiels identifiés sur place lui appartiennent. Même le plus incompétent des flics établirait un premier lien avec lui.

— Quoi de plus logique.

Accoudé à la table, Will hocha la tête avec une assurance qui lui fila des frissons. La même que celle dont il avait fait preuve la nuit passée.

— C'est du bon boulot, ajouta l'entrepreneur.

Phil déglutit et détourna le regard, pas fier de la partition qu'il jouait. Pas la peine de se mentir : il agissait sous la contrainte de son ami et détestait le ton que ce dernier employait contre lui depuis qu'il l'avait inclus dans – ou plutôt forcé à joindre – son projet.

Mais il n'avait guère le choix.

Le confort de sa mère passait avant ses états d'âme.

Phil se demanda comment les choses auraient tourné s'il avait refusé l'offre de Will et décidé de se débrouiller seul. Mais le train roulait désormais à pleine vitesse vers son destin. Impossible de descendre.

Une pointe de regret jaillit en lui alors que l'entrepreneur l'invectivait à nouveau.

— Tu l'as fait parler ?

La flamme de l'inconfort donna naissance à un second foyer chez le flic.

Celui de la rébellion.

Il ne devait plus se laisser marcher dessus sans résister. Si toute cette histoire allait trop loin, il perdrait tout. Y compris sa mère. Pour la première fois, Phil se sentit pris dans l'étau d'une situation inextricable. Submergé par une vague aussi imprévisible que destructrice.

— Oh, tu m'entends ? Est-ce que tu l'as fait parler ?

— Quoi ? Qui ?

— Tu sais très bien à qui je fais référence, souffla Will, mâchoire crispée.

— Non, je n'ai même pas eu le temps de retourner le voir. Tu te doutes que j'ai dû me rendre tôt au poste. Et puis, je préfère que tu t'y colles. Après tout, c'est ton souci numéro un, non ? Je prends déjà de gros risques en le retenant prisonnier…

L'air grave, Will pointa un index menaçant en direction de son acolyte.

— Phil, déconne pas, je t'ai dit… Oublie pas ce que tu me dois.

L'entrepreneur ajouta d'une voix à peine audible :

— Et puis, comme tu dis, tu le séquestres *déjà*. C'est trop tard. Tu n'as pas le choix.

Phil soupira, défaitiste.

— Je m'en occupe ce soir, après le service. Ça te va ? Mais ça me surprend que tu ne veuilles pas t'en charger toi-même, après que… enfin tu vois.

Après un moment de flottement, l'entrepreneur posa la main à plat sur la table d'un geste sec et autoritaire.

— OK. Si j'ai le temps, on ira tous les deux dans la soirée. Sinon, c'est pour toi.

— Et les jumelles ? Comment est-ce qu'elles vont ?

— Elles sont en lieu sûr. Pas la peine de t'en faire pour elles. Maintenant, dis-moi plutôt ce qui ne va pas avec David Little.

Phil se raidit sur sa chaise.

— Dave ? Il va très bien. Pourquoi est-ce que…

— Me raconte pas de salades, il m'a ignoré quand je suis arrivé. C'est la secrétaire rousse, *ta petite copine*, qui m'a conduit jusqu'ici. Little n'avait pas l'air dans son assiette. Tu sais pourquoi ?

Le flic soutint le regard incandescent et inquisiteur de son ami.

— Ça doit être en rapport avec mon coéquipier, Dimitris Kasanis.

L'entrepreneur se pencha en avant, muscles tendus, au bord de la rupture. Phil sentit la pression s'accroître autour de lui.

— Accouche, bon sang ! Qu'est-ce qui ne va pas ?

— J'ai oublié de te dire, tout à l'heure, au téléphone, mais…

La porte s'ouvrit au même moment, dévoilant la silhouette trapue de David Little. Dos courbé, cheveux ébouriffés et souffle court, il posa ses yeux rougis sur les deux acolytes. Livide, il ne prêta pas attention à la posture menaçante de William Sullivan et s'adressa à son subordonné d'une voix éteinte :

— Tu en es où, Phil ?

— On commence à peine.

— Tant mieux. J'ai besoin de toi. Tout de suite. Dans le sas.

Phil dévisagea son supérieur, étonné de le voir dans un tel état de délabrement.

— Qu’est-ce qui ne va pas, boss ?

Dave désigna la sortie d’un mouvement de la tête.

— Pas devant notre invité de marque.

Phil se tourna vers l’entrepreneur une seconde, soutint son regard noir, puis se leva et quitta la pièce.

25

DÉPARTEMENT DE POLICE DE VISALIA
303 SOUTH JOHNSTON STREET
COMTÉ DE TULARE, CALIFORNIE
LUNDI 18 MAI 2020
12 H 27

De retour à son bureau, Amber sentit son taux d'oxygène revenir à la normale. Non mais quelle idiote elle faisait ! Trente secondes de plus et le boss en personne l'aurait surprise en train d'espionner son chouchou. Sous le coup d'un pressentiment, elle était sortie du sas alors que Dave remontait le couloir dans sa direction. Au moment de la croiser, il lui avait adressé ce qui s'apparentait plus à un rictus qu'à un sourire. Et à voir la tronche qu'il tirait, ce dernier devait aller au-devant de sacrés ennuis.

Amber posa l'index de sa main droite devant sa bouche. Phil n'avait vraiment pas l'air d'aller bien, lui aussi. Un savant mélange d'inquiétude et de curiosité l'avait poussée à le suivre, sans un bruit. Une fois dans le couloir où se trouvaient les accès aux salles d'interrogatoire, elle avait tendu l'oreille.

À l'affût.

Biiiip. Clac.

La porte séparant le sas de la pièce où se tenait William Sullivan venait de se refermer. Le signal tant attendu. La voie était libre.

Le coup d'envoi d'une scène des plus intrigante.

Amber n'avait pas osé presser le bouton d'ouverture du micro. N'y connaissant rien, elle avait eu peur de trahir sa présence. Elle s'était donc contentée d'épier Phil aux prises avec Sullivan. Et tout dans sa posture et ses gestes indiquait que l'entrepreneur menait la danse.

Pour la seconde fois, la secrétaire vit défiler mentalement ces quelques minutes d'observation en catimini.

Dave et Phil d'un côté. William Sullivan de l'autre.

Quelque chose d'étrange nourrissait la mauvaise humeur qui unissait les trois hommes.

Se pourrait-il que Phil lui ait menti ?

Il n'était pas impossible que William Sullivan soit la cause de la crise de panique soudaine du boss.

Quelque chose à propos de ce riche entrepreneur ne lui revenait pas. Elle avait bien sûr omis de le lui préciser, mais si Harold ne jurait que par lui, ce n'était pas par pure admiration.

Bien au contraire.

*

La porte se ferma sur un ultime regard de Phil dans sa direction.

Will y lut une myriade de sentiments. De la surprise, de l'appréhension et de l'angoisse, comme souvent. Mais pour la première fois, il y vit autre chose.

De la défiance. Saupoudrée d'un soupçon d'animosité.

Il serra les poings.

Saloperie de timing. Pourquoi Little avait fait irruption pile au moment où l'autre allait enfin se montrer utile et lui confier un truc important ?

Ne pas savoir le rendait fou.

Il n'aimait pas la tournure que prenaient les événements. La possibilité que le boss ait été là, derrière le miroir sans tain, depuis le début, lui effleura l'esprit.

Peut-être qu'il a tout écouté.

Peut-être même que lui et Phil ont tout manigancé.

Ça expliquerait que Little l'ait ignoré à son arrivée au poste, ou encore l'attente forcée dans cette pièce froide et impersonnelle sans même un café pour l'accueillir.

Ça donnerait même une raison au comportement bizarre, limite provocateur de Phil.

Will roula des yeux à la recherche d'un point d'ancrage pour s'extirper de la montagne de scénarios et d'hypothèses farfelues que son cerveau construisait à toute vitesse. La conclusion se présenta à lui en un seul mot.

Impossible.

Son ami, le gentil, le malléable Philip Jones n'oserait jamais comploter dans son dos. Jamais il ne ferait ça. Il en voulait pour preuve la caméra laissée éteinte alors qu'il se trouvait en salle d'interrogatoire.

Le souci, c'est moi, conclut-il.

C'était lui le parano, le type sous pression, débordé par ses émotions depuis la nuit effroyable qu'il avait passée. Il se revit tenir le couteau dans la kitchenette d'Erin. Cette sensation de contrôle sur la vie d'autrui. Ce pouvoir de décision ultime. Indiscutable. La même boule de chaleur ressentie alors se manifesta dans son ventre comme pour confirmer ce que son for intérieur redoutait par-dessus tout.

Will se mordit l'intérieur de la joue jusqu'au sang en tapotant la table en fer du bout de ses dix doigts pour conjurer le chaos qui brouillait son jugement.

Il devait se préparer à tout, mais pas à l'invraisemblable, au risque de prendre des décisions insensées. De faire des erreurs. De tout foutre en l'air.

Il était plus intelligent que ça.

Et dans le pire des cas, Phil n'avait pas assez de jugeote pour tenter quoi que ce soit contre lui.

*

Dans le couloir, à quelques mètres seulement du sas menant à la salle d'interrogatoire numéro 1, Dave se tenait droit, les bras le long du corps, les paumes des mains vers l'arrière. Blanc comme un linge, il faisait face à Phil.

Comment transférer la responsabilité de l'enquête à son lieutenant tout en préservant l'image de quelqu'un qui a le contrôle ?

Après une courte hésitation, il se jeta enfin à l'eau avec un crédo.

Pas question de tourner autour du pot.

Faire comme d'habitude.

— Fiston… Voilà le topo. Pour faire court… Anne Forsberg est morte. Dimitris l'a trouvée ce matin dans le lit conjugal, tuée à l'arme blanche. Un véritable acharnement selon lui.

Phil se figea, les yeux grands ouverts. Ouvrit la bouche pour réagir, sans produire le moindre son.

— Je sais, je sais. C'est dingue ! ajouta Dave d'une voix à peine plus puissante. Deux femmes assassinées en seulement quelques heures. Qui sait à qui on a affaire, nom de Dieu !

Le corps du boss se raidit. Ses bras se mirent à trembler. Il fixa le sol comme si ce dernier allait lui venir en aide, puis continua à dérouler le fil des mauvaises nouvelles.

— Aussi, les deux filles de Carl Forsberg, Sophia et Ava, sont introuvables… de même que l'avocat lui-même. C'est comme s'ils avaient disparu de la surface de la Terre.

— Si on croise ces infos avec celles de Three Rivers, la situation est… fâcheuse.

— Oui, mais le pire est à redouter, si tu veux mon avis…

Son lieutenant le dévisagea avec incrédulité.

— Sauf votre respect, chef, quoi de pire que deux homicides et un double enlèvement en à peine douze heures ?

La remarque eut le mérite de secouer Dave, qui planta ses iris dans ceux de son subordonné. Deux billes froides recouvertes d'un voile opaque et dépourvues de toute assurance.

— Écoute, sans faire injure à cette pauvre Erin Silva… Tu sais sans doute qui est Anne avant d'être une Forsberg ?

Phil claqua la paume de sa main contre son front puis la laissa glisser le long de son visage.

— La fille du maire !

— Voilà ! On y vient !

— Quel idiot ! Je n'avais pas fait le rapprochement…

Dave sentit le souffle du regain de confiance le pousser en avant.

— Crois-moi que je l'ai fait, moi ! Et plutôt deux fois qu'une ! Si tu étais un minimum carriériste, tu verrais les choses sous le même angle que moi. Fiston, dans ce cas de figure, il faut voir où sont nos intérêts. C'est malheureux, mais c'est comme ça. Désolé pour la gonzesse de Three Rivers, mais la mort d'Anne est une véritable catastrophe pour Visalia. L'enquête sur cet homicide et le sort des jumelles devient notre priorité absolue. J'espère que tu comprends. On va devoir assurer.

Phil regarda tout autour de lui. Le bureau était loin de l'agitation dans laquelle il pensait le trouver maintenant que la nouvelle de l'horrible assassinat de Goshen avait circulé dans les rangs. Une main tapota son épaule à trois reprises avec mollesse.

— Écoute-moi bien, fiston.

Dave marqua une pause pour s'assurer de l'entière attention de son subordonné.

— Je te mets sur le coup pour le meurtre d'Anne Forsberg et l'enlèvement des filles. Ça me fait chier, je le répète, mais on va laisser l'affaire de Three Rivers à ces messieurs de la police locale. Je vais en avertir le shérif. Ils se démerderont sans nous et je serai informé s'ils trouvent quoi que ce soit. Je veux que tu te consacres aux Forsberg et uniquement à eux, c'est compris ? Désolé pour le cadeau empoisonné, mais on manque de moyens. Il faut trancher dans le vif.

Voilà, c'est dit.

— Et vous, boss ?

— Moi, j'ai de quoi faire avec Gastón Ramirez.

Dave s'approcha de Phil, une main en coupe.

— Ça n'a pas encore filtré, mais il a, semble-t-il fait un malaise quand je l'ai eu au téléphone, il y a dix minutes. Par chance, je savais où il était. J'ai donc appelé les secours et demandé à la principale de Golden West de tout faire pour contenir les faits le plus longtemps possible. Mais c'est perdu d'avance. La nouvelle va se répandre comme une traînée de poudre, si ce n'est pas déjà fait.

Phil recula d'un pas, effaré.

— Quoi ? Attendez… Ne me dites pas que… Vous lui avez annoncé la mort de sa fille par téléphone ? Vous n'avez pas fait ça quand même ?

— Putain, ce n'est pas l'heure des reproches ! se défendit Dave en regardant autour de lui, affolé à l'idée qu'un de leurs collègues ne capte les mots lâchés de manière si brusque par Phil. Tu sais comment est Ramirez. Ce type est une tornade. Il n'a jamais le temps. Il ne voulait pas passer au poste avant la fin de son intervention. C'était ça ou il me raccrochait au nez. Alors je me suis exécuté.

Dave posa les mains sur ses hanches et soupira.

— Quoi qu'il en soit, ils l'emmènent au Delta. Je dois aller à son chevet. Pour le reste, à toi de jouer. Mais méfie-toi. Ne te précipite pas. D'après les premiers éléments recueillis par Dimitris, et aussi fou que ça paraisse pour qui connaît Forsberg, on se dirige vers la piste du drame familial. Je pense qu'on pourra relier tôt ou tard les deux scènes de crime. Si j'ai du nouveau du côté de Three Rivers, je te fais signe.

Phil acquiesça.

— S'il est aux abonnés absents, c'est très, très suspect, c'est sûr. Je vous promets de faire de mon mieux pour le retrouver. On avisera ensuite.

— Je reste joignable. En cas de besoin, n'hésite pas fiston, OK ?

— OK, boss.

Dave s'humecta les lèvres, songeur. Comment aborder ça sans passer pour un amateur ?

— Ah ! Et euh, dernière question… Tiens, prends ça comme un cas pratique. Tu penses qu'on devrait émettre un avis de recherche au nom de Carl Forsberg ?

Phil pencha la tête et regarda en l'air. Plusieurs secondes s'écoulèrent, au cours desquelles le flic pesa le pour et le contre.

— À mon avis, oui. On ferait bien. Le plus tôt sera le mieux. Autant mettre toutes les chances de notre côté.

— Bonne réponse, fiston. Il va falloir qu'on sorte l'artillerie lourde. Ramirez va vouloir sa peau, c'est logique. Leur collaboration de façade ne dupe personne, ils n'ont jamais été en très bons termes. Pourtant, ça avait l'air d'aller mieux depuis quelques mois. Ramirez l'a même intégré à son équipe de campagne, chose qu'il n'avait pas faite officiellement il y a quatre ans… Bien qu'on sache que Forsberg a joué un rôle prépondérant dans son élection.

— On inclut une description pour les gosses ?

— Absolument ! Ça ne peut que nous aider à appréhender leur père. On verra ensuite s'il est vraiment impliqué dans ces deux affaires. Mais avant ça…

— Avant ça ?

Toujours aussi crispé, Dave fit quelques pas en direction du sas et posa la main sur la poignée.

— Juste par acquit de conscience, j'ai deux ou trois questions pour Sullivan.

26

DÉPARTEMENT DE POLICE DE VISALIA
303 SOUTH JOHNSTON STREET
COMTÉ DE TULARE, CALIFORNIE
LUNDI 18 MAI 2020
12 H 37

Will s'attendait à tout sauf à ça.

David Little, le pas lourd, entra et prit place face à lui. Mains à plat sur la table, il s'humecta les lèvres en le défiant du regard, avant d'en venir aux faits.

Sans préambule.

— Dites-moi, Sullivan. La petite Erin Silva était votre secrétaire du temps où votre première société EduCorp existait, je me trompe ?

Will jeta un coup d'œil furtif en direction de la caméra.

Diode toujours éteinte.

Il expulsa l'air emmagasiné dans ses poumons. Son torse sembla s'affaisser sous le coup du relâchement.

— Exact, capitaine.

— Alors comment expliquez-vous qu'on la retrouve assassinée, un dossier sur vous et un autre sur votre ancienne activité éparpillés dans sa maison ?

Bras croisés, l'entrepreneur gratifia son interlocuteur d'un long haussement d'épaules.

— Aucune idée. Ce ne sont pas mes papiers, Phil peut en attester puisqu'il m'a confié avoir été sur place. Il paraît qu'ils sont la propriété de Carl ?

— Est-ce que Forsberg et Silva avaient quelque chose contre vous ?

— Pas que je sache.

Phil se tenait debout derrière Little, adossé au mur, l'air décontenancé. Visiblement dépassé par l'initiative de son chef. Will se sentit rassuré et chercha à prendre le contrôle de l'échange. C'était sans compter sur Dave qui arqua un sourcil avant de passer la deuxième, dans un style toujours aussi tranchant :

— Bizarre. Le meurtre de mademoiselle Silva ne vous émeut pas plus que ça ?

— Phil m'a mis au courant plus tôt dans la matinée avant de me convoquer au poste, expliqua Will d'un ton neutre. Bien sûr que je suis abasourdi ! Erin était une employée, une amie. Mais je n'avais plus de contacts avec elle depuis la fermeture d'EduCorp. On prenait juste de nos nouvelles de temps en temps. Rien d'autre. Je ne savais même pas qu'elle était partie s'installer à Three Rivers.

Dave hocha la tête lentement comme s'il cherchait à assimiler ses paroles.

— Je vois, je vois, finit-il par répliquer d'un ton sentencieux. Si vous le dites.

Le flic se repositionna sur sa chaise. Cette fois, Will sentit la salve arriver.

— Et comment expliquez-vous que la famille de Carl Forsberg ait pu vivre une telle tragédie, la même nuit en plus ?

Le gros officier apathique qu'il voyait en David Little ne manquait décidément pas de ressources.

— De quoi parlez-vous ?

Le boss lui donna de plus amples détails sur le drame de Goshen tout en sondant chacune de ses réactions d'un œil acéré, prêt à bondir sur le moindre signe qui trahirait son éventuelle implication. À quoi cet énergumène jouait-il ? Comment pouvait-il faire preuve d'autant d'assurance, lui qui était livide, au bord de la syncope cinq minutes plus tôt ? Si ça continuait, il allait devoir sérieusement envisager de l'ajouter à sa liste, lui aussi…

Un petit accident est si vite arrivé, capitaine.

— Oh, Sullivan, vous m'entendez ? Je vous demande si vous me cachez quelque chose.

— Attendez un peu. Moi, vous cacher quelque chose ? Bien sûr que non ! Que voulez-vous que je vous dise ? Je comprends bien que mon nom et celui de mon ancienne boîte apparaissent sur un bout de papier griffonné par Carl ainsi que sur des documents officiels. Mais la coïncidence s'arrête là.

— Donc vous ne saviez pas que Forsberg enquêtait sur votre compte ?

— Je n'en avais pas la moindre idée, jusqu'à ce que Phil me mette au courant ce matin. Je suis aussi surpris que vous, capitaine. D'autant plus que je le côtoie régulièrement, puisque nous faisons tous deux partie de l'équipe de campagne du maire Ramirez. Mais vous le savez, n'est-ce pas ? Ceci dit, ça ne me choque pas : fouiller dans les comptes des entreprises, c'est son boulot, après tout, non ?

— Vous avez raison, concéda Dave, la mine contrite.

Ça y est, je le tiens.

— Et le voilà qui disparaît, en plus… je demande si je devrais m'inquiéter de ma propre sécurité ?

Derrière le boss, Phil lui asséna un regard lourd de reproches, l'air de dire *n'en fais pas trop, sale petit arrogant.* Will prit cela comme une invitation à poursuivre dans cette voie :

— Pour être tout à fait honnête, je n'ai jamais compris ce qu'il était vraiment arrivé pour que mon entreprise coule aussi vite. EduCorp ne battait pas des records de de bénéfices, loin de là, mais quand même… On a tout perdu en l'espace d'un an. Douze mois à crever à petit feu, sans pouvoir redresser la barre.

— Vous insinuez qu'on aurait pu agir contre vous ?

— Je n'insinue rien du tout, reprit Will, désormais à l'aise dans ce rôle de fausse victime. Je trouve juste ça bizarre. Pas vous ? Croyez-moi, le business, c'est mon domaine ! Peut-être que je devrais enquêter là-dessus ? J'ai toujours soupçonné l'un de mes deux associés de m'avoir trahi, sans pour autant en avoir la preuve formelle. Qui sait si l'un d'eux, voire les deux, n'en ont pas après moi ?

— On dévie du sujet principal, argua le flic.

Dave se gratta le menton en soupirant. Will enfonça le clou.

— Je ne pense pas. Il est fort possible qu'Alec Green ou Glenn Fiddleton trempe dans tout ce bazar, appuya l'entrepreneur. Ils ont peut-être eu maille à partir avec Forsberg. Ou peut-être qu'ils sont de mèche avec lui ?

Will instaura un silence de quelques secondes pour donner un peu plus de poids à ce qui suivit.

— Écoutez, Little. Je ne sais pas ce qui a pu se tramer, mais je peux peut-être vous aider.

Le capitaine se renfrogna sur sa chaise.

— M'aider ? Comment ça ?

— On se revoit tous les deux mois environ, mes anciens associés et moi, pour garder contact et refaire le monde, le temps d'un week-end. On appelle ça des rassemblements. Le prochain est programmé cette semaine. Vendredi et samedi. Cette fois, ce sera dans un camping près du Sequoia National Park. Celui de Buckeye. C'est déjà le quatrième depuis la fermeture de notre société.

— Ça ne m'avance pas plus.

— À la lumière des éléments nouveaux, notamment l'enquête de Forsberg sur EduCorp, il est clair que quelque chose s'est passé avec Alec et/ou Glenn. Je me dois de comprendre quoi…

Dave s'appuya sur le rebord de la table et se pencha vers l'entrepreneur, comme s'il s'apprêtait à lui faire une confidence. Après quelques secondes sans prendre la parole, il se leva, fit volte-face et s'adressa à son subalterne.

— Qu'est-ce que tu en penses, fiston ?

Phil, affalé contre le mur, se redressa et mit les mains dans les poches. Puis il inclina la tête, l'air indécis.

— Je ne sais pas… Objectivement, on ne peut pas le retenir ici contre son gré. S'il se propose, autant profiter de son aide. D'autant plus qu'on est au four et au moulin avec l'enquête sur la famille Forsberg.

Puis, à l'attention de Will :

— Buckeye, tu dis ?

— C'est ça. Les 22 et 23 mai.

— C'est hors de notre zone, expliqua Dave. Contente-toi de garder un œil sur lui. Tu sais quoi faire en cas de problème.

— Je me débrouillerai.

Dave leva le poignet et reluqua sa montre.

— J'ai encore un peu de temps. Sullivan, parlez-moi donc de vos anciens associés.

27

KAWEAH DELTA MEDICAL CENTER, VISALIA,
400 WEST MINERAL KING AVENUE
COMTÉ DE TULARE, CALIFORNIE
LUNDI 18 MAI 2020
13 H 07

À trois blocs et moins de dix minutes de marche du département de police, au fin fond du quatrième étage du bâtiment principal du Delta, une porte claqua pour la énième fois. Le tumulte qui provenait du couloir bondé de patients, de visiteurs et de personnel médical cessa instantanément.

La salle de garde retrouva son calme. Un temps dérangée par les allées et venues ininterrompues de ses occupantes venues se restaurer à la hâte, elle gardait les stigmates de leur passage éclair. L'odeur âcre de la sueur rivalisait avec celle du café et des divers plats consommés lors de la dernière demi-heure.

Seule dans la grande pièce éclairée de larges plafonniers blancs, Sandy se laissa aller en arrière. Le dossier en cuir de sa chaise s'affaissa légèrement sous son poids. Les mains plaquées sur son ventre rebondi, l'infirmière poussa sur la pointe de ses pieds pour faire pivoter le fauteuil de gauche à droite, tout en jetant des regards compulsifs en direction de son téléphone portable. Échoué sur la grande table qui trônait au centre de la salle, ce dernier restait muet parmi les reliquats de cheesecake au citron, les gobelets de soda, les tasses de café à moitié remplies, les assiettes et les Tupperware sales, vestiges du déjeuner animé du personnel soignant.

Les repas se passaient toujours dans une ambiance conviviale, chaleureuse et détendue. Sandy aimait ces moments d'échanges privilégiés avec ses collègues.

Mais aujourd'hui, cela s'était apparenté à un long calvaire.

Le temps lui avait paru s'étirer sans fin. Elle s'était efforcée de masquer les apparences en s'affichant sous un jour factice, répondant aux questions anxieuses sur sa grossesse, son état de santé, et sur son mari qui était engagé dans l'équipe de campagne favorite pour l'élection municipale de novembre. Sous l'impulsion de Rose Fiddleton, remontée comme une pendule, la discussion avait dévié et pris une tournure politique. Le genre de débats que Sandy abhorrait. Rose, qui faisait chaque jour le trajet depuis le comté voisin de Fresno, s'intéressait de près à la situation de Visalia. L'échange avait viré à la passe d'armes entre les pro et les anti-Ramirez. Les premiers souhaitaient avant tout de la continuité quand les seconds prônaient le changement et plus de moyens alloués à l'équipement, aux nombres de lits et surtout aux urgences, pour faire face à l'afflux toujours plus important de patients venant de toute la Vallée.

Après plusieurs minutes d'un débat stérile dans une ambiance malgré tout bon enfant, ses amies des deux camps étaient retournées arpenter les larges couloirs en PVC immaculés du service de cardiologie.

Sandy, elle, avait d'autres préoccupations.

Au Delta, tout le monde connaissait William Sullivan.

Personne ne savait dans quoi il trempait.

Et encore moins que Sandy y prenait une part non négligeable.

Sans quitter son smartphone des yeux, elle écarta les jambes, poussa à nouveau sur la pointe de ses pieds et fit rouler son fauteuil pour se rapprocher de la table. Elle attrapa une brique de jus d'orange et se servit d'un bras tremblant.

Elle avait beau sourire face à Will, assurant qu'elle préférait de loin les tâches administratives à l'arrêt total, la future mère déprimait quand même. La grossesse était difficile et son médecin lui avait préconisé du repos, mais elle ne pouvait pas se le permettre. Se tourner les pouces ne lui ressemblait pas. Il était important qu'elle soit présente. Active. Personne d'autre qu'elle ne pouvait tenir *ce* rôle.

Sandy prit une gorgée de jus tiède puis posa à nouveau une main sur son ventre. Ses pieds tapotaient le sol à une cadence effrénée. À peine une poignée d'heures de présence et l'impatience la guettait déjà. Sa journée s'annonçait longue et pénible.

Risquée.

En guise de préparation, la jeune femme s'était débarrassée des stagiaires sous sa tutelle. Ceux-ci passeraient l'après-midi avec ses collègues du service, avec au menu la suite de leur apprentissage des soins infirmiers.

Sandy avait deux priorités.

Et puisque l'écran de son mobile ne daignait pas s'illuminer au son d'un appel ou d'un mail, autant s'affairer à la seconde mission du jour. Celle requise par Will. La plus difficile.

Piocher à nouveau dans la réserve d'Hypnovel sans se faire pincer. De quoi constituer un petit stock.

Juste au cas où, avait-il dit.

Ça avait été une sacrée aventure, la première fois. Elle y était parvenue de justesse, bien aidée par Meg, une collègue du département de chirurgie qui lui devait une fière chandelle pour l'avoir cooptée afin d'intégrer le service.

Sandy se demanda si elle devait emprunter la même route et l'utiliser à nouveau comme couverture. Meg l'adorait. Elle accepterait sûrement. Peut-être avec un peu plus de d'interrogations que précédemment, mais rien d'alarmant. Après tout, elle aussi risquait gros en cas de mésaventure.

L'infirmière vida son gobelet d'un trait, puis s'étira, mains jointes au-dessus de la tête. Elle réprima tant bien que mal un bâillement, puis elle se leva et quitta la salle de garde d'un pas mal assuré.

Lorsqu'elle ouvrit la porte, la cacophonie ambiante lui sauta au visage comme la clameur du public entourerait un chanteur tout juste entré en scène. En guise de vivats, une agitation soudaine et inhabituelle remontait le couloir tel un tsunami de décibels. À voir la mine des gens qu'elle croisa, quelque chose ne devait pas tourner rond.

Interloquée, Sandy traversa le service aussi vite que le lui permettait son état, en se demandant quelle pouvait être la cause de tout ce bazar. Les filles du secrétariat devraient pouvoir éclairer sa lanterne.

Arrivée à l'accueil, ses yeux accrochèrent une silhouette bien connue qui flottait dans son éternelle blouse blanche, recouvrant son uniforme vert trop grand pour elle. Pas plus haute qu'une gamine de dix ans, sèche, presque rachitique, Louise Keller discutait avec l'une des secrétaires du service de cardio.

Freinée par la présence de sa chef tyrannique, Sandy assista à l'échange de loin, sans demander son reste. Sa patronne débitait les mots et moulinait des mains à une vitesse folle. Une vraie boule de nerfs ambulante sur laquelle seule la nicotine pouvait se targuer d'avoir une emprise. La perspective de s'adresser à elle faisait à chaque fois naître en elle une gêne indescriptible.

— C'est compris ? Je veux que vous passiez les coups de fil nécessaires. C'est incroyable que ces gens aient pu entrer aussi facilement !

— Bien, madame Keller. Mais j'imagine qu'ils vont persévérer ? Vers qui dois-je rediriger les appels des médias ?

— Personne. Qu'ils nous fichent la paix et nous laissent travailler !

— Mais comment je…

— C'est simple ! Refusez toute demande d'interview. Soyez sèche. Ne leur offrez aucune fenêtre de tir. Ils sont capables d'aller interroger le concierge dans les chiottes pour gratter un bout d'information ! Ne vous laissez pas abuser, ne répondez à aucune de leurs questions, aussi anodines ou idiotes qu'elles soient. Ces chacals sont prêts à tout pour que leurs torchons ressemblent un peu plus à des serviettes…

Keller marqua une pause, bouche bée. Ses mains paniquées battaient le vent. Mais plus aucun son ne sortait.

— Bref, vous m'avez comprise, Florence !

Puis, percevant enfin la présence de sa subordonnée.

— Sandy ! Tu tombes bien !

— Qu'est-ce qui se passe ?

— Pas le temps de t'expliquer, un patient spécial va arriver d'une seconde à l'autre. Tu peux rester sur le qui-vive, s'il te plaît ? Interdiction absolue à quiconque de s'approcher de lui ! Vois avec Flo pour le dossier d'admission. Sois la plus concise possible. Pas la peine de s'étendre sur les raisons de son hospitalisation, d'accord ? Un simple « contrôle de routine » suffira. De toute façon, il est trop tard…

Avant même que Sandy puisse lui demander de qui il s'agissait et ce qu'elle voulait dire par « trop tard », la double porte d'entrée du service s'ouvrit avec fracas. L'équipe médicale entra en poussant un brancard avec vigueur, suivi à la trace par une nuée de curieux dont certains dressaient leurs téléphones portables au bout de perches télescopiques. Avec toute la fougue que Sandy lui connaissait, Keller l'abandonna et se précipita sur le cortège, bras écartés, en hurlant comme une furie pour qu'on cesse de suivre les médecins qui prenaient le relais en s'affairant autour de leur nouveau patient.

Tandis que sa chef gesticulait, vain rempart contre les intrus, Sandy resta pétrifiée de surprise lorsqu'elle identifia le malade allongé sur la civière, inconscient.

L'homme dont elle attendait des nouvelles.

Il était comme à son habitude, dans son impeccable costard bleu nuit, ses cheveux grisonnants savamment coiffés en arrière. À voir son visage au teint blême, brillant de sueur et figé dans la douleur, elle aurait pu attendre encore longtemps.

Sandy tomba des nues.

Sa quête d'anesthésiant dans le service de chirurgie lui parut tout à coup bien dérisoire. Il convenait d'abord de tirer les choses au clair. Répondre aux questions qui s'empilaient à la vitesse grand V dans sa pensée.

Que, ou *qui* diable venait d'envoyer le maire à l'hôpital ? Et pourquoi Will n'était pas à son chevet ?

28

LYCÉE GOLDEN WEST, VISALIA
1717 NORTH MCAULIFF STREET
COMTÉ DE TULARE, CALIFORNIE
LUNDI 18 MAI 2020
13 H 10

Fidèle à sa méthode, Harold Leroy attendit que la psychose et le remue-ménage cessent pour sortir de ses pénates. Il s'était bien mêlé à la masse un court instant, histoire de prendre quelques clichés *sur le moment*. Ça oui. Mais contrairement à ses collègues, il pensait que la véritable primeur des informations – et surtout leur qualité intrinsèque – ne se cueillait seulement qu'après, une fois passées les vagues de précipitation et d'émoi autour de l'actualité à couvrir. Pas la peine d'attendre des plombes, quelques minutes de patience suffisaient pour tirer la quintessence d'une situation donnée. Un processus de maturation express qui, selon lui, n'exigeait rien d'autre que de poser sa carcasse filiforme le long d'un mur, les mains dans les poches, les sens aux abois. Pour le reste, il se délectait du bal frénétique des mouches à merde, comme il désignait ses confrères les plus avides et les moins expérimentés.

Mieux valait penser à l'impact de ses écrits, publier quelque chose de complet plutôt que de se précipiter. Au diable la course ridicule aux scoops et aux entrefilets.

Un jour, les merdeux comprendraient, eux aussi.

Aujourd'hui, la donne variait sensiblement, mais il en fallait beaucoup plus que ça pour déstabiliser Harold. Point de scandale ou d'accident à aller couvrir. Non. Il s'agissait de suivre Ramirez et sa garde rapprochée, le fantasque Carl Forsberg et le discret William Sullivan, lors d'un énième meeting de campagne.

Harold préférait d'ordinaire se rendre sur des scènes de vol ou de crime, mais son flair – bien aidé il est vrai par les soupçons communiqués au sujet de Sullivan – lui disait que cette triplette de personnalités peu compatibles finirait par faire parler d'elle.

Ça n'avait pas manqué.

Ce midi, ce simple rendez-vous, une présentation face à la jeune génération de Visalia planifiée depuis des semaines, venait de virer de bord de manière tout à fait inattendue, pour basculer de la rubrique politique à la première page de la prochaine édition du *Times*.

Harold jubilait.

Et que dire de l'information indirecte qui lui sauta aux yeux en immortalisant de son smartphone la chute de Ramirez ?

L'absence de ses deux sbires : Sullivan et Forsberg.

Pour lui, ce double constat valait au moins autant que le malaise du maire et tout le ramdam qui s'en était suivi. Là où un journalise lambda n'y verrait qu'une accumulation de détails broussailleux, son expérience agrémentée d'une dose d'intuition y percevait exactement l'inverse.

Les faits devaient être liés.

Le tout serait de deviner *comment*.

Une bonne vingtaine de minutes après le départ de l'ambulance emmenant Gastón Ramirez au Delta, distant d'à peine six kilomètres – une pacotille pour un véhicule toutes sirènes dehors – Harold se décida à retourner dans le réfectoire. L'endroit, dégorgé de la centaine d'étudiants contrariés qui attendaient comme lui à l'entrée du bâtiment, sonnait creux.

La grande bannière de campagne de Ramirez gisait au sol, symbole de la présentation avortée. Une partie du personnel, drapé dans des combinaisons grises, s'activait en silence dans une ambiance pesante, perturbée à intervalles réguliers par le crissement de pieds et le son métallique des chaises que l'on entassait contre le mur opposé à l'entrée. Le reste des agents terminait de replacer les longues tables rectangulaires qui hachuraient la pièce. Malgré le désordre provoqué par cet événement manqué, la vie reprenait ses droits. Bientôt, les élèves réclameraient leur pitance.

Depuis le seuil, Harold scanna la zone d'un œil aiguisé.

Personne.

Toute la clique médiatique avait suivi le maire à l'hosto.

Parfait.

Le reporter dirigea son attention vers sa cible qui se tenait de dos, à une dizaine de mètres.

Ashley Higgins, la principale du bahut.

Le violet de son tailleur dénotait au milieu de la salle aux couleurs sobres.

Mains sur les hanches, la pauvre supervisait le démantèlement de la scène, le souffle court et les jambes papillonnantes, à grand renfort de directives à peine audibles.

Harold s'en voulut de penser ça, mais elle lui faisait pitié. Cette bonne femme venait d'en voir de toutes les couleurs et tentait simplement de reprendre le contrôle, aussi inutiles que fussent ses actions. Ses agents connaissaient parfaitement leur boulot.

— Madame Higgins ? Madame Higgins !

La principale se raidit et pivota au ralenti, comme si elle craignait de découvrir qui s'adressait à elle. Ses sourcils se froncèrent face à la décontraction apparente de son interlocuteur. Elle se faisait une idée précise de cet énergumène à la réputation solidement ancrée dans le comté de Tulare, et même au-delà. Tout le monde le citait pour son travail de recherches ahurissant sur l'histoire des gangs de trafiquants de Visalia, du temps où il officiait encore en tant que stagiaire à la station de télé locale. Cinquante ans de commerce illégal et de guerres de territoire décryptées avec soin et méthode, qui lui avaient valu de passer de l'information télévisuelle à ce job de reporter fouille-tout qu'il convoitait. Harold Leroy se définissait en deux mots.

Patience. Persévérance.

— Monsieur Leroy, si je ne m'abuse ? Que faites-vous encore là ?

La voix de crécelle de la principale, qui manquait d'assurance lorsqu'elle s'adressait à son équipe, venait de subitement retrouver du poil de la bête.

— Bonne question, sourit le reporter. Je suis plutôt lent à la détente, mais là, je bats des records ! Il se trouve que…

— On ne va pas tourner autour du pot. Je sais très bien comment vous fonctionnez, coupa Higgins en croisant les bras. Si vous voulez des confidences, c'est raté. Je n'ai rien à vous dire.

— En quoi le sort de Gastón Ramirez vous touche ?

La carte des émotions personnelles était l'une de ses favorites. Elles entraînaient toujours une réaction. Toujours. Même s'il n'avait pas prévu de la jouer aussi vite. C'est fou ce que les gens devenaient bavards lorsqu'il s'agissait de parler de leur petite personne.

— Son sort m'importe peu. Par contre, sa fonction, c'est une autre histoire. Je n'ai pas vraiment envie d'avoir des soucis avec le maire, d'autant plus que son initiative auprès de mes élèves était admirable.

— Je comprends et je partage votre opinion. Je le suis depuis quatre ans, et la perspective de le voir se faire élire à nouveau m'enchante, si vous voulez tout savoir.

Briser le pacte de déontologie en dévoilant ses préférences personnelles. Voilà une autre main qu'il n'hésitait pas à sortir si nécessaire.

— J'espère vraiment qu'il va s'en tirer indemne. C'est la moindre des choses. Ce serait dommage qu'il finisse comme ça, sur un banal coup de téléphone…

— Un banal coup de téléphone ? Vous êtes certaine de ne pas pouvoir m'en dire davantage ? Vous connaissez mon travail. Je ne suis pas là pour casser du sucre sur le dos des gens.

Higgins baissa la tête et balaya l'espace devant elle de sa main droite.

— Désolé, monsieur Leroy. Je vous demanderai de voir avec les personnes compétentes. Pourquoi ne tenteriez-vous pas votre chance au Delta, comme vos petits camarades ?

— Je compte bien m'y rendre. Même si ça risque d'être une totale perte de temps, soyons honnêtes.

— Écoutez, je n'ai rien contre vous. Votre franchise m'interpelle. J'ai beaucoup aimé ce que vous avez pu faire par le passé et je ne dois pas être la seule. Alors je vous dirai ceci : adressez-vous au chef des Opérations de la police de Visalia, vous en apprendrez peut-être plus. J'ai cru comprendre que monsieur Ramirez lui parlait, avant de… Enfin voilà. J'ai à faire, je pense que nous en avons fini.

— Vous êtes sûre que…

La main de la principale s'éleva pour appuyer ses paroles.

— Au revoir, monsieur Leroy.

Ashley Higgins lui tourna le dos et redevint une simple tache violette à ses yeux. Elle lui avait quand même lâché une info intéressante.

Un embryon de piste se dessinait devant lui.

29

KAWEAH DELTA MEDICAL CENTER, VISALIA
400 WEST MINERAL KING AVENUE
COMTÉ DE TULARE, CALIFORNIE
LUNDI 18 MAI 2020
13 H 42

« Oh putain, il a ouvert les yeux ! Il s'est réveillé ! »

La voix d'un homme inconnu au bataillon qui gueulait dans la chambre fut la première chose que Gastón Ramirez entendit.

Le maire fut pris d'un violent mal de tête. Respirer lui demandait une énergie inouïe. À croire qu'on avait posé un trois tonnes sur sa poitrine.

Il lui fallut quelques secondes pour se reprendre.

Le criard – un infirmier vêtu de bleu – en profita pour s'éclipser sans demander son reste.

La pièce retrouva le silence.

Ramirez ne bougeait pas. Seuls ses yeux roulaient dans leurs orbites, l'abreuvant en infos sur le lieu où il se trouvait. Une petite salle aux murs blancs. Son costard qui reposait sur une chaise juste à côté du lit où il était cloué. Une forte odeur de détergent si propre aux établissements hospitaliers qui empestait l'air.

Le Delta.

Il se mit à hyperventiler. Les réminiscences de son malaise se manifestèrent. Son passage au lycée. Ce coup de fil juste avant d'entrer en scène. Tout paraissait si… irréel.

Et pourtant, vu sa condition il devait se rendre à l'évidence.

Anne. Anne… Oh non…

Ramirez sanglota. Manqua d'arracher la perfusion plantée dans son avant-bras droit en voulant essuyer ses larmes.

Sa fille. Morte ?

Impossible. IMPOSSIBLE !

La voix bourrue du capitaine Little, oiseau de mauvais augure, résonna dans sa tête. Anne, assassinée chez elle. Anne, le corps perclus d'entailles béantes et sanguinolentes. Il n'imaginait pas la terreur, la douleur que la pauvre avait dû ressentir. Qui avait bien pu lui faire une chose pareille ?

Ramirez passa les minutes suivantes immobile, les yeux rivés sur le mur blanc en face de lui. Déconnecté. Absent. Sous le choc. La rage grouillait en lui. Se fit onde et se propagea jusqu'à exploser. Il frappa son matelas des poings en hurlant comme un damné jusqu'à ce que ses forces l'abandonnent.

L'énervement fit place à bien plus que des regrets.

De la culpabilité.

Si sa fille avait eu cette vie sans éclat, cette mort abominable, c'était à cause de lui ! Sa faiblesse l'avait poussé à céder face aux avances répétées de Carl Forsberg, devenu gendre de malheur en échange de son rêve, de son obsession : la mairie de Visalia.

Oui, il s'était fait l'avocat du diable, vantant les mérites de Forsberg auprès de sa fille et donnant sa bénédiction à leur union. Et c'est le diable lui-même qui battait Anne. Ramirez l'avait saisi en remarquant à plusieurs reprises ses jambes et ses bras bleuis, son âme bafouée, sa gaieté légendaire envolée, ses excuses préfabriquées distillées avec une honte non dissimulée, sans vraiment y croire. Du jour au lendemain, sa fille tombait des escaliers, se prenait des portes, des coins de table, se brûlait, se pétait la lèvre… Et lui, ce simulacre de père, qu'avait-il fait, hein ? Il avait juste fermé sa gueule devant l'indicible. Fermé les yeux face à l'innommable. Il s'était couché comme un minable au pied de l'autel de ses ambitions, trop peureux pour oser mettre en péril ce qu'il avait bâti au prix de tant d'efforts.

Réaliser que sa fille était victime de violences conjugales était une chose. Agir en était une autre. Longtemps partagé entre passivité et l'action, Ramirez séchait. Le fiel rance de son incertitude le bouffait de l'intérieur.

Jusqu'à ce jour où *cette idée* lui était venue. Une idée de génie.

Un travail de très longue haleine, mais qui pourrait *in fine* libérer Anne de l'emprise de son bourreau. Le tout en passant inaperçu, ce qui lui permettrait de garder les rênes de la ville. Un scénario idéal.

Enfin, c'est ce qu'il croyait. Manifestement, il s'était planté en beauté.

Ramirez se redressa, le regard dans le vague.

Qui avait pu tuer Anne ? Qui ?

Et qu'avait-on fait à Sophia et Ava, ses petites-filles chéries ? David Little, évasif sur ce sujet, ne lui inspirait plus que haine et mépris. Il allait se le faire, ce gros empoté. Mais pas tout de suite. Il patienterait tant que le capitaine lui serait d'une quelconque utilité.

Ramirez se focalisa sur l'assassin de sa fille. Aussi loin qu'il poussa sa réflexion, deux profils se dégageaient.

L'un signifiait la faillite de son plan.

L'autre, probablement pire.

La porte de la chambre s'ouvrit sur un agent de police, tout de noir vêtu. Sans un mot, ce dernier laissa entrer une grande femme à la peau basanée et aux cheveux courts, en uniforme bleu et en blouse blanche, dossier médical sous le bras.

Elle le salua puis vérifia ses constantes, avant de lui poser quelques questions d'une voix claire tout en l'auscultant.

— Comment vous appelez-vous ?

— Et vous ?

— Pardon ?

— Et vous ? C'est pourtant simple.

— Docteur Bailey, rétorqua la doc sans se démonter, soulignant son nom brodé sur sa blouse. Alors c'est à vous maintenant.

— Gastón Ramirez. Mais je pense que vous le savez, non ?

— Date et lieu de naissance ? soupira-t-elle en levant les yeux au ciel.

— 12 novembre 1955. Je suis né à Ensenada, au Mexique. Mais j'ai passé la majeure partie de ma vie à Visalia.

— Savez-vous pourquoi vous êtes ici ?

Ramirez serra les poings sous ses draps.

— Je… j'ai fait un malaise. Au lycée Golden West.

D'un geste sec et précis, elle écarta les paupières de son patient et passa l'ampoule LED de sa lampe-stylo au-dessus de ses rétines. Gauche puis droite.

— Quand ?

— Pardon ?

— Quand, le malaise ?

— C'est une bonne question, rétorqua le maire. Vous devriez le savoir, non ?

Deux minutes en contact avec un autre être humain et voilà que son habituelle arrogance réapparaissait.

Il frotta ses yeux larmoyants, mécontent d'avoir été manipulé comme un gamin.

— Il y a une heure environ, précisa la doc d'une voix neutre. Je vous testais, c'est tout. Ne vous inquiétez pas, c'est normal que votre mémoire à court terme soit affectée. Le principal, c'est que vous alliez bien.

— Qu'est-ce qu'il m'est arrivé ?

— On a craint un accident cardiaque. Mais les premiers secours sur place ont vite infirmé cette hypothèse. Vous restez en cardiologie par précaution. Et aussi… pour éviter la cohue. On n'allait tout de même pas garder le maire de Visalia aux urgences ! Je ne vous raconte pas le nombre de journalistes qu'on a dû refouler. La chef de service est sur le pont, interdiction absolue de vous approcher !

En voilà, des paroles sensées. Autre info intéressante : il était donc en cardio. *Un mal pour un bien*, pensa-t-il.

— Merci, madame Bailey.

— C'est *docteur* Bailey.

Puis elle récita, l'œil courroucé :

— On va vous garder ici un jour ou deux, le temps de compléter la batterie d'examens. Si vous voulez prendre vos dispositions, n'hésitez pas à nous le faire savoir.

Ses dispositions ! Ben voyons ! Veuf, sa fille unique décédée, à qui s'adresser ? Penny, sa secrétaire ? Pas la peine. La presse s'en chargerait en la harcelant au téléphone.

Passablement irritée, Bailey n'attendit pas la réponse et prit la tangente sans qu'il puisse formuler l'autre demande qui lui vint subitement en tête.

L'issue se refermait quand il daigna réagir.

— Hey, vous là ! lança-t-il en direction du flic en faction. Où est le capitaine ?

— On m'a fait savoir qu'il arrivait. Je dois vous…

— Quand est-ce qu'il sera là ? Je dois lui parler. C'est urgent.

— Je… euh… je vais vérifier ça tout de suite.

L'agent ferma brusquement la porte pour fuir ce semblant d'échange.

Lorsqu'il la rouvrit, quelques minutes plus tard, Ramirez s'attendait à voir le visage boudiné du chef de la police.

Il eut droit à tout autre chose.

*

Harold bravait la route, recroquevillé sur sa Vespa rouge pétaradante, des questions plein la caboche, si nombreuses qu'il craignait qu'elles se fassent la malle avant qu'il n'arrive à destination. Il devait se dépêcher. Contrairement à la confidence faite à la principale de Golden West, sa visite au Delta ne serait pas une perte de temps.

Il le pressentait.

Les rayons du soleil se heurtaient au bleu turquoise de son casque rétro fétiche, tandis que le reporter filait comme un inconscient le long du bitume craquelé de East Houston Avenue. Il slaloma entre les véhicules empêtrés dans une circulation étonnamment dense à cette heure où tout le monde se restaurait. Visière relevée malgré la vitesse, Harold manqua plusieurs fois d'emboutir ses chers concitoyens à quatre roues, les arrosant au passage d'injures bien senties. Chaque excursion se résumait à cette ritournelle, à ce type de comportement absurde, c'était plus fort que lui. Les bagnoles lui sortaient par les yeux. Les gens ne pigeaient rien !

Une seule vérité, un seul crédo: les bécanes, c'était l'avenir. Peut-être pas des Vespa, non, mais des cylindrées plus classes et plus puissantes. Le nombre de roues ne fait pas le pilote, assénait-il à cor et à cri. Il ne manquerait pas de transmettre ça à ses trois gosses. Pas question que les mômes deviennent comme ces millions d'assistés au volant d'engins de plus en plus automatisés.

Au prix d'un énième dépassement osé, Harold bifurqua à gauche sur Lovers Lane, tronçon un peu moins encombré que son prédécesseur.

La Vespa accéléra de plus belle, cisaillant l'air lourd qui s'abattait sur la ville.

Une fois sur place, par où commencer? Le maire? Les flics? Pas question de se confronter à eux, en tout cas. Surtout pas à Little, le patron de sa femme! Il savait précisément ce qu'il voulait. Où se poster. Où patienter. Avant de sortir de son apparente nonchalance pour saisir l'instant, à l'insu de ses cibles. Comme d'habitude. Les expressions faciales et corporelles des gens valaient tous les mots, toutes les explications, tous les mensonges. Harold appelait ça le «décodeur social». Il se reposait largement sur ce concept au moment de rédiger ses papiers. Avec une certaine réussite.

Il appliquerait la même méthode avec ses proies du jour: David Little, Gastón Ramirez – si le maire se portait mieux – et tous ceux qui leur tournaient autour.

Second coup de guidon pour emprunter East Mineral King Avenue, l'axe «des concessionnaires», et sa flopée de pick-up garés sur le bas-côté.

Les roues de son bolide avalaient les mètres avec avidité. Au-delà d'un dernier croisement, la deux fois deux voies se mua en une trois voies à sens unique. Ce qui signifiait une chose.

Sa destination se rapprochait.

*

La porte s'ouvrit sur une femme blonde au regard bleu océan, chignon haut, l'air inquiète et apeurée à la fois.

— Elle me dit que vous la connaissez, précisa le flic-portier. Et puis, elle fait partie du personnel médical du service.

Ramirez confirma dans la foulée les dires de son invitée impromptue.

La porte claqua à nouveau, arrachant un sursaut à celle qu'il n'avait pas pris le temps de contacter plus tôt dans la matinée, ne sachant pas ce qu'il était advenu de Forsberg.

— Madame Sullivan.

— Encore une fois, je préfère Sandy.

— Soit, Sandy. Je me doutais bien que vous viendriez me voir. Mon arrivée n'a pas été un modèle de discrétion.

— C'est le moins qu'on puisse dire.

La jeune femme s'avança en traînant des pieds vers l'homme politique en nuisette d'hôpital, comme si on la conduisait à l'échafaud.

— Alors ? Que vous a dit votre mari ?

— Will ? Rien. J'imagine que tout s'est bien passé.

Sandy darda la fenêtre semi-ouverte de la chambre. Elle pensait sincèrement ce qu'elle venait de confier au maire. Will l'aurait prévenue en cas de pépin, non ? Mais alors, pourquoi demandait-il ces nouvelles doses d'Hypnovel ? Elle s'en voulut de ne pas avoir osé clarifier les choses ce matin, avant de partir bosser.

— Vous *imaginez* ou vous êtes sûre ?

Ramirez la fixait de biais, la tête penchée. Elle se sentit transpercée par ses iris sombres et si communicatifs. Une tristesse apparente la saisit au corps.

— Je ne pense pas qu'il serait tranquille, à la maison, à préparer son allocution si ce n'était pas le cas. Je ne peux pas être catégorique, mais je connais Will. Toujours le premier à venir se plaindre en cas de pépin.

— Je l'espère. Nous avons vraiment tous à y gagner, vous savez.

Le maire pointa tour à tour Sandy et son ventre proéminent.

— Vous deux avez tout l'avenir devant vous. Tout se déroule bien, tout le monde est content. Dans le cas contraire…

Ramirez termina sa tirade en mimant une lame imaginaire tranchant sa gorge d'un trait net.

Sandy frissonna. Quoi qu'il advienne, il était déjà trop tard. Le train avançait, lancé à toute vitesse.

— J'ai toutes les raisons d'être sceptique, voyez-vous, entonna Ramirez. Pouvez-vous m'expliquer pourquoi votre mari se trouvait au poste de police alors que j'avais besoin de lui ?

Sandy fronça les sourcils. Elle dévisagea son interlocuteur comme s'il venait de sortir une bêtise plus grosse que lui.

— Vous plaisantez ?

— J'aimerais, croyez-moi.

— Je vous assure que je n'en savais rien.

— Donc vous ne savez pas pour ma fille ?

— Savoir quoi ?

Le maire évita son regard et fixa la fenêtre, les yeux larmoyants.

— Elle a été assassinée. La nuit dernière, précisa Ramirez d'une voix tremblante. Et mes deux petites-filles ont disparu.

Figée par la surprise, Sandy ne répliqua pas tout de suite. Elle s'avança et posa une main sur le pied du lit, éprouvée.

— Vous insinuez que...

Ramirez resta muet. Le silence accentua la pression sur la trentenaire, prise de bouffées de chaleur.

Elle chercha ses mots pour continuer à argumenter.

— Ce n'est pas possible ! Will n'est pas capable de ça... Je vais l'appeler et voir ce qu'il...

— Vous n'allez rien faire du tout, coupa le maire. Pas un mot de tout ça avec votre mari, ou il va comprendre que je suis impliqué ! Je vais sortir d'ici et tirer tout ça au clair moi-même, c'est compris ?

La porte – un véritable carrousel, aurait juré Ramirez – sortit de ses gonds une troisième fois et mit un terme à cette discussion houleuse.

*

Harold abandonna la Vespa sur le parking du côté d'East Mineral et courut à travers le complexe. Arrivé à l'aile Acequia du centre hospitalier, il fila tout droit vers l'ascenseur le plus proche. Direction le quatrième étage. Si les bribes d'échanges entre les secouristes captés au lycée disaient vrai, alors Ramirez se trouvait en cardiologie. Ce qui paraissait logique.

Il jeta un coup d'œil à son smartphone en dansant d'un pied sur l'autre.

13 h 58.

Timing pas trop dégueulasse. À condition de se bouger.

Il avait vu deux des coupés de la police de Visalia postés pile devant l'entrée des urgences et pariait que l'un d'eux *lui* appartenait.

Un *ting!* plus tard, la porte de l'ascenseur s'effaça. Harold prit l'air le plus décontracté possible – une sinécure pour lui –, celui d'un parent de patient séjournant dans le service. Quoi de plus normal ?

Les deux jeunes femmes de l'accueil lui offrirent un sourire emprunté.

Harold localisa rapidement la chambre du maire.

Le flic somnolent planté devant la porte de la 407 faisait office de drapeau à damiers.

Il était arrivé.

Légèrement en retrait, le reporter s'adonna à son sport national.

L'attente.

Il ne fut pas déçu.

Un officier bien portant quittait le bureau de Louise Keller, la chef de service. Le visage rond et le cheveu dégarni. David Little en personne.

Harold se redressa, les sens en alerte.

L'agent de garde ouvrit la porte et le capitaine s'engouffra dans la brèche. L'interstice resta béant et une femme fit son apparition, le pas pressé, une main devant le visage, le dos courbé. Le ventre rond comme un ballon de baudruche. Elle devait être à quoi, six mois de grossesse ?

Plus important que son terme, le nom figurant sur sa blouse. De quoi lui donner du grain à moudre.

« S. SULLIVAN »

Sandy était méconnaissable dans ses habits de travail. Mais il n'y avait pas des millions de Sullivan dans le comté.

Il tapa quelques lignes sur l'application « notes » de son téléphone portable et se remit à guetter la 407, se demandant quel lien étrange pouvait unir la femme de William Sullivan et Gastón Ramirez.

30

LIEU INCONNU
HEURE INCONNUE

Sophia et Ava ne pleuraient pas. Elles ne pleuraient jamais. À moins de se faire vraiment mal. Comme tomber à vélo, se cogner la tête ou se coincer les doigts. Là, oui, pas de problème. Tant que ça ne s'éternisait pas.

La douleur vient du cerveau. C'est lui qui vous trompe ! Il suffit de lui dire que ce n'est pas vrai, de lui répéter autant de fois qu'il faut que ça ne fait pas mal, pour qu'il s'arrête.

Ça, c'était papa qui le leur avait appris.

Les jumelles appliquaient ce principe à chaque fois.

Par contre, rester enfermées chez un inconnu, aucune d'elles ne connaissait. Peur et inquiétude se mêlaient dans leur petit cœur fragile. S'endormir dans leur chambre et se réveiller dans cette pièce toute riquiqui et trop chaude, à manger des gâteaux, sans nouvelles de leur mère. Appeler quelqu'un. Crier à perdre haleine. Tambouriner sur la porte et sur les murs. Supplier d'une voix cassée.

Tout ça sans que personne réponde.

Inhabituel. Bizarre. Flippant. Mais pas douloureux.

Donc, pas de larmes.

Les deux petites tuèrent le temps en fouillant la pièce. Elles dénichèrent une bassine grise en plastique. Ava, qui ne tenait plus, se retrancha dans un coin et urina dedans, un peu honteuse. Mieux valait ça que de se retrouver avec un pyjama crade et puant comme celui de sa sœur.

Sophia tomba de fatigue sur le lit de grands, comme elle l'appelait. Le matelas moelleux lui rappelait celui de ses parents. Elle s'enfonçait dedans. Si confortable ! Sur le dos, bras en croix et vision trouble, elle s'assoupit sans même s'en apercevoir.

Nouvelle période d'éveil, synonyme d'ennui profond. De doutes grandissants. Les petits trous des stores s'assombrirent, ce qui n'échappa pas au regard acéré d'Ava, la plus observatrice des deux. Sophia, la penseuse, plus prompte à réfléchir et tirer des conclusions, certifia que ça ne pouvait signifier qu'une seule chose : la nuit tombait. À moins qu'elle ne soit déjà là. En tout cas, la journée entière venait de passer. Au minimum. Elle en était sûre.

Les questionnements se muèrent en panique.

Les préceptes de papa, ancrés au plus profond de leur être, faiblissaient de minute en minute. Et l'absence de maman, toujours si attentionnée avec elles, se faisait ressentir.

L'incompréhension quant à leur absence finit par les dépasser.

Ava craqua la première. Des larmes perlèrent à la commissure de ses paupières et roulèrent sur ses joues sans un bruit. La petite fille émit un couinement, qu'elle fit maladroitement passer pour un hoquet en posant la main devant sa bouche. Honteuse, elle cligna fortement des yeux pour dissiper ses sanglots et s'essuya le visage d'un revers de manche.

Sophia ne fut pas dupe et comprit ce qu'il se jouait. Mais cette fois, elle ne trouva ni ne proféra d'explication rationnelle au chagrin de sa cadette. Pire encore, sa propre jauge de tristesse saturait ses émotions et menaça d'exploser, elle aussi.

Est-ce que c'était permis de se laisser aller dans ce genre de situation ?

Non, non, je peux pas. Maman n'est pas là. Papa non plus. C'est moi la plus grande. Je dois prendre soin de ma sœur. Elle compte sur moi. Si je pleure, ça ne fera pas avancer les choses.

Ava l'interpella, mettant un terme à son introspection.

— Dis, Sophia ?

— Oui, qu'est-ce qu'il y a ?

— J'ai faim.

— Mange, mange. Ne t'inquiète pas pour moi, ça va aller.

La cadette baissa les yeux, dépitée. Sa main droite désigna le sac plastique sur le lit.

— Y a plus rien. J'ai fini le deuxième paquet tout à l'heure, quand tu dormais.

Sophia dut serrer les dents très fort pour ne pas céder au désespoir.

C'est à cet instant que des bruits sourds se firent entendre, quelque part dans la maison.

*

La lumière faiblissait alors que Forsberg revenait à lui. Il s'était endormi d'épuisement. Un sommeil agité, son estomac râleur se chargeant de le réveiller à maintes reprises. L'avocat estima que des heures entières s'étaient écoulées. À moins que ce ne soit le temps au-dehors qui ait tourné au vinaigre.

Peu importe.

Incapable de se mouvoir, il ne put que patienter. Tendre l'oreille, vidant ses réserves de lucidité et d'énergie pour capter les moindres sons provenant de la pièce attenante à celle où il se trouvait.

Au bout d'une grosse demi-heure – nouvelle estimation maison – la même voix aiguë que l'autre fois déchira le silence.

— On s'installe, Janice ? On va manger. Le même plat qu'hier, ça vous va, n'est-ce pas ?

Pas de réponse.

Des grincements, une batterie de tintements cristallins puis de bruits plus sourds se firent entendre.

Une chaise que l'on déplace.

Des assiettes, des couverts que l'on sort d'un placard. Une table que l'on dresse.

Je suis à côté de la cuisine, comprit Forsberg. *Et cette Janice est forcément une personne âgée invalide. Mon ravisseur doit être son tuteur… et l'autre doit être une infirmière ou un truc dans le genre.*

— Je sais, je sais, lâcha la soignante. Votre fils n'est pas là pour manger avec vous. Mais ça lui arrive souvent, n'est-ce pas ? Vous vous en rappelez ? Hein ?

Cliquetis de couverts que l'on manipule.

La vieille devait être en train de becqueter.

Encore un peu, ma jolie, encore un peu, rumina l'avocat. Continue. Fais-lui la conversation. Moi aussi je ne me rappelle pas !

— Vous devez être si fière de votre grand garçon ! Passer sa vie à arrêter les méchants est l'un des plus beaux métiers du monde ! Après le mien, bien sûr !

Elle ponctua sa remarque d'un petit rire idiot.

Forsberg se foutait bien de son job, à celle-là. En quoi donner à bouffer à une mamie dévariée et lui torcher le cul était gratifiant ?

En revanche, ça fit tilt dans sa caboche pour le fils.

Arrêter les méchants.

Un policier ! Incroyable !

Un putain de flic le retenait prisonnier.

Surpris puis fou de rage, Forsberg sentit son palpitant remonter dans les tours. L'avocat se débattit comme un beau diable. Mais les liens ne cillaient toujours pas.

— Allez, encore une moitié et ce sera fini pour aujourd'hui ! Et moi, je pourrai me servir dans votre boîte à bijoux avant de rentrer à la maison, hein ? Vous ne vous en rappellerez pas, de toute façon !

La soignante ménagea un petit silence de circonstance, comme si Janice lui répondait. Puis elle enchaîna :

— Mais non, voyons. Je pioche dedans de temps en temps. Ce serait idiot de tout ramasser d'un coup et de se faire pincer, non ?

Les yeux de Forsberg s'écarquillèrent.

La salope !

— Enfin, je ne tiens pas à ce que Phil me chope la main dans le sac. Ou plutôt la main dans la boîte !

Nouvel éclat de rire à la noix.

L'avocat n'en revenait pas. Ça avait été au-delà de ses espérances.

Dans la cuisine, le sordide monologue continua sans qu'il n'y prête attention.

Ses méninges étaient en fusion. Il était chez Phil, de la police de Visalia.

Inconnu au bataillon. Probablement l'un des flics du capitaine Little.

Il tenait un solide moyen de pression.

Et avec lui, l'espoir de sortir de là.

PARTIE IV

LUNDI 18 MAI 2020
15 H 00

Trois heures.

Je vous ai donné trois heures supplémentaires. Vous n'avez même pas daigné m'envoyer un message. Est-ce que je vous fais si peur que ça ?

Je peux faire beaucoup mieux. Croyez-moi.

Si vous pensiez que je n'étais pas capable de me tenir au courant de la situation, vous avez tout faux.

Allons, mon cher, pourquoi me cacher vos infamies ?

Je sais que vous avez tué.

Plusieurs fois.

Mais pas la bonne personne.

Quel dommage.

Les termes de notre accord étaient pourtant clairs.

Je ne me porte pas garante de vos errements. Assumez-en les conséquences.

Je prends cependant tout cela comme signe de bonne volonté.

Nous allons avoir l'occasion de discuter de manière plus directe.

Rendez-vous ce soir, 20 heures, au Chubby's du sud de la ville.

Venez seul.

Surtout, ne tentez pas de me doubler. N'avertissez personne. Je le saurais.

Ma consigne : une fois arrivé, entrez, asseyez-vous au comptoir et, comme tout bon client qui se respecte commandez-vous un cheeseburger. Leur formule spéciale fera l'affaire. Je me charge du reste.

À ce soir, donc.

Pour Callaway & Partners,
Emily

31

KAWEAH DELTA MEDICAL CENTER, VISALIA
400 WEST MINERAL KING AVENUE
COMTÉ DE TULARE, CALIFORNIE
LUNDI 18 MAI 2020
15 H 31

Une heure et demie ou presque à déambuler dans les couloirs. À observer le bal sans fin du personnel soignant. À dresser une carte mentale du service et de ses patients. Numéro des chambres occupées et, si la chance était au rendez-vous, nom et apparence physique des malades. Comme ce fut le cas pour celle de la 408, voisine de celle où était Ramirez, après avoir discuté un peu avec le fils aîné d'une mère hospitalisée de longue date.

Ça pourrait s'avérer utile.

Il passa ensuite quelques minutes retranché dans les toilettes pour en griller une loin des regards indiscrets, avant de se promener à nouveau devant sa cible, à seulement quelques mètres du flic qui gardait l'accès à la chambre du maire.

Toujours aucun signe de changement.

Pour une fois, l'attente déjouait les pronostics d'Harold. Lui qui pensait obtenir ce qu'il recherchait dans les trente premières minutes suivant son arrivée au Delta, se trompait lourdement. Quoi que fasse David Little avec Ramirez, le reporter ne comprenait pas que cela prenne autant de temps.

Il rebroussa chemin et repassa devant l'accueil. L'une des deux jeunettes avait disparu, remplacée par une collègue bien plus ridée. Une brune aux longs cheveux, apprêtée comme si elle se rendait à un bal de promotion. L'autre était toujours là, exténuée, la mine contrite. Pendues au téléphone, les deux employées semblaient débordées par la situation, répétant sans cesse les mêmes excuses en faisant le maximum pour conserver leur calme.

Désolée, mais je ne peux pas répondre à cette question.

Non, vous ne pouvez pas l'interroger.

Adressez-vous à la mairie de Visalia.

Non, ce n'est pas la peine d'insister !

Pas la peine de s'en prendre à moi, monsieur !

Harold s'approcha d'un pas décidé. Peut-être pourrait-il leur soutirer une ou deux infos sans qu'elles ne s'en aperçoivent.

La plus jeune reposa le combiné et souffla, exaspérée.

Le reporter sauta sur l'occasion et lui adressa un « bonjour », s'efforçant de paraître contrarié, lui aussi.

— Monsieur. Je peux vous aider ?

— J'espère bien ! Je suis l'un des fils de madame Powers.

— Madame Powers, vous dites ? Ah, la chambre 408. Je ne savais pas qu'elle avait plusieurs fils ! C'est la première fois que je vous vois.

Le reporter ignora la remarque, préférant bomber le torse et croiser les bras.

— Je sais bien que c'est la 408, j'en viens. Ça fait un boucan pas possible à côté ! On ne s'entend plus parler ! Obligés de hurler comme des putois ! Et ma mère a besoin de repos, vous comprenez ?

— Je... je suis désolé, monsieur Powers, mais la chambre adjacente est celle du maire, Gastón Ramirez. Elle est...

— Sous surveillance, oui, merci, j'avais remarqué ! Mais c'est intolérable ! Les personnalités sont vraiment sans gêne dans ce pays ! Vous ne trouvez pas ?

Harold joua la carte des sentiments pour la deuxième fois de la journée. La réceptionniste baissa les yeux, gênée.

— Si, c'est vrai, confessa-t-elle. Mais monsieur Ramirez a des circonstances atténuantes aujourd'hui. Il vient de perdre sa fille.

Harold écarquilla les yeux un bref instant. Anne Ramirez, ou plutôt Anne Forsberg, décédée ? En voilà une nouvelle ! Un scoop dont les *merdeux* rêveraient ! Ceci expliquait le malaise soudain du maire.

— Je suis navré pour lui, tempéra-t-il, mais le respect pour les autres patients, on en fait quoi ? On le fout à la poubelle, c'est ça ? Je ne tiens pas à ce que l'état de santé de maman ne se dégrade plus qu'il ne l'est déjà !

— Je n'ai pas dit ça, monsieur Powers. Mais…

— Mais quoi ?

Un peu trop à l'aise dans son rôle, le reporter sentit qu'il venait de franchir une limite et se sermonna intérieurement. Acculée, la jeunette plissa des lèvres et chercha sa collègue du regard. Cette dernière raccrocha et fit rouler sa chaise dans leur direction, l'air contrarié.

— Un problème ?

— Oui, le bien-être de ma mère, rétorqua Harold.

La brune écouta le récit de son binôme. Elle fixa le faux fils Powers tout en acquiesçant. Le couperet tomba :

— Monsieur, une enquête de police est en cours. Désolé pour votre mère, mais nous ne pouvons pas décemment entrer et dire au capitaine de police de baisser d'un ton. Vous comprenez ?

Le mot « enquête » clignota en rouge dans son esprit.

Enquête = mort violente = meurtre. À moins que ce ne soit un suicide.

Harold tenta de masquer son excitation. Il allait de surprises en surprises !

— Monsieur ! Vous comprenez ?

— Pardon ? Quoi ?

La vieille continuait à le dévisager, comme si sa tête lui disait quelque chose.

— Vous…

Le reporter la coupa en bafouillant pour lui dire que oui, il avait compris, avant de tourner les talons.

Pour tomber nez à nez avec David Little.

*

Gastón Ramirez pestait contre son visiteur, sorti de la pièce moins de deux minutes auparavant. Non seulement Little paraissait totalement paumé, mais il n'avait aucune piste sur l'assassin de sa fille/ravisseur de ses deux petites-filles.

Sa journée, déjà merdique à souhait, sombra davantage dans les abysses du désespoir lorsque Bailey, ce docteur au caractère exécrable, le prévint qu'ils le garderaient jusqu'au jeudi matin, faute de pouvoir réaliser l'ensemble des tests demain.

Son état de santé le mettait hors-jeu.

Quelle poisse.

Impuissant dans son lit d'hôpital, Ramirez bouillonnait. Il appréciait Sullivan, mais le doute était trop grand. L'entrepreneur était de toute façon impliqué, de près ou de loin, dans le meurtre d'Anne et la disparition des jumelles. Sans compter l'affaire Erin Silva, rapportée par Little. Erin était la secrétaire d'EduCorp ! Ça n'était pas qu'une simple coïncidence.

Ramirez se dit que l'opération Forsberg avait échoué. Il ne pouvait en être autrement. Un vrai scénario catastrophe.

Où est-ce que ça avait péché ?

Son plan destiné à éliminer son gendre était pourtant parfait, non ?

Se servir de Sullivan, de ses difficultés avec EduCorp et de son besoin pathologique de reconnaissance. Se rapprocher de lui.

Faire en sorte qu'il reçoive une proposition frauduleuse, en faisant jouer les liens du sang.

Mettre Carl Forsberg sur son dos en éveillant discrètement ses soupçons.

Puis faire chanter l'entrepreneur pour qu'il le débarrasse de son gendre avant de se faire coincer.

Le tout sans que Sullivan ni Forsberg ne sachent qu'il en était l'instigateur. Et encore moins Little et ses hommes.

Ce stratagème était censé *sauver* Anne.

Pas la tuer.

Le maire sentit sa tension chuter et crut un instant qu'il allait refaire un malaise.

Sa fille disparue, seul le sort de Sophia et d'Ava lui incombait à présent. Il se battrait pour elles ! Tout le reste lui paraissait insignifiant.

Résigné, une pointe d'angoisse le traversa alors qu'il saisissait son smartphone. Il ouvrit l'annuaire des contacts et le fit dérouler jusqu'à la ligne intitulée Callaway & Partners.

Mieux valait prendre les devants et ne pas subir leur courroux.

*

Pris entre deux feux, Harold se figea.

David Little gagnait la sortie comme un fantôme. Un simple regard sur le côté et le capitaine le reconnaîtrait. Le reporter choisit de pivoter à nouveau vers l'accueil.

Les réceptionnistes marquèrent une pause, interloquées par le comportement de ce monsieur Powers, ce fils énervé qui leur semblait quand même un brin louche. L'une d'elles avait le bras en l'air, prête à interpeller l'officier.

Harold frissonna.

La situation lui échappait. Au lieu de rester concentré sur les actions de William Sullivan concernant EduCorp, comme demandé par Alec, l'un des anciens associés de la firme, il avait dépassé les bornes. Voilà le résultat !

Le temps ralentit, rythmé par la lente démarche d'ours du chef de la police de Visalia. La double porte coulissa.

Puis se referma.

L'ours venait de quitter le service.

Harold poussa un soupir de soulagement, sous l'œil de plus en plus suspicieux des deux commères. Son « décodeur social » sonnait l'alerte. Elles devaient sûrement le prendre pour un criminel ! Seuls les hors-la-loi réagissaient de la sorte en voyant un flic arriver, non ?

Le reporter saisit le message. Plus le temps de jouer, la donne changerait s'il ne se décidait pas à foncer dans le tas. Il abandonna ses faux airs et s'éclipsa, direction la chambre 407.

Le flic en faction, mains jointes, les bras tendus au-dessus de la tête, s'octroyait une petite pause étirements. Sa journée devait s'apparenter à une longue géhenne. Après quelques secondes, il relâcha son effort et ses épaules s'affaissèrent. Il retrouva un peu de vigueur lorsque la grande tige aux cheveux gris qu'il avait vu passer et repasser dans le couloir s'approcha de lui :

— Monsieur, je suis désolé, mais il est interdit d'entrer.

Harold reluqua le nom inscrit en noir sur la petite plaque dorée accrochée à la chemise du policier.

— Agent… Simpson. J'ai des informations sur l'enquête en cours.

Les sourcils broussailleux de Simpson s'arquèrent. Comment ce gringalet pouvait-il savoir pour l'investigation ?

— Vous êtes qui ?

— Un témoin.

L'agent fit une moue dubitative. Il entretenait un intense débat interne sur la suite à donner à la discussion.

— Vous n'entrerez pas, conclut-il en levant la main. C'est tout. Si vous avez des informations, comme vous dites, allez au poste et adressez-vous au lieutenant Jones.

Harold imprima un mouvement de recul.

— Pardon, mais ce n'est pas au capitaine Little plutôt ?

— Non, non, contra Simpson en joignant le geste à la parole. Le lieutenant Philip Jones des Opérations. Un black assez costaud. Vous pourrez pas le louper, c'est le seul de la station.

Jones, Jones…

Une cloche enfouie dans la mémoire du reporter émit un tintement étouffé. Harold remercia le flic en se grattant le crâne et quitta le Delta sans insister. Il ne repartait pas les mains vides.

Il enfourcha sa bécane et mit son casque en s'interrogeant sur sa prochaine destination.

Une partie de lui voulait foncer et questionner le lieutenant sans délai. L'autre lui hurlait de ne pas se précipiter. De prendre le temps de faire quelques recherches. Ce n'était pas sa mission première, mais il sentait bien que le jeu en valait la chandelle.

Après des semaines frustrantes sans rien à se mettre sous la dent, les choses bougeaient enfin. De la pire des manières qui soient.

Au prix d'un homicide.

Il ne pouvait pas se pointer devant le lieutenant en charge sans un plan qui tienne la route. Ça tombait bien, sa mémoire continuait à faire son boulot.

Philip Jones.

Bien qu'il ne le connaisse pas, un Black avec ce patronyme, il n'y en avait pas des milliers dans la Vallée. Et encore moins à Visalia. Ça lui rappelait quelque chose.

Autant prendre une soirée pour creuser tout ça. D'autant qu'il était largement en avance sur ses confrères concernant le cas Ramirez.

Tour de clé. Contact.

Au moment où il allait manœuvrer hors du parking, son téléphone vibra. Amber. Une notification WhatsApp. Un court message qui fit l'effet d'une bombe. Selon sa femme, William Sullivan venait de passer une partie de l'après-midi au poste de police. En salle d'interrogatoire.

Les faits se connectaient.

32

1993 AUGUSTA COURT, VISALIA
COMTÉ DE TULARE, CALIFORNIE
LUNDI 18 MAI 2020
15 H 35

Will claqua la porte d'entrée avec rage, mettant un terme à un calvaire de plus de quatre heures. Non, tout compte fait, la galère durait depuis bien plus longtemps que ça ! Depuis le premier mail d'avertissement. Et vu celui reçu en quittant le poste de police, une demi-heure plus tôt, le pire se profilait.

Il se sentit à l'étroit dans son costume.

Comment Emily pouvait-elle lui donner rendez-vous ici, à Visalia, en début de soirée ?

Oui, Vancouver n'était qu'à deux ou trois heures d'avion de Los Angeles. Oui, un coup de bagnole depuis la Cité des Anges et elle pouvait se retrouver au Chubby's, ce trou perdu aux limites de la ville, à l'heure indiquée. Ça se tenait, mais c'était juste.

Quelque chose lui semblait bizarre.

En admettant qu'Emily vienne, que comptait-elle faire de lui ? Remettre sur la table sa fortune et sa réputation, ce pour quoi il se battait ? Peu probable. Ça ne valait pas un déplacement. Will repensa aux deux derniers messages électroniques reçus. Au phrasé sec employé. La donne changeait clairement. Les menaces se faisaient plus précises. Radicales.

Une boule d'angoisse dévala son œsophage.

Ça se présentait mal, mais rien n'était perdu. Ils détenaient Forsberg, saucissonné dans la cave de Phil. Restait à le faire parler, avant de l'éliminer. Sauf qu'avec ce fichu rendez-vous, il n'avait pas le temps de s'en occuper avant demain. Quelle ironie du sort !

Il n'y avait plus qu'à espérer que Phil fasse le job dans la soirée.

Will passa un coup de fil au lieutenant en ce sens, sans se départir de sa nervosité. Puis il se vautra sur le sofa et envoya un SMS à Sandy pour l'avertir, elle aussi, de son absence ce soir.

C'est à ce moment que des cognements sourds se firent entendre à l'étage.

Sur la porte. Sur les murs. Un boucan de tous les diables agrémenté de cris stridents et d'appels à l'aide.

La tête de l'entrepreneur bascula en arrière, accompagnant son soupir désabusé.

Eh merde…

Comme il le craignait, elles étaient déjà réveillées.

Sans perdre de temps, Will se leva, monta au premier et fit un crochet par son bureau. Il troqua son costume pour un jean et un polo noir, attrapa la cagoule utilisée la veille et l'enfila tout en traversant le couloir.

Les coups et les cris stoppèrent. Ses invitées forcées avaient remarqué sa présence.

La porte de la quatrième chambre se dressa devant lui telle une muraille blanche infranchissable. Conscient de la gravité de ses actes de la nuit dernière, Will se sentait incapable d'en affronter la conséquence directe : ces deux petits êtres sans défense hurlant, enfermés à double tour dans une pièce de son domicile.

Ça ne devait pas se passer comme ça !

Si seulement il pouvait les endormir à nouveau, là, tout de suite, afin d'éviter que Sandy s'aperçoive de leur présence…

Sans produit, ce serait difficile. Il croisait les doigts pour que sa femme puisse en récupérer à l'hosto. Mais ça ne règlerait pas le problème, à savoir la captivité des filles Forsberg chez eux. Will était coincé.

Tant pis, une fois rentré à la maison, il expliquerait tout à Sandy.

L'entrepreneur dégaina une petite clé en fer de sa poche. Il déglutit en l'insérant dans la serrure et en abaissant la poignée. Sa silhouette envahit l'encadrement de la porte et son ombre effrayante s'étira devant lui, contrastant avec son âme aux abois.

Son cœur flancha à la vue des jumelles, prostrées l'une contre l'autre à même le sol, adossées au mur opposé, pile en face de lui.

Leurs visages exprimaient surprise, peur et rage à la fois.

Quelle force de caractère.

Le portrait craché de leur molosse de père.

La pièce, que Will avait sciemment déconnectée du réseau électrique, était à présent plongée dans les ténèbres. Ça sentait le bestiau, l'ammoniac et les excréments.

— Ne vous inquiétez pas. Je ne vais pas vous faire de mal, articula-t-il d'une voix enrouée.

L'une des captives – sans que Will ne sache s'il s'agissait de Sophia ou d'Ava – osa répliquer sur un ton vindicatif :

— Vous êtes qui, d'abord ?

— Soyez sages et tout se passera bien, OK ?

L'entrepreneur repéra la bassine souillée dans un coin de la chambre. Il s'en empara et sortit en vitesse, pour revenir quelques instants plus tard, deux paquets de gâteaux et une grande bouteille d'eau dans les mains. Il fit deux pas en avant, s'accroupit et posa le tout au sol.

— C'est tout ce que j'ai à vous offrir.

— On est où ? Et où sont nos parents ? aboya la même fillette que précédemment, sous le regard de sa sœur, terrifiée.

Ce qui eut le don d'exaspérer leur ravisseur.

— Je suis sûr qu'ils se montreront très coopératifs. Vous les reverrez très vite. Alors, arrêtez les questions et tenez-vous à carreau. C'est clair ? Je ne veux plus vous entendre. Moindre bruit et je vous ferai regretter d'être nées.

Silence instantané.

Malgré le manque de lumière, Will perçut l'animosité des petites filles à son égard. Il haussa le ton.

— Est-ce qu'on est bien d'accord ?

Cette fois, Sophia et Ava firent signe que oui et baissèrent la tête, vaincues.

La porte claqua dans la foulée, et la pièce retrouva la pénombre. Le loquet reprit sa position initiale.

Dans le couloir, Will retira sa cagoule. La sueur dégoulinait sur son visage.

Il n'avait pas eu le choix que de les menacer. Et de leur mentir, aussi.

Les jumelles ne reverraient jamais leurs parents.

Jamais.

33

6510 WEST LARK COURT, VISALIA
COMTÉ DE TULARE, CALIFORNIE
LUNDI 18 MAI 2020
16 H 22

Dimitris coupa la communication et rangea son téléphone dans sa poche.

Il ne comprenait pas à quoi jouait le boss. Se désister à un moment pareil en filant la responsabilité de tout ce foutoir à Phil ? Ce con avait accepté, en plus.

Pourquoi ça ne l'étonnait pas ?

Le lieutenant se gratta le bouc, dépité par l'ambition débordante, presque malsaine de son collègue. Il le pensait quand même un poil plus réfléchi que ça. Même un aveugle verrait que cette affaire allait leur sauter à la gueule ! Tout bon flic qui se respecte éviterait de mettre les pieds dans un merdier pareil. Phil mettait sa carrière en jeu, sur ce coup-là.

J'espère qu'il s'en rend compte.

Enfin, soit. Il n'avait pas son mot à dire, de toute façon. Alors, autant la fermer et se concentrer sur l'essentiel. Attraper Forsberg, ce salopard qui trucidait les femmes de la région à coups de couteau, avant qu'il remette ça. Parce que Dimitris en était certain : l'avocat n'allait pas s'arrêter en si bon chemin. La survenue d'un troisième homicide n'était qu'une question de temps.

Le Grec fut obligé de s'incliner sur un point. Pour parvenir à mettre la main sur leur cible, Phil avait pris la meilleure première décision qui soit : contacter la cour supérieure du comté. De quoi espérer l'émission express d'un avis de recherche à l'échelle de l'État. En prime, les députés du shérif de Tulare viendraient aussi prêter main-forte au dispositif de traque du fugitif. Une aide bienvenue, en attendant celle plus que probable des fédéraux.

Carl Forsberg n'aurait bientôt nulle part où aller.

Dimitris regagna le salon de l'hacienda avec l'intime conviction que tout se passerait pour le mieux.

Le corps d'Anne Forsberg, enveloppé dans un sac mortuaire, venait enfin d'être embarqué, après analyse complète de la scène de crime et prélèvements de rigueur. On regroupait les derniers échantillons sous scellés provenant de la chambre de la victime, de celle des jumelles ainsi que de la cuisine et du séjour. Un joyeux bordel tant les prélèvements étaient nombreux. Ce qui fit penser à Dimitris que le boss l'avait aussi mis au parfum de la situation à Three Rivers. Après plusieurs heures de perdues pour effectuer les procédures d'usage, faute de moyens sur place et l'éloignement de la petite enclave, le corps d'Erin Silva était acheminé pour être conservé dans l'une des cellules réfrigérantes de la morgue du Delta. Dimitris ignorait s'il serait ou non autopsié.

Ce qu'il savait en revanche, c'est que sous la pression du maire Ramirez, la dépouille d'Anne passerait sous le scalpel du légiste dans la journée ou, au pire, le lendemain matin.

Le lieutenant secoua la tête de dépit. Même s'il comprenait la détresse de l'homme politique, père avant tout, amocher davantage le cadavre de sa fille se révélerait inutile, tant les blessures suintaient l'évidence.

Mais encore une fois, il n'était pas décisionnaire. Juste un simple spectateur.

Une voix fluette, presque enfantine, le fit sursauter.

— Lieutenant Kanakis ? Vous avez une minute ?

Le médecin légiste, justement. La timidité incarnée, celui-là, avec sa tronche de rongeur et ses lunettes minuscules. Il ressemblait à une taupe humaine.

— Vous tombez bien, docteur Stevens. Faut que je vous parle.

— C'est bien ce que je comptais faire, moi aussi.

— À vous l'honneur.

Stevens accepta l'offre en se massant les mains.

— Je ne supporte pas les gants, expliqua-t-il. Dix minutes seulement et elles commencent à fourmiller. Si je tarde trop, il me devient impossible de manipuler quoi que ce soit. Mauvaise circulation sanguine. Un truc de famille. Enfin, passons. Je veux vous parler des ecchymoses constatées sur le corps de la victime.

Le Grec hocha la tête, l'enjoignant de continuer.

— Vu leur couleur violacée, je peux d'ores et déjà vous dire qu'elles sont bien antérieures à la mort. On parle de trois, quatre jours maximum. Difficile de dater ce type de blessures avec plus de précisions sans un examen interne, mais c'est une première évaluation. Si ça peut vous aider à y voir plus clair dans cet homicide…

Dimitris confirma que ce serait utile, puis rebondit sur le sujet de l'examen approfondi, informant le doc qu'une demande écrite d'autopsie lui serait délivrée une fois de retour à l'hôpital.

— Parfait, je vais donc pouvoir me pencher dessus. J'en avais l'intention, de toute manière. Les causes du décès sauteraient aux yeux de n'importe qui, mais ces marques m'interpellent.

— Vous pensez qu'elle subissait des violences conjugales ?

Stevens fit une moue qui exprimait sans équivoque ses pensées les plus profondes sur le sujet, mais s'abstint de toute affirmation hâtive.

— Nous verrons. En tout cas, c'est une donnée importante pour l'enquête, jugea-t-il avant de prendre congé.

Dimitris sortit à son tour et s'isola dans un recoin du jardin, honteux d'être le seul flic en civil sur la scène. Son dimanche soir en boîte paraissait si loin. L'envie de prendre du bon temps s'était évaporée sous le ciel de ce lundi infernal.

Il jeta un œil au-delà des grilles de la propriété, là où un attroupement hallucinant de journalistes s'était formé, se précipitant comme des affamés sur les malheureux qui commençaient à quitter les lieux. Les camions des chaînes de télé de tout l'État parsemaient l'avenue en marge de la demeure des Forsberg. Il crut même reconnaître le logo de diffuseurs nationaux. S'échapper de là ne s'annonçait pas comme une partie de plaisir.

Après une courte réflexion, il se décida à joindre son coéquipier, devenu son supérieur le temps de l'enquête. Il lui fit part de ses découvertes et des premières remarques du légiste. Ce à quoi Phil répondit par des remerciements doublés de conseils avisés.

— Tu en as vu assez pour aujourd'hui. Rentre chez toi, va pioncer quelques heures. Je gère.

— T'es sûr que t'as toute ta tête ? On a besoin de renforts, tu trouves pas ?

— T'occupe. Ça va aller. Les scènes de crime ont été passées au peigne fin, on ne peut pas faire grand-chose de plus. Le chef reste au chevet de Ramirez. Je vais surveiller la situation de près concernant Carl Forsberg. Le juge va se bouger. Avec un peu de chance, le dispositif se mettra en place dans quelques heures. Et tu sais déjà qu'on va recevoir l'appui du shérif. Donc je te le répète : va te pieuter. Reprends des forces. Ça sera pas du luxe. Cette affaire est loin d'être terminée. De toute façon, je t'appelle en cas de pépin, OK ?

— Ouais. Si tu le dis.

— Allez, à plus.

Phil raccrocha le premier, laissant le Grec perplexe.

Rares étaient les conversations où ils passaient plus de quelques secondes sans se sauter à la gorge. Il fallait croire qu'ils avaient changé.

Chacun à leur manière.

34

CEDAR COMMONS
5739 NORTH CEDAR AVENUE, FRESNO
COMTÉ DE FRESNO, CALIFORNIE
LUNDI 18 MAI 2020
17 H 27

Centre-ville. Le bus 38 fit halte au niveau de Bullard. Un bip. Les portières se plièrent. Alec Green, rouquin ébouriffé et ventripotent quitta son siège fétiche – juste derrière le chauffeur – et descendit à la hâte. Pied à terre, il planta ses mains dans les poches de son chino beige. Veste rouge grande taille zippée jusqu'au cou malgré la chaleur accablante, sac à dos bien en place, Alec attendit en sautillant que le véhicule redémarre. Puis, sans tenir compte des feux de signalisation, il traversa au pas de course Cedar Avenue, gigantesque axe routier qui scindait Fresno en deux, du nord au sud.

Comme à chaque fois, il venait de passer une partie de la journée dans l'espace de travail qu'il louait non loin de l'angle de Maroa et Shaw, au nord de la ville, dans un bâtiment posé au beau milieu d'un quartier résidentiel. Quitter son coin, voir la lumière du jour et simuler un semblant de vie sociale contrait ses habitudes d'homme des cavernes en pleine déprime.

La fin de l'aventure EduCorp avait laissé des traces. Surtout sur lui, la pierre angulaire, la tête pensante du trio, le codeur de génie derrière le logiciel d'éducation personnalisable et évolutif sur lequel reposait l'essentiel de la réputation de la compagnie.

Le concept de la gestion à trois lui plaisait. La vision, les enjeux aussi. Au point de refuser une offre énorme d'un géant de la Silicon Valley. Il détestait cet agrégat de penseurs du dimanche qui se croyaient plus malins que le reste du monde.

Leur arrogance et leur suffisance lui filaient la gerbe. En revanche, l'idée d'initier un nouveau pôle d'activité au centre de la Californie, d'en être l'un des pionniers l'excitait au plus haut point. Ça, c'était un projet avec un grand P comme il les aimait ! William Sullivan, rencontré au cours d'un de ces fameux événements de réseautage qui pullulaient sur la Toile, se démarquait par son ambition sans limite, son charisme, sa grande expérience, et ce petit plus, cette empathie contagieuse dont il faisait preuve en société. Will savait donner envie aux autres de le suivre. Un vrai mentor-né. Un flash professionnel. Incroyable que cette pointure du monde entrepreneurial ait pensé à lui pour rejoindre son équipe ! Alec avait eu le pressentiment que ça marcherait du tonnerre. Emballé, il s'était démené, avait sué sang et eau pour bâtir cette application, baptisée EduOne, socle de tous les projets d'EduCorp. Sans son talent, son expertise, son acharnement et ses centaines d'heures passées derrière l'écran de son Mac à concevoir la bête, la tester, la corriger, l'améliorer sans relâche, il n'y aurait pas eu de produit, pas de business, pas de ventes, pas d'argent. Pas de réputation qui atteint des sommets en un temps record. Rien.

Bref, tout ça pour quoi ? Pour que Will, le mec supposé apprendre aux autres comment gérer et faire prospérer une boîte d'une main de maître, foire l'administration de la plus importante, la *leur*, et foute tous leurs efforts en l'air en moins de deux ans ?

Certes, la vaste majorité des *start-up* ne dépassait pas ce cap. Will le répétait à qui mieux mieux et Alec le savait pertinemment, lui qui avait pris part à nombre d'aventures de ce type au sein de business similaires disséminées aux quatre coins du pays, sans jamais bouger de sa Californie. Mais EduCorp, qui après un départ fulgurant, se pavanait loin devant ses compétiteurs à l'échelle de l'État ? Perdre la tête, au point d'être éjectée du marché en l'espace de quelques mois ? Comment la concurrence avait-elle aussi vite rattrapé son retard ?

Alec, que l'idée même d'échec insupportait, ne se remettait pas de ce désastre. Comme il ne s'expliquait pas l'immobilisme, la passivité extraordinaire de Glenn. Quant à Erin, la secrétaire, la pauvre ne captait rien à ce qu'il se passait dans les hautes sphères. Alec l'avait vite chassée du radar de ses préoccupations.

Les belles paroles de Will lors de la dissolution de leur entreprise, ses conseils à deux balles sur comment rebondir après cet affront sonnaient creux. Tout comme cette fausse bonne idée, ce rituel pourave de partager, tous les deux mois, quelques jours ensemble pour garder contact *en souvenir de leur aventure commune*. Car, *qui sait, ils pourraient peut-être redevenir une équipe si les planètes s'alignaient, que rien n'était impossible*, bla-bla-bla ? Ça sortait tout droit des séminaires de gestion qu'il donnait en complément de son activité principale, ou encore des préceptes sociaux vaseux qu'il pondait à chaque interview.

Ça avait fait bondir Alec. Will croyait l'enfumer avec son baratin ? Ça fonctionnerait peut-être avec cette loque de Glenn, trop gentil, trop naïf, mais pas avec lui.

Au contraire, l'informaticien, tout en la jouant cool et bon pote lors de ces rassemblements qu'il haïssait, en profitait pour garder un œil sur Will et investiguer de son côté, jusqu'à ce qu'il trouve une explication plausible à la débandade EduCorp. Son ego bafoué lui intimait l'ordre de faire toute la lumière sur ces semaines où tout avait basculé si vite. Il s'en voulait de son laxisme. Avec un peu de jugeote, qui sait ce qu'il aurait découvert au moment opportun ? Cette question qui le hantait depuis des mois ne trouverait jamais de réponse.

Le passé appartient au passé.

Il devait se focaliser sur ce qui se dégageait devant lui.

Ne sachant pas par où commencer, il s'était dit que reprendre une activité ne serait pas du luxe.

Alors pour ne pas perdre pied, Alec bossait à son compte depuis le début de l'année.

Car, comme le martelait Will à qui voulait l'entendre, *être son propre patron, il n'y a que ça de vrai*. Alec pouvait difficilement contredire son ex-associé.

Horaires flexibles, liberté de mouvement, de fonctionnement, salaire plus important. Surtout dans le secteur de la banque et des assurances où il évoluait désormais. Quelle que soit la méthode employée, tant que le budget était respecté, on le jugeait sur un seul critère : le boulot fourni, c'est-à-dire sur ses livrables. Point.

Seul inconvénient, ça le coupait de toute interaction pérenne avec la société, le monde des vivants. Pas que ça lui manque, non, car il avait ressenti le besoin de se cacher, de s'exiler pour se ressourcer et mieux renaître ; mais ça nuisait à l'enquête déjà au point mort. Et puis, pour pouvoir un jour trouver la femme de sa vie, celle qui l'attendait quelque part sans oser se manifester, il se devait de sortir du bois le plus régulièrement possible et se mêler à la populace. À trente-quatre ans, et selon sa propre vision des choses, le temps pressait. Tout le monde trouvait chaussure à son pied. Les occasions se raréfiaient en même temps que le nombre de femmes célibataires ou disponibles. Alec se répétait à l'envi qu'il ne voulait pas se réveiller un jour à quarante piges sans n'avoir rien accompli de probant dans sa vie, aussi bien côté affectif que côté pro.

Chaque seconde de plus le rapprochait de cet avenir sinistre.

Cet après-midi, il était de bonne humeur, comme à chaque fois qu'il croisait la route de Julie Rodgers, belle agente immobilière de vingt-quatre ans, rencontrée dans un bar où il s'était aventuré, au culot, un mois plus tôt. Depuis ce jour, il multipliait les visites de biens juste pour revoir sa mine espiègle, ses yeux bleus rieurs, sa queue de cheval blonde et son cul bombé dans ses tailleurs aux couleurs vives. Un prétexte comme un autre pour lui qui ne prévoyait pas de déménager de sitôt. Julie acceptait chacune de ses demandes, donc la tactique portait ses fruits, non ?

L'alchimie opérait un peu plus à chaque entrevue. Il le sentait à son petit air gêné et au sourire en coin ultra-sexy qu'elle arborait en permanence. Vraiment bandante, cette petite. Encore un ou deux rendez-vous et il tenterait de l'inviter à boire un verre. De quoi briser la glace une fois pour toutes, lui donner l'occasion de s'ouvrir à lui, elle qui n'attendait que ça !

Ça relancerait sa vie affective après la désillusion connue avec Marie, cette grande Française à la taille fine, adepte du

WWOOFing[1] découverte sur les réseaux sociaux. Pour elle, il avait quitté Visalia, s'installant à Fresno sur l'un de ses trop fréquents coups de tête. Instabilité chronique qu'Alec attribuait à l'échec EduCorp. La raison ? Changer d'air. Oublier cet affront retentissant.

Cette conne de Marie l'avait largué sans le moindre remords, une semaine après son déménagement, alors qu'il venait d'investir cet appartement pile en face du grand domaine viticole où elle bossait. Domaine le plus important de la ville.

Cet enthousiasme nouveau pour Julie regonflait son moral à bloc pour ce qui se profilait à l'horizon, à commencer par ce week-end.

Alec longea la voie bordée des immenses cèdres qui donnaient leur nom aussi bien à la rue qu'à la résidence miteuse où il vivait. Guidé par l'habitude, il coupa au travers du carré de pelouse central, sec et jauni, pour rejoindre son repaire. Sa grotte.

L'appartement, un deux-pièces mal orienté aux relents de moisissure, baignait dans une pénombre constante. L'humidité gangrénait ses murs sous forme de minuscules taches noires et brillantes. Ça ne gênait pas l'informaticien, pas maniaque pour un sou, pour qui un loyer abordable primait sur le confort de vie. Pour l'instant, du moins. Il serait peut-être contraint de revoir ses plans et son rapport à l'hygiène quand Julie tomberait dans ses bras, dans un avenir proche. Voire très proche. Une question de semaines, tout au plus, selon ses prévisions les plus optimistes.

Alec retira ses vêtements imbibés de sueur, à l'exception de son caleçon pourtant trempé lui aussi. Il les balança dans la corbeille à linge qui vomissait son trop-plein de fringues sales, puis ramassa au pied de son pieu son vieux short favori, bleu liseré de jaune à l'effigie de l'équipe de basket de UCLA[2]. Il l'enfila et se laissa aller sur le dos. Son corps rebondit sur son lit. Il ferma les yeux.

1. Concept selon lequel gîte et couvert sont offerts par des fermes en échange de travail.

2. L'université de Californie à Los Angeles.

La relaxation fut de courte durée.

Ses paupières se relevèrent sous le joug des nouvelles préoccupations qui surgissaient.

Harold Leroy venait de progresser dans son investigation.

Et pas qu'un peu.

Lorsque ce reporter agressif et collant l'avait harcelé pour avoir une interview sur la chute d'EduCorp, six mois plus tôt, il avait refusé. Comme Will et Glenn. À l'unisson. Puis son naturel suspicieux et roublard l'avait poussé à lui faire une contre-proposition à l'insu de ses ex-collègues. Du genre de celles que tout journaleux en quête de sensationnel qui se respecte ne décline pas. Alec lui avait ouvert les portes de son intimité profonde: sa parano maladive. Persuadé que Will, trop intelligent pour se planter à ce point, l'avait roulé dans les grandes largeurs, il avait expliqué à Harold les fluctuations insensées des résultats du groupe, puis sa chute vertigineuse vue de l'intérieur. Alec souhaitait une chose, qu'Harold suive discrètement Will à la trace pour savoir s'il trempait dans des arrangements douteux – et si oui, lesquels. Au cours du briefing, il lui avait même lâché les mots *magouilles* et *scandale*. De quoi mettre le reporter sur orbite.

Après quelques mois et de nombreux coups d'épée dans l'eau, de nouveaux développements quasi simultanés donnaient du grain à moudre à sa théorie, à quatre jours seulement du prochain rassemblement. L'interrogatoire de Will par la police de Visalia dans le cadre d'un homicide, celui d'Anne Forsberg. La disparition de Carl, avocat fiscaliste, mari de la victime et… accessoirement membre de l'équipe électorale du maire sortant, tout comme Will, ce putain de baratineur qui s'était mis en tête de faire de la politique pour distribuer sa merde aux citoyens de Visalia.

Coïncidence ? Alec ne le croyait pas une seconde. Ça commençait à faire beaucoup. Sans compter la pire des informations qui soit.

La mort d'Erin Silva. *Leur* Erin. Alec l'aimait bien, cette petite secrétaire de charme. Mais manque de bol, elle semblait tout entière dévouée à son patron. Et puis, il l'avait perdue de vue depuis des lustres. La nouvelle de sa disparition l'avait secoué.

Laissé groggy. Son assassinat, qui plus est dans un coin reculé du comté, confirmait ses doutes sans qu'il n'ait de quoi prouver l'implication de Will. Quelque chose ne tournait pas rond avec feu EduCorp. Surtout que d'après Harold, un seul mode opératoire unissait les meurtres d'Anne et d'Erin. Pourtant, aucun lien n'avait été formellement identifié. Une aberration.

Qu'est-ce que fout la police, c'est complètement dingue !

L'informaticien, qui pensait digérer cette double nouvelle dans un premier temps, opta pour l'offensive.

Autant mettre Glenn au courant tout de suite. En tant qu'ex-associé, ce dernier méritait de savoir à quel point on se payait sa tête.

35

LIVINGSTONE'S, DISTRICT DE TOWER, FRESNO
COMTÉ DE FRESNO, CALIFORNIE
LUNDI 18 MAI 2020
17 H 37

Affalé sur l'une des banquettes en cuir dans un recoin du Stones, son repaire, verre de whisky – un double scotch, sans glace – en main, Glenn Fiddleton n'en pouvait plus de sa situation.

À l'aube de la quarantaine, sa vie était un désastre. L'ambiance feutrée du bar semi-bondé en cette fin d'après-midi l'enveloppait, agissant comme une coque protectrice contre ses tracas récurrents. L'alcool ingurgité parachevait le travail, libérant son esprit pour quelques heures au moins.

Rose, sa femme, s'en prenait à lui quotidiennement, le raillant pour sa nonchalance, sa désinvolture et sa mollesse naturelle. Elle répétait sans cesse qu'elle n'aurait jamais dû l'épouser lui, que ça aurait dû être son frère médecin à Seattle, qu'elle avait honte et qu'il ne lui servait à rien. Selon ses dires, elle illustrait pourtant parfaitement ce que signifiait « se bouger le cul », elle qui dynamitait la vie du Delta, l'hôpital où elle travaillait en tant qu'infirmière en cardiologie, aux côtés de sa grande copine, la non moins énergique Sandy Sullivan.

Depuis plusieurs mois, les violences verbales ne suffisaient plus.

Depuis la fin de l'aventure EduCorp, tout compte fait.

Passée au stade supérieur, Rose le cognait avec toute la rage dont elle pouvait faire preuve. Ses deux ados de douze et treize ans, Norah et Jake, consternés par son laxisme et la dominance extrême que leur mère exerçait sur lui, ne lui adressaient jamais la parole, hormis pour le couvrir d'insultes. Ils ne cachaient ni la honte ni la haine qu'ils vouaient à leur *fiotte* de père, comme ils le surnommaient avec toute la rancune qui les habitait.

Quinze ans de mariage pour servir de vulgaire punching-ball conjugal. Pour échapper à ce cauchemar permanent, Glenn passait le plus clair de son temps sur les routes en mauvais état de la Vallée de San Joaquin, à bord de son van, un Volkswagen T4 rouge, vieux de vingt ans à la carrosserie écaillée, aux amortisseurs distendus et aux ailes cabossées mais au moteur encore vaillant. Il le préférait de loin au véhicule de société flambant neuf qu'on lui avait alloué, une berline rouge et blanche aux couleurs arborant le logo de sa boîte, Freedom Medical. Sa mission ? Débiter toujours les mêmes conneries aux établissements de santé de Californie centrale pour leur refourguer sa marchandise. Les dispositifs médicaux – surtout la dizaine de modèles de moniteurs dont il était en charge – commençaient à lui sortir par tous les trous, mais en toute honnêteté, que pouvait-il faire d'autre ? Hors de question d'abandonner le job que Rose lui avait dégoté en catastrophe, quelques semaines après la fin de son aventure avec EduCorp. Elle lui avait retiré une belle épine du pied en le relançant aussi vite sur le marché de l'emploi. À croire qu'il ne pouvait rien accomplir sans son aide.

Mais rien ne serait jamais comme EduCorp. Cette expérience avait été un sacré bol d'air pour Glenn. Will lui avait donné sa confiance dès le début, influencé par Sandy, sous l'impulsion de… Rose, encore elle. L'entrepreneur reconnaissait un talent essentiel chez Glenn : son humanité, sa capacité à établir des liens amicaux sans efforts. Un atout pour bien vendre, selon lui, malgré son apparente timidité.

Même s'il ne le fréquentait qu'en de rares occasions, Glenn connaissait Will depuis plus de dix ans. Soit le temps passé par leurs femmes respectives dans le même service du Delta. Malgré cela, il n'avait pas osé postuler de lui-même pour le job de leader de la section clientèle. Ce poste lui paraissait bien trop gros en regard de son occupation de l'époque, simple conseiller en téléphonie mobile.

Il avait fait le grand saut sans trop savoir ce qui l'attendait.

Tout avait bien démarré : un produit simple et efficace, EduOne ; un portefeuille clients étoffé grâce aux précédentes entreprises de Will ; un marché dynamique, en pleine mutation et qui ne demandait qu'à grandir. Les demandes affluaient si bien que Glenn n'avait pas besoin de déployer des trésors d'inventivité pour décrocher de nouveaux contrats. Les opportunités et l'argent ne tarissaient pas. Une époque dorée, rythmée par les réceptions et les dîners d'affaires dans les meilleurs restaurants de Visalia, Tulare et Fresno. Ils avaient même poussé une fois jusqu'à Delano et Bakersfield, plus au sud, dans le comté voisin de Kern. Gage de réussite absolue. La Vallée tout entière connaissait EduCorp et son trio de dirigeants. Les oreilles se tendaient, les appétits se creusaient du côté de Los Angeles et de San Francisco. Pour les trois potes, tout l'État de Californie était à portée de main. Rien ne les effrayait. Enfin, surtout Will et Alec qui ambitionnaient même, à terme, un succès national.

Avant la chute. Soudaine, brutale et incompréhensible.

Loin d'être un politicard, Glenn avait suivi les discussions entre Will et leurs plus féroces concurrents sans réellement s'y intéresser. Il préférait confier à son chef le soin de parvenir à une issue satisfaisante pour tout le monde. C'était son job, après tout.

Conséquence : fermeture progressive de leur affaire.

Licenciement.

Un verdict inattendu, sans appel, mais pas insurmontable, surtout avec le beau chèque perçu en guise de cadeau de départ. Même Erin, secrétaire avec qui Glenn ne s'entendait pas très bien – trop sophistiquée, trop « fausse » à son goût – semblait y trouver son compte.

Une issue acceptable pour tous, donc.

Sauf pour Rose.

Avec l'ambiance délétère qui régnait déjà à la maison, la coupe débordait.

Depuis le début de son contrat chez Freedom Medical, Glenn rentrait de moins en moins à la maison. Il préférait étaler son longiligne – pour ne pas dire rachitique – mètre quatre-vingt-dix sur le vieux matelas à ressorts installé à l'arrière de son van plutôt que dans le lit conjugal ou le sofa. Dormir à la belle étoile lui donnait un vague semblant de liberté. Il échappait à la cruelle réalité pour un monde dépourvu de tensions, de coups et d'insultes. Il garait son véhicule le plus souvent près du canal Fowler, cours d'eau aussi maigre et désespéré que lui et qui traversait le nord de Sanger, sa ville, vingt-cinq-mille âmes au compteur. Une bourgade à son image : cool, pépère et calme comparée à sa voisine Fresno, vingt fois plus grande, grouillante, agitée et dangereuse.

Glenn vida son verre en grimaçant. Sa gorge le brûlait. Les effluves capiteux de whisky l'enivraient. Il ne tenait pas l'alcool, mais c'était plus fort que lui. Les jours où la déprime l'envahissait, il venait ici, au Livingstone's, se bourrer la gueule au milieu des étudiants de Pacific University, friands des cocktails qui forgeaient la réputation du bar. Bonne pâte, il lui arrivait de prendre part aux délires comme aux discussions plus sérieuses du groupe, jusqu'au moment où ils lui demandaient ce qu'il faisait de sa vie. Question existentielle pour lui, dont la gravité augmentait en proportion avec les coups qu'il avait dans le nez. Glenn évitait toujours le sujet, lui préférant de grands débats vaguement philosophiques sur ce qu'était la vie. De quoi foutre le cafard à son jeune auditoire en un temps record.

Il prenait ses seuls vrais bols d'oxygène tous les deux mois environ, lorsqu'il retrouvait enfin Will et Alec le temps d'un mini week-end, à chaque fois dans un lieu différent, choisi par l'un d'eux à tour de rôle.

Pour ce quatrième rassemblement, ils se rejoindraient non loin de la grande forêt de Sequoia qui faisait la renommée de la région. Glenn aurait préféré un autre comté bordant l'océan Pacifique, même si cette escapade organisée par Will lui convenait parfaitement. D'ailleurs, l'ex-patron le chargeait de mettre en place le camp, chose dont il se félicitait et qu'il prendrait au pied de la lettre. Il se réjouissait de cette échappatoire à venir dans cet endroit calme, coupé du monde, au milieu des arbres et près d'un cours d'eau non asséché, cette fois.

Plus que quatre jours. Il espérait juste qu'Alec cesserait avec ses regards noirs et sa parano de bas étage. Que le trio profite, comme il avait si bien su le faire durant sa période faste.

Will avait pris la meilleure décision pour EduCorp. Tous les trois en convenaient. Si l'informaticien avait tant de doutes que ça, pourquoi n'en parlait-il pas directement avec lui, au lieu de venir le faire chier ?

Glenn se rendit compte qu'il respirait à peine, tendu sur son siège. Il se commanda un autre whisky lorsque son cellulaire vibra. La photo du contact entrant s'afficha.

En parlant du loup.

Alec. Encore lui. Pourquoi ne lui lâchait-il pas la grappe avec EduCorp ? Toujours la même rengaine, la même obsession à l'orée de chaque retrouvaille. Au lieu de profiter de leur amitié indéfectible, cet imbécile cherchait la petite bête et se faisait du mal pour rien. Il ferait mieux de l'imiter et passer à autre chose.

Tout ça le stressait à mort. Glenn décida d'ignorer ses appels jusqu'à leur rencontre.

Sourd aux lamentations du téléphone portable, il se leva et rejoignit le comptoir en balayant la grande salle de ses yeux vides. Aucune tête connue à l'horizon.

Un vieux titre des années 80 – qu'il ne saurait nommer là, tout de suite – résonnait dans l'enceinte du bar.

La solitude serait sa seule compagne pour le reste de la journée.

36

17 GREENHOUSE AVENUE, VISALIA
COMTÉ DE TULARE, CALIFORNIE
LUNDI 18 MAI 2020
18 H 16

Depuis le coup de fil de Will, quelques heures plus tôt, Phil redoutait l'instant où il garerait sa Chevrolet sur sa place habituelle, près de son terrain, sous le jour déclinant. L'esprit confus et le cœur emprisonné par l'angoisse.

Ce moment était arrivé.

Le flic coupa le contact, descendit du véhicule et profita de courtes secondes de liberté. Pas de cadavres sanguinolents. Pas de collègues emmerdants. Pas d'ami délirant. Rien que lui, le soleil couchant et ce léger vent frais balayant la Vallée. Un tableau loin d'être idyllique mais qui suffisait à lui redonner un semblant d'énergie pour la soirée difficile qui s'annonçait.

Les nuages tapissaient maintenant l'ensemble du ciel de Visalia, filtrant le peu de lumière persistante. La nuit reprendrait bientôt ses droits et avec elle, l'air lourd et humide s'abattrait à nouveau sur la ville. Réveillerait ses démons enfouis.

Phil entra dans la maison. Le salon était vide. Il trouva sa mère pieusement assoupie dans son lit, seul meuble occupant sa chambre terne et sans cachet depuis que sa maladie avait pris du galon. À ses côtés, affalée sur l'un des fauteuils club qu'elle avait dû traîner depuis le séjour, Lee-Ann veillait. Ou plutôt somnolait, le nez dans l'un de ses habituels bouquins de tests psychotechniques. Visiblement, le déficit de mémoire et l'impotence progressive de sa patiente la travaillaient. L'aide-soignante sortit de sa torpeur et lui fit un rapport de la journée. Phil la remercia pour son dévouement et lui donna sa soirée, tout en s'efforçant de garder le sourire.

Une fois débarrassé de son employée, le lieutenant prit une douche rapide mais revigorante, au cours de laquelle il décida de suivre les directives de Will. Puis il se changea, prit la place occupée par Lee-Ann quelques minutes plus tôt et avala l'un des en-cas achetés au 7-Eleven sur le chemin du retour. Pas question de flancher. Une hypoglycémie serait malvenue alors qu'il s'apprêtait à affronter le monstre qui l'attendait dans sa cave.

La tension grimpa d'un cran lorsqu'il gagna sa chambre et contempla sa collection de *goodies* Marvel, l'une de ses passions inavouées. Il opta pour le masque félin de *Black Panther* et enfila une paire de gants pour dissimuler la peau ébène, sèche et craquelée de ses mains. On n'était jamais assez prudent face à un ennemi aussi observateur et pugnace que Carl Forsberg.

Dernière étape, la cuisine, où Phil sortit l'un des gros couteaux de son bloc de rangement d'un bras tremblant. Une lame de plus de vingt centimètres, ultime élément de l'attirail décidé par Will. Le lieutenant ne se sentait absolument pas prêt pour ce genre de séance d'une violence sans nom. Mais la situation était critique. Il ne pouvait plus reculer, quels que soient ses sentiments.

Ses deux billes sans éclat fixèrent la grosse croix rouge scotchée sur la porte de la cave pendant une bonne minute. Posé là dans le cadre des aménagements faits pour sa mère, le symbole s'adressait désormais à lui, ultime rempart avant de basculer du côté obscur.

Affublé de sa seconde peau, Black Panther s'aventura dans les ténèbres.

*

Forsberg sursauta, émergeant d'un réveil sans rêve lorsque la porte de sa geôle pivota sur ses gonds. Une silhouette descendit les marches en béton d'un pas lent dans sa direction. Enfin ! L'avocat avait attendu ce moment depuis des lustres. S'il la jouait fine, ses chances de s'échapper se décupleraient.

Arrivé en bas, le ravisseur disparut à gauche de son champ de vision. Une ampoule de faible voltage s'alluma au plafond. Forsberg cligna des yeux pour s'accommoder à cette nouvelle source de clarté. L'espace au-dessus de son crâne dépassait largement les deux mètres qu'il estimait. La cave était immense. Il reposait dans l'une des seules zones inoccupées. Le reste n'était que bibelots et électroménager.

L'homme, entièrement vêtu de noir, se présenta au détour d'un vaisselier poussiéreux et hors d'âge.

Le mec ? Non. Celui aperçu dans sa cuisine, juste avant qu'il ne perde connaissance, paraissait bien plus grand et plus athlétique. Celui qui se tenait devant lui ne dépassait pas le mètre quatre-vingts. Moins baraqué. Plus gros. Moins sûr de lui, aussi, comme en témoignait sa posture, droite comme un I, les épaules tombantes, les bras le long du corps.

Le type le jaugea, silencieux. Hésitant. Sur son visage, un masque bizarre. Une tête de chat à la con. Dans sa main droite, une lame grande comme son avant-bras. L'avocat frémit. Cette fois, il n'était plus question de seringue. On passait aux choses sérieuses.

Sans crier gare, le chat le saisit par le cou, plaça son couteau entre le bâillon et sa joue – entaillant sa chair au passage – et sectionna le tissu. Forsberg poussa un râle de douleur. Libéré, il fit jouer ses mandibules et pour la première fois depuis qu'il était enfermé, de l'air emplit sa bouche, en l'occurrence celui vicié de la cave. Il toussa et expectora violemment. L'avocat sentit une fine traînée de sang chaud dévaler son cou depuis sa coupure, pour se perdre sous sa chemise.

Il décida de dégainer le premier.

— Nous y voilà, attaqua-t-il. Qu'est-ce que tu me veux ?

La stratégie de l'homme de loi était simple. Faire parler son ravisseur autant que possible, avant de sortir sa carte maîtresse.

— Tu vas me dire ce que tu sais sur EduCorp, répliqua le chat de sa voix rauque.

— J'en sais que William Sullivan est un bel enfoiré, lui aussi. Tout comme toi et cette garce d'Erin Silva. Pour qui vous vous prenez, hein ? Je vais te dire une chose : l'argent sale a une odeur. Une odeur qui contamine les gens. Qui salit leur âme. Qui les rend dingues. Sullivan a perdu les pédales. Il s'est cru plus malin que le système. S'il croit que ces mouvements de fond sont passés inaperçus, il se plante lourdement.

— Qu'est-ce que tu insinues ?

Un rire gras précéda la salve suivante :

— Je n'ai pas encore pu traquer comme je le voulais les flux sortants qui m'intéressent. Je sais juste qu'aucune banque américaine ne les a touchés. Il y a donc un troisième enfoiré, quelque part, à l'étranger. Voire un quatrième. Tu fais un mauvais calcul en suivant ces types. Un très mauvais calcul.

— Tu crois ça ? Si je te tue ici et maintenant, le problème sera réglé, non ?

Le chat s'approcha en brandissant sa lame, longue griffe argentée.

— Je ne pense pas, monsieur le flic, contra l'avocat, un rictus déchirant son visage ravagé.

Son interlocuteur se figea. Il avait fait mouche. Forsberg avait une hypothèse, mais se garda bien de la partager avec cet idiot au masque ridicule.

Temps d'enfoncer le clou.

— Réfléchis bien, *Phil.* Réfléchis bien. Trois enfoirés moins un, ça donne deux enfoirés. Si tu me libères et si tu me dis où sont mes filles, je te promets de te rayer de ma liste. De te laisser tranquille.

— Phil ? C'est qui ce mec ?

— Tu veux jouer au plus malin ? Tu crois que je n'ai pas entendu ton infirmière de merde parler avec ta mère, Janice ?

— Foutaises !

— Tu savais qu'en plus de soigner ta vieille et lui filer sa pâtée, elle se servait dans la boîte à bijoux ? Si tu veux mon avis, tu devrais la virer. Ou pire, puisque tu es flic. Tu devrais la foutre en taule !

Le chat devenu flic fit un pas en arrière, frappé d'un uppercut imaginaire.

Il chancela.

— Allez, arrête donc ce petit jeu inutile. C'est ridicule. Dis-moi où sont mes filles !

— Je... Je ne sais pas, bafouilla Phil, qui sentait l'air lui manquer sous son masque de super-héros de pacotille.

— Tu mens !

Même ligoté et incapable de se mouvoir, Forsberg prenait l'ascendant.

— Tu mens ! répéta-t-il en hurlant de toutes ses forces.

— Non ! Je n'en sais rien ! C'est...

— Aha ! C'est Sullivan, hein ? C'est ça ? C'est lui qui les a ? C'est lui qui a tué...

Forsberg ne put finir sa phrase.

Le silence qui s'immisça entre les deux hommes sonna comme un aveu indirect.

La pression retomba sous un seuil tolérable.

— Écoute, Phil. Détache-moi. Laisse-moi partir, et on sera quittes. Sinon, c'est la fin. Tu vas tomber avec ces charlots. Si vous croyez que je n'ai pas pris mes précautions...

Coup de bluff. Honteux, Forsberg n'avait strictement rien vu venir, aveuglé par le petit corps de déesse d'Erin Silva.

— Comment je peux en être sûr ?

— Tu ne peux pas. Tu me laisses filer, tu retournes à ta vie de pauvre flic paumé, et tout se passera bien.

Acculé, Phil se garda bien de dire à l'avocat qu'il était en charge de l'enquête qui le visait. Il lui restait un mince espoir de s'en tirer. Forsberg ne savait pas ce qui l'attendait au-dehors.

Alors le lieutenant, sans se départir de son masque, s'approcha une nouvelle fois de l'otage. Il hésita un instant, puis trancha les liens entravant ses poignets. Il fit ensuite demi-tour et, d'un geste lent et calculé, abandonna son couteau à quelques mètres de l'avocat.

Un compromis qui lui permettrait de jouer la montre. Chaque minute le rapprochait de l'émission de l'avis de recherche.

— Et mes jambes !

— Démerde-toi avec ça, asséna Phil avant de remonter les marches.

La porte se referma, laissant l'avocat seul.

Bientôt le monstre quitterait sa tanière.

37

17 GREENHOUSE AVENUE, VISALIA
COMTÉ DE TULARE, CALIFORNIE
LUNDI 18 MAI 2020
19 H 17

Quelques minutes pour retrouver une sensibilité acceptable au niveau de ses mains. Avant de s'appuyer dessus pour se hisser jusqu'au couteau laissé sur le sol par le flic. Puis quelques autres passées à se défaire de ce qu'il restait de corde. À se remettre sur pied et secouer ses membres ankylosés.

Enfin libéré de ses entraves.

Forsberg rumina, le corps parsemé d'éraflures, de bleus et de coupures. Les fringues poisseuses à l'odeur abominable. L'avocat était gonflé à bloc, prêt à rendre la monnaie de leur pièce à tous ceux qui s'en étaient pris à lui. Il récupéra ses effets personnels sur une petite table, dans le recoin où Phil s'était éclipsé pour allumer la lumière. À nouveau en possession de son portable et de son portefeuille – ce qui en disait long sur le degré d'idiotie de ce flic –, il s'agrippa à la rambarde, remonta les escaliers – plus raides qu'il le pensait – et rejoignit la cuisine.

Vide.

Son regard se dirigea vers l'horloge digitale du four à micro-ondes perché sur un meuble blanc, au design épuré et aux tiroirs munis de serrures.

19 h 19.

Il sortait d'une journée entière à l'ombre.

Sur la table face à lui, une corbeille de fruits. Il piocha dedans avec avidité et engloutit ce qu'il lui passa sous la main. Puis il s'attaqua aux tiroirs non verrouillés et en fit de même. Il ouvrit ensuite le robinet de l'évier et se désaltéra. Se lava le visage et le crâne en grimaçant de douleur. Essaya d'atténuer les taches de sang qui maculaient sa chemise. Le tout sans se soucier de l'éventuelle présence de Phil. Cet énergumène ne se risquerait pas à le doubler. L'avocat avait cerné sa personnalité. Une vraie poule mouillée, ce type.

Forsberg traversa la demeure, les yeux écarquillés. Quelle baraque de dingue ! À moitié vide, vierge de toute déco à part ces gros signes rouges partout, comme cette immense croix sur la porte de la cave ou les bandeaux qui couraient sur le sol ! Et que dire des mains-courantes greffées sur chaque pan de mur disponible ? La vieille devait être sacrément atteinte pour que son fils en arrive à faire des aménagements pareils. Comment un simple flic de la police de Visalia pouvait-il se payer ce genre de travaux ? Forsberg ajouta une ligne au profil mental de son ravisseur.

Type paumé qui agit sûrement sous la contrainte.

De quoi l'attendrir, sans pour autant le priver de la haine farouche qu'il lui portait. Cet enfoiré était impliqué dans la mort d'Anne, et surtout, dans le rapt de ses petites filles adorées.

Impardonnable.

Arrivé dans le salon, l'avocat s'approcha des fenêtres donnant sur le jardin qui bordait l'entrée de la demeure.

Le quartier semblait calme. Aucune mauvaise surprise ne l'attendait dehors. Après tout, c'était lui, la victime ! Mais sa raison lui conseillait la prudence. Sa famille décimée, lui introuvable : beaucoup concluraient un peu trop vite en le désignant coupable de cet acte atroce. Il ne pouvait pas en espérer trop de la minable police locale.

Non.

Il devrait se sortir de toute cette merde par la seule force de sa volonté.

Forsberg posa le pied à l'extérieur. L'air frais caressa sa peau et raviva ses douleurs.

Pas le temps de s'éterniser ici. Il devait trouver un moyen de se refaire une beauté avant la contre-attaque. Pas question de passer chez lui, bien entendu. Et encore moins au bureau. On devait le rechercher. Ou peut-être pas.

Une minute de réflexion et sa prochaine destination s'imposa à lui. L'un des endroits où on ne l'attendrait pas de sitôt.

L'avocat mémorisa le nom de famille de Phil, inscrit sur la boîte aux lettres – Jones – puis entama sa douloureuse procession. Il remonta Greenhouse Avenue. Ses jambes pesaient une tonne. Il boitait bas. Son dos lui faisait toujours aussi mal.

Et puis dans quel coin de la ville était-il ? Ce putain de quartier résidentiel avait des allures de labyrinthe. Toutes les baraques se ressemblaient, de plain-pied avec leur horrible façade bleue. Quel manque de classe. Répugnant.

Forsberg tourna en rond pendant une dizaine de minutes avant de changer de stratégie : aller toujours tout droit jusqu'à tomber sur un gros croisement. Stratégie payante. Cinq minutes plus tard, il déboucha sur une route bordée par une plantation de citronniers bien connue. Visalia Parkway.

Ce retour à un semblant de civilisation lui donna un coup de fouet supplémentaire.

Bras levé, pouce en l'air, il tenta d'accrocher l'attention des nombreux véhicules circulant sur cet axe, en périphérie de la ville. Malgré sa dégaine de sans-abri un peu flippant, un viniculteur qui rentrait chez lui – un mec costaud, bourru qui approchait du double mètre, à son image – accepta de le prendre à l'arrière de son utilitaire, un Transit orange à la carrosserie éraillée frappé de grosses lettres blanches : « E. Z WINERY, VISALIA ».

L'avocat se félicita de sa mémoire au moment où son bienfaiteur lui demanda où il souhaitait se rendre.

— Augusta Court, énonça-t-il posément.

Il fit un effort surhumain pour ne pas ajouter : « *Chez cet enfoiré de Sullivan, je suis sûr que vous le connaissez.* »

Le conducteur ne s'inquiéta même pas de son état général épouvantable. Lui aussi venait de passer une journée éprouvante au milieu de ses vignes, sous le cagnard. Il fouettait au moins autant que lui. Les deux rirent de bon cœur.

La camionnette avala en cahotant les cinq kilomètres de bitume qui le séparaient de sa destination.

*

Sandy conduisait prudemment, les yeux rivés sur l'asphalte sous le ciel de feu.

Elle n'était pas réellement surprise par le SMS reçu en fin d'après-midi. Son mari s'absentait très régulièrement, voguant de dîner d'affaires en dîner d'affaires pour le compte de Domos. Elle avait l'habitude de manger seule.

Ce qui l'interpellait davantage, c'est qu'il ne lui parle toujours pas de son petit tour au poste de police. Et encore moins du sort de Carl Forsberg.

Ça sentait le roussi.

Il pensait être capable de lui cacher ça ? Pour quoi faire ? À tous les coups, pour protéger sa grossesse. Will avait tendance à trop en faire sur ce sujet. Cette perspective l'énervait. Heurtait sa fierté. L'infirmière reconnut que, sans l'hospitalisation de Gastón Ramirez, elle serait toujours dans l'ignorance la plus totale. Mais à présent tous ces éléments nouveaux, couplés à la demande réitérée de Will pour se procurer de l'Hypnovel éclairait sa lanterne.

Une seule conclusion plausible : son mari s'était manqué.

Pour la première fois, Sandy se dit que, peut-être, Will s'était rendu coupable de quelque chose de plus terrible encore que le meurtre d'un homme comme Carl Forsberg, qui le méritait vraiment.

Celui d'une femme. Celui d'une mère.

Celui d'une innocente.

L'infirmière s'en voulut de ne pas avoir pris une part plus active au stratagème imaginé par son mari. De lui avoir laissé totale latitude. De ne pas avoir cherché à en comprendre les rouages et les intervenants.

Elle désirait plus que tout au monde l'argent promis par Callaway & Partners, gage de tranquillité pour le restant de ses jours. Mais pas à n'importe quel prix !

Plus le choix à présent, elle devait se confronter à Will. Et s'il lui demandait comment elle avait appris pour la disparition soudaine d'Anne Forsberg, elle lui balancerait la même excuse que celle des dizaines de milliers d'habitants de Visalia: la nouvelle tournait en boucle depuis plusieurs heures sur les chaînes de télévision. Les dépêches affluaient. Les pires spéculations des soi-disant experts en criminalité du comté se multipliaient, tant sur le meurtre que sur le kidnapping des jumelles.

Tous ces idiots voyaient le mari, Carl Forsberg, comme le coupable idéal.

Tous ces idiots se plantaient.

Sandy suffoquait dans l'habitacle de sa voiture. Les mots crus et la détresse du maire ricochaient encore dans sa cage thoracique, fêlant ses côtes, égratignant son cœur de femme. Son cœur de future mère. Le pire des pressentiments déchirait ses entrailles. S'attaquait à sa progéniture.

Et dire qu'elle avait tout de même accompli sa mission, aussitôt terminée son entrevue avec Ramirez. Le regard de Sandy obliqua vers son sac. Dans celui-ci, quelques ampoules supplémentaires de l'anesthésiant demandé par Will. Meg lui avait filé un nouveau coup de main, non sans afficher sa réticence. L'infirmière lui avait promis que ce serait la dernière fois.

À peine rentrée, Sandy déposa son sac sur le buffet et se mit à fouiller la maison, haletante, en commençant par le rez-de-chaussée.

Puis elle posa une main hésitante sur la poignée de la porte qui menait à la cave. Comme la majorité des gens, c'est ici qu'elle garderait d'éventuels prisonniers. Mais il fallait croire que personne ne réfléchissait de la même manière que William Sullivan. L'endroit était calme. Vide, si l'on faisait exception de l'électroménager et des cartons éventrés qui s'y trouvaient.

Rien ne sortait de l'ordinaire.

Lorsqu'elle grimpa à l'étage et qu'elle se heurta à la quatrième porte, verrouillée, son cœur bondit.

— Il y a quelqu'un ?

Ces simples mots prononcés par une voix féminine déclenchèrent un concert de cris aigus, enfantins, et de supplications qui ne laissèrent aucune place au doute.

— Madame ! Madame ! S'il vous plaît, aidez-nous ! S'il vous plaît ! Sortez-nous de là !

Sandy, prise de vertiges, dut prendre appui sur le mur pour ne pas s'effondrer. L'autre main se posa sur son cœur et glissa jusque sur son ventre. Elle sentait les coups de son bébé. Ses jambes se plièrent. Elle s'agenouilla au sol, juste devant la porte, sourde aux appels à l'aide des jumelles. Incapable de penser. Le visage inondé de larmes.

Mon Dieu, Will, mais qu'est-ce tu as fait ?

Elle ne pouvait pas laisser ces pauvres gamines enfermées comme ça ! Après un bref passage à vide, Sandy demanda aux captives d'attendre et se mit en quête de la clé de la chambre. À bout de forces, elle s'accrocha et retourna la maison à la recherche du précieux sésame, avant de se rendre à l'évidence. Elle ne trouverait rien. Will devait l'avoir avec lui.

L'infirmière n'abandonna pas pour autant. Il lui fallait de quoi défoncer cette fichue porte.

Avant que son mari ne revienne de son fameux rendez-vous.

38

CHUBBY'S, VISALIA
3900 SOUTH MOONEY BOULEVARD
COMTÉ DE TULARE, CALIFORNIE
LUNDI 18 MAI 2020
19 H 57

Will pesta en posant le pied sur le parking presque plein du Chubby's de South Mooney. Il détestait cette zone tout au sud de la ville, envahie par les centres commerciaux, les magasins indépendants et les restaurants. Sans omettre les pins et les palmiers que la mairie plantait sur la moindre parcelle de terre disponible pour tenter de donner un semblant d'âme et d'exotisme à l'ensemble.

La nuit venait de reprendre ses droits sur la Vallée. L'humidité que Will haïssait tant se faisait ressentir. Le front constellé de gouttes de sueur, l'entrepreneur s'avança d'un pas réticent. À quelques mètres, le bruit sourd des automobiles dévalant la trois voies en direction de Tulare[1] l'irritait au plus haut point.

Devant lui, les lettres jaunes cerclées de rouge de l'enseigne du restaurant familial, ce *diner* où Emily le conviait contre toute attente. Une certitude : cette dernière n'avait pas choisi ce lieu par hasard. Allait-elle vraiment se montrer en public ? Après tout, ce n'était pas impossible. Personne ne connaissait Callaway & Partners dans ce coin paumé. Sa gérante venait ici incognito. Côté canadien, on approchait du risque zéro. Aucun des gens d'ici ne saurait placer Vancouver sur une carte.

Will s'engagea sous l'arche et la double porte du restaurant coulissa. Il découvrit l'endroit pour la première fois. Tables et

1. La ville, chef-lieu du comté éponyme.

comptoirs en inox. Banquettes et tabourets bon marché en similicuir rouge et noir. Air saturé d'odeurs de friture, de cramé et de transpiration. Fond de musique jazzy indiscernable, couvert par le murmure ambiant des clients et du personnel qui s'affairait derrière le comptoir. Malgré les plafonniers à larges pales tournant à plein régime, une chaleur moite dominait la salle.

Will fit un rapide tour d'horizon des clients attablés. Ses yeux s'attardèrent sur deux couples qui conversaient tant bien que mal au milieu de leurs gosses bruyants et indisciplinés. Juste à côté, autour de quatre grands verres de soda, un groupe de jeunes s'empiffrait de frites, leurs sacs de sport calés entre leurs pieds. Derrière ces derniers, une femme et son fils terminaient à grands coups de fourchette l'assiette de pancakes qu'ils partageaient. Dans un recoin, un autre couple se dévorait des yeux en sirotant un café, comme si leur environnement immédiat n'existait plus. D'autres clients garnissaient la plupart des sièges. L'atmosphère était bon enfant et le restaurant presque complet.

Mais aucune trace d'Emily.

Will se demandait à quoi elle pouvait bien ressembler. Il n'avait échangé avec elle que par courrier électronique jusqu'à présent, Emily ayant laissé le soin à ses chargés de financements de finaliser l'accord. Il imaginait une grande brune filiforme au visage strict et au caractère fort, drapée dans des fringues de luxe et accompagnée d'un larbin inexpressif en costume sombre.

Méfiant, Will traîna ses guêtres vers le comptoir. Le dallage gris et jaune collait à ses semelles. L'entrepreneur pesta contre la saleté du lieu en prenant place face au zinc.

Un grand écran plat reposait sur une étagère murale, au milieu du coin boissons. Les infos s'y affichaient en sourdine. Les bandeaux qui défilèrent mentionnèrent Forsberg et ses filles, activement recherchés par la police. L'avocat, au cœur des spéculations, semblait pour beaucoup être le coupable idéal du « carnage de Goshen ». Will se sentit bizarre que l'on qualifie la scène de ses dérives de « carnage ».

Un serveur l'apostropha. L'homme, portant un bandana et un uniforme noir et rouge floqué du nom du restaurant, lui demanda ce qu'il souhaitait commander. Will opta pour le *Chubby's special cheeseburger*, conformément aux ordres, et y ajouta une boisson gazeuse.

Toujours pas de signe de la gérante de Callaway.

La pression s'intensifia.

*

Au même moment, à l'ouest de la ville, Forsberg fixait la demeure des Sullivan d'un œil mauvais. Impossible de savoir si ses filles se trouvaient ici. Il s'était précipité sans réfléchir et comprit qu'il serait stupide de chercher à vérifier ça ce soir sans se mettre en danger.

De l'endroit où il se tenait, l'avocat apercevait Sandy Sullivan dans tous ses états, arpentant la salle de séjour d'un air préoccupé. Il pourrait essayer de la raisonner. Mais l'infirmière devait forcément être au courant des magouilles de son abruti de mari. S'il se révélait, elle donnerait l'alerte.

Il faisait figure de suspect idéal pour le meurtre de sa femme et l'enlèvement de ses enfants. Sa disparition la nuit du drame et la corruption de Phil Jones n'arrangeaient rien à l'affaire. Quoi qu'il dise, on ne l'écouterait pas. C'était ça, le plus gros problème à l'heure actuelle.

Démontrer la culpabilité de Will devenait essentiel, tout en veillant à rester hors du radar des flics. Ce salopard d'entrepreneur n'oserait pas toucher aux filles. S'il les retenait captives, c'était pour faire pression sur lui, non ? Cette situation lui donnait des sueurs froides, mais Forsberg devait serrer les dents, le temps de contre-attaquer.

Il pensa aux anciens associés de Will, qui ignoraient tout du vrai visage de leur ancien collègue. En mettant la main sur eux, il pourrait poser les bases d'un piège destiné à récolter les aveux de Sullivan, à son insu. Quoi de mieux pour se dédouaner et prendre sa revanche ?

Le moteur du Transit tournait au ralenti.

— C'est bon pour vous ? demanda le viniculteur.

— Excusez-moi, est-ce que je peux abuser de votre gentillesse ? J'ai oublié quelque chose d'important.

Forsberg formula ses souhaits.

L'homme, bon samaritain, accepta le premier : troquer les fringues dégueulasses de l'avocat contre l'une des combinaisons de travail qu'il entassait à l'arrière de l'utilitaire. Il lui proposa même de venir chez lui pour la soirée. Forsberg déclina poliment en mettant l'accent sur sa seconde requête. Le viniculteur se fendit d'un petit rire taquin devant la singularité de celle-ci, puis y accéda. Le véhicule quitta le quartier quelques minutes seulement avant qu'une berline noire à la plaque d'immatriculation étrangère y fasse irruption.

*

Accoudé au comptoir, Will fut servi en un temps record.

Il reluquait son assiette fumante d'un œil distrait. Malgré la bonne odeur de viande grillée et de fromage qui s'en dégageait, Will ne pouvait s'empêcher de scanner le restaurant toutes les trente secondes, à la recherche d'un comportement suspect ou d'un nouvel entrant qui détonnerait avec le décor familial du lieu.

Toujours pas de trace d'Emily.

Frustré, Will s'attaqua à son burger. En avala une grosse moitié à contrecœur. Accompagna le tout d'une rasade de soda. Reprit une bouchée et continua à ruminer sa colère, sans quitter l'écran de télé des yeux. Emily se foutait de sa gueule. On le menait en bateau. Il n'en pouvait plus.

L'antique sonnerie stridente du téléphone du restaurant se manifesta.

Une petite boulotte aux cheveux bruns et au double menton décrocha le combiné, tout sourire. Une étudiante qui devait bosser là le soir, estima Will tout en mastiquant. Après un court échange ponctué de hochements de tête prononcés, la jeune femme se dressa sur la pointe des pieds et promena son regard sur la salle.

Jusqu'à croiser le sien.

La connexion fut instantanée.

— Monsieur William Sullivan ?

Tout son être se raidit. Il déglutit puis acquiesça, effaré.

— C'est pour vous.

Will rejoignit la serveuse à l'extrémité du comptoir, bafouilla un remerciement et colla le combiné à son oreille, souffle court, âme sur le qui-vive, incapable d'entamer la discussion.

— Très cher monsieur Sullivan, fit une voix rauque.

— Oui... Lui-même.

— Ici Emily. J'espère que vous appréciez votre cheeseburger. Ceux du Chubby's sont fameux ! Le spécial est une tuerie. Vous n'êtes pas d'accord ?

La surprise le scotcha. Lui qui s'attendait à une femme !

Un modificateur vocal ?

Non, ses tripes lui criaient le contraire.

— Vous avez le droit de répondre. Je vous y invite même fortement.

— Euh... Oui, oui. Merci. Mais...

— Désolé de vous décevoir, mon cher. Je ne me déplacerai pas pour vous. Réjouissez-vous, car si je le fais un jour, c'est votre arrêt de mort que vous signerez.

Will perçut un petit accent dans la menace proférée par son corbeau. Un accent loin d'être canadien. Ces « r » roulés suggéraient une personne hispanique. Ne sachant que répondre, Will se fendit d'un :

— Qu'est-ce que vous voulez ?

— Les consignes étaient pourtant simples. Je vous les ai répétées plusieurs fois. Faites parler cet avocat de malheur et débarrassez-vous de lui ! Et de lui *seul* ! Qu'est-ce qui vous a pris de tuer sa femme ?

Will tenta de garder contenance. Il n'essaya même pas de nier l'échec de l'opération Forsberg. Et encore moins ses dérives. Il était en équilibre sur le fil tendu de ses mots choisis. Une erreur et la chute serait inévitable.

— Je me suis laissé emporter… Je pensais faire pression sur lui. Mais j'ai réussi à le capturer, justement ! J'ai aussi ses filles. Je compte sur elles pour le briser, pour qu'il se livre à moi sans réserve.

— C'est une très grave erreur. Je vous avais parlé de discrétion. Mais j'imagine qu'il est trop tard… Alors, dépêchez-vous d'en finir. Ensuite, vous éliminerez vos anciens petits copains d'EduCorp. Est-ce clair ?

— Je… J'y pensais, figurez-vous. Je revois mes associés en fin de semaine. Nous avons notre…

— Rassemblement. Je sais. Dans la verte, hein ? Excellent choix. C'est le quatrième, n'est-ce pas ? Faites-en sorte que ce soit le dernier. Ça vous laisse trois jours pour y penser.

— Comment savez-vous ça ?

— Je vous l'ai déjà dit. J'ai mes informateurs. N'essayez pas de jouer au plus malin avec moi. Je vous donne jusqu'à la fin de la semaine pour supprimer tout le monde. C'est la dernière fois que nous nous parlons. Si vous échouez, c'en est terminé de vous.

La voix agressive d'Emily – ou qui que soit cette personne – disparut, remplacée par le bip prolongé de la tonalité.

Elle lui avait raccroché au nez.

Will eut des sueurs froides. La donne changeait du tout au tout avec cet appel. Callaway & Partners n'était qu'une vaste fumisterie ! Il comprit qu'il avait affaire à beaucoup plus viril, beaucoup plus dangereux qu'une présidente de fonds d'investissement. Et surtout, qu'il ne reverrait jamais la couleur de son argent. Ce type, car il était à présent certain que c'était un homme, n'en avait pas fait mention une seule fois pendant l'échange. En lieu et place, sa propre vie était dans la balance.

Contre toute attente, les doutes d'Erin sur cette opération s'avéraient fondés. Comment avait-il pu se faire berner de la sorte ? Le fonds privé existait pourtant bel et bien. Il avait bien eu affaire à une femme lors de la prise de contact initiale par téléphone. Les négociations avec les chargés de financement s'étaient déroulées sans anicroche. Oui, il avait pris un risque en acceptant un montage illégal, mais les termes de l'accord étaient limpides.

Seule explication possible : cette Emily était complice du type qui venait de l'appeler. À moins que ce ne soit une potiche recrutée pour l'appâter. Dans tous les cas, Will réalisait un peu tard qu'on s'était joué de lui depuis le début.

L'entrepreneur maudit sa naïveté. Il voulut fracasser le combiné contre le comptoir pour extérioriser sa rage. À la place, il le raccrocha bruyamment, avant de frapper le mur de toutes ses forces. Son poing émit un craquement sinistre au contact du béton. Il hurla de douleur, sous l'œil ébahi des clients du Chubby's. Les deux couples se tournèrent vers lui. Les gosses en firent de même, coupant court à leur ramdam. Les éclats de rire des étudiants s'estompèrent. Même les deux amoureux sortirent de leur bulle de bonheur. L'agitation et la bonne humeur cédèrent leur place au silence et à l'indignation.

Confus, Will quitta le restaurant en trombe, sourd aux cris du personnel qui le priait de s'arrêter et réclamait le règlement de sa note.

Il sauta dans sa voiture et déguerpit, manquant de peu d'écraser ses poursuivants. Sa situation se résumait en seul mot.

Désillusion.

*

Le SUV de luxe, aussi nerveux que son propriétaire, s'arrêta en marge d'Augusta Court dans un crissement de pneus. La voiture de Sandy était là, garée comme d'habitude devant le jardin. Les ennuis n'allaient pas tarder à s'accumuler. Sa femme devait avoir découvert les otages. Will entra, prêt à s'expliquer sans concession.

Il trouva la maison calme, toutes lumières éteintes.

Mauvais présage.

Il appuya sur l'interrupteur, révélant une feuille A4 qui gisait sur la table basse du salon.

L'écriture grossière au marqueur noir ne laissait pas de place au doute.

«FAITES CE QU'ON VOUS A DEMANDÉ. DERNIER AVERTISSEMENT.»

Énième montée d'adrénaline de la soirée. Sacrément plus corsée, celle-ci.

Et pour cause, on s'était joué de lui une seconde fois. Le rendez-vous au Chubby's n'était qu'une diversion.

Le cœur au bord des lèvres, Will monta à l'étage et trouva la porte de la chambre défoncée. Béante.

Plus de jumelles.

Il fouilla la maison de fond en comble.

Plus de Sandy.

Will redescendit les escaliers et manqua de s'étaler de tout son long.

En proie à la panique, il balaya la pièce du regard. Le petit sac violet fétiche de sa femme trônait sur le buffet. À l'intérieur, sa «commande» de produits.

Sandy ne sortirait jamais à cette heure sans le prévenir et, surtout, jamais sans son sac ! Il saisit son smartphone et s'empressa de l'appeler. Répondeur. Il tenta de la joindre à plusieurs reprises, comme possédé, mais se heurta encore et toujours au même mur vocal.

L'entrepreneur pensa à tout un tas de contacts… Avant de se rendre à l'évidence. Phil était la seule personne à même de l'aider. Il fallait absolument en finir avec Forsberg. Ce soir. Maintenant.

Le flic décrocha à la troisième sonnerie. Soulagement de courte durée.

Will le secoua pour qu'il s'occupe de l'avocat dans la seconde. Plus le temps de se perdre en conjectures. Il fallait qu'il parle, maintenant. Il fallait le tuer, maintenant. Réfléchir devenait accessoire.

L'entrepreneur comprit au silence gêné de son ami que sa soirée prenait un nouveau tournant. Pour le pire. Comme si le sort s'acharnait, une troisième mauvaise nouvelle tomba.

Un coup de tonnerre.

Forsberg s'était volatilisé. Phil fut incapable de lui dire quand. Ni comment. Il avait juste trouvé les liens défaits et la cave vide. L'avocat se promenait dans la nature.

Libre.

Will n'y tint plus et défonça tout ce qui se trouvait à sa portée. La grande télé 4K accrochée au mur ouvrit le bal, suivie par les bibelots qui trônaient sur le buffet.

— J'ai fait tout ça pour quoi, hein ? Pour quoi ?

— Will…

— J'ai même tué ! J'ai tué deux femmes, Phil. Deux, bordel ! Tout ça pour rien ? Pour qu'en plus Sandy disparaisse ? Comment j'ai fait pour me faire rouler de la sorte ? Comment ?

— Respire un coup. On va…

— On va quoi ? La retrouver ? Tu crois vraiment qu'on va la retrouver ? Je vais te le dire, moi. C'est impossible. Tu m'entends ? On est coincés !

Perdu, sourd aux appels au calme de son ami, Will donna libre cours à sa colère et saccagea la pièce à vivre. Hurla son désespoir. Jusqu'à l'épuisement.

*

2 h 23.

Assis sur le sofa, la tête entre les mains, Will avait réussi à endiguer sa colère.

Son cerveau tournait à plein régime. L'angoisse menait la danse, désormais.

Impossible de dormir.

Le salon sens dessus dessous témoignait de la dureté de la situation dans laquelle l'entrepreneur se trouvait. Il avait perdu les pédales.

Complètement.

Le pire dans tout ça, c'est qu'il n'avait guère le choix. Il fallait *leur* obéir. Se rendre à la police équivalait à se jeter dans la gueule du loup. Signer l'arrêt de mort de Sandy et de leur enfant à naître. À quoi bon survivre si c'était pour voir tomber sa famille, son dernier bastion ?

Will pensa à Alec, à Glenn, et au rassemblement qui se profilait.

Will pensa à Forsberg.

Il leva les yeux pour contempler les quatre ampoules que sa femme avait eu le temps de ramener à la maison et qui trônaient sur la table basse, seul mobilier ayant échappé à sa vague de folie destructrice quelques heures plus tôt.

Ses toutes dernières munitions.

Et trois jours pour trouver le moyen d'en faire le meilleur usage.

Il se sentait coupable à cette idée, mais il devait se reposer pour deviser un plan efficace.

Une bonne vingtaine de minutes plus tard, Will réussit enfin à se laisser aller. Son esprit vagabondait vers sa femme. Les souvenirs heureux en sa compagnie remontaient à la surface et se jouaient sans relâche dans son inconscient, tel un mécanisme de défense contre l'horreur absolue dans laquelle il l'avait placée.

Il s'en voulait tellement.

Et si, par miracle, il lui sauvait la vie, leur couple risquait de ne pas s'en sortir indemne.

Les limbes avalèrent ses pensées et Will glissa vers un sommeil agité.

Le téléphone sonna cinq minutes plus tard et lui arracha un sursaut.

Tête lourde et yeux secs, il décrocha.

— Will. C'est moi.

À entendre la voix lointaine de Phil, ce dernier utilisait la fonction haut-parleur de son smartphone.

L'entrepreneur jeta un coup d'œil à sa montre. 3 heures du matin.

— Qu'est-ce qu'il se passe ?

— Je viens d'être appelé par les collègues en faction au Delta. Ceux qui surveillent le maire. Les jumelles…

La tension de Will grimpa en flèche, le tirant définitivement de sa léthargie.

— Quoi, les jumelles ?

— Un médecin les a retrouvées, errant sur le parking des urgences. Elles n'ont pas l'air d'être dans leur état normal. On les aura sûrement droguées. Je fonce sur place. Autre point important : la presse est déjà là !

— Comment est-ce possible ?

— Ceux qui s'en sont pris à toi ont dû les avertir juste après leur passage. C'est la seule chose qui me vient à l'esprit.

— Quelqu'un les a vus ?

— Le doc en question a aperçu un gros véhicule noir, juste avant de s'apercevoir de la présence des fillettes. C'est tout ce que je sais pour l'instant. Pas plus d'informations.

Désarçonné par la soudaineté des faits qui s'abattaient sur lui depuis la veille au soir, l'entrepreneur demanda d'une voix terne, dépourvue de son assurance habituelle :

— Tu me tiens au courant.

— Je n'y manquerai pas.

Et ce fut tout.

Will avisa les confettis qu'il avait faits de l'avertissement laissé par les ravisseurs de Sandy.

Phil avait raison. Il s'agissait d'eux, sans aucun doute possible.

Une manière d'asseoir leur autorité. D'appuyer leur message.

Et s'ils avaient drogué les fillettes, c'était pour être sûrs qu'elles ne puissent rien dire qui permette de remonter leur trace. Dans un sens, ça le protégeait aussi, pour l'instant. Mais les choses étaient claires. Le rassemblement représentait sa dernière chance de sortir de tout ça indemne.

Au moment où il s'en persuadait, son smartphone émit un bip.

Une notification de l'application que Will utilisait pour suivre l'actualité. Un titre d'une clarté implacable et qui validait la présence précoce des journalistes devant les urgences du Delta.

« VISALIA : LES JUMELLES FORSBERG RETROUVÉES SAINES ET SAUVES »

La boule au ventre, Will lut l'article d'une traite le court texte rédigé par ces vautours.

Sans découvrir d'élément nouveau.

PARTIE V

39

SIÈGE DU *VISALIA-DELTA TIMES*, VISALIA
330 NORTH WEST STREET
COMTÉ DE TULARE, CALIFORNIE
MARDI 19 MAI 2020
8 H 03

Harold venait de passer une nuit mouvementée, retranché dans son monde. Le nez dans les archives, dans le bordel organisé de son bureau au *Times*, à surfer sur le Net et prendre note de ses trouvailles. Il était à court de café et il lui restait encore un sacré paquet de documents – papier et numérique – à écumer.

La veille au soir, alors qu'ils dînaient en famille, Amber lui avait fourni de précieuses informations. La plus incroyable d'entre elles fut sans conteste la mention d'un second homicide, perpétré à Three Rivers, la même nuit que celui d'Anne Forsberg. Elle lui avait expliqué avoir surpris une conversation entre William Sullivan, son ami d'enfance le lieutenant Philip Jones, et le capitaine David Little. Le reporter avait deviné au ton employé par sa femme et à la lueur dans ses yeux une accointance avec ce dernier, sans que cela ne l'émeuve plus que ça. Seuls les faits l'intéressaient. S'il maintenait un semblant de vie conjugale, c'était uniquement pour le bien-être des enfants.

Un coup de fil à la police de Three Rivers et une usurpation d'identité avaient suffi pour obtenir le nom de la victime. L'agent Owens était un homme bavard. Très bavard. Et très seul, aussi. Le flic s'en était plaint sans discontinuer lors des quinze minutes que dura leur échange.

D'après Amber, Sullivan avait nié avoir commis ces crimes, puis exprimé des doutes quant à ses anciens associés. Il s'était posé en victime et avait parlé aux policiers d'un meeting récurrent où il comptait visiblement tirer tout ça au clair. Un « rassemblement », selon ses propres termes, qui se tiendrait vendredi. Pour compléter le tableau, Sullivan n'avait exprimé aucune peine, aucun remords au sujet de la disparition de sa secrétaire. Amber avait insisté sur ce point en évoquant le visage impassible de l'entrepreneur. Voir sa femme choquée, outrée par ce comportement, confortait Harold dans ses déductions.

Ce type cachait quelque chose.

Avant de rejoindre le journal pour entamer sa veillée de recherches, Harold s'était empressé d'appeler Alec pour le tenir au courant de sa journée, et surtout lui faire part du meurtre de Three Rivers. L'informaticien était tombé des nues en apprenant la mort d'Erin Silva. Ça renforçait ses doutes. Tout gravitait autour de son ancien associé ! Même s'il n'y avait toujours aucune info probante sur une éventuelle magouille de Sullivan avec EduCorp, un faisceau d'éléments troublants l'orientait en ce sens. Le reporter avait promis à Alec qu'il continuerait à creuser. Ils avaient ensuite discuté du cas Forsberg, du métier exercé par ce dernier – avocat fiscaliste – et établi un panel de scénarios où Will se retrouvait commanditaire ou partie prenante des meurtres. Sous cet angle, Forsberg semblait être une victime. Qu'avait-il à gagner dans toute cette affaire ? Pourquoi la police ne s'en apercevait pas ?

Beaucoup de questions restaient en suspens.

Pour clore l'appel, Alec lui avait confirmé la tenue du rassemblement, ce vendredi.

Harold se leva et s'étira, puis alla se préparer une énième tasse de café en repensant aux dernières heures écoulées et ce séisme qui avait frappé en plein milieu de la nuit.

Les jumelles avaient été retrouvées après vingt-quatre heures de captivité.

Le reporter avait hésité à se rendre directement devant le Delta. Avant de renoncer. Ça devait grouiller de monde. Se pointer là-bas une seconde fois ne servirait qu'à le griller un peu plus aux yeux du personnel. Mieux valait faire confiance à son confrère envoyé sur place. Quoi qu'il en soit, c'était un soulagement pour les petites. Pour le maire. Pour Visalia.

Harold, lui, devait continuer de suivre son intuition première: se focaliser sur William Sullivan et son mystérieux interrogatoire au poste. Le lien entre Sullivan et son ami d'enfance, le nouvel homme fort de la police, Philip Jones, l'intriguait au plus haut point. Bien que le patronyme de ce dernier soit l'un des plus usités dans le pays, il avait le sentiment d'avoir déjà vu ce nom associé à l'actualité tragique de la ville.

Il venait de dédier sa nuit à suivre cette piste, et il avait bien fait.

À force de persévérance, il avait déniché deux articles en première page d'une édition de janvier 1987 qui valait son pesant d'or.

Harold reprit place sur sa chaise, trempa ses lèvres dans sa tasse de café et s'attaqua avec avidité aux deux écrits fraîchement imprimés.

FUSILLADE À RECREATION PARK: PRÉSENCE POLICIÈRE RENFORCÉE APRÈS LE MASSACRE

Par Sukhjit Kharay
Times-Delta

Moins de vingt-quatre heures après le règlement de comptes de deux gangs rivaux en plein centre-ville, faisant quarante-et-un morts et sept blessés graves, la tension est encore palpable.

Des coups de feu tirés aujourd'hui près de deux écoles de Visalia – dont une située à deux blocs seulement du Recreation Park – ont provoqué des scènes de panique au sein des établissements scolaires de la ville. La rumeur au sujet d'un potentiel nouvel indicent s'est rapidement propagée sous l'effet de la psychose.

La police de Visalia, renforcée par les adjoints au shérif du comté de Tulare, s'est déployée en nombre. L'heure est à la crainte de représailles après la fusillade d'hier soir, en plein Recreation Park, fatale à douze adolescents, dont cinq d'une même classe du collège de Divisadero.

Après une étude minutieuse de la scène de crime, les investigations se poursuivent pour rechercher les membres échappés des factions meurtrières et remonter jusqu'aux instigateurs de cette catastrophe.

NOUS AIDER

Si vous avez des informations au sujet de la fusillade de Recreation Park, contactez le standard de la police de Visalia au 738-9999.

FAMILLE ET AMIS DE DIVISADERO PLEURENT LEURS ENFANTS

Par Eleanor B. Hernandez

Times-Delta

Jessica Hartman, Luke Shaw, Zachariah Stevens, Melissa Morgan et Daryl Jones, tous âgés de treize ans et élèves de 7e grade au collège de Divisadero, passaient un mercredi après-midi de fin de cours comme les autres, au Recreation Park, à discuter, jouer et rire, quand tout a basculé.

Selon les dires de Leo Whitaker, seul survivant du groupe, qui nous étaient rapportés par ses parents, quatre de ses amis ont perdu la vie sur place, pris dans la fusillade. Quant à Daryl Jones, fauché alors qu'il s'enfuyait aux côtés de Leo et malgré l'intervention rapide des secours, il s'est éteint deux heures plus tard des suites de ses blessures, dans le service des urgences du Kaweah Delta Medical Center.

« C'était un bon petit. Ses résultats scolaires étaient en dent de scie mais il s'accrochait. Il savait que c'était important. Personne n'aimait autant le baseball que lui. Daryl ne cachait pas sa volonté de devenir professionnel. C'était un garçon volontaire qui s'entraînait d'arrache-pied pour réaliser son rêve. Avec son talent, je sais qu'il y serait arrivé. C'est terrible. Je suis absolument dévasté», nous a confié Michael Moore, coach de l'équipe des moins de quatorze ans des Visalia Oaks.

Par respect pour les familles, la police ne souhaite pas communiquer publiquement à ce stade et continue son enquête pour faire toute la lumière sur ce drame, le plus meurtrier que la ville ait connu. Une cellule psychologique a été ouverte au collège de Divisadero.

Les obsèques des cinq adolescents auront lieu le dimanche 11 janvier. Une messe sera célébrée à 10 heures en l'église St-Charles, sur Caldwell Avenue, en présence du maire Gregory Long et de divers officiels. De nombreuses autres personnalités sont attendues. L'équipe professionnelle des Oaks et leur star Jason Davis ont d'ores et déjà fait part de leur venue pour rendre un dernier hommage aux jeunes disparus. La rencontre de ce week-end contre les Bakersfield Dodgers a été reportée. Il n'y aura d'ailleurs aucun match de ligue californienne avant la fin de semaine prochaine.

*

Daryl Jones.

Harold tapota son bureau de la pointe de son stylo et suivit le mouvement en hochant la tête. Il devait confirmer le lien de parenté avec le lieutenant actuel des Opérations. La police gardait forcément quelque part une trace de la tragédie de Recreation Park. Le reporter jugea inutile de faire une demande officielle d'accès aux archives, qui risquait fort d'être refusée. Il disposait d'une bien meilleure option.

Sa femme.

Il s'empressa de l'appeler. Avec un peu de chance, elle pourrait déterrer le complément d'information qu'il convoitait.

À condition que le document existe.

40

DÉPARTEMENT DE POLICE DE VISALIA
303 SOUTH JOHNSTON STREET
COMTÉ DE TULARE, CALIFORNIE
MARDI 19 MAI 2020
8 H 30

Pour une fois, Amber avait daigné mettre l'uniforme. Exit le tailleur aguicheur, les faux ongles, le maquillage outrancier et la crinière de lionne. Depuis hier, tous les feux étaient braqués sur la police de Visalia. Personne ici ne connaissait cette pression. De quoi pousser la réceptionniste à remiser son habituelle bonne humeur exubérante pour se fondre dans le décor, se faire toute petite, le temps que les choses se résolvent puis se tassent. Symbole de l'atmosphère oppressante qui pesait sur les forces de l'ordre : ce matin, Phil manquait à l'appel, lui qu'elle trouvait d'ordinaire près du coin café sur les coups de 7 heures. Le pauvre venait de passer une nuit mouvementée avec la réapparition soudaine des fillettes. Phil en pâtissait, de même que ses hommes, déployés aux quatre coins de la ville depuis l'avis de recherche émis contre Carl Forsberg.

La majorité des effectifs se trouvait sur le terrain. Aussi, lorsqu'Harold l'avait contactée une dizaine de minutes plus tôt, elle s'était dit qu'une voie royale s'ouvrait devant elle. Amber eut tout le loisir de s'enfermer dans la salle des archives puis de la fouiller de fond en comble, profitant de l'absence de l'agent de garde.

Elle se remémora les directives de son mari et rechercha tout document datant de janvier 1987, ainsi qu'une trace du lien de parenté entre Daryl et Phil Jones. Au bout d'une heure et demie, elle trouva celui espéré dans une boîte en carton décrépite et poussiéreuse, cachée sur une minuscule étagère aux tréfonds de la pièce et sobrement libellée « 80's » au stylo à bille. Un unique rapport, tapé à la machine à écrire. Trois feuilles sèches et jaunies, enfouies parmi des centaines d'autres, maigre reliquat des événements de cette époque.

Amber les lut d'une traite.

Le rapport, rédigé le 14 janvier 1987 par Samuel Carter, alors capitaine des Opérations, stipulait clairement que Robert Little avait endossé la responsabilité de la mort de Daryl Jones, l'une des nombreuses victimes collatérales de la fusillade, alors que celui-ci tentait visiblement de s'enfuir. Carter y mentionnait aussi que le jeune homme portait une arme. Le témoignage confus de Leo Whitaker, seul rescapé du carnage, en état de choc, suffisait cependant à comprendre que Daryl avait ramassé le pistolet avec pour unique but de les protéger dans leur retraite. L'analyse balistique confirmait la bavure. Les tirs mortels venaient des policiers. L'arme que tenait Daryl Jones appartenait à l'un des deux groupes belligérants, celui des Gangster Boys de Visalia. Aucun doute permis. Malgré ça et malgré les deux balles ayant fauché le petit Jones, Carter évoquait un statut de légitime défense pour son subordonné, arrivé sur les lieux de la fusillade en compagnie de cinq autres agents, dont son coéquipier Victor Kanakis et son fils David.

Une ligne rajoutée à la main et soulignée deux fois par le capitaine précisait que le nom du tireur et la sanction appliquée ne devaient en aucun cas être révélés à la presse. Il ne souhaitait pas nourrir la colère des habitants contre leurs officiels, au cœur d'une période de violence accrue dans la ville. Une seule ligne de conduite à tenir : Daryl Jones avait été tué lors de l'échange de tirs entre North Side Visalia et les Gangster Boys. Point. Le procureur, proche du maire Gregory Long, y était également favorable. Seule la mère de la victime – le père ayant disparu depuis plusieurs jours – serait informée en temps voulu, une fois sortie de l'hôpital où on la traitait pour dépression sévère. Pour l'instant, Janice Jones, dont le couple semblait avoir implosé, suicidaire, gavée de médicaments et sous psychothérapie, ne pouvait encaisser ces révélations.

Amber resta bouche bée. La mère de Phil s'appelait Janice.

Daryl et lui étaient donc frères.

Bien qu'elle le connaisse assez bien, Phil ne lui avait jamais parlé en détail de son passé. Et vu comme ce dernier était proche de Dave, elle pouvait parier qu'il n'était pas en possession de ces informations.

La police avait étouffé l'affaire.

Choquée, la réceptionniste ne s'arrêta pas en si bon chemin et fit glisser les autres cartons entreposés sur l'étagère, soulevant des nuages de poussière au passage. Elle inspecta le contenu de toutes les boîtes avec minutie, absorbée par l'idée de trouver d'autres preuves de ce passé si sombre.

Elle tomba sur un court rapport complémentaire rédigé par David Little, quatre ans après. Une dizaine de lignes relatant un appel de la police de San Antonio. Ces derniers enquêtaient sur une fusillade survenue dans un lycée de la ville texane. Son auteur, abattu par l'un des agents dépêchés sur place, y était scolarisé depuis un an et demi. Un adolescent instable débarqué de Visalia avec sa famille.

Un certain Leo Whitaker.

Abasourdie, l'enquêtrice d'un jour prit un cliché de chaque trouvaille, envoya l'ensemble à Harold et s'appuya contre l'étagère.

Quelle histoire ! Son mari avait eu du flair en lui demandant de mettre son nez dans la paperasse ! Malgré leurs différences sur le plan humain, malgré les désaccords qui plombaient leur couple, il ne cesserait jamais de l'étonner.

Elle n'en revenait pas.

Dave, qui parlait avec tant de fierté de son père, décédé trois ans plus tôt en Floride après une carrière qu'il qualifiait d'exceptionnelle.

Phil, son beau gosse au passé insoupçonné.

Elle ne verrait jamais plus ses deux collègues de la même façon.

*

David Little arriva au poste quelques minutes après, presque à reculons, sans se douter qu'une partie douloureuse de son passé venait d'être mise à jour. Ce matin, son bureau avait des allures de cage. Ses photos de famille ne jouaient pas leur habituel rôle de calmant naturel. Pas plus que l'encens dont la moitié du dernier bâtonnet attendait qu'on le rallume sur son support en bois.

Une pile de documents s'entassait sur son bureau d'ordinaire si bien rangé, sans que l'envie lui prenne de faire place nette. Le capitaine ne se remettait pas de sa nuit.

Une nuit horrible.

Tourmenté par l'enquête en cours, il pensait sans cesse à Phil, son autoproclamé fiston, à qui il venait de confier les rênes du cas Forsberg. Du fin fond de son plumard, il avait passé des heures à fixer le plafond et à se convaincre que c'était la bonne chose à faire. La symbolique était particulière. Si le paradis existait là-haut, son vieux devait être fier de cette décision. Et ce, même si donner plus de pouvoir à Phil s'accompagnait du risque que le lieutenant découvre la vérité à son sujet. Dave angoissait à mort à cette idée. Il savait la confrontation inéluctable. Il ne serait pas capable de vivre beaucoup plus longtemps avec ce poids sur la conscience.

Alors que Morphée lui tendait enfin les bras, le téléphone avait sonné. Ce qui n'arrivait que très rarement en pleine nuit. Mais il fallait croire que cette semaine serait particulière. Sa femme, Liz, et lui avaient sursauté. Son cœur s'était affolé. Main libre posée à plat sur sa poitrine, il avait décroché en s'attendant au pire : un nouvel homicide dans sa ville.

Quelle n'avait pas été sa surprise en apprenant que les petites Forsberg avaient été retrouvées, pieds nus et en pyjama sur le parking de l'hôpital ! Un miracle agrémenté d'une bonne dose de mystère.

Le capitaine tournait en rond dans son office. Il commençait à réviser son jugement.

Qui avait bien pu les libérer dans cet état et pourquoi ? Carl Forsberg, le coupable ? Dans quel monde un père relâcherait ses enfants au beau milieu de la nuit, shootées comme pas possible ? Les médecins avaient évoqué un mélange de scopolamine et d'atropine. Une inhalation responsable de leurs errances et de leur perte de mémoire à court terme.

Un tel cocktail ne s'improvisait pas.

Dave pensa à des trafiquants chevronnés, sans savoir par quel bout dérouler le fil de sa réflexion. Il soupira. Au moins, le calvaire des petites filles prenait fin ici. Ou plutôt l'un d'entre eux. Elles devraient faire face au destin de leurs parents, décédé pour l'un, hors-la-loi introuvable pour l'autre.

Prises en charge et traitées en priorité par le service de cardiologie à la demande de Gastón Ramirez, fou de joie, Sophia et Ava sommeillaient toujours.

Dave sortit de sa bulle et se mit à espérer. Le maire, occupé avec la psychologue et les services sociaux, allait peut-être lui foutre la paix pour un temps. Le capitaine décida de passer le voir quotidiennement jusqu'à sa sortie, repoussée au vendredi – Ramirez ne voulant pas s'éloigner de ses petites-filles le temps de leur séjour.

Dave laisserait Phil s'occuper seul du cas du massacre de Goshen. Jusqu'à son dénouement. Après quoi, il lui raconterait toute la vérité sur le passé liant leurs deux familles et démissionnerait de lui-même, la tête haute, avant que la guillotine sociale ne s'abatte sur sa nuque et que le monstre médiatique l'engloutisse.

41

17 GREENHOUSE AVENUE, VISALIA
COMTÉ DE TULARE, CALIFORNIE
MARDI 19 MAI 2020
11 H 13

Harold n'arrivait pas à détourner le regard des clichés envoyés par sa femme.

Il n'en revenait toujours pas.

Robert Little lié à la mort de Daryl Jones ? Une histoire dingue ! Impossible que Philip Jones fasse carrière dans la police tout en ayant connaissance de cette info. Le lieutenant devait ignorer les tenants et les aboutissants de cette tragédie.

Par contre, après une rapide recherche, le reporter pensa qu'une autre personne serait peut-être en mesure de lui fournir davantage de détails.

Janice, qui vivait toujours avec son fils.

Harold se leva d'un bond.

Un tour en Vespa s'imposait.

Lorsqu'il sonna, casque fétiche sous le bras au 17 Greenhouse Avenue, la porte s'ouvrit sur une femme courte sur pattes. Mains sur les hanches, elle arborait un air sévère. Son nez de fouine, ses cheveux bruns noués en un chignon strict et l'ample tenue verte qu'elle portait complétaient sa panoplie de petite teigne. Le reporter ne cacha pas sa surprise. Il regretta de ne pas avoir potassé un peu plus au lieu de se précipiter chez les Jones. Lui qui prônait la patience, d'ordinaire ! Tout ça ne lui ressemblait pas.

— Vous êtes ?

— Euh, Harold Leroy, *Visalia Times*.

Lee-Ann le détailla sous toutes les coutures, sourcils froncés, avant de s'exclamer.

— Harold Leroy, du *Times* ? Le vrai ? C'est pas possible ! Qu'est-ce qu'une célébrité comme vous vient faire ici ?

Elle accompagna ses questions d'une poignée de main vigoureuse.

— C'est cette affaire, hein ? J'en suis sûre ! continua-t-elle. Celle avec l'avocat, là, le toutou du maire !

— En quelque sorte.

— Si vous cherchez Phil – enfin, le lieutenant Jones – il est au boulot. Depuis cette nuit, non-stop ! J'ai dû revenir en catastrophe. Mais pas de quoi me plaindre, ça me fait plus d'argent !

— En fait, non. Je voudrais parler à sa mère, Janice. Elle vit bien ici, n'est-ce pas ?

Le corps de l'aide-soignante se raidit subitement. Son visage se ferma. Sa voix perdit de son enthousiasme et se para d'un soupçon de crainte. Elle ne cacha pas son ennui.

— Vous lui voulez quoi ?

— Juste deux ou trois questions à lui poser. Au sujet d'une vieille histoire.

— Vous tombez mal. Je viens de la mettre au lit. Désolée, elle dort à poings fermés, là. Vous devriez repasser plus tard. Quoique, entre nous, si c'est pour lui parler d'une *vieille histoire*, vous pouvez oublier tout de suite.

Harold, qui dépassait Lee-Ann de deux bonnes têtes, leva les yeux et balaya le bout de la pièce visible depuis l'interstice de la porte. Le salon paraissait bien triste. Un petit écran télé tournait devant un fauteuil vide. De curieux signes rouges et des installations bizarres lui sautèrent aux yeux au milieu du ton monochrome qui dominait la demeure.

— Elle est handicapée, c'est ça ?

— Alzheimer, corrigea l'aide-soignante en tapotant sa tempe de l'index.

Et merde, pensa Harold intérieurement. *C'est bien ma veine.*

— Depuis quand est-ce qu'elle est malade ?

— Longtemps. Stade 6. Elle est presque au bout du chemin, si vous voulez mon avis.

— Je vois.

Le reporter esquissa une moue de dépit. Il se sentait honteux d'être venu « à blanc » et d'avoir manqué une information aussi importante sur la santé de la mère Jones.

— Vous êtes sûre que je ne peux pas lui parler ? Même pas une petite minute ? On ne sait…

— Non, pas question de la perturber, coupa l'aide-soignante. C'est à moi de décider de ces choses-là quand Phil est absent.

Harold comprit qu'il était inutile d'insister, sous peine de voir sa piste s'évaporer. Il remercia la jeune femme et prit congé en réfléchissant à la suite. Il ne restait pas trente-six solutions. Il devait prendre des risques.

Lee-Ann attendit de voir le scooter du reporter disparaître au coin de la rue avant de refermer la porte. Puis elle attrapa son smartphone et contacta son employeur. Elle n'était pas irréprochable, elle avait ses faiblesses, mais au moins elle mettait un point d'honneur à faire son boulot correctement.

42

VALLEY OAK EXECUTIVE SUITES, FRESNO
COMTÉ DE FRESNO, CALIFORNIE
MARDI 19 MAI 2020
11 H 47

« B*onjour, vous êtes bien sur le répondeur de…* »

Alec raccrocha et réitéra son appel. Nouvel échec.

Son poing s'écrasa à trois reprises sur le bureau de son espace de travail.

Qu'est-ce que cet imbécile fichait pour ne pas répondre ? Encore planqué au fin fond de la pampa à fuir femme et enfants ? Et lui qui venait de perdre une soirée et une matinée à essayer de le joindre. On était mardi, bordel. Plus que trois jours avant le rassemblement ! Trois ! Dans un soupir, l'informaticien abandonna et songea à confronter Will tout seul. Tant pis. Glenn ne supportait pas les conflits, de toute manière.

Au mieux, ce grand dadais décamperait le temps que les choses se tassent. Ou peut-être qu'il se dresserait entre eux, bras levés, en vain médiateur pour faire baisser la pression.

Au pire, il se rangerait du côté de Will. Glenn était tellement perché par moments que ce scénario pouvait tout à fait se produire. Alec réalisa qu'il ne pouvait pas lui faire entièrement confiance.

Il se gratta la barbe si fort que ses ongles griffèrent ses joues. Puis, bercé par l'air frais du ventilateur, il fixa longuement l'écran de son Mac avant que ses yeux ne s'illuminent.

Harold.

Voilà une option qui tenait la route.

Mobiliser le reporter déstabiliserait Will à coup sûr. C'était sa pièce maîtresse, à défaut de pouvoir mettre la main sur Carl

Forsberg. Dommage que l'avocat soit en fuite. Alec aurait pu entrer en contact avec lui, vérifier qu'il enquêtait vraiment sur EduCorp et lui fournir le peu d'informations dont il disposait. Qui sait ce que ça aurait engendré. Mais Forsberg devait se terrer quelque part, redoutant que la police ne lui tombe dessus. Ce qui arriverait tôt ou tard.

Alec pensa à se lancer à sa recherche, lui aussi. Une hérésie. Localiser en moins de trois jours sur un mec pourchassé par toutes les polices de l'État paraissait utopique.

L'informaticien se remit au travail avec une résolution ferme en tête. Foncer dans le tas et tirer ça au clair une fois pour toutes.

Oui, il disait ça depuis six mois, mais cette fois, vu les éléments dont il disposait, ce coup-ci, il ne se déroberait pas.

De son point de vue, quoi qu'il advienne, ce rassemblement serait son dernier.

D'ici là, il aurait le temps de se caler quelques visites d'appart' avec sa future conquête Julie. De quoi lui redonner le sourire.

43

QUARTIER DE GOSHEN, VISALIA
COMTÉ DE TULARE, CALIFORNIE
MARDI 19 MAI 2020
12 H 37

Le soleil cognait comme jamais en ce mardi après-midi, alors que Forsberg ralliait l'aérodrome de Visalia. Derrière sa démarche peu esthétique, l'avocat reprenait du poil de la bête.

La veille, ce brave viniculteur l'avait amené dans la petite zone commerciale demandée, près de son quartier à l'ouest de Visalia, pile avant l'heure de fermeture du magasin de déguisements à bas prix qu'il ciblait. Il s'en était fallu de peu. Après des courses faites à la va-vite et un changement de fringues express, il s'était tapé à pied les deux kilomètres qui le séparaient du Mahogany, un bar *lounge* fréquenté par les golfeurs et les membres de l'aéroclub. Le seul endroit encore ouvert dans le secteur pour s'enfiler un sandwich, des amuse-gueules et quelques shots de vodka bienvenus. Méconnaissable, affublé d'une perruque et de fausses lunettes de vue – entre autres – Forsberg aurait pu pousser le vice jusqu'à prendre une chambre dans l'hôtel Wyndham situé dans le même bâtiment. Mais l'apparition soudaine, sur les dix écrans télé du bar, d'un avis de recherche émis à son encontre l'en dissuada. Il préféra ne pas tenter le diable et quitta précipitamment ce lieu à l'ambiance feutrée et confortable.

Pour finir, l'avocat avait dormi comme une masse, à la belle étoile, sur l'herbe courte et humide du Plaza Park, en marge du terrain de golf, dans une zone peu habitée. Une nuit réparatrice, même si l'activité autour de l'aérodrome trop proche l'avait tiré de son sommeil à de nombreuses reprises. Peu avant le lever du jour, il avait déniché un tuyau d'arrosage dans un recoin du parc, près des courts de tennis, et s'était lavé du mieux possible sous le jet d'eau froide, tout en se convainquant de continuer ses recherches. Prochaine étape, contacter les anciens associés de Sullivan, Alec Green et Glenn Fiddleton. Dépourvu de ses dossiers, la tâche s'annonçait ardue, mais il n'avait guère le choix. Il savait seulement dans quelle ville ils résidaient et avait une vague idée des habitudes de l'un d'entre eux. Il fallait tenter sa chance. Sullivan et cette garce d'Erin Silva ne payaient rien pour attendre. Le jour où il se les farcirait approchait à grands pas.

Arrivé à l'aérodrome au prix d'une nouvelle suée, Forsberg trouva sans peine un taxi disponible. Il grimpa à bord le cœur empli de doutes.

Malgré son costume trois-pièces XXXL – une veste et un pantalon noirs à fines rayures blanches et sa cravate assortie, façon gangster des années 1920 – et surtout sa perruque, un peu trop factice à son goût, il passa incognito. Soulagé, l'avocat pouvait voir venir. Même recherché, les flics ne mettraient pas la main sur lui aussi facilement. Surtout une fois hors des limites du comté. Ils ne le penseraient pas capable de quitter aussi vite la région.

Le chauffeur, un petit homme sec et moustachu, rajusta son béret et le regarda avec des yeux ronds lorsqu'il lui demanda de le conduire dans le district de Tower, à Fresno. Un trajet de plus de soixante kilomètres qui coûterait *quand même un peu cher*, selon ses dires. Forsberg sortit son portefeuille et les doutes de ce dernier s'envolèrent.

Le véhicule s'engagea sur l'autoroute 99 et quitta Visalia par le nord-ouest. Une partie des soucis de l'avocat s'estompa, comme si les limites d'un dôme invisible et purificateur venaient d'être franchies. Les bâtiments disparurent, remplacés par une succession de vignobles et de champs de blé à perte de vue, paysage récurrent dans ce coin de la Californie.

Forsberg sentit la fatigue l'envahir, atténuer un moment sa haine. Mais les nouvelles de la mi-journée crachées par la radio du taxi l'empêchèrent de sombrer :

Dans le reste de l'actualité, revenons une nouvelle fois sur cette information importante : Sophia et Ava Forsberg ont été retrouvées la nuit dernière en état de grande confusion sur le parking des urgences du Kaweah Delta Medical Center de Visalia, peu avant 3 heures du matin. Soit quelques heures seulement après l'émission d'un avis de recherche contre leur père, ravisseur présumé et également suspecté de meurtre.

La police de Visalia est également en quête d'une grosse cylindrée noire ayant été aperçue sur les lieux. Aucun autre détail n'a filtré, si ce n'est que les deux enfants vont bien et qu'elles n'ont pas subi de violences physiques. C'est un immense soulagement au sein de la communauté.

Carl Forsberg reste quant à lui introuvable. Nous vous rappelons que cet homme est poursuivi dans tout l'État et qu'il est potentiellement dangereux. Si vous croisez sa route, n'essayez pas de l'interpeller vous-même. Tenez-vous à distance et contactez le poste de police le plus proche.

Plus de deux-cent-cinquante-mille enfants sont enlevés par l'un de leurs parents chaque année dans le pays…

— Quelle affaire ! s'exclama le chauffeur d'une voix nasillarde. Bonne chose que les gamines soient vivantes. Ça devient n'importe quoi, de nos jours, ces parents qui pètent un plomb, du jour au lendemain ! Pourquoi ils ne se foutent pas en l'air tous seuls, comme des grands ? Laisser des gamins au milieu de tout ça, c'est pire que tout, sérieusement ! Vous z'êtes pas d'accord ? Pauvres gosses !

Forsberg manqua de s'étouffer. Il n'en revenait pas. Ses filles, libres et en bonne santé ? Quel immense soulagement ! Cette nouvelle totalement inattendue éclipsait celle de l'émission d'un avis de recherche à son encontre. Il serra les poings de toutes ses forces pour ne pas se compromettre face à ce guignol de taximan qui se croyait plus malin que tout le monde.

— Qui vous dit que c'est le père, la cause de toute cette histoire ?

Le conducteur le reluqua par l'intermédiaire du rétroviseur et énonça d'un ton professoral, index levé à l'appui :

— Les stats, monsieur, les stats ! C'est quasiment toujours les parents dans ces cas-là. Regardez celui-ci. La mère est morte. Reste plus que le père. Et le mec est en fuite ! Faut être aveugle pour ne pas faire le lien. C'est limpide ! J'espère qu'ils le choperont bientôt. En tout cas, les pauvres filles peuvent dire bye-bye à leur enfance. Impossible de grandir normalement après ça !

Forsberg recommença à transpirer dans son costume de mafieux. Aussi con que ce moustachu puisse être, il marquait un point. Les filles mettraient du temps à se surmonter tout ce bordel. Beaucoup de temps. Mais l'essentiel était qu'elles soient en vie.

Il serait là pour les aider à se reconstruire. Il s'en fit la promesse. Il devait à tout prix refréner son envie de se précipiter auprès d'elles.

Avant d'y prétendre, il lui fallait laver son nom et son honneur. Prouver son innocence.

Il avait hâte d'arriver à Fresno. De sortir de ce foutu taxi. De retrouver Green ou Fiddleton. De confondre cette raclure de Sullivan et sa secrétaire nymphomane.

De mettre fin à ce cauchemar.

Plus rien d'autre ne comptait.

44

DÉPARTEMENT DE POLICE DE VISALIA,
303 SOUTH JOHNSTON STREET
COMTÉ DE TULARE, CALIFORNIE
MARDI 19 MAI 2020
13 H 51

Dans la moiteur de son bureau, son sacro-saint café à portée de main, Phil ne savait plus où donner de la tête. Le court face-à-face avec Forsberg avait été épuisant. Le cul entre deux chaises, il avait laissé filer l'avocat de son plein gré. Bonne décision ? Le flic en lui acquiesçait avec vigueur. L'homme se montrait plus réservé.

Alors, agir dans ou contre l'intérêt de Will ? Phil se dit que c'était peine perdue. S'il arrêtait son ami, ce dernier parlerait. Le dénoncerait. Ils plongeraient tous les deux.

Les paroles de l'avocat au sujet de Lee-Ann le perturbaient aussi, même s'il n'avait pas hésité au moment de rappeler l'aide-soignante en pleine nuit, quand il avait fallu se rendre au Delta en catastrophe. Il ne connaissait qu'elle. Tout allait bien à la maison. Elle faisait son boulot avec sérieux. Il n'avait aucune raison de lui en vouloir. La preuve avec le coup de fil qu'elle lui avait donné en fin de matinée, au sujet de la visite d'un journaliste du *Times*.

Et pourtant. Les dires de Forsberg s'avéraient corrects. Il manquait des bijoux dans le coffret en bois de sa mère, celui qu'elle conservait depuis tout ce temps enfermé dans le buffet du salon et dont elle oubliait l'existence chaque jour un peu plus.

Pas le choix, il confronterait Lee-Ann, dès que toute cette histoire serait derrière lui. Sans la blâmer. Après tout, lui aussi se trouvait en fâcheuse posture en se rendant coupable de complicité de meurtre, de kidnapping et de séquestration. Des crimes d'une tout autre échelle.

Il valait encore moins que son aide-soignante.

Phil trempa ses lèvres dans son gobelet en carton.

Est-ce que Forsberg l'épargnerait, comme l'avocat le lui avait promis dans la cave ? Le lieutenant espérait que ce ne soient pas des paroles en l'air. Mais ça signifiait une chose : d'une manière ou d'une autre, Will devait tomber sans pouvoir l'incriminer. Phil eut des sueurs froides à cette idée.

Assis au bureau en face du sien, muet, Dimitris se grattait la barbe avec sa nonchalance habituelle, plongé dans le rapport de la scène de crime de Goshen. Il avait insisté pour revenir au poste dès aujourd'hui. Une soirée suffisait amplement. Pas question pour lui de rester sur la touche plus longtemps.

Le contredire aurait été louche. Phil en convenait. La relation entre les deux flics, si conflictuelle d'ordinaire, se pacifiait petit à petit.

Le téléphone sonna.

Le Grec laissa tout en plan et décrocha.

— Lieutenant Kanakis à l'appareil… Oui… Ah, bonjour docteur Stevens, merci de votre appel… Non, vous ne me dérangez pas…

Les sens endormis de Phil se réveillèrent à l'évocation du nom du légiste. Ce coup de fil ne signifiait qu'une chose : les résultats venaient de tomber.

Nouvelle rasade de café.

L'échange téléphonique s'éternisa. Dimitris attrapa un stylo et griffonna sur une feuille volante. Après quoi il le remercia et lui promit de le rappeler rapidement.

— Alors ? lança Phil à peine le combiné reposé.

— Stevens a les résultats des analyses sanguines pratiquées sur Anne Forsberg.

— Et ça donne quoi ? Ne me fais pas languir plus longtemps.

Le Grec s'exécuta, là où il aurait d'ordinaire cherché la confrontation.

— Ils ont retrouvé de grandes quantités de…

Il avisa le bout de papier devant lui.

— Midazolam. Apparemment, c'est un anesthésique très rapide et très puissant, de la famille des… benzodiazépines. Il a cité l'Hypnovel comme exemple. Il pense que c'est ça, d'ailleurs.

— T'es en train de me dire qu'elle a été endormie avant d'être tuée ?

— C'est ce qu'affirme le doc. Il ne sait pas si elle l'a ingéré à son insu ou si on le lui a administré.

— Je penche pour la deuxième option.

— Ouais, lui aussi. Et moi aussi, d'ailleurs. Vu les circonstances… En plus, Stevens affirme qu'une grosse dose injectée directement dans le nez endormirait le pire des hooligans en quelques secondes. C'est une technique très efficace, parfois utilisée en médecine d'urgence. J'ai pas du tout fait gaffe à ça. Je suis sur le cul.

Et moi donc, pensa Phil, avant de rassurer son collègue :

— Franchement, tu n'y es pour rien. Faut pas déconner : on est flics, pas docteurs. N'importe qui serait passé à côté de ce genre d'infos en découvrant ce carnage. Autre chose ?

— Stevens s'est gardé l'autopsie pour la fin de journée. Mais il pense qu'elle ne révélera rien qu'on ne sache déjà.

— Probable.

— Et… ah, il a ajouté qu'il compte pratiquer les mêmes analyses pour Erin Silva. Il est déjà en possession des échantillons sanguins. Si on retrouve le même produit…

— La piste d'un seul et unique tueur prendra de l'épaisseur, compléta Phil. On pourrait presque la valider.

L'étau se resserrait autour de Will. Si son ami se faisait pincer, Phil courait à sa perte, lui aussi. Il devait trouver un moyen de s'en sortir tout en restant du bon côté de la barrière. Le flic en lui se devait de reprendre le contrôle.

Le téléphone sonna à nouveau.

Le sien, cette fois.

Phil décrocha.

Harold Leroy.

Il s'y attendait, et pourtant il ne put s'empêcher de grimacer.

Putain, Amber, je t'avais dit de le laisser hors de tout ça…

Mais le lieutenant se trompait. Le reporter souhaitait le rencontrer pour lui parler d'une vieille histoire qui le concernait directement. Des faits survenus en 1987.

Au sujet de son frère.

Le temps se suspendit. Le Grec le dévisageait avec inquiétude. Lui demanda si ça allait.

Phil, abasourdi, ne répondit pas. Heureusement qu'il était assis, sinon il se serait cassé la gueule.

Le mystère s'épaissit lorsqu'Harold réclama la présence de son coéquipier. Que ça le concernait, lui aussi.

Rendez-vous fut pris pour la fin de journée. Phil proposa au reporter de passer au poste, ils y seraient à l'aise pour discuter. Ce dernier insista pour les rencontrer ailleurs, ce qui intrigua davantage le lieutenant.

Finalement, ils convinrent de se retrouver chez lui, sur Greenhouse Avenue, pour 19 heures.

Phil raccrocha, sur les nerfs.

L'attente serait longue.

*

15 h 30.

Will déprimait dans l'immensité dévastée de son salon. C'est à peine s'il avait dormi, somnolant sur le sofa, accablé par le stress et le sentiment de voir sa vie se déliter. Impossible de se reprendre depuis la veille au soir, lorsqu'il était tombé sur l'impensable. Pris d'un accès de rage incontrôlable, il avait hurlé, tapé, cassé tout ce qui se trouvait à portée de main, jusqu'à l'épuisement, laissant l'endroit dans un désordre indescriptible. Cette succession d'événements contraires et l'impuissance qu'il ressentait consumaient peu à peu sa volonté. Ses chances de sortir de tout ça indemne s'amenuisaient.

Pour éliminer Forsberg, encore fallait-il le retrouver ! Will repensa à l'aveu de Phil concernant l'évasion de l'avocat. Un mensonge ? Une étape de plus après le comportement rebelle de son ami dans la salle d'interrogatoire ? Mais ce dernier était bien trop impliqué dans toute cette histoire pour oser le trahir et libérer Forsberg de lui-même, non ? Dans tous les cas, l'entrepreneur ne pouvait compter que sur Phil. Son seul allié valide, puisque Sandy n'était plus là.

Ce qui l'amena à se poser la même question pour la millième fois.

Où se trouvait actuellement sa femme, toujours portée disparue alors que les jumelles avaient été relâchées ? Elle s'était volatilisée. Purement et simplement.

La théorie selon laquelle Sandy serait de mèche avec *Emily* gonfla dans son esprit. Will se prit la tête à deux mains.

Non, c'est juste impossible. Impossible. Elle n'aurait aucun intérêt à faire ça !

Ces pourritures détenaient sa femme quelque part. Ils s'en servaient comme moyen de pression. Voilà la seule et unique vérité ! Les nombreux mails envoyés à son corbeau, tous restés sans réponse. Le fait de n'avoir que son adresse électronique, et pas son numéro de téléphone. Ces éléments donnaient encore plus de poids à cette supposition. Will s'en voulut à nouveau de ne pas avoir été assez prudent lors de l'accord passé à l'origine avec les émissaires de Callaway & Partners. Accord pourtant entériné à l'issue d'âpres discussions, gage de sérieux pour lui qui avait l'habitude de graviter dans les hautes sphères et de fréquenter tous types d'investisseurs.

Il devait admettre que cette fois, il s'était fait duper dans les grandes largeurs. Son orgueil d'homme d'affaires chevronné en prenait un sacré coup.

Will tournait en rond, impuissant. Il se remémora l'échange téléphonique du Chubby's. L'échéance imposée. Les conditions de son succès. Car il n'était plus question que de ça, maintenant. Réussir.

Interdiction de penser à toute autre issue.

Vendredi, il jouerait bien plus que sa réputation ou son argent. Il mettrait sa vie dans la balance, ainsi que celle de sa femme et de leur enfant qu'elle portait en son sein. Il devait se concentrer sur Alec et Glenn. Quant à Forsberg, il ne pouvait que prier pour que l'avis de recherche porte ses fruits. Que le maillage policier se referme sur lui et que Phil finisse le travail.

45

17 GREENHOUSE AVENUE, VISALIA
COMTÉ DE TULARE, CALIFORNIE
MARDI 19 MAI 2020
18 H 27

Phil et Dimitris ne perdirent pas de temps.

Les deux lieutenants, pressés d'en savoir davantage, quittèrent le département de police plus tôt que prévu. Ils échangèrent des banalités tout au long du trajet sans pour autant faire retomber la pression qui les habitait. Une fois arrivés, Phil remercia Lee-Ann et lui donna sa soirée pour la seconde fois consécutive. L'aide-soignante ne demanda pas son reste. Janice dormait à poings fermés. La voie était libre.

Le soleil, déjà bien bas à l'horizon, ne tarderait plus à rendre les armes.

Peu avant 19 heures, un gros scooter rouge piment remonta Greenhouse Avenue en pétaradant pour s'arrêter devant la maison des Jones. Un homme grand et fin en descendit. Il enleva ensuite son casque et rajusta la sacoche qu'il portait en bandoulière.

Phil reconnut Harold Leroy tout de suite. Cet homme le mettait mal à l'aise. Peut-être à cause des avances incessantes d'Amber, auxquelles il avait parfois cédé, dans un élan de solitude coupable.

Les deux flics saluèrent le nouveau venu d'une poignée de main franche. Phil comprit dans les yeux du reporter que la gêne était réciproque. Mais pour Harold, quelque chose passait au-dessus de ces tensions. Quelque chose que Phil et Dimitris n'allaient pas tarder à découvrir.

Une fois installés dans le salon, trois bouteilles de bière décapsulées sur la table, les choses sérieuses débutèrent. Le trio se dévisagea un instant, dans un silence sépulcral. Phil n'accueillait jamais personne chez lui. Il en était incapable. Il tenta d'ouvrir la discussion mais ses lèvres restèrent scellées. Il n'en pouvait plus d'attendre, mais c'est comme si son corps lui disait de faire gaffe. De ne pas se précipiter.

Dimitris, stoïque, bras croisés et menton relevé, était dans l'expectative. Le Grec pensait qu'Harold les menait en bateau et cherchait juste à s'informer sur l'affaire. Son visage trahissait son évident manque de confiance.

Le reporter finit par briser la glace en sortant un porte-documents de sa sacoche, duquel il extirpa quelques imprimés. Il posa ces derniers à plat sur la table et les fit glisser dans le sens des deux policiers d'un geste lent. Marqué.

Deux titres leur sautèrent aux yeux.

« FUSILLADE À RECREATION PARK : PRÉSENCE POLICIÈRE RENFORCÉE APRÈS LE MASSACRE »

« FAMILLE ET AMIS DE DIVISADERO PLEURENT LEURS ENFANTS »

La copie d'un rapport de police accompagnait le tout.

Phil n'en croyait pas ses yeux. Il n'avait jamais eu accès à ces papiers, malgré tous ses efforts et ses recherches sur le sujet.

Il s'était toujours heurté aux murs du *Times*. Aux murs de son propre département de police. Selon le patron du journal et le capitaine de la station de Visalia, rien n'existait au sujet de l'incident qui avait coûté la mort à Daryl. Trop ancien. Les archives avaient été détruites.

Son frère décédé, son père disparu, sa mère dépressive, alcoolique, puis malade, Phil s'était résolu à vivre et à tout faire pour soutenir la seule famille qui lui restait.

Et voilà que tout d'un coup, tout lui sautait à la gueule.

Le lieutenant avisa la photo des enfants présente sur le second article, puis planta ses iris brillant de tristesse et d'incompréhension dans ceux du reporter, comme s'il cherchait à sonder ce dernier. À lui demander *pourquoi* et *comment*. Puis, pris de frénésie, il attrapa les copies et plongea avec avidité dans le texte retraçant la tragédie de janvier 1987. Il passa à l'aveugle les feuilles lues à Dimitris, tandis qu'Harold observait la scène avec attention, recroquevillé sur son siège, mains croisées et mine contrite.

Un passé inconnu, vieux de trente-trois ans, surgit et frappa les deux policiers en pleine tête. Un règlement de comptes entre deux gangs rivaux. En plein centre-ville. Beaucoup, beaucoup de morts. Dont cinq collégiens, parmi lesquels se trouvait Daryl.

Phil se revit gamin, auprès de sa mère, à lui dire qu'il voulait devenir flic, que ça lui plaisait. Qu'il voulait la protéger. Qu'il voulait que l'ordre règne. Que son frère, dont il ne se rappelait plus très bien, serait fier de lui. Janice l'avait encouragé sans trop y croire, un sourire amer accroché aux lèvres, entre deux verres de bourbon. Cette tristesse infinie, cette déchéance qu'il avait décelée sans pouvoir l'expliquer… il en tenait l'explication entre ses mains.

La famille Little était mentionnée dans le rapport de police. Un rapport dont on lui avait rabâché qu'il n'existait plus. Qu'il avait été détruit.

David, son chef actuel, simple agent à l'époque et Robert, son père, étaient présents ce jour-là.

La famille Little savait. Dave savait. Et pour cause : Robert déclarait être l'auteur du coup de feu mortel sur Daryl. Les forces de l'ordre avaient sanctionné plusieurs de leurs membres, sans révéler publiquement le nom du coupable.

Phil n'en revenait pas.

Tout ça signifiait une chose : Dave l'avait sciemment empêché de découvrir le rapport dont il tenait la copie ce soir.

Comment avait-il osé lui mentir, pendant toutes ces années ?

Phil lâcha l'imprimé. Ses mains tremblaient. Il respirait fort, la bouche ouverte. En état de choc.

Un toussotement le tira de sa torpeur.

— Je sais que tout ça est dingue, mais je veux vous expliquer comment ça s'est passé. J'ai mis la main sur ces coupures de presse après avoir compris que vous étiez à la tête de l'enquête, commença Harold en attrapant sa bière. Comme vous le savez, je travaille au *Times*, c'est donc un jeu d'enfant pour moi que de fouiller les archives. Pas besoin d'autorisation. Et je suis plutôt doué lorsqu'il s'agit de plonger dans d'anciens dossiers. Quand j'ai découvert ces articles, ma curiosité m'a poussé à en savoir plus.

Une étincelle surgit dans l'esprit brumeux de Phil.

— J'imagine que vous avez demandé à votre femme de faire les fonds de tiroir chez nous, avança-t-il.

Le reporter se contenta d'acquiescer et se désaltéra.

Phil avait la gorge sèche, mais sa boisson restait intacte. L'air lui manquait. Si on lui avait dit hier que la vérité sur la mort de son frère lui tomberait dans les mains comme ça, il ne l'aurait sans doute pas cru.

— Ça… ça lui ressemble bien, ajouta-t-il d'une voix éteinte.

Le lieutenant comprit qu'Amber avait dû profiter de la pénurie d'agents au poste pour passer à l'action sans être inquiétée.

Aux côtés de Phil, Dimitris allait de surprise en surprise. Le rapport lui révéla pourquoi son grand-père, Victor, qui vivait aujourd'hui à San Bernardino, l'avait poussé à servir ici, à Visalia.

À cause de cette histoire.

Et que dire de la doublette que le vieux formait avec ce Robert Little, le paternel du boss…

Le Grec se mordit les lèvres et avisa son collègue, consterné. Pour la première fois, il vit Phil sous un jour différent. Lui qui le raillait, se foutait de sa vie de fils à maman. Quelle honte. Il aurait mieux fait de la fermer.

— Je devais absolument vous voir tous les deux, reprit Harold. Vous êtes en première ligne sur l'affaire Forsberg, donc c'est à vous que je dois m'adresser, je me trompe ?

— Quel est le lien avec ça ? rétorqua Dimitris en brandissait le rapport de police.

— Je ne voulais surtout pas venir les mains vides. Si j'avais essayé de vous approcher directement, vous m'auriez envoyé promener.

Dimitris se gratta le crâne sans contredire le reporter.

— J'ai l'impression que William Sullivan n'est pas étranger à ce qui est arrivé aux Forsberg.

Phil ne réagissait pas. Ses méninges fumaient en retraçant sa vie et tous les moments passés au sein de la police de Visalia.

— J'ai appris qu'il était chez vous, en salle d'interrogatoire, poursuivit Harold, au lieu d'être au lycée Golden West, hier midi. Est-ce que c'est en rapport avec l'homicide de Goshen et la disparition des deux petites filles ?

Dimitris sonda son collègue, immobile, regard vague mains croisées, lèvres closes.

— Si je le savais, je ne vous le dirais pas, rétorqua le Grec.

— Même après ce que je viens de vous révéler ?

— Même après ça, ouais. Vous n'êtes pas flic. Vous n'avez pas besoin de…

— C'est possible, coupa Phil, provoquant la stupéfaction chez son collègue. Je… Je ne sais pas. Il fait partie des suspects, c'est tout ce que je peux vous dire à ce stade.

Phil parlait sans réfléchir, quitte à se mettre en danger, secoué au plus profond de lui par ce voile levé sur le plus grand mystère de sa vie. Mais il n'était pas au bout de ses surprises.

Le Grec s'érigea en ultime rempart face au reporter.

— Pourquoi ces questions, monsieur Leroy ?

Harold termina sa bière et se redressa sur son siège.

— Parce que j'enquête.

— Sur quoi exactement ? Vous n'avez pas à fourrer votre nez dans tout ça. Vous le savez.

— Sur demande d'Alec Green, l'un des anciens associés de William Sullivan, du temps de sa précédente compagnie, EduCorp, je crois. Une histoire de fraude présumée.

Le cœur de Phil fit un bond dans sa poitrine.

Will avait été négligent. Alec et Glenn se doutaient qu'il y avait eu magouille. Et ils comptaient le faire payer.

— Qu'est-ce qu'on fait ? embraya Dimitris.

Phil reprit le contrôle de la discussion.

— Rien. On ne fait rien pour l'instant. Tout ça, ce ne sont que des soupçons. Écoutez, Harold, je respecte votre travail. Je vous laisserai tranquille si vous n'ébruitez pas vos trouvailles, proposa Phil. Tant que la vérité n'est pas établie, vous ne faites que brasser du vent. Et ça nuit à l'enquête.

— Donc vous ne savez rien à ce sujet ? s'enquit le reporter.

— William Sullivan nous a dit l'inverse. Il doute de ses ex-associés. Il parle également d'un rassemblement, un rituel tous les deux mois environ. Le prochain débute vendredi, au camping de Buckeye. Mais ça, j'imagine que vous le savez déjà. C'est en dehors de notre zone, mais je vais aller y faire un tour. C'est tout ce que j'ai à vous dire, conclut Phil, provoquant l'ire de son collègue.

Harold hocha la tête. Bien sûr qu'il savait.

Lui aussi comptait s'y rendre et tirer tout ça au clair.

46

KAWEAH DELTA MEDICAL CENTER, VISALIA,
400 WEST MINERAL KING AVENUE
COMTÉ DE TULARE, CALIFORNIE
MERCREDI 20 MAI 2020
14 H 08

Gastón Ramirez réintégra sa chambre après sa batterie d'examens. À sa demande, ses petites-filles, perfusées et sédatées, avaient été placées dans la même pièce que lui. Elles dormaient paisiblement.

Il n'en revenait toujours pas. Par quel miracle Sophia et Ava s'étaient sorti des griffes de leur père ?

De nouveau allongé sur son lit, le maire saisit son téléphone portable. Une lumière bleue clignotait. Un appel en absence à 13 h 48. Vingt minutes plus tôt.

Emilio.

Il cliqua sur l'icône du contact et le recontacta dans la foulée. On décrocha dès la première sonnerie.

— Alors, *abuelo*[1], tu es content ou pas ?

Emilio le nommait ainsi depuis la mort de son véritable grand-père Raúl Ramirez. Le frère de Gastón.

— Emilio ? C'est toi qui as ramené les filles ? Tu as retrouvé cette ordure ? Est-ce que c'est… fini ?

Soupir prolongé dans le combiné, suivi de toussotements.

— Non. C'était pas Forsberg sur ce coup-là. Les petites étaient chez ton autre copain. Sullivan.

Ramirez savait qu'il y avait une chance sur deux que ce soit l'entrepreneur. Mais la nouvelle l'ébranla tout de même.

1. Grand-père en espagnol.

Sullivan avait atrocement mutilé et ôté la vie de sa fille.

Il se racla la gorge et chercha à en savoir plus.

— Pou... Pourquoi tu ne m'as pas prévenu tout de suite ?

— Parce que t'étais en train de clamser, le vieux. T'étais pas joignable et quand on a appris ton hospitalisation, on a continué notre sauce de notre côté. On a vite localisé les gamines. J'avais juste pas envie que tu nous refasses une syncope. Tu comprends ?

— Vous vous êtes occupés de lui j'espère ?

— Sullivan ? Non, on suit le plan. La pression est sur lui, maintenant. J'ai un atout dans ma manche. Je te garantis qu'il se bougera le cul.

— De quoi tu parles ?

Des gémissements apeurés se firent entendre dans le combiné.

Ramirez fit immédiatement le rapprochement.

— On tient sa femme, ajouta Emilio. Ou pour être exact, on tient sa femme et leur futur rejeton.

Le Mexicain ricana, fier de sa petite vanne foireuse. Rire qui se répercuta derrière lui.

Ils sont là tous les deux, conclut Ramirez.

— Ne lui faites pas de mal. Elle a toujours coopéré. C'est son mari que je veux ! Et puis...

Il pensa à Anne.

— C'est une mère, elle aussi. On ne touche pas aux femmes.

— On sait ce qu'on doit faire.

— Je te fais confiance, assura Ramirez. Mais ce n'est pas forcément le cas de Fabio. Et Forsberg ? Il est dans la nature. Lui aussi doit payer !

— Stresse pas, *abuelito*. Il paraît que Sullivan le tient. Mais je pense que ce sont des conneries. De toute manière, les flics ont lancé un avis de recherche. On a nos indics. De quoi le localiser rapidement. Et puis, s'il a des couilles, où qu'il soit, il va chercher à se venger de Sullivan. Forsberg est loin d'être con. On le retrouvera du côté de Buckeye, j'en mets ma main à couper. S'il n'y est pas, on s'en occupera après. Pas de quoi se casser la tête.

Ramirez alla dans le sens d'Emilio.

— Je vais voir avec le capitaine Little. Cet idiot ne se doute de rien. Et puis, je suis le maire, nom de Dieu.

— Tututut ! Non, non. Tu ne vas rien voir du tout, *abuelo*. Laisse-nous faire. On vient de te rendre tes petites filles, va pas tout foutre en l'air ! Reste dans ton coin. C'est un ordre. On a la thune de Sullivan. Sa femme en prime. On maîtrise. Que Sullivan réussisse ou pas à se faire l'avocat importe peu, au final. Tu peux compter sur Fabio pour passer derrière et liquider tout ce beau monde. Contente-toi de suivre les news, OK ? De mon côté, je m'occupe de la blondasse à Tijuana. Au chaud.

Le maire avisa Sophia et Ava, endormies. Son poing libre serra les draps. Rien à faire, Emilio avait raison. Il ne leur serait d'aucune utilité à présent.

— C'était pas censé aller aussi loin ! se défendit-il néanmoins.

— Les aléas du métier, *abuelito*. Les aléas du métier. C'est pas le moment de regretter tes choix. Tout ne se passe pas toujours comme prévu, c'est tout.

La discussion s'éternisa sur les dérives du plan originel. Emilio lui fit remarquer que tout ce bordel découlait de deux choses. D'une, son obstination à vouloir utiliser Sullivan pour tuer Carl, au lieu de s'adresser à eux directement. Emilio aurait accepté, même pour un salaire moindre. De deux, l'assassinat délirant d'Anne par l'entrepreneur, qui avait pété un boulon.

Lorsque le Mexicain réitéra ses ordres et raccrocha, Ramirez resta un moment bras tendu, téléphone en main, des regrets plein la tête. Quelle débandade ! Il se blâma une nouvelle fois pour ne pas avoir confronté son gendre à la seconde où il avait compris qu'il battait Anne. Quitte à tout perdre, autant que sa fille ait la vie sauve.

Trop tard.

Il avait merdé et ne pouvait plus rien faire d'autre qu'attendre que les scalps de Sullivan et Forsberg tombent.

*

Au poste de police de Visalia, tendu sur sa chaise, Dimitris n'en démordait pas.

Il fallait avertir le capitaine des avancées de l'enquête.

— Phil, écoute, vieux, je sais que tu es chamboulé par tout ce que nous a raconté ce Leroy hier après-midi. Tu dois en vouloir à mort au boss. Et pour être honnête, moi aussi, je lui en veux ! Mais c'est pas une bonne idée de ne pas le mettre au courant.

Phil secoua la tête.

— Non, ce n'est pas ça. Je ne sais pas quoi penser, à vrai dire… La seule chose qui compte à l'heure actuelle, c'est notre enquête. Je suis en charge. Dave est dépassé par l'ampleur que ça prend. C'est tout. En temps normal, je l'aurais prévenu après avoir remué toute cette merde. On ne dit rien pour l'instant et on le laisse gérer Ramirez dans son coin. J'aurai mes explications plus tard. Tu peux me croire.

Le Grec s'accouda à son bureau. Il se frotta les yeux en soupirant et conclut par son expression fétiche :

— Si tu le dis.

Phil ne s'arrêta pas à cet ascendant pris sur son collègue, répétant que de toute façon, Buckeye se situait hors de leur juridiction, et qu'ils n'avaient rien de concret pour appréhender Sullivan. Dimitris rumina. Un bon interrogatoire, à l'instar de ceux qu'il menait d'habitude ferait peut-être cracher la vérité à l'entrepreneur ! Il suffisait de le choper et de s'isoler dans un champ désert. Mais Phil campa sur sa position : pas question. *On le laisse aller à son fichu rassemblement et on avise ensuite.*

Trois coups secs retentirent. Sans attendre l'aval de l'un des deux lieutenants, la porte s'ouvrit. Amber. La rousse s'adressa à Phil, gênée.

— J'ai un visiteur pour toi. Un homme qui dit qu'il a vu Carl Forsberg.

Isaac Duncan, la quarantaine, le corps frêle, vêtu d'une chemise à carreaux rouge et blanche et d'un bermuda noir, portait un béret étouffant sa tignasse blonde. Assis sur sa chaise, le buste en avant, les coudes sur les genoux, il caressait sa moustache tout en expliquant aux deux lieutenants qu'il *pensait* avoir eu le fugitif comme client, hier après-midi.

Phil lui demanda de décrire son passager.

— Un grand type à lunettes, barbe de quelques jours, le visage un peu cabossé. Il doit faire pas loin de deux mètres ! Il portait un costume de vieux mafieux. Pas classe du tout. Un truc bas de gamme. Mais le plus étrange, c'était sa perruque. On voyait bien qu'elle était fausse. Je pense qu'il a pas un cheveu sur le caillou et je me suis dit qu'il complexait, au début.

— Autre chose ?

— Ouais, j'y viens, justement, dit le chauffeur de taxi en sirotant son café offert par la réceptionniste. Pendant qu'on roulait, ils ont parlé des deux gamines à la radio. Vous savez, celles qu'on a retrouvées sur le parking de l'hosto. Ils ont aussi parlé de l'avis de recherche diffusé contre Carl Forsberg, qu'il était dangereux et qu'il fallait le signaler, etc. Le mec s'est tendu, tout d'un coup. Et tenez-vous bien, il est monté sur ses grands chevaux pour défendre le père !

— Qu'est-ce qu'il a dit exactement ?

— « Qui vous dit que c'est le père, la cause de cette histoire », ou un truc du genre. C'est là que j'ai tilté. Faut savoir que c'est toujours les parents dans ces cas-là. Vous, les flics, vous comprenez ça, non ? Ben lui, il a rien voulu savoir. Et sa voix... Il m'a filé les jetons. Je vous dis pas la tension. Du coup j'ai fermé ma grande gueule pendant le reste du trajet et j'ai pris mes billets. C'est c'que j'avais de mieux à faire.

— Pourquoi avoir mis aussi longtemps à nous prévenir ?

— Ben, j'étais pas sûr de moi, quoi. Ma femme me dit sans cesse que je suis parano. J'ai fini par la croire. Je voulais pas passer pour un demeuré. Jusqu'à que je tombe sur le portrait de ce type sur l'avis de recherche. Il lui ressemblait vachement, même avec sa perruque et tout le bazar. J'ai pas mal cogité avant de me décider à venir. Et puis je me suis lancé.

Dimitris choisit cet instant pour mettre son grain de sel dans la discussion.

— Et vous l'avez emmené où, votre mafieux ?

Lorsque Duncan répondit, les deux flics se regardèrent, interloqués.

Une fois le témoin parti, Phil songea à ce qui pouvait motiver Forsberg. Pourquoi aller à Fresno ? D'ailleurs, l'avocat était-il au courant du rassemblement ? Prévoyait-il de frapper là-bas ?

Les deux flics passèrent les trois heures suivantes à établir tous les scénarios possibles. Phil avait la sensation que quelque chose lui échappait, sans savoir quoi exactement. Ça le frustrait. Le Grec lui proposa d'aller manger un bout. Il refusa. Dimitris s'excusa presque de devoir rentrer alors que la nuit tombait sur la Vallée.

Une fois seul, les pensées de Phil s'orientèrent vers Will. La source de tous ses ennuis.

Que faire ? Le soutenir ou, au contraire, l'arrêter ?

Il devait trancher.

Après une intense réflexion, cette fois, une option se détacha. Il appela l'entrepreneur et l'avertit du lieu où se trouvait Carl Forsberg. Ajouta que l'avocat cherchait certainement à entrer en contact avec ses anciens associés. Le soulagement illumina un bref instant la voix de Will, le temps d'un remerciement où il salua son amitié et sa loyauté à toute épreuve.

Après une hésitation, Phil répondit que c'était normal.

Que c'était la meilleure chose à faire pour lui.

47

QUARTIER DE TOWER, FRESNO, COMTÉ DE FRESNO, CALIFORNIE JEUDI 21 MAI 2020 12 H 22

Nouvelle journée dominée par la chaleur à Fresno.

Nouvelle journée de déprime. Elles gagnaient en fréquence depuis quelques semaines. Glenn se réfugiait dans l'alcool de plus en plus tôt.

18 heures.

15 heures.

14 heures.

Midi.

Il battait son record, aujourd'hui.

Les démons du whisky l'enivraient, lui permettaient de s'évader dans un monde dénué de peur et de contraintes. Un monde où il avait le contrôle absolu. C'était absurde d'agir ainsi, il le savait. Mais sans personne à qui parler et après une lutte incessante contre lui-même, il avait fini par lâcher prise. À présent, il dérivait, dérivait, sans savoir où cela l'emmènerait. Il s'en foutait, à vrai dire.

Pas un seul étudiant à qui causer dans la moiteur du Stones. Rien que des hommes d'affaires. Des poivrots comme lui. Et quelques familles, aussi. Tous en train de déjeuner. Ça sentait le graillon et la clope.

Lui bouffait liquide pour la seconde fois consécutive.

Il sortit sur la terrasse et s'alluma un bon gros joint à l'abri du paravent. De quoi planer un peu plus cet après-midi. Au lieu de se rendre à Visalia pour le boulot, il rentrerait à Sanger, tranquille, s'allonger près du canal au milieu de la nature. L'idéal pour se ressourcer. Pour faire le vide.

À partir de demain, il rechargerait les batteries au contact de ses anciens associés. Puis il serait temps de prendre le taureau par les cornes et d'affronter celle qui lui rendait la vie impossible. Il lui montrerait qu'il y avait toujours une paire de couilles dans ce pantalon.

Dès lundi, il larguerait les amarres, partirait à l'aventure à bord de son van. Il avait toujours voulu traverser le pays, en s'arrêtant là où son feeling le porterait. Les lambeaux de son cœur de père s'envoleraient en fumée à cette initiative, mais c'était trop tard. Son âme le poussait à se réaliser ailleurs. De toute manière, ses gosses le détestaient. Ils n'exprimeraient pas le moindre remords ni n'essaieraient de le retenir. Il risquait même de se faire humilier une fois de plus.

Glenn appréciait Will et Alec, ses anciens collègues, mais pour lui, ce rassemblement serait le dernier. Il était grand temps de passer à autre chose. Changer enfin de vie.

Il inspira à pleins poumons puis soupira. Un frisson le parcourut.

Il écrasa son buzz et s'apprêtait à retourner dans le bar lorsqu'on l'interpella.

*

Forsberg leva les yeux sur sa cible. Il reconnut immédiatement le visage allongé et creusé par la fatigue de Glenn Fiddleton, l'un des trois associés d'EduCorp. Le plus frêle et le plus fragile psychologiquement. Celui dont il connaissait le mieux la situation. Une chance.

Il avait bien fait de se trouver un nouveau costume, la veille, avant de tailler sa barbe – qu'il tenait à conserver – et de retoucher légèrement sa perruque. Le chauffeur de taxi ne lui disait rien qui vaille, aussi cette précaution s'était imposée d'elle-même. Exit le mafioso, bienvenue à l'élégant homme d'affaires à l'impeccable complet sombre.

— Je vous offre un verre ? tenta l'avocat.

Fiddleton se figea un court instant puis haussa les épaules. Forsberg réprima une grimace de mépris. Ce mec ressemblait à une poupée de chiffon. Il devait boire depuis un petit moment déjà. Sans parler du joint qu'il venait de se taper devant lui.

— Et pourquoi pas, tiens. Ça tombe bien, j'ai quelque chose à célébrer. Je vous laisse choisir.

Cinq minutes et un ordre plus tard, deux verres et une bouteille atterrirent sur la table que partageaient les deux hommes sur la terrasse clairsemée.

— Vodka à cette heure-ci ? s'interrogea Fiddleton.

— Je peux en dire autant de vous, rétorqua l'avocat en pointant du doigt le fond de whisky que tenait son interlocuteur. Journée difficile ?

Glenn vida son verre et le fit claquer sur la table.

— Si seulement on ne parlait que d'une journée ! Ma vie est un enfer. Mais ça va bientôt changer.

L'associé, pas méfiant pour un sou et trop heureux de trouver quelqu'un à qui parler, s'épancha sur ses problèmes dans les grandes largeurs. Boulot, famille, amis… Tout y passa.

Forsberg écouta, esquissant quelques sourires condescendants au passage.

L'ennui total. Heureusement pour lui, le plus divin des alcools accompagnait son calvaire. Putain, ce type méritait bien le surnom que lui donnaient ses gosses. Et encore. *Fiotte*, c'était léger.

Alors que Fiddleton continuait son monologue, Forsberg pensa à Anne. Dingue comme leurs deux couples étaient aux antipodes l'un de l'autre.

Il profita d'un blanc pour reprendre la direction de la discussion.

— Vous dites que votre vie va changer ?

— Ouais. J'arrête les frais. Terminé. Je vais me battre, montrer que j'en ai.

Forsberg hocha la tête.

— C'est la moindre des choses. Tout ça ne serait jamais arrivé avec moi, vous pouvez me croire.

— Nous ne sommes pas tous égaux devant la violence.

La philosophie de sous-sol de Fiddleton le laissa pantois.

— Alors, levons nos verres à votre nouveau départ.

Les deux hommes se toisèrent du regard avant de lever à nouveau le coude.

— Assez parlé de moi. Et vous ? Qu'est-ce qui vous amène ici, aujourd'hui, pour enchaîner des shots en plein milieu de journée ?

— Je suis de passage à Fresno jusqu'à demain. Je viens chercher quelque chose qui m'appartient, dirons-nous.

— Quoi donc ?

L'avocat se renfrogna.

— Ma dignité, pour commencer. Elle s'est barrée sans que je ne puisse me défendre. Je ferai tout pour la retrouver.

Fiddleton pencha la tête face à cette réponse énigmatique, avant de se resservir. Vautré sur sa chaise, joues empourprées par l'alcool et crevasses sous les yeux, son compte était bon depuis un moment.

— Moi aussi ! s'exclama-t-il. Encore deux ou trois choses à régler et je mets les voiles.

Il se mit à compter sur ses doigts, sourire accroché aux lèvres.

— Un rassemblement, une explication, et hop ! *Hasta la vista !*

— Un rassemblement de quoi ? De famille ?

— Non, non, non. Enfin, si, mon ancienne famille. De boulot. J'ai bossé pendant presque trois ans dans une start-up, à Visalia. Puis tout est parti en vrille. Mais on continue à se voir régulièrement.

Forsberg sentit son cœur battre plus fort.

Une rencontre récurrente ?

Il bascula un troisième verre, se resservit et en profita pour ravitailler Fiddleton.

On passait enfin aux choses sérieuses.

— Je vois. Une start-up, hein ? C'est vrai qu'il y en a de plus en plus dans le coin. Un vieux rêve pour beaucoup que de réussir dans la Vallée. Que s'est-il passé ?

— On a coulé face à la compétition. Pas de bol, hein. Même si je pense qu'on aurait dû faire plus gaffe. On était peut-être trop sûrs de nous.

— Mais vous avez quand même gardé contact.

— Oui, Will et Alec sont de bons potes malgré tout. Et puis, comme dirait Will, on sera peut-être amenés à retravailler ensemble un jour !

Forsberg retira son chapeau et gratta le haut de son postiche. Face à lui, Fiddleton regardait en l'air en soupirant. Sûrement en train de se souvenir du bon vieux temps.

— Will, vous dites ? William Sullivan ? Je suis aussi de Visalia, et je connais un Will qui bosse dans ce monde-là.

— Ça doit être lui, supposa Glenn. Le monde est petit.

Puis, affichant un rictus gêné :

— Avec tout ça, je ne me suis même pas présenté. Glenn.

Je sais qui tu es, mon grand.

L'ex-associé tendit son bras maigre et atone dans sa direction. L'avocat lui serra la poigne sans conviction.

— Carl.

L'homme de loi ne put réprimer une mine de dégoût. Ce type représentait tout ce qu'il détestait. Cette loque, un mec ? Mou, faible d'esprit, battu par sa femme… Comment Sullivan avait pu s'entourer de losers comme lui ?

La chance était de son côté. Glenn semblait mûr, prêt à partager avec lui ce qu'il savait. Forsberg mena habilement l'échange, comme il savait si bien le faire.

Au bout de la route, la déception.

Glenn lui parla juste des « décisions irrévocables et inévitables » que Will s'était résolu à prendre pour le bien de leurs carrières respectives, sans entrer dans les détails. L'avocat creusa sans déterrer le trésor qu'il convoitait. Glenn ne savait rien et vouait une confiance aveugle en son ex-patron.

Déçu, Forsberg décida de changer de braquet avant que Glenn ne se rende compte de la fixette qu'il faisait sur le business d'EduCorp. Il revint sur le sujet qui lui brûlait les lèvres à présent. L'occasion était trop belle.

— Et votre rassemblement alors, c'est quand ? Qu'est-ce que votre ex-associé a prévu de beau ?

48

CALLE COAHUILA, ZONA NORTE, TIJUANA, MEXIQUE JEUDI 21 MAI 2020 17 H 07

Emilio Ramirez remonta la rue bruyante et poussiéreuse d'un pas léger. En dépit du macadam en mauvais état, craquelé voire troué par endroits, des gens posaient de grandes nappes à même le sol et s'asseyaient à l'ombre des maigres chênes qui bordaient la voie. D'autres préféraient de petites chaises pliantes qu'ils installaient sous les tentes de fortune où ils vendaient fringues et bibelots à des prix dérisoires. L'activité sur le marché déclinait aussi sûrement que le soleil en cette fin d'après-midi. Emilio traversa la zone bière à la main, en sifflotant, distillant salutations, petites tapes et accolades à ses gars, récupérant au passage quelques enveloppes bourrées de fric. Celui récolté la nuit dernière dans cette artère de la ville, où la prostitution battait son plein en toute légalité et où le trafic de drogue atteignait des sommets.

Le malfrat jouissait d'une belle cote de popularité à la Calle Coahuila, son secteur, à deux pas de la frontière avec les États-Unis. Le gang auquel il appartenait avait la mainmise sur les lieux et y régnait en maître.

Les poches pleines d'offrandes de ses subalternes, il reprit son chemin et dépassa un garage auto malfamé, centre de réparation des taxis blancs à motifs rouges qui arpentaient la zone nord. Ces derniers lui appartenaient et transportaient voyageurs paumés, clubbeurs venus de Californie en quête de sensations fortes à moindre prix ou autres petites frappes locales.

Emilio se dit qu'il récupérerait son dû plus tard et continua sa route jusqu'à atteindre un secteur où les voitures dominaient de nouveau le bitume lézardé. Une odeur pestilentielle se mêla à celle du goudron et des gaz des pots d'échappement. Le Mexicain se couvrit le nez. Un chien crevé pourrissait dans un caniveau, cinq mètres devant lui, entouré de mouches et dévoré par les asticots qui grouillaient sur sa carcasse décharnée. Emilio pressa le pas et bifurqua à l'angle d'un magasin de glaces à la façade verte, blanche et rouge. Puis il poussa une grille blanche rongée par la rouille, qui couina pour dévoiler une arrière-cour minuscule tapissée de graviers et de détritus.

Abuelo avait raison. Pas question de déconner avec sa détenue, son invitée de marque. Elle devait rester en pleine forme jusqu'au dénouement. Il n'aurait peut-être pas dû l'abandonner aux mains de ses subordonnés deux jours durant. Autant confier une antilope à une meute de lions ! Même s'il les avait menacés au cas où ils tenteraient de faire joujou avec elle, Emilio ne se faisait guère d'illusions sur ce qu'il avait pu se passer en son absence.

Il termina sa bière et la jeta avec dédain au milieu de l'amoncellement d'ordures. Puis il s'attaqua aux trois molettes du cadenas condamnant une porte en bois rouge, d'apparence peu solide. N'importe quel mec bien constitué pourrait faire péter cet accès branlant de quelques bons coups d'épaule.

Mais pas cette blondasse en cloque.

Il trouva la trentenaire assise sur un sofa vert miteux, tremblante de peur, en culotte, pieds et poings entravés par du gros scotch. Son ample t-shirt déchiré laissait entrevoir sa poitrine et son ventre rebondi. Son visage tuméfié témoignait du traitement subi depuis qu'on la gardait ici. Une traînée de sang séché courait depuis sa tempe jusqu'en bas de son cou. Une autre s'étirait entre son intimité et le bas de ses cuisses. Ça empestait le sexe, le vomi et la bouffe avariée.

D'une voix aiguë, Sandy implora son ravisseur de ne pas lui faire de mal. Ce à quoi Emilio répondit d'un calme froid que ce n'était pas son intention. Que c'était lui le chef ici, et que de toute manière, les meufs enceintes ne l'excitaient pas, mais alors pas du tout. Il poussa le vice jusqu'à se présenter pour établir un semblant de proximité avec sa proie.

Le Mexicain s'était montré magnanime au moment de l'enlever. Il aimait le travail bien fait. Un seul coup, puissant, sec et précis, suffisant pour l'envoyer au pays des rêves. Des liens pas trop serrés. Pas besoin d'en faire des tonnes. Et voilà que, patatras, il avait tout foutu en l'air par négligence, en la confiant à ses hommes. Ces chiens galeux avides de chair fraîche ne perdaient rien pour attendre.

Devant lui, Sandy Sullivan semblait souffrir le martyre. Emilio décela qu'au-delà de ses blessures physiques et les larmes qui inondaient son faciès de boxeur après une bonne dérouillée, une autre forme de souffrance plus profonde la rongeait. Probablement le choc de voir son mari dérailler à ce point ?

Il saisit la bouteille d'eau qui traînait sur la table et la fit boire. Elle n'opposa pas de résistance, bien au contraire. Elle mourait de soif.

Emilio avisa ensuite l'heure.

17 h 22.

Fabio devait être arrivé à Visalia, pour une halte salvatrice avant le grand jour. Nul doute que son frère d'armes était ravi de ce voyage du côté américain, là où il était né. Une fois son boulot terminé, il pensait même rendre visite à sa vieille mère Rosita et à son beau-père infirme. Puis il pousserait jusqu'à San Diego, à la rencontre de Juan, son frérot, de plus en plus réceptif à son discours. De bien belles vacances, en somme.

Emilio utilisa la caméra de son smartphone pour prendre la blonde en photo, puis se fendit d'un ultime message à l'encontre de l'entrepreneur. Ce dernier l'avait bombardé de mails. Une cinquantaine en vingt-quatre heures ! Quel con il faisait. Comme si ça allait changer quoi que ce soit.

Le Mexicain termina son mot en signant de son vrai nom, cette fois. Puis il joignit le cliché et envoya le tout. Nul doute que ça suffirait à calmer les ardeurs de Sullivan.

*

Sandy n'osait plus prononcer un mot. Son ravisseur, ce grand brun musculeux, à la peau basanée presque entièrement recouverte de tatouages, caressait sa barbichette en tapotant sur l'écran tactile de son téléphone mobile. Emilio, froid comme la glace, l'avait assurée qu'il ne la toucherait pas, une main enserrant la petite croix qui pendait sur son torse.

L'infirmière, à bout de forces, ne savait plus à quel saint se vouer. Son corps ne lui appartenait plus, ravagé par ce groupe de jeunes pleins de drogue et d'alcool, sous la contrainte d'une arme. Son cœur non plus détruit par la maladresse et la folie de Will. Les deux la faisaient atrocement souffrir. Elle aurait voulu mourir. Mais elle devait s'accrocher pour la vie qui dormait en elle désormais. Trouver la force de résister. De survivre. Échapper à cet enfer et repartir de zéro, loin d'ici.

Pourquoi pas dans son Colorado natal, tiens. En voilà une bonne idée.

Son esprit s'envola vers les reliefs entourant Denver et avec eux, la promesse d'une vie meilleure.

PARTIE VI

49

BUCKEYE FLAT CAMPGROUND
COMTÉ DE TULARE, CALIFORNIE
VENDREDI 22 MAI 2020
16 H 17

Le SUV filait sur le sentier étroit en direction du camping de Buckeye. À son bord, Will, attention fixée droit devant à dix mètres au travers de ses lunettes de soleil, tenait le volant à deux mains comme s'il craignait de le voir se désolidariser du poste de conduite.

Jour J.

Tout se déciderait lors des prochaines heures.

Côté organisation, tous les deux mois, l'un des anciens associés fixait le lieu du rassemblement. En novembre, pour leurs premières retrouvailles après la fermeture d'EduCorp, Will avait opté pour un camping tout confort près du parc de Yosemite. Pour leurs deuxièmes rencontres, fin janvier, Alec s'était prononcé pour un week-end urbain du côté de Sacramento. Glenn les avait emmenés prendre l'air du large, à La Jolla, non loin de San Diego pour leur troisième réunion, fin mars.

À l'occasion du quatrième rassemblement, une nouvelle boucle commençait. Will, à qui revenait à nouveau le droit de choisir l'endroit où il se tiendrait, n'avait pas franchement innové. Lui qui aimait les randonnées avait encore penché pour un camping. Moins renommé et plus isolé cette fois. De quoi accomplir sa tâche dans un cadre maîtrisé. Le camp de Buckeye, niché au cœur d'une dense forêt de chênes, à quelques encablures de l'entrée du Sequoia National Park, présentait tous les atouts pour le satisfaire. Petit, peu fréquenté à cette période de l'année – la saison venait juste d'ouvrir – il était le point de départ de différents sentiers de randonnée, dont certains non entretenus et donc très peu empruntés. Pour compléter le tout, il n'était accessible que par ce chemin sinueux et étroit, cette « deux-voies aussi large qu'une seule » qui imposait rigueur et prudence à ses usagers. De nombreux avis recueillis en ligne avaient conforté Will dans son choix.

L'entrepreneur approchait de sa destination en pensant en boucle au mail envoyé par Emilio. Ce salaud n'avait pas hésité à employer son véritable nom cette fois, au moment de signer son message. Il ne se cachait plus.

Et que dire de la photo jointe ? Le cœur de Will avait failli s'arrêter pour de bon en découvrant sa femme à moitié dénudée, rongée par la souffrance et le chagrin, le visage rougi et sanguinolent, des bleus sur tout le corps. Sans parler des autres endroits d'où s'écoulait le liquide carmin, témoin de blessures plus intimes, plus profondes. Plus douloureuses.

Will ne voulait pas imaginer le traitement subi par Sandy. Tout ça à cause de lui ! Jusqu'à quel point ces ordures de Mexicains étaient-ils allés ? Dans quel coin malfamé la retenaient-ils ?

Quelle abomination.

Quelle impuissance.

Il serra les dents. Ses doigts se crispèrent à nouveau sur le volant alors qu'il braquait sur sa droite à la faveur d'un virage sec, sur une portion à visibilité réduite.

Il n'avait pas le choix s'il voulait conserver une chance de sauver sa femme et leur futur enfant. Ils avaient sciemment décidé de ne pas connaître le sexe, se réservant la surprise pour le jour de la naissance. Jour de plus en plus hypothétique. Sandy ne tiendrait pas longtemps à ce rythme. À presque six mois de grossesse, le stress provoqué par son enlèvement ainsi que le tourbillon de violence déchaîné contre elle présentaient un vrai danger pour sa vie. Pour *leur* vie.

Encore un risque que Will ne maîtrisait pas. Bon dieu, qu'il détestait ça. Pas le choix. Il s'acquitterait de sa mission, c'est tout. Quitte à y perdre le peu d'âme, le peu d'humanité qui lui restaient. Sans penser aux conséquences en cas d'arrestation. Cette éventualité existait, même si Phil semblait être de son côté. Will en avait douté après la supposée « fuite » de Forsberg de la cave où ils le retenaient prisonnier. Scepticisme chassé par le coup de fil d'avant-hier où son ami l'avait tenu informé de la situation de l'avocat, localisé pour la dernière fois à Fresno.

Non, Phil ne le trahirait pas. Et tant que le capitaine Little restait en dehors de tout ça, il aurait un coup d'avance sur les forces de l'ordre.

Quoi qu'il en soit, pour ce qui l'attendait aujourd'hui, Will ne devait compter que sur lui-même. Il avait été clairvoyant en demandant à Sandy de récupérer de nouvelles ampoules du produit. Il en avait retrouvé quatre soigneusement empaquetées dans le sac de sa femme, peu de temps après avoir saccagé le salon sous le coup de la colère. De quoi couper court à son élan destructeur. C'était comme si Sandy lui disait d'arrêter de se lamenter et de se bouger le cul pour l'arracher à ses geôliers.

Will avait passé les vingt-quatre heures suivantes à réfléchir sans parvenir à établir un plan. On ne devenait pas pro dans l'art de tuer en moins d'une semaine.

Il ferait comme les deux premières fois. Endormir ses cibles, puis finir le travail à l'arme blanche. Pas la meilleure méthode, certes. Mais la seule qu'il connaisse. Sa signature, en quelque sorte.

Son ventre papillonna lorsqu'il repensa au soir de cette improvisation totale avec Erin. Tout avait commencé avec cet acte aussi dingue qu'imprévu. Aujourd'hui, il refermerait le chapitre EduCorp en s'occupant d'Alec et de Glenn. Ça le rendait triste, d'autant plus qu'à l'inverse de sa secrétaire, ses associés ne savaient rien du montage financier foireux qu'il avait accepté. Est-ce qu'il aurait dû les inclure dans cette opération, s'armer de leur expertise, au risque d'entacher sa réputation ? Avec le recul, Will se dit que oui. Il aurait bénéficié de leur point de vue, de leur ressenti. À trois, ils ne seraient pas tombés dans ce piège grotesque.

Personne n'aurait eu à souffrir.

Personne n'aurait eu à mourir.

La Mercedes passa au ralenti devant la guérite du *ranger*. Will baissa la vitre et présenta ses papiers – dont celui de la réservation faite quelques semaines plus tôt – et s'engagea par la droite dans l'anneau desservant les vingt-huit emplacements de camping. Il s'arrêta moins de dix mètres plus loin, sur le site numéro 1, le plus proche de l'entrée. Pour plus de tranquillité et de sûreté, il avait choisi celui-ci, ainsi que le 27. Les deux encadraient le 28, lui aussi loué et idéalement placé, où les trois compères installeraient leur camp pour la nuit. Aucun véhicule ne quitterait le lieu avant le lendemain matin, ce qui signifiait que personne ne conduirait au travers de leur zone d'ici là. Au minimum. De quoi lui donner toute latitude pour passer à l'acte sans être vu.

Will traîna ses chaussures de marche toutes neuves sur la dizaine de mètres le séparant du van rouge stationné de biais au milieu de l'emplacement, portes arrière ouvertes en grand. Pas le genre de véhicule qu'il affectionnait. Trop grand, trop encombrant. Surtout pour venir ici. Mais aucun endroit sur cette terre ne résistait à Glenn au volant de cet engin.

Will aperçut ce dernier de dos. Vêtu d'un t-shirt blanc à manches courtes et d'un pantalon beige trop court, casquette noire vissée sur le crâne, Glenn s'affairait dans son utilitaire avec une lenteur toute calculée. Le matelas posé à même le plancher du véhicule croulait sous la quantité de vivres et le matériel de camping entreposé dans un désordre au sein duquel il était certainement le seul à se retrouver. Encore une fois, cet idiot avait prévu trop large.

Trop généreux en toutes circonstances, sa marque de fabrique, se dit Will.

L'entrepreneur le héla.

Glenn se retourna. Son visage s'illumina d'un seul coup.

— Will !

— Salut, Glenn. Depuis quand tu es là ?

— Oh, tu me connais, j'aime ma petite sieste de début d'après-midi. Ça doit bien faire deux heures déjà.

Il abandonna son fouillis pour lui donner l'accolade de ses grands bras maigres.

Après un court échange de banalités sur la chaleur qui régnait aujourd'hui et sur la galère pour se rendre sur le camp, Will proposa son aide d'un air faussement enjoué.

Les deux hommes déchargèrent les tentes et les posèrent à même le sol. Rien ne pressait, ils auraient tout le temps de les monter avant la fin de la journée. En revanche, le stock de nourriture nécessitait une attention toute particulière. Glenn s'occupa de le placer en sécurité dans la « Bear Box » attenante à l'emplacement, une grosse boîte marron floquée du numéro 28. Mieux valait ne pas prendre à la légère le risque d'incursion d'ours sur le camp, ces derniers étant habitués à la présence humaine dans cette région et ne se gênant pas pour venir faire leurs emplettes auprès des campeurs les moins disciplinés.

Will profita d'un instant libre à l'arrière du van pour se charger de la glacière bleue et blanche à l'effigie d'EduCorp, l'une de leurs nombreuses lubies à l'époque, avec les tasses, les stylos et autres carnets de notes arborant le même logo. Il la remplit avec méthode, en commençant par y déposer la petite lame crantée qu'il sortit de son étui, caché sous ses vêtements, le long de sa hanche. Il recouvrit l'arme de plusieurs couches d'essuie-tout, puis ajouta pêle-mêle une demi-douzaine de bières ainsi que des pains de glace. Il attrapa ensuite l'une des grandes bouteilles d'eau sur sa droite, l'ouvrit et y versa le contenu de deux ampoules de midazolam. Ça suffirait amplement à endormir ses deux amis. Et pas besoin de seringue, cette fois. Les connaissant, ils ne feraient même pas gaffe que la bouteille d'eau avait été ouverte.

Will la plaça au-dessus des bières et referma la glacière.

Il garda les deux autres ampoules. Une pour Forsberg. Une pour parer à toute situation d'urgence.

Il ne restait plus qu'à attendre que les choses se fassent, le plus naturellement possible.

Alec arriva à son tour, le visage pivoine, ruisselant de sueur, à 17 heures. Il haletait sous son éternelle veste de survêtement rouge à bandes blanches, lesté de son sac à dos fétiche bardé de pin's et d'autocollants. Il portait un short de basket bleu tombant au-dessus de ses gros mollets poilus, et des chaussures de running aux pieds. Grandes comme des bateaux, se disait toujours Will. Celles qu'il mettait en toutes circonstances et qui criaient qu'on les remplace.

Alec avait fait le trajet à sa manière. C'est-à-dire en empruntant les transports en commun autant que possible, avant d'opter pour le taxi pour rallier le camp. Drôle de façon de concevoir les choses.

Will se dit qu'il ne changerait jamais. Avec ce look dépareillé et ce genre de lubies, ce Seth Rogen du pauvre resterait célibataire à vie. Une étrange sensation envahit l'entrepreneur lorsqu'il le salua. Poignée de main forcée, lueur suspicieuse dans le regard... Alec ne cachait pas son manque d'entrain, aux antipodes de celui affiché par Glenn.

— Comment tu vas ?

— On fait aller, on fait aller, marmonna l'informaticien. Quelques déceptions, récemment. Et toi alors ?

Le ton employé était glacial. Will masqua son mal-être en s'obligeant à sourire.

— Pareil, mon vieux. Pareil. Les temps sont durs, tu sais.

— Je comprends parfaitement.

Le nouvel arrivant paraissait désabusé. Il proposa de leur filer un coup de main d'une voix morne, puis joignit le geste à la parole, en silence, les traits tirés.

À quoi pensait-il ?

La question ne resta pas en suspens bien longtemps. Alec laissa tout en plan et se redressa subitement quelques minutes plus tard.

— Et si on allait faire un tour ?

Lorsque l'informaticien pointa du doigt l'entrée du sentier face au groupe, en suggérant d'aller se dégourdir les jambes, Will sut que ça n'aurait rien d'une promenade de santé.

Il empoigna la glacière et suivit ses deux anciens associés.

Le voile sombre de la détermination recouvrit ses iris.

Le moment fatidique approchait.

50

BUCKEYE FLAT CAMPGROUND
COMTÉ DE TULARE, CALIFORNIE
VENDREDI 22 MAI 2020
17 H 20

Inhabituelle.

Voilà comment Will qualifiait l'idée d'Alec, pas vraiment friand d'escapades en plein air, comme il l'avait démontré six mois plus tôt en refusant de les accompagner, Glenn et lui, sur les sentiers du parc national de Yosemite. Les efforts physiques lui filaient des boutons. En quoi cela avait-il changé ?

Cette initiative soudaine, bien qu'étrange, fut bienvenue pour l'entrepreneur. Pas besoin de prétexte fallacieux pour inviter ses collègues à s'éloigner du campement pour leur régler leur compte.

Cette seule pensée lui glaça le sang.

Et si Alec avait un but similaire ?

Non, impossible. Alec vivait à Fresno depuis des mois, sans jamais exprimer le moindre soupçon à son sujet.

Simplement mal luné, alors ? À moins qu'il ne traverse une passe difficile sur le plan personnel ?

Le trio avançait en file indienne le long d'un étroit chemin de terre, légèrement pentu, au travers d'une zone humide, touffue et infestée de moustiques. Glenn ouvrait la voie en battant des bras comme un pantin désarticulé, chassant avec sa casquette les nuages d'insectes et repoussant d'une main ferme les branches de chêne récalcitrantes qui se dressaient en travers de leur route.

Aucun d'eux ne s'exprima pendant plusieurs minutes, l'attention focalisée sur les nombreux écueils naturels à leur progression. Pas plus qu'ils ne prirent le temps d'admirer le patchwork de fleurs sauvages, témoin de la fabuleuse biodiversité qui s'offrait à eux.

Alec brisa le silence par des geignements qui se muèrent en plaintes, se traitant de clown pour ne pas s'être équipé plus décemment. Ses paumes claquèrent de plus en plus fort sur ses mollets, sans pour autant le défaire des tiques avides de sang qui s'y agglutinaient. L'informaticien passait un sale quart d'heure. Visage renfrogné, bougon, typique des moments où il se perdait dans les abîmes de sa réflexion, ce dernier continua d'exprimer son inconfort par des jurons bien sentis et se mit à presser le pas. De toute évidence, quelque chose le contrariait davantage que cette marche improvisée à contre-cœur.

Glenn, éclaireur de fortune, s'évertuait à ignorer la tension grandissante entre ses deux amis. L'éternel suiveur guidait le groupe avec un zèle surprenant.

Will se crispa alors qu'ils s'enfonçaient plus loin dans la végétation. L'ombre de la flore environnante s'étira jusqu'à les submerger. La chaleur humide devint étouffante, sans que l'entrepreneur sache si cela émanait de lui ou de l'atmosphère qui les enserrait.

La soif le poussa à spéculer à nouveau sur le futur immédiat.

Lequel de ses deux anciens associés mordrait à l'hameçon le premier ? La dose suffirait-elle et surtout, quelle serait la réaction de celui n'ayant pas encore bu en voyant l'autre s'écrouler ? Ferait-il le lien avec la bouteille d'eau empoisonnée ? Se laisserait-il duper à son tour ?

Ça faisait un paquet de questions.

À y réfléchir, il vaudrait mieux qu'Alec y passe le premier. Il ne le sentait pas, mais alors, pas du tout.

Will rumina pendant les quelques minutes suivantes. Jusqu'au moment où de timides rayons lumineux percèrent le voile de semi-obscurité dans lequel le trio évoluait. Ils débouchaient enfin sur une zone à découvert, hors de portée des nuisibles. La terre meuble céda sa place à un sol plus compact. Lorsque le soleil reprit entièrement ses droits, Will posa une main en visière sur son front. Alec l'imita. La casquette noire chasseuse de moustiques retrouva quant à elle les contours du crâne de Glenn.

Will abandonna la glacière un instant et scruta le pont de bois droit devant. Ce dernier, chétif, enjambait un cours d'eau en donnant l'impression de pouvoir s'écrouler à tout moment. Tout autour, la forêt recouvrait les reliefs à perte de vue. En contrebas, l'entrepreneur aperçut la crique où il envisageait lui-même de conduire ses acolytes, avant qu'Alec ne le supplante. À cet endroit, le bras médian de la rivière Kaweah, profond et agité, scindait le massif calcaire en deux sur quatre ou cinq mètres. Peut-être plus. Un lieu splendide. Splendide et surtout vide pour la saison, ce qui conforta Will dans son choix. Buckeye était vraiment le coin idoine pour une petite explication entre amis. Qui viendrait les déranger ici ?

Ils étaient seuls au monde.

Les trois hommes traversèrent le pont sans encombre, puis descendirent jusqu'à la crique en prenant garde à ne pas glisser sur les rochers abrupts.

Ils se posèrent sur une surface calcaire, lisse et plate, avant de se rafraîchir. Will trouva l'eau froide. Très froide.

Le bruit du courant sonnait comme une douce succession de notes relaxantes. Un intermède de courte durée. Glenn se rua sur la glacière et en sortit trois bouteilles de bière. À croire qu'il avait attendu ce moment avec impatience, pariant sur quelques degrés d'alcool pour détendre tout le monde.

— À la vôtre, lança Will d'une voix basse trahissant son anxiété. Quoi de neuf depuis la dernière fois, les gars ?

Alec bondit sur l'occasion. Sans préliminaires.

— C'est plutôt à toi qu'on devrait poser la question, Will. Tu es sûr que tu ne nous dois rien ? Même pas une petite explication ?

— À propos de quoi ?

— À ton avis ? l'attaqua l'informaticien en secouant la tête, désabusé. Tu crois que…

— Ça suffit, mec, le tança Glenn. Des mois que tu me bassines avec EduCorp. Les autres fois, tu avais au moins la décence de ne pas en parler pendant nos rassemblements. Qu'est-ce qu'il te prend ? C'est compliqué pour nous trois, mais c'est fini. C'est comme ça. Lâche l'affaire !

Will prit une gorgée de bière et leva une main en signe d'apaisement.

— Laisse, c'est rien. Écoute, Alec, je ne comprends pas où tu veux en venir. Tu sais que j'ai toujours agi dans l'intérêt du groupe. Et puis, c'est de l'histoire ancienne, non ? On est pas là pour ressasser le passé. Plutôt pour regarder devant nous.

Alec plongea ses billes vertes dans les siennes.

— C'est pas ce que dit mon contact.

Glenn soupira et leva les yeux en l'air. L'informaticien s'enfermait dans sa vindicte.

— Tu dois le connaître d'ailleurs. Harold Leroy. Un journaliste.

— Tu déconnes ? le questionna Glenn.

Will blêmit malgré lui. Alec et Harold ? Depuis quand ? Voilà une association qu'il n'avait pas vu venir ! Il repensa aux maintes reprises où son chemin avait croisé celui du reporter sans se douter de leurs liens.

— Je connais Harold, oui. Mais qui ne le connaît pas, sérieusement ? Tu lui as vraiment demandé de te renseigner ? Pourtant, je n'ai rien…

— Il m'a appris des choses très… dérangeantes, coupa l'informaticien. Quand comptais-tu nous dire qu'on avait assassiné Erin ?

Un bruit de verre brisé interrompit la discussion.

Glenn, livide, venait de lâcher sa bouteille. Le liquide ambré s'écoula en un mince filet mousseux jusque dans la rivière toute proche.

— Putain, Glenn, je sais que tu aimes te tenir à l'écart de tout, mais si tu décrochais ton foutu téléphone de temps en temps, on n'en serait pas là !

Puis, se tournant vers son ancien associé :

— Alors ? Une explication ?

Will se dandina sur l'assise rocheuse et répondit sans détour.

— Je n'en ai aucune. Je ne comptais pas vous en parler avant de comprendre ce qui a bien pu se passer. Apparemment, un avocat est soupçonné de l'avoir tuée. Ce mec aurait aussi zigouillé sa femme, le *même* jour et selon le *même* mode opératoire.

— Et comment tu sais ça ?

— Phil me l'a dit, assura Will en haussant les épaules. C'est la première fois qu'il traite ce genre d'affaires. J'imagine que ça le bouffe, il a voulu en parler à quelqu'un. Qui d'autre que son vieil ami d'enfance pour le faire ? Et puis, Erin était notre secrétaire, non ? C'est normal qu'il me prévienne.

Glenn acquiesça en silence, convaincu par ces justifications.

Will marqua une pause.

Pour qu'Alec soit au courant alors que l'identité d'Erin n'avait pas filtré dans la presse, l'informaticien devait dire vrai.

Harold et lui étaient de mèche.

Il tenta un coup de bluff.

— Ce qui me chiffonne, c'est que la police ait retrouvé des documents qui prouvent que cet avocat s'intéressait de très près à EduCorp. Je n'ai jamais su expliquer ce qu'il nous était arrivé. Cette faillite soudaine. Il paraît que lui et Erin étaient amants… Je me demande si ce type n'est pas la cause de notre échec. En tout cas, il est recherché dans tout l'État, à l'heure qu'il est. Ce n'est qu'une question d'heures avant qu'on ne l'attrape.

Alec vida sa bière et balança la bouteille dans la rivière d'un geste rageur, s'attirant les foudres de Glenn.

— Et cet avocat piqueur de fric, il a un nom ?

Will lut dans les iris de son ex-associé qu'il connaissait la réponse. Cet enfoiré de rouquin l'attendait au tournant ! À croire qu'il cherchait à le faire parler le plus possible. Pour mieux le confondre ensuite.

— Carl Forsberg.

Glenn, qui s'était délié pour atteindre la glacière, s'arrêta net alors qu'il venait de saisir une nouvelle bouteille. Il fronça les sourcils, le regard perdu dans les eaux froides de la rivière Kaweah.

— Carl ?

— Quoi, Carl ? rebondit Alec.

— À quoi il ressemble ?

Le portrait que lui brossa Will dudit Carl ne lui laissa aucun doute.

Il s'agissait bien de cette personne.

51

BUCKEYE FLAT CAMPGROUND
COMTÉ DE TULARE, CALIFORNIE
VENDREDI 22 MAI 2020
17 H 30

La Vespa rouge remontait Generals Highway, prolongement de la route 198 en direction du Sequoia National Park. Déjà une quinzaine de kilomètres de lacets parcourus depuis qu'il avait dépassé Three Rivers pour continuer vers l'est. Les paysages secs et arides avaient peu à peu laissé place à une nature vivifiante, dense et hostile. Pas une ville à proximité, seulement des maisons et motels isolés ici et là, au détour de certains virages. Mains sur le guidon, Harold s'extasiait de ce paysage qu'il ne connaissait pas. Une honte qu'il ne se soit jamais aventuré de ce côté-ci du comté. Il se promit de revenir dans des circonstances plus favorables, la prochaine fois.

Alec l'avait averti, une heure et demie plus tôt, alors que celui-ci approchait de Buckeye. *Juste avant de perdre le réseau*, avait-il précisé. Donnée importante.

Le geek comptait confronter Sullivan à l'écart des regards indiscrets, sur Paradise Creek, un sentier qui prenait naissance au sud-est du camping, au niveau de l'emplacement réservé par l'entrepreneur. Le message d'Alec était limpide, comme toujours.

Avant d'enfourcher sa bécane, le journaliste avait aussitôt relayé ces informations aux lieutenants Jones et Kanakis, avec qui il entretenait une relation de confiance depuis leur entrevue de Greenhouse Avenue.

Les deux flics devaient se trouver quelque part entre Visalia et Three Rivers à cette heure-ci, à bord de la Chevrolet beige de Jones.

Ce dernier, par souci d'efficacité et afin de ne pas perturber le déroulement des opérations, prévoyait de se garer sur le parking en marge d'Hospital Rock[1], à l'endroit où naissait la route d'accès à Buckeye et où se trouvait le seul téléphone de secours. Harold et lui s'étaient mis d'accord après que le journaliste eut expliqué dans le détail comment il comptait confondre Sullivan et le pousser à admettre sa culpabilité. La police n'interviendrait pas avant 20 heures. Sauf catastrophe. Harold avait carte blanche jusque-là. Phil tenait absolument à obtenir des preuves en béton avant de coffrer son ami.

Le scooter quitta la route principale et s'engouffra dans le petit chemin sinueux et rétréci à flanc de colline emprunté plus tôt par Will. Sur sa droite, un ravin. Aucune barrière de sécurité. Peu de marge de manœuvre. Une seule erreur et il plongeait dans le vide. La visibilité était amoindrie sur certains virages très serrés, rendant périlleux l'accès au camping. Harold conduisit avec prudence, préférant réduire son allure plutôt que de finir dans le décor. Il ne croisa aucun véhicule. Un rapide coup d'œil dans le rétroviseur lui confirma que personne ne le suivait. Parfait.

Le bitume s'élargit devant l'entrée du site. La tension quitta les muscles du reporter. Il ne prêta pas attention à la berline garée sur le bas-côté et s'avança à hauteur du *ranger* qui somnolait dans sa guérite, chapeau de biais sur le visage. Ce dernier sursauta avant de le scanner de haut en bas d'un œil suspicieux, se demandant sans doute ce que venait faire un type à scooter, en jeans et baskets, avec un sac à dos pour simple appareil, aussi rempli qu'il puisse être.

— C'est pour louer un emplacement, demanda Harold sans se démonter.

L'homme en pantalon vert et chemise grise débraillée se redressa et s'éclaircit la voix.

1. Gros rocher de quartzite avec des pictogrammes dans le roc, en marge de la route nationale, qui était autrefois le domicile de cinq-cents Amérindiens Potwisha.

— On n'a quasiment aucune réservation cette semaine. C'est pas ça qui manque.

Il tapota du doigt le plan punaisé au mur.

— Vous voulez lequel ?

— Le numéro 2, répondit Harold du tac au tac, préparé à cette question depuis bien longtemps déjà. Des amis me rejoindront plus tard avec tout le matériel nécessaire.

Le journaliste présenta son permis de camper fraîchement obtenu, s'acquitta du tarif requis pour la nuit et s'éloigna avant que le garde ne s'intéresse un peu trop à lui.

Harold découvrit des installations des plus basiques. Il descendit et poussa son scooter sur le goudron sec et irrégulier jusqu'à son site, un rectangle d'environ vingt mètres carrés, selon ses estimations. Un espace vide, s'il omettait la table à manger et les différents containers entreposés là. L'emplacement, entouré de chênes et de buissons l'isolait parfaitement du site numéro 1, où il aperçut l'imposant SUV de Sullivan.

Il ne perdit pas de temps et s'approcha du véhicule, puis le dépassa à pas de loup pour épier l'emplacement numéro 28.

Il s'attendait à ne voir personne.

Il se trompait.

Un grand type bourru de presque deux mètres, en chemise noire et bermuda, étrange borsalino vissé au crâne, fouillait l'intérieur d'un van rouge, comme un ours s'attaquerait à une poubelle laissée ouverte par inadvertance.

Le mastodonte se retourna.

Malgré sa barbe et ses lunettes de soleil, Harold le reconnut tout de suite.

Carl Forsberg.

*

Paradise Creek.

Tout comme Alec, immobile, les yeux écarquillés, la stupeur dominait du côté de Will. Forsberg avait donc réussi à entrer en contact avec l'un de ses ex-associés !

— Tu te moques de moi ? s'emporta l'entrepreneur. Ce mec se pointe devant toi et tu ne me préviens pas ?

— Comment tu veux que je sache qu'il est lié à toi ? se justifia Glenn.

— Écouter les infos, ce serait un bon début, tu ne crois pas ?

— C'est moi que tu aurais dû prévenir, contra Alec. Je rêve de mettre la main dessus.

— Pour quoi faire ? Lui poser des questions sur moi ? Puisque je te dis que je n'ai rien à me reprocher ! cracha Will.

L'entrepreneur sentait la discussion lui échapper. Où était la belle unité entre eux trois, celle qui leur avait permis de lancer une entreprise avec succès et de dominer le marché, même de manière éphémère ?

Une question plus importante encore lui filait des sueurs froides.

Où diable se trouvait Forsberg à l'heure actuelle ?

Will leva les yeux, prêt à tirer les vers du nez de Glenn, quitte à le tabasser pour ça.

Son cœur manqua un battement.

Mine renfrognée, contrarié de se faire attaquer de toutes parts, cet imbécile s'apprêtait à dévisser le bouchon de la grande bouteille d'eau qu'il venait de sortir de la glacière.

Will tendit la main désespérément et hurla :

— Attends ! Tu vas me dire tout de suite ce que vous vous êtes dit avec ce type. Tu m'entends ? Je veux tout savoir !

— Ouais, moi aussi, tiens, abonda pour une fois Alec.

Glenn se figea comme une bête prise au piège.

Il reposa la bouteille, sortit un joint de la sacoche qu'il portait en bandoulière et l'alluma.

Les volutes de haschich titillèrent les narines de Will, qui ne détacha pas son regard de son ex-associé. Un regard noir.

— OK, OK... pas la peine de gueuler, les gars... Je l'ai rencontré hier après-midi, au Stones. Un coup de *spleen*, j'avais déjà pas mal picolé, on a sympathisé. Il m'a dit qu'il te connaissait, précisa-t-il en pointant Will du menton. C'est tout.

— Tu... tu lui as parlé de notre rassemblement ?

Glenn prit une taffe et exhala longuement, les yeux en l'air.

— Oui, c'est venu sur le tapis. Mais faut me comprendre. J'étais tellement content de vous retrouver, tous les deux ! Et puis…

Alec se leva d'un bond.

— Et puis ?

— Rien de dingue. Il m'a juste dit qu'il devait se rendre à Potwisha[1] pour rejoindre des amis, le lendemain. J'ai trouvé bizarre qu'un type tiré à quatre épingles me parle camping, mais bon, chacun fait ce qu'il veut. C'est juste mon ressenti…

— On s'en fout, Glenn. On s'en fout, putain ! Je te vois venir… tu lui as proposé de l'emmener, c'est ça ?

— Quoi, c'est interdit de rendre service ? D'ailleurs, il m'a donné tort. Ce matin il était mieux fringué que toi pour aller camper !

Alec serra les poings, fou de rage.

Will n'en revenait pas qu'on puisse être aussi mal informé et aussi négligent. Glenn en était pourtant la preuve vivante.

L'adrénaline pulsa dans ses veines. Forsberg avait fini par retrouver sa trace. Un mal pour un bien, peut-être. Il aurait l'occasion de se débarrasser de tout le monde ici, à Buckeye.

Il tenta de contrôler sa respiration.

Revenir au calme. Reprendre le cours de son plan d'origine. Tant qu'ils seraient à Paradise Creek, il maîtriserait la situation.

S'occuper de ses ex-associés d'abord.

Il baissa la tête et soupira assez fort pour attirer l'attention de ses collègues, qui cessèrent de s'invectiver pour se tourner vers lui, l'air inquisiteur.

— Bon, les gars, je crois que je vous dois quelques explications…

1. Camping en aval de Buckeye, à environ quatre kilomètres au sud.

52

BUCKEYE FLAT CAMPGROUND
COMTÉ DE TULARE, CALIFORNIE
VENDREDI 22 MAI 2020
17 H 31

Forsberg était resté caché dans l'ombre. Déposé à Potwisha par Fiddleton plusieurs heures auparavant, il avait eu le loisir de rallier Buckeye incognito et de se planquer sur l'un des sites vacants. En l'occurrence, le numéro 7, d'où il conservait une vue impeccable sur l'entrée du camping, tout en se tenant assez à l'écart pour ne pas risquer d'être repéré.

Voir la bagnole de Sullivan dans un nuage de poussière avait fait grimper sa tension en flèche. Il avait dû se contenir bon gré mal gré pour ne pas aller lui casser la gueule. Peu après, un rouquin aux allures de basketteur du dimanche avait aussi fait son apparition. Il reconnut sans difficulté Alec Green, le troisième larron de feu EduCorp.

S'il avait pu mettre la main sur lui à Fresno, tout aurait été sans doute plus simple. Mais il était écrit qu'il devrait essuyer chaque putain de plâtre avant d'arriver à ses fins.

Forsberg avait profité de sa marche depuis Potwisha pour réfléchir à ce « rassemblement » dont lui avait parlé Fiddleton dans ce bar miteux de Tower.

Quel nom pompeux pour une banale réunion d'anciens collègues.

Sullivan comptait-il sur cette réunion pour leur parler de ses petites magouilles ? L'avocat connaissait un moyen rapide de le savoir. Fouiller la voiture de Sullivan. Ce dernier était du genre prévoyant et n'avait pas dû venir les mains vides. La semaine écoulée avait réservé son lot de crimes atroces. Il pressentait que les choses allaient bouger. Pour le pire.

Forsberg avait attendu que le trio s'éclipse par le petit chemin de terre face à eux, puis avait laissé passer quelques minutes, avant de débouler sur l'emplacement 1 et foncer sur le SUV.

*

Forsberg tira sur la poignée. Un frisson le parcourut en constatant que la porte était ouverte.

Il ne perdit pas de temps et s'attaqua à l'habitacle. Ouvrit la boîte à gants et les autres rangements. Ratissa le sol sous les sièges conducteur et passager. S'aventura à l'arrière pour en faire de même.

Sans rien trouver de probant.

Bizarre… À moins qu'il ne porte sur lui ce dont il a besoin ? Si c'est le cas, je vais devoir me les farcir à leur retour.

Forsberg ne tergiversa pas et se rendit sur le site numéro 28. Là encore, un véhicule laissé ouvert : le van de Fiddleton. Il s'immisça à l'arrière et dégota une bouteille d'eau. Bon Dieu qu'il avait soif. Il vida la moitié d'un trait puis l'abandonna sur le matelas.

Temps de mettre en œuvre le plan B. Se terrer dans l'utilitaire et attendre le retour des trois lascars.

C'est en jetant un œil derrière lui avant de s'enfermer qu'il le vit.

Ce type à l'allure sportive, cheveux gris soigneusement brossés vers l'arrière.

Harold Leroy. Leurs regards se connectèrent. Il comprit que malgré son apparence, le reporter le reconnaissait aussi.

Qu'est-ce que ce journaleux foutait là ? Est-ce qu'il enquêtait suite à l'avis de recherche émis contre lui ? Comment avait-il compris qu'il se trouverait ici, à plus d'une heure de Visalia, à l'extrémité du comté, là où on l'attendait le moins ?

Désarçonné, Forsberg choisit l'option qui lui vint en tête la première.

La fuite.

À toutes enjambées.

Pas question de finir en taule.

— Attendez ! Arrêtez-vous ! Hé !

Il détalait sans se retourner. Leroy s'était élancé à sa poursuite.

— Arrêtez, je vous dis ! C'est William Sullivan que je veux, pas vous !

Forsberg stoppa net sa course et pivota, les yeux ronds.

Le reporter en profita pour combler la distance qui les séparait en ahanant. Il reprit son souffle, mains sur les genoux.

— Je... je me doute bien que vous êtes innocent. Autant que vous le sachiez tout de suite. Par contre, William Sullivan...

— Sullivan est la pire ordure qui soit ! gronda l'avocat. Ce connard vient de foutre ma vie en lambeaux ! Je veux qu'il souffre avant d'avouer ses crimes !

— Écoutez, nous sommes dans le même camp, assura Leroy les mains levées. Je suis aussi là pour comprendre ce qui s'est passé. Je peux vous aider.

Forsberg fit signe au reporter et les deux hommes se mirent à l'écart.

— Commencez déjà par ne dire à personne que je suis là, OK ?

— Pas de problème.

— Et vous, qu'est-ce que vous foutez là ? Je veux dire, pourquoi ?

— Je bosse pour Alec Green. Pour faire court, il a des doutes sur l'activité de son ex-associé.

Un sourire carnassier s'étira sur le visage de l'avocat. Il savait que Green était le mec qu'il lui fallait. Quel dommage d'être tombé sur l'autre loque à la place !

Rassuré, Forsberg décida d'expliquer l'affaire au reporter. De son point de vue. En oubliant rien ou presque : le meurtre de sa femme Anne, l'enlèvement de ses filles, le fait qu'on lui mette tout sur le dos. Il omit sciemment la partie séquestration chez Phil Jones, comme promis au lieutenant en échange de sa liberté. Il n'avait qu'une parole.

— Voilà pourquoi je rêve d'étriper Sullivan et sa putain de secrétaire. Mais je ne le ferai pas. Si je veux retrouver mes filles et laver mon honneur, il faut que ces deux-là paient.

Leroy le dévisagea d'un air grave. Il lui proposa une stratégie risquée pour récolter les preuves qui l'innocenteraient à coup sûr.

— Aucun problème, rugit l'avocat, requinqué par cette rencontre fortuite et la tournure que prenaient les choses.

— Par contre… Il y a une info que vous devriez savoir.

— Laquelle ?

— Erin Silva est morte. On l'a retrouvée assassinée chez elle, lundi dernier. C'est elle, la deuxième femme dont on parle dans l'actualité, sans pour autant la nommer.

Forsberg resta coi alors qu'Harold partageait avec lui les détails du meurtre, obtenus de Phil. Toute excitation venait de quitter ses traits, au profit d'une colère sourde.

— Quel enfoiré.

— Pardon ?

— Sullivan. Quel enfoiré ! C'est lui, forcément ! Ça montre bien quel genre de salaud est ce type !

— On dirait bien. Venez, suivez-moi.

Le duo improbable rallia l'emplacement numéro 2, loué par Leroy non loin de l'entrée.

Le reporter souleva la selle de sa Vespa, retira le casque logé dans le petit espace et attrapa un maillage de tissu noir.

— Mettez ça sous votre chemise.

Forsberg s'exécuta sans broncher et détendit au maximum les sangles qui couraient autour de sa poitrine et sur ses trapèzes. Il se sentait toujours à l'étroit, mais tant pis.

— Et ça.

Cette fois, Leroy lui tendit une mini caméra GoPro et lui expliqua comment l'installer. L'avocat s'arrangea pour que l'objectif passe entre deux boutons de chemise. Pas évident. Peu importe l'image, tant qu'il avait le son. Avec ça, il était paré.

— Merci, Leroy. À partir de maintenant, c'est à moi de jouer. Restez ici. J'avais un plan, je vais m'y tenir. Surtout, n'intervenez pas, c'est compris ?

53

BUCKEYE FLAT CAMPGROUND
COMTÉ DE TULARE, CALIFORNIE
VENDREDI 22 MAI 2020
17 H 51

— Oui, j'ai magouillé.

Dans le calme de Paradise Creek, Will employa un ton sentencieux on ne peut plus direct envers ses acolytes.

Alec, toujours debout, le fusilla du regard.

À l'inverse, Glenn écarquilla les yeux sans se départir du joint fiché à la commissure de ses lèvres.

— Si je l'ai fait, c'est dans l'optique de récupérer un maximum d'argent. Je ne mens pas quand je vous dis qu'EduCorp a coulé pour une raison que j'ignore.

— La compétition ? lança Glenn. C'est ce que tu nous avais dit.

— Oui, la compétition nous a botté le cul. Je ne sais juste pas comment ils ont pu combler leur retard technologique en si peu de temps.

— On n'est pas à l'abri, expliqua Alec. On ne l'est jamais. C'est la course permanente. Tu le sais mieux que nous, non ? Tu aurais mieux dû gérer ce cas de figure.

Will hocha la tête devant l'évidence de ces propos.

Alec s'était assis à nouveau auprès de ses compères. La colère semblait l'avoir quitté.

À croire que seule la vérité l'intéressait. Aussi cruelle et abjecte soit-elle.

— Et le fric ? demanda Glenn.

L'entrepreneur entra dans les détails de l'opportunité offerte par Callaway & Partners de sauver ce qui pouvait l'être. Mit en lumière l'ingéniosité du montage financier. Dévoila les délais impartis.

Il se garda en revanche de leur avouer qu'il s'était fait duper, et encore moins que Sandy et lui se trouvaient dans une posture désespérée.

De toute façon, là où il comptait les envoyer, ce genre d'info ne servait à rien.

— L'argent ? Je voulais le partager, bien sûr. Une fois cette opération bouclée. En attendant, je voulais juste vous préserver.

Cette pointe de fausse empathie eut le don d'embraser Alec.

— Ne nous prends pas pour des cons ! Nous préserver de quoi ? De qui ? Tu sais très bien qu'on aurait marché si tu nous avais proposé ce genre de deal !

Glenn approuva timidement.

Will termina sa bière et en ouvrit une autre, l'air grave.

— Tu sais, parfois, il vaut mieux aller au plus simple. Se lancer là-dedans tous les trois, c'était tripler les risques de se faire attraper. Et tu me connais assez pour savoir à quel point je déteste ça.

L'informaticien se tut, visiblement d'accord avec la logique implacable de cette affirmation.

— En tout cas, pour une raison que j'ignore, Forsberg s'en est mêlé. Ce type est avocat fiscaliste. Je ne vais pas vous faire un dessin. Mettre son nez dans la compta des entreprises, c'est son gagne-pain. C'est sûrement le mec le mieux placé pour nous la faire à l'envers : couler notre business et faire capoter la petite opération « sauvetage de fonds » avec l'investisseur.

— Qu'est-ce que tu lui as fait pour finir sur son radar ? Pour qu'il t'en veuille à ce point ?

Will fit la moue.

— J'en sais rien, Alec.

— Et Erin, alors ? Pourquoi s'en prendre à elle ?

— Forsberg la baisait. Va savoir ce qu'elle faisait d'autre dans notre dos. Peut-être qu'elle était de mèche avec lui ? Qu'ils se sont disputés, qu'elle allait tous nous balancer ? On le saura jamais. En tout cas, il doit payer pour ce qu'il lui a fait.

Will soupira. Il baissa la tête, l'air défaitiste et résigné. Sa vue se troubla au contact des imperfections de la surface calcaire sur laquelle ils étaient assis. Alec posait beaucoup de questions. Beaucoup *trop* de questions. Ça lui tapait sur le système.

Il fallait agir.

Alec tira d'une main discrète le téléphone portable de la poche droite de sa veste. Il adressa un regard plein de défiance à Will, pas mécontent de ce qu'il avait enregistré à son insu.

Il tenait dans sa main la preuve formelle que son ex-associé contournait la loi. Un premier pas dans la bonne direction, certes, mais insuffisant pour espérer obtenir réparation.

Le visage émacié et les cheveux gris d'Harold s'invitèrent dans sa pensée. Le reporter devait déjà être arrivé et prêt à les cueillir à leur retour de Paradise Creek. Tout se jouerait à ce moment-là, comme ils l'avaient planifié.

À 20 heures, au plus tard.

Will voguait dans les limbes de sa réflexion.

Quelle était cette hésitation alors qu'il devait passer à l'acte ?

Un bruit de plastique le sortit de sa torpeur.

Le choc fut rude.

Il cessa de respirer. Tous ses membres se figèrent.

Accroupi face à lui, Glenn s'essuyait les lèvres du revers de la main. Dans la glacière, la bouteille d'eau gisait à l'horizontale.

Entamée.

Les secondes s'égrenèrent au ralenti.

Will, qui n'osait plus ouvrir la bouche, échangea un bref coup d'œil avec Alec.

Putain, il a capté quelque chose.

Le pire des scénarios prenait forme.

Une minute eut raison de Glenn, qui s'affala sur la roche, totalement amorphe. Sa tête heurta le calcaire en émettant un bruit mat. Alec se releva, se jeta sur lui et se mit à le secouer avec vigueur.

— Glenn ! Oh, mec ! Tu nous fais quoi, là ?

Il lui colla une paire de claques. Une deuxième.

— Will, qu'est-ce que tu fous ? Viens m'aider !

Sans un mot, Will se leva et porta une main à sa poitrine. Ça cognait sec, là-dedans.

Alec l'interpella à nouveau :

— Bouge-toi !

— Désolé, Alec.

— Désolé ? Mais de quoi tu… ?

L'informaticien ne termina pas sa phrase, consterné par le faciès illuminé de Will, ses billes rondes, ses pupilles dilatées.

Il reluqua tour à tour la bouteille d'eau et son ami profondément endormi. Son visage se teinta de rouge. Il se mit à respirer comme un bœuf. Ses yeux s'élargirent. Un sifflement aigu se substitua au bruit du courant d'eau pourtant omniprésent.

— Désolé de ne pas vous avoir impliqués là-dedans, précisa Will. De vous avoir menti. Ça a dérapé. J'ai dû faire des choses horribles. Je n'en suis pas fier, mais je n'avais pas le choix, tu comprends ? Et maintenant, je dois me débarrasser de vous aussi.

Le silence qui s'ensuivit glaça le sang de l'informaticien.

— Ne me dis pas que…

Will s'approchait en le toisant de ses yeux fous.

— Putain… Will… C'était toi ? C'était bien toi derrière ces meurtres ?

Le corps parcouru de tremblements, Alec arma son poing puis se rua sur lui.

Will esquiva mais faillit perdre l'équilibre sur la dalle humide et se rattrapa de justesse. La deuxième droite l'atteignit en pleine face. Son nez émit un craquement sinistre.

Fort de cet avantage, l'informaticien lui en colla une dans l'estomac. Will recula de plusieurs pas en gémissant, puis se redressa comme un seul homme. Il hyperventilait. Le sang chaud s'écoulait de ses narines et maculait ses lèvres. Will s'imprégna de son goût ferreux du bout de la langue.

Les coups d'Alec venaient de réveiller son instinct de prédateur.

— Je n'ai rien contre vous. Mais je dois en finir.

Ce furent les dernières paroles de Will. Le temps des discussions et des fausses excuses était révolu.

À son tour d'en découdre. Il agrippa les pans de la veste rouge d'Alec. Le geek se débattit. L'attrapa à son tour. Les deux hommes luttèrent. Se déportèrent peu à peu du corps de Glenn pour se rapprocher dangereusement du lit tumultueux de la rivière.

Le rouquin haletait, bavait tel un fauve enragé craignant pour sa survie. Puis il hurla comme jamais il n'avait hurlé.

— Comme si j'allais te laisser faire, enfoiré !

Il s'escrima comme un beau diable, gesticulant dans tous les sens. Malgré les nouveaux coups qu'il reçut, Will ne relâcha pas son emprise et parvint à faire pivoter son assaillant. Puis il le déséquilibra avec sa jambe à la manière d'un judoka et le projeta de toutes ses forces.

Alec chuta en arrière. Son crâne se fracassa sur l'un des énormes rochers plantés au milieu du cours d'eau. Le corps de l'informaticien glissa et fut avalé en un rien de temps par la rivière Kaweah, dérivant doucement vers le sud sous l'effet du courant.

Will sentit le vide le happer. L'oxygène lui manqua. Il s'agenouilla. Porta ses mains sur son nez sanguinolent. Sa tête se mit à tourner. Penché en avant, il vomit tripes et boyaux dans l'eau pendant de longues minutes.

Je l'ai fait. Putain, je l'ai fait...

Il avait ôté la vie à l'un de ses amis.

La sensation était différente. Rien à voir avec celle conférée par le meurtre d'Erin. Pas de papillons cette fois. De la souffrance. Rien que de la souffrance.

Will se rinça le visage. L'eau froide lui arracha un rictus de douleur. Sa cloison nasale dessinait un angle absurde sous ses doigts tremblants. Il se releva en titubant et avisa Glenn sans savoir quoi faire. Ce dernier reposait là. À sa merci. Si ignorant. Si innocent.

Will poussa un râle inhumain, comme s'il tentait d'exorciser ses démons. En quelques pas il fut près de son ami. Il extirpa la lame de son linceul avant de se débarrasser de la glacière et de son contenu dans la rivière. Il brandit l'arme et en contempla le métal brillant sous les derniers rayons du jour.

L'ombre du sentier s'étendait de minute en minute. Se faisait plus menaçante.

Après une ultime hésitation, le couteau rejoignit le cimetière sous-marin de Paradise Creek.

54

BUCKEYE FLAT CAMPGROUND
COMTÉ DE TULARE, CALIFORNIE
VENDREDI 22 MAI 2020
18 H 41

Will voyait enfin le bout du sentier. Un retour pénible, marqué par un mal de crâne terrible et des insectes plus voraces à mesure que le jour déclinait.

Tout s'était passé si vite. Pas vraiment comme il l'espérait.

Une partie de lui regrettait déjà de ne pas avoir profité du sommeil de Glenn pour lui offrir une fin rapide et sans douleur.

Tant pis.

Son ancien associé dormirait encore pour un bon moment. Il n'avait rien vu de la rixe mortelle avec Alec. Et avec un peu de chance, il se réveillerait la mémoire amputée de ce qu'il avait entendu.

Will prévoyait de doubler Emilio en lui assurant avoir rempli sa mission. Il récupérerait Sandy. Le temps que son corbeau se rende compte de son mensonge, il avait une chance de mettre les voiles avec sa femme.

De disparaître.

C'était sa seule alternative. Il n'avait plus qu'à parier là-dessus.

Lorsqu'il mit le pied à l'orée du chemin de terre, laissant Paradise Creek derrière lui, il fut surpris par le changement de luminosité du campement. La végétation touffue apportait au lieu son lot d'ombres difformes. Le soleil couchant les étirait chaque minute un peu plus. Des croassements traversèrent l'air lourd, au loin. Les corbeaux se préparaient à un nouveau festin.

Will suait à grosses gouttes sous le coup du stress et de l'humidité.

La nuit ne tarderait plus.

Comme anticipé, Buckeye, réputée calme, se distinguait par son inactivité en ce premier vendredi de la saison. Tous les signaux étaient au vert.

L'entrepreneur se dirigea vers sa voiture avant de se raviser. Son caractère jusqu'au-boutiste lui conseillait d'effacer ses traces. Histoire de lever tout risque d'être inquiété dans le cas où on l'arrêterait. Il ne savait pas ce qui l'attendait, après tout. Pareil pour le Ranger posté à l'entrée. Pour parer à toute éventualité, il devait s'occuper de lui.

Une affaire loin d'être aisée alors que son visage enflait minute après minute autour de son nez fracassé.

Une chose après l'autre.

Il gagna l'emplacement 28 en serrant la mâchoire. Un étau invisible se refermait entre ses tempes. Dingue ce qu'un rouquin gras du bide comme Alec pouvait avoir dans les tripes quand il était acculé ! Ce con lui avait bien refait le portrait. Encore un peu et c'est *son* parcours qui se serait arrêté dans les eaux glacées de la rivière Kaweah.

Will s'approcha du van, comme il l'avait fait quelques heures plus tôt pour filer un coup de main à Glenn. Il tendit le bras vers la poignée.

Sans jamais l'atteindre.

La porte arrière gauche de l'utilitaire pivota sur ses gonds et le heurta de plein fouet. Will s'écroula sur le dos dans un nuage de poussière. Sonné. Ses oreilles sifflaient. Il posa une paume de biais sur son front. Son arcade pissait le sang.

Il leva les yeux et son taux d'adrénaline creva le plafond. Le diable en personne sauta du véhicule et déploya son double mètre devant lui.

Carl Forsberg, à peine reconnaissable avec cette barbe et cet accoutrement indigne de son rang, le dévisagea d'un air mauvais.

— Te voilà enfin, salopard !

Will, dévoré par la terreur, recula puis essaya de se relever. L'avocat l'en empêcha en se jetant sur lui, refermant ses gros doigts sur le col de son polo taché de sang. Ce tas de graisse pesait une tonne.

— Pas bouger, Sullivan. Pas bouger !

Will, impuissant, sentit sa tête valdinguer et cogner la terre à plusieurs reprises. Il cherchait en vain de quoi se défendre, son bras droit tendu à la recherche d'une arme salutaire.

Je suis foutu, putain… Il va me tuer. Je vais crever ici.

Il refusa d'abandonner et rassembla ses forces restantes pour continuer à sonder le sol, jusqu'à deviner les contours irréguliers d'une pierre grosse comme son poing. Il se servit de sa prise pour asséner un coup d'une rare violence sur la joue de Forsberg. Au prix d'un craquement sourd, l'avocat tomba à la renverse en mugissant, la pommette éclatée.

*

Terré à l'emplacement numéro 2, assis de travers sur la selle de sa Vespa, Harold se demandait s'il avait bien fait d'écouter Forsberg. D'ici, il ne percevait ni l'entrée de Paradise Creek, ni le site 28, celui où William Sullivan et ses collègues établissaient leur campement. Seul le SUV endormi une dizaine de mètres en diagonale se trouvait dans son champ de vision.

Il résista à sa curiosité. Il devait faire confiance à l'avocat. Le laisser avoir son moment de gloire. En bon homme de loi, Carl Forsberg connaissait la valeur des preuves et saurait obtenir les informations que tous deux convoitaient.

Les minutes défilèrent. Tout autour d'Harold devint plus sombre. Plus silencieux.

Ses yeux roulaient dans tous les sens. L'ennui le guettait quand soudain, un claquement de porte le fit sursauter. Il scruta l'espace autour de lui.

Rien.

Ça venait de plus loin.

Il se leva et affûta ses sens.

Au même moment, il fut attiré par le bruit caractéristique d'une seconde portière qui se refermait. Autre part.

Derrière.

Une silhouette toute de noir vêtue se découpa à travers la dense rangée de chênes qui bordait la face extérieure de Buckeye. Elle se dirigeait d'un pas décidé vers la guérite où le Ranger, tranquillement installé sur sa chaise, s'adonnait à la lecture.

L'homme se présenta devant lui et sortit un pistolet étrangement long.

Puis il tira. Sans sommation.

Le garde eut à peine le temps de réagir qu'une balle traversa son chapeau pour trouer son crâne. La détonation, brève, discrète, fit réaliser à Harold que le flingue était équipé d'un silencieux.

Le reporter étouffa un cri.

Sous la lumière de la petite cabine, Harold vit en l'assassin un homme de taille moyenne, cheveux et barbe rasés de près, muscles saillants sous son marcel noir. Sa peau cuivrée se distinguait par un gros tatouage sur le deltoïde du bras gauche – celui tenant l'arme. Une énorme inscription en lettres gothiques.

« SurX3. »

Harold sentit le sol se dérober sous ses pieds.

Pour avoir bossé de manière intensive pendant plusieurs années sur le sujet sensible des gangs de Californie du Sud, il ne connaissait que trop bien ce motif particulier. Surtout la taille démesurée du « X » qui ne laissait planer aucun doute sur l'identité de cet homme. Un membre des *Sureños*, organisation criminelle qui s'étendait des deux côtés de la frontière mexicaine.

Qu'est-ce qu'un de ces loubards venait faire dans ce coin paumé ?

Harold n'était pas assez idiot pour ne pas penser à une connexion douteuse avec les activités de William Sullivan. Dans quoi ce dernier trempait-il exactement ?

L'heure n'était pas à la réflexion. Il devait se planquer, et vite.

Il jeta un œil vers la guérite. Le Mexicain s'affairait près du corps, probablement occupé à maquiller son crime.

Harold en profita pour s'éloigner du scooter, s'enfonçant dans le camping par l'ouest, à l'exact opposé de là où se trouvait Forsberg. De sa position, il vit l'assassin se poster devant la fourche à l'embranchement des sites 1 et 28 et regarder des deux côtés.

Le malfrat semblait hésiter.

Harold retint sa respiration. L'avait-il vu ? S'il se dirigeait par ici, c'en était fini de lui.

Il maudit l'isolement du site et l'absence de couverture réseau, sans quoi il aurait pu gagner de précieuses minutes.

Alors que la peur le tétanisait, une succession de bruits sourds lui parvinrent. Jusqu'à ce qu'il l'entende distinctement.

Carl Forsberg hurlait.

Malheureusement, le reporter ne fut pas le seul à réagir. Le Mexicain opta pour la gauche et s'évanouit de son champ de vision.

La situation était critique.

C'est maintenant ou jamais, mon vieux.

Harold bondit hors de sa cachette et rejoignit son scooter à pas de loup. Il l'enfourcha et démarra en catastrophe. Tant pis pour les pétarades du pot d'échappement qui trahissaient sa présence.

La Vespa jaillit hors du camping et avala l'asphalte jusqu'à disparaître au détour d'une courbe serrée. Harold eut juste le temps d'apercevoir une berline noire garée sur le bas-côté, là où le chemin s'élargissait. La même voiture que celle qu'il avait ignorée en arrivant. Il fit immédiatement le lien avec le gangster. Si seulement il avait fait plus gaffe…

Pas le moment de se lamenter. Il devait alerter Phil le plus vite possible. Le reporter se trouvait à trois minutes de sa destination. Un kilomètre de tous les dangers sous le ciel crépusculaire, succession de tons orangés.

Sanguinaires.

*

— Espèce d'enfoiré ! rugit Forsberg en roulant sur le côté pour se relever.

L'avocat articulait sans se soucier de la douleur lancinante qui tuméfiait la partie gauche de son visage.

Face à lui, Sullivan chancelait, jambes écartées, dos courbé comme s'il portait toute la misère du monde sur ses épaules. Son faciès de premier de la classe n'était plus que chairs ouvertes. De larges bandes de sang s'écoulaient de son arcade, de son front et de son nez tordu.

L'avocat jubila.

Il le tenait enfin, ce salopard de meurtrier. Il n'avait qu'une envie. Lui ouvrir le bide. L'éviscérer. Le faire agoniser jusqu'à ce qu'il le supplie d'abréger ses souffrances.

Comme un rappel à l'ordre, le visage innocent et guilleret de ses filles s'imprima dans son esprit.

Non, tu ne peux pas. Tu ne DOIS pas...

Forsberg hurla sa rage et sa détresse.

— Tu vas payer, Sullivan ! Tu vas payer pour m'avoir mis dans la merde ! Tu vas payer pour Anne !

Même lui s'étonnait de prononcer le nom de sa femme. Il fallait croire que tout n'était pas bon à jeter chez lui.

Sullivan ouvrit la bouche et deux mots franchirent la barrière de ses lèvres.

— Gros lard...

Forsberg bouillonnait.

— Tu ne m'auras pas cette fois. Tu n'auras plus personne ! Entrepreneur en série ? Mon cul ! Tueur en série, oui ! Tu as même liquidé Erin Silva, hein ? Pourquoi ? Pour ne pas avoir réussi à me tuer, c'est ça ?

Ledit entrepreneur arqua un sourcil amusé. Sa bouche s'étira en un rictus aussi effroyable que pathétique. Il se mit à rire. Un rire grave, profond. Démoniaque. Il perdait les pédales devant cette situation désespérée. À moins que ce ne soit tout le sang versé qui ne le plonge dans la folie.

— Oui, je l'ai tuée... Comme j'ai tué ta femme. Tout ça, c'est ta faute, Forsberg. Uniquement ta faute. Au lieu de rester sagement à ta place, tu as mis ton groin où il ne fallait pas, sale porc. Je devais conclure ce marché. Je devais récupérer mon fric ! Ma réputation ! Tu n'avais rien à foutre là-dedans, tu m'entends ? Rien !

Sullivan passait enfin à table.

Forsberg ne répliqua pas, soucieux d'obtenir un enregistrement de qualité. Sa grosse patte velue se posa sur la caméra fixée sur sa poitrine. Est-ce que ce bidule fonctionnait, au moins ?

Les paroles de l'entrepreneur ravivèrent sa mémoire. Lui rappelèrent un fait pour le moins étonnant. Il se revit lors d'une discussion anodine avec Ramirez, à l'occasion d'une petite fête pour célébrer la nouvelle année.

C'est le maire en personne qui lui avait mis la puce à l'oreille, de manière désintéressée, entre deux coupes de champagne. Ou tout du moins, c'est ce qu'il croyait. Jamais il n'aurait pu penser que cela soit intentionnel.

Et pourtant, tout portait à y croire.

Son beau-père était donc au courant des activités illicites de Sullivan ? Comment ? Pourquoi ? Les questions s'empilaient. Forsberg choisit de ne pas en parler à l'entrepreneur. Connaissant le naturel calculateur de Ramirez, Sullivan ne devait même pas savoir qu'il dansait dans sa main.

— Je ne te pardonnerai jamais, Sullivan. Jamais ! Je vais te coffrer, tu vas aller en taule pour le restant de tes jours ! Et crois-moi, c'est une punition bien clémente comparé à ce que je te réservais !

Sullivan écarquilla les yeux. Se rendait-il à l'évidence ?

Non. Forsberg se trompait. Quelque chose d'autre effrayait l'entrepreneur.

Une troisième voix résonna, teintée d'un fort accent.

— Hey, toi, le gros !

Piqué au vif, l'avocat se retourna, prêt à déchaîner sa fureur sur celui qui avait osé le traiter de la sorte.

La balle de 9 mm qui se ficha droit entre ses yeux ne lui en laissa aucune chance.

55

BUCKEYE FLAT CAMPGROUND
COMTÉ DE TULARE, CALIFORNIE
VENDREDI 22 MAI 2020
19 H 01

Will poussa un cri lorsque Forsberg s'effondra de toute sa masse, un trou béant à la place du front. Une chaleur honteuse inonda son entrejambe.

Il venait de se pisser dessus.

L'assassin s'approcha d'un pas triomphant, l'arme du crime pointée dans sa direction. Ce type était monté comme une armoire à glace. Une version baraquée de Forsberg, à ceci près qu'il était drapé de noir de la tête aux pieds. Seule sa fine moustache détonnait dans ce look typique de racaille de Basse-Californie.

— E… Emilio ?

Le Mexicain gloussa.

— Fabio. Mais Emilio te félicite, pauvre con. Il t'a bien dit qu'il ne se déplacerait pas pour rien, non ? Le nettoyage, c'est mon boulot.

Fabio avança de trois pas.

— Tu vois, ça c'est du travail bien fait, ajouta-t-il en dirigeant son silencieux vers le cadavre de l'avocat.

Le malfrat appuya à nouveau sur la gâchette sans même regarder sa victime. Un second projectile se ficha dans la dépouille inerte de Forsberg.

Will se crispa, de peur que le prochain ne soit pour lui. L'entrepreneur orgueilleux et sûr de lui redevenait un petit garçon fébrile et sans défense.

— C'est pas tout, Sullivan. J'ai pas tout mon temps, là. Où sont tes petits copains ?

Il déglutit avec difficulté. Tout son corps lui faisait mal. La panique empêchait son cerveau d'étudier les options qui s'offraient à lui, mais une évidence surgit.

Les conditions étaient simples. Une mauvaise réponse et cette racaille lui collerait une balle dans la tête.

Fabio leva le bras, fit pivoter sa main armée comme un aristocrate saluerait la foule tout en passant une langue avide sur ses lèvres.

— Alors ? T'es sourde, ma chienne ? Tu veux que je te fasse couiner un peu ?

Le Mexicain tendit son flingue et tira.

Will émit un râle atroce et tomba à la renverse.

La douleur fut instantanée. Brûlante. Insupportable. Il avait la sensation qu'on venait de lui arracher la jambe. Une large auréole carmin se forma sur son pantalon, au niveau de son mollet. Sa respiration se saccada. Il se sentait partir.

Malgré son agonie, il trouva la force de lever la main.

— Je les... je les...

— Tu les as quoi ? Accouche, bon sang ! On n'a pas toute la nuit !

Les traits de Fabio se durcirent. Il venait de passer de la brute enjouée à la brute épaisse, destructrice, en moins de cinq secondes. Une brute schizophrène, mais une brute quand même.

Will comprit que quoi qu'il dise, il ne s'en sortirait pas vivant.

Son corps fut secoué de spasmes. Les images d'Alec flottant à la surface de la rivière et de Glenn reposant sur la dalle de calcaire lui vinrent sous forme de flashs.

Il prit une grande bolée d'air.

— Ils sont morts ! cracha-t-il. Je voulais effacer mes traces avant de m'enfuir, mais ce gr... Forsberg... Il m'a surpris.

— C'est bien, t'es pas une chienne finalement. Un bon gros toutou qui lèche ses propres couilles à longueur de journée, trop con pour voir ce qu'il se passe autour de lui, hein !

Will comprit que Fabio faisait référence à Callaway & Partners. La même interrogation tournait en boucle dans sa tête. Comment avait-il pu se manquer à ce point ?

Alors qu'il sentait sa dernière heure arriver, il entendit le bruit d'un moteur rugir à une trentaine de mètres de là. Des pneus crissèrent. Un nuage de poussière se souleva.

Fabio se retourna en un éclair, bras tendu vers la menace qui entra dans son champ de vision. Deux hommes ouvrirent leurs portes et s'accroupirent derrière, s'en servant comme de boucliers. Deux hommes en uniforme noir que Will reconnut immédiatement.

— Putain de merde ! Manquait plus que ça ! s'agaça Fabio.

Le Mexicain tira tout en s'éloignant de sa proie.

Les balles fusèrent de part et d'autre.

Will profita du chaos pour ramper vers le van et se mettre à l'abri.

Adossé contre la tôle, son esprit capitula.

Il perdit conscience.

Fabio progressa à pas chassés sur trois mètres, le doigt sur la gâchette. Il enrageait de ne pas avoir prévu une telle complication. Ses munitions n'étaient pas infinies, bordel !

Pris de court, il se précipita vers l'ouverture à quelques enjambées sur sa droite. Celle d'un petit sentier de terre au nom étrangement ironique.

Paradise Creek.

*

Phil et Dimitris, qui prenaient racine dans l'habitacle de la Chevrolet, avaient vu Harold débouler comme une furie, arcbouté sur son scooter, sans même porter son casque. Intenable, il leur avait signalé l'assassinat du Ranger en charge de la surveillance de Buckeye.

Phil se rappelait ses yeux exorbités, sa gestuelle folle et son débit de paroles hallucinant. Le fameux reporter encensé pour son calme et son pragmatisme avait perdu toute maîtrise de lui-même.

Et il y avait de quoi.

Si les Sureños étaient de la partie – la branche mexicaine, qui plus est – Will était dans une sacrée merde. Le lieutenant s'en voulut de ne pas avoir stoppé plus tôt la course folle de son ami d'enfance. D'avoir laissé les choses s'envenimer et déraper sans réagir, quitte à perdre pour toujours les liens fraternels qu'ils entretenaient. Mieux valait un Will en taule pour fraude financière plutôt qu'un Will raide entre quatre planches. Et tant pis si ce dernier le faisait plonger avec lui.

Cette tragédie était aussi la sienne.

Quelle passivité. Se faire marcher dessus de la sorte, devenir un vulgaire pantin. Pendant si longtemps. Et il se prétendait flic ?

Ce soir, le péril valait également pour Carl Forsberg, l'homme à l'origine de sa prise de conscience, qui se trouvait sur les lieux. La police fédérale avait rejoint le dispositif et martelait que le fugitif ne pouvait que se diriger vers le Mexique. En conséquence, le maillage s'était resserré dans les comtés du sud de l'État. Ces cons avaient tout faux et Phil, dessaisi de l'enquête quelques heures auparavant, ne s'était pas senti l'âme assez charitable pour les contredire. Ils n'avaient qu'à se démerder, ça leur ferait les pieds.

Will Sullivan, Carl Forsberg. Pas franchement des anges, mais des vies qui comptaient comme toutes les autres. Des existences à préserver.

Aussitôt informé, Phil avait ordonné à Harold de rester sur le parking d'Hospital Rock – un nom trompeur pour un vulgaire bout de caillou, selon lui – et d'utiliser le téléphone de secours pour rameuter ambulances et renforts. Plus question de la jouer solo, même si Phil avait quand même spécifié au reporter de contacter la police locale en premier. Ultime pied de nez au système.

Il avait ensuite foncé pied au plancher sur l'étroit chemin menant à Buckeye, frôlant le bord du ravin à plusieurs reprises.

Son coéquipier s'était cramponné à son siège, muscles bandés et visage exsangue.

Leur arrivée en catastrophe les avait lancés dans le bain de l'action. Sans préliminaires. Ils se confrontaient à un assassin, un vrai, pas un de ces dealers du dimanche comme ils en croisaient à Visalia. Un type sans pitié, entraîné et habitué à tuer. Mais à deux contre un, ils nourrissaient de logiques espoirs de le neutraliser.

Lorsque le Mexicain prit la tangente, Dimitris se rua à sa poursuite sans réfléchir. Phil scruta le sol du site 28 et le cadavre du mastodonte qui y gisait, les bras en croix. L'avocat ne méritait pas une telle fin.

Phil rejoignit son coéquipier, la gorge nouée et le cœur lourd.

Le duo progressait avec précaution sur la portion pentue du chemin. Ils se mettaient à couvert lorsque la végétation se densifiait, s'offrant en pâture aux insectes qui grouillaient pour échapper aux tirs sporadiques et imprécis du Mexicain. Ce dernier donnait l'impression de chercher à couvrir sa fuite avant tout.

— Pour qu'un type comme lui se barre à la vue de deux pauvres flics, il ne doit pas avoir tout un arsenal avec lui, lança Phil.

— Ouais, mais nous aussi. C'est d'ailleurs pour ça qu'on doit le choper au plus vite !

Dimitris s'engaillardit et chargea comme un sanglier à travers les branchages rebelles.

— Hey, attends ! Putain, mais ralentis !

Phil sentait son palpitant s'accélérer. Il ne connaissait que trop bien son collègue, véritable tête brûlée. Il parvint à le rattraper au prix d'un gros effort et de pas mal d'écorchures. Son diabète et sa bedaine de trentenaire jouaient clairement contre lui.

Ils se mirent à l'abri.

— Déconne pas, mec, haleta-t-il. On fait ce qu'on peut en attendant les renforts, OK ? Sois patient. On va le coincer. À l'usure.

Le sifflement d'une balle stoppa net son sermon. Le duo se baissa brusquement.

À une trentaine de mètres devant eux, le fuyard s'enfonçait vers l'ouest.

Le Grec fut le plus prompt à riposter. Deux coups claquèrent dans le vide.

Mauvais tireur mais pas peureux pour un sou, Dimitris reprit sa course en avant, sourd aux avertissements de son ami.

Main droite resserrée sur la crosse de son arme, Phil ne pouvait se résoudre à en faire usage sans un visuel clair. L'une des nombreuses manifestations de son esprit trop cartésien, lui qui ne se laissait jamais submerger par ses sentiments en toutes circonstances. Et puis, comparé à lui, Dimitris faisait figure de tireur d'élite.

La course-poursuite se prolongea dans la moiteur de la passe. Le Mexicain ne leur rendait plus la pareille depuis une bonne minute. Phil sentit l'espoir d'une issue favorable poindre en lui.

Ça y est. Il est à sec !

Devant lui, le Grec semblait partager ce constat. Il accéléra le pas. Cette fois, Phil, la condition déjà bien entamée, fut distancé plus nettement. Il retrouva son coéquipier incrédule, figé au milieu d'une frange de sentier plus large, au bout duquel se dressait un étroit pont de bois.

Aucune trace du fugitif. Volatilisé.

Et merde !

Le Grec ne s'en souciait plus, le regard focalisé sur l'homme allongé en contrebas, près des flots agités de la rivière Kaweah. Phil suivit le mouvement. Son sang se glaça lorsqu'il reconnut les traits de Glenn Fiddleton. Maintenant que les Sureños intégraient l'équation, il imaginait sans peine ce qu'il avait pu se produire. On montait d'un cran dans l'horreur.

Phil se précipitait vers le pont en direction de la crique lorsqu'un rai de douleur foudroya son épaule droite. Il trébucha et s'effondra sur le ventre.

Dimitris sursauta. Sa tête pivota dans toutes les directions.

— Merde. Merde !

Il ne savait pas s'il devait se cacher ou lui venir en aide. Le temps qu'il se décide, Phil roula sur un côté et tentait de se relever quand une deuxième balle perfora son abdomen.

— Phil !

Sans réfléchir, le Grec se pencha sur son collègue et appuya ses mains au niveau de la blessure. Il se mordait la lèvre en scrutant la zone tout autour d'eux, tremblant à l'idée de se faire descendre comme un lapin.

Visage déchiré par la souffrance, Phil respirait par saccades.

— Laisse-moi… Barre-toi ! Va chercher… les renforts…

— Pas question, je te laisse pas ici, mec !

La joute verbale continua sans qu'aucun coup de feu ne soit tiré. Phil s'étouffa, toussa. Un mince filet de sang coula depuis la commissure de ses lèvres. À l'instinct, le Grec le plaça en biais – et non pas totalement en position latérale de sécurité – de sorte à pouvoir maintenir son effort de compression sur la plaie. Phil tendit son bras libre en diagonale.

— Là-haut. Se… déplace…

— Ne parle pas ! Si ce connard avait encore des balles dans le chargeur, je serais déjà mort. Il n'a qu'à se barrer si ça lui chante ! Je vais te sortir de…

— Derrière toi !

L'éclat de voix désespéré de Phil agit comme un électrochoc.

Le Grec se retourna juste à temps alors que l'assassin lui sautait dessus, les mains sur la garde d'une longue lame crantée.

Il eut le réflexe le plus stupide qu'il puisse imaginer. Le plus efficace aussi.

Il bloqua l'attaque à mains nues. Accentua la pression de ses phalanges autour du couteau. Sous la force de son assaillant, la lame trancha sa chair, cisailla ses paumes sur toute leur largeur.

Dimitris serra les dents et poussa des grognements bestiaux. Le sang ruissela sur ses poignets et se répandit sur le sol entre les deux hommes. Il réussit à dévier la course de l'assaut sur sa droite. Entraîné dans son élan, le Mexicain suivit la trajectoire en vacillant. Le lieutenant se devait d'arrêter cet enfoiré ici, même si son physique chétif lui donnait l'impression de s'attaquer à une montagne. Sans parler de la douleur atroce qui parcourait ses mains.

L'assassin se jeta à nouveau sur lui. Pris de vitesse, Dimitris pivota pour éviter un coup à l'abdomen. La lame se ficha en plein dans son épaule gauche.

Le hurlement de son coéquipier ramena Phil sur le seuil de sa conscience.

Vidé de ses forces, il redressa la tête à grand-peine. Malgré la moiteur de l'atmosphère, il était transi de froid. Est-ce que Daryl était mort comme ça, lui aussi ?

Il percevait la présence de Dimitris. En fâcheuse posture, son ami se débattait pour survivre.

Ils allaient mourir ici. Dans cette crique.

Tous les deux.

Phil se revit sur les bancs du collège de Divisadero, tout sourire, aux côtés de Will, son pote de toujours. Sa bienveillance à l'égard de ce dernier s'était transformée en une sordide complicité forcée. Un chantage odieux qu'il n'avait pas eu le cœur, ni le cran de tuer dans l'œuf comme un bon flic digne de ce nom. Une erreur qui le conduisait aujourd'hui à deux pas de la mort.

Phil pensa à sa mère. Il ne voulait pas l'abandonner. La laisser affronter seule sa déchéance le terrorisait. Et le pire, c'est qu'elle ne s'en rendrait même pas compte. Qui prendrait soin d'elle s'il passait l'arme à gauche dans ce foutu camping ?

Il lutta pour garder les yeux ouverts et scruta l'espace autour de lui. Son attention s'effilochait. Tout devenait plus confus. Plus flou. Plus sombre. Une grosse masse noire s'immisça dans son champ de vision, à une distance qu'il ne saurait évaluer. La silhouette s'approchait doucement, prudente. Pataude.

Il crut nager en plein délire.

Un ours ?

L'ours se rapprocha. Dévoila progressivement ses traits.

L'ours tenait un flingue dans sa main gauche.

Une détonation retentit, puis une deuxième, suivie d'un bruit mat.

Quelques secondes plus tard – ou quelques minutes, il ne savait plus – de grosses pattes le saisirent. L'une se logea sous sa nuque, pour soutenir sa tête aussi faible que celle d'un nouveau-né. L'autre se posa sur son ventre et y accentua la pression.

— Phil ? Phil ! Tu m'entends ? Ça va aller. Ça va aller ! Reste avec nous, tu m'entends ? T'as pas le droit de nous faire ça ! T'as pas le droit !

L'ours sanglotait. Phil ne capta que des bribes de paroles. Suffisant pour emporter le nom de son sauveur dans son obscurité.

David Little.

56

BUCKEYE FLAT CAMPGROUND
COMTÉ DE TULARE, CALIFORNIE
VENDREDI 22 MAI 2020
19 H 57

Buckeye fut envahi par les secours et les forces de l'ordre. Assis sur le rebord arrière d'une ambulance, couverture de survie sur le dos, Will peinait à respirer en attendant que l'on s'occupe de lui. On l'avait découvert, inconscient, adossé à l'utilitaire de Glenn, et traîné jusqu'ici. Il avait ouvert les yeux quelques minutes après, hébété, coupable.

Sous le crépuscule, au cœur de l'agitation ambiante, il aperçut un jeunot à la coupe gominée rendre tripes et boyaux au pied d'un chêne, soutenu par un agent rachitique aux cheveux gris épars. Les deux flics se distinguaient par le gris clair de leur uniforme, qui tranchait avec le noir de ceux de Visalia. L'entrepreneur comprit qu'il s'agissait des gars de Three Rivers. Ces mêmes incapables qui avaient découvert le corps d'Erin.

Non loin de là, allongé sur un brancard, le coéquipier de Phil serrait les dents alors qu'un type en blanc terminait de le recoudre en urgence. Les profondes entailles nécessitaient bien plus que ce raccord fait à la va-vite. En plus de cette blessure hideuse, celui que son ami appelait le Grec arborait un énorme pansement posé de travers, qui s'étirait du deltoïde au trapèze droit. Stigmate d'une lésion profonde à l'arme blanche.

Will entendit le médecin signaler au flic qu'il n'échapperait pas à la chirurgie. Le Grec hocha la tête d'un air absent, l'esprit à la dérive.

Nul doute que lui aussi pensait à Phil.

La voix bourrue du capitaine Little le ramena à la scène qui se jouait trois mètres devant lui.

— Je sentais bien que quelque chose se tramait. Pour une fois que je m'écoute. Ils auraient pu y passer tous les deux. Les renforts seraient tombés sur une boucherie à ciel ouvert si je n'étais pas intervenu.

— J'aurais dû vous prévenir, regretta Harold en se grattant l'arrière du crâne. J'aurais dû…

— Ce n'est pas votre job. Donc ce n'est pas votre faute. Par contre, si votre femme était au courant…

Dave fit la moue.

— … C'est une autre histoire. Je ne vous apprends rien, mais il se peut qu'elle soit sanctionnée.

Le reporter emplit ses poumons d'air au maximum et expira lentement, comme pour se purger de toute cette pression qui le submergeait. Il se battrait pour qu'Amber ne soit pas inquiétée, quitte à en pâtir lui-même.

En attendant, il filerait un coup de main à la police. Autant que nécessaire. Ça commençait dès maintenant. Il se rendrait à Hospital Rock, où s'amassaient déjà les premiers envoyés spéciaux.

Ce soir, il serait garde-fou des collègues de sa profession et maintiendrait ces charognards à distance de l'enfer de Buckeye.

— Monsieur Sullivan ? Faites-moi voir tout ça, s'il vous plaît.

Mâchoire serrée et tête baissée, Will resta muet, se contentant d'écarter les bras pour se faire ausculter.

L'urgentiste le manipula pour détecter d'éventuelles fractures, notamment au niveau des côtes. Il se laissa faire en grognant.

— OK. Rien de cassé à ce niveau-là. Par contre, pour ce qui est de votre nez…

Will lui adressa un regard aussi noir que la trace qui s'étalait tout autour de son plancher orbital. Refroidi, le doc passa directement à sa jambe droite. Une blessure superficielle, sans gravité, la balle ayant éraflé son mollet sur quelques centimètres. Seul inconvénient, les tissus arrachés laisseraient sans doute une vilaine cicatrice.

Mais Will s'en moquait.

Sitôt les premiers soins terminés, David Little lui signifia ses droits et lui passa les menottes. Il fut formellement inculpé dans le cadre de l'enquête sur le double meurtre de Visalia et Three Rivers. *Pour commencer*, avait ajouté le capitaine, avant de préciser que cette affaire n'était désormais plus de leur ressort. Les fédéraux avaient pris le relais.

Il n'ouvrit la bouche que pour prononcer un « oui » quasi inaudible quand le capitaine lui demanda s'il avait compris de quoi il en retournait.

Les larmes montèrent. S'arrêtèrent à la lisière de ses paupières.

Sa vie était foutue.

Son regard mouillé obliqua vers les sacs mortuaires alignés en marge du cortège ambulancier.

Dans le premier gisait Carl Forsberg, sur la poitrine duquel la police avait retrouvé – sur les indications d'Harold Leroy – une mini-caméra du même type que celles utilisées par les sportifs en quête de sensations fortes. Le petit dispositif avait immortalisé sa passe d'armes avec l'avocat, juste avant que ce dernier ne soit froidement abattu sous ses yeux. Pire encore, l'enregistrement contenait son échange avec Fabio, ce sbire d'Emilio – et occupant du second sac – dans lequel il confessait s'être débarrassé de ses anciens associés. La coupe était pleine. Sans défense possible. Se servir comme argument de la pression exercée sur lui par Fabio et Emilio revenait à avouer son rôle central dans cette tragédie.

Il se retrouvait coincé.

Une voix perça la bulle épaisse de sa résignation.

À l'orée de Paradise Creek, un flic hélait le capitaine. Affublé de deux collègues et d'un médecin, ils ressortaient du sentier avec un corps sur un brancard.

Celui de Glenn.

Le doc fit un rapide sommaire de la situation. Glenn était profondément endormi. Quelques tests, un traitement et beaucoup de repos s'imposaient, bien sûr, mais il était hors de danger.

Un poids énorme se délesta de la poitrine de Will alors que le personnel médical l'accompagnait à l'arrière de l'ambulance, suivi par Glenn, le Grec et un autre agent chargé de leur surveillance.

Direction Visalia et le Delta.

Deux horribles pensées s'entrechoquèrent à l'évocation du centre hospitalier.

Le départ du premier convoi un peu plus tôt, avec à son bord Phil, entre la vie et la mort, grièvement atteint à l'abdomen. Le destin de sa femme et de leur enfant, maintenant qu'il avait compris qu'Emilio comptait se débarrasser de lui. La mort de Fabio déclencherait son courroux.

Will craignait le pire.

En s'éloignant, il vit David Little courbé en avant, la main contre le tronc d'un chêne, pris de crampes d'estomac. Il réalisa alors le carnage qui venait de se jouer, et les conséquences terribles engendrées par ses actions malhonnêtes. Tant de vies, tant de destins bafoués par sa faute.

Ce rassemblement, censé être une banale réunion entre potes, s'était mué en un théâtre macabre.

Pour préserver sa réputation, il avait entraîné tout le monde avec lui dans l'abîme.

Un maelström de magouilles, de mensonges, de haine, de tristesse et de souffrance.

57

TROIS JOURS PLUS TARD
LUNDI 25 MAI 2020

Le poste de police de Visalia vivait ses heures les plus sombres depuis que David Little y officiait en tant que capitaine. Jamais ce dernier n'avait eu à gérer une telle hécatombe. Son univers venait de basculer en moins d'une semaine.

Il était là, en ce lundi matin, dans son bureau vide, au milieu des cartons remplis de ses effets personnels et de ses photos de famille, à ressasser les événements survenus trois jours auparavant. C'est lui qui avait sauvé Phil et Dimitris au beau milieu de Paradise Creek. Qui avait permis le transfert rapide du premier nommé vers le Delta.

Sans que cela ne suffise.

Phil fut déclaré mort le soir même, peu après 20 heures, quelque part entre Three Rivers et Visalia, sur la route 198, dans l'ambulance qui le transportait vers l'hôpital. En pleine descente au milieu des décors arides plongés dans les ténèbres. Les urgentistes à bord avaient tout tenté, mais l'hémorragie trop importante avait eu raison du lieutenant.

Un triste parallèle avec le destin de son grand frère, trois décennies plus tôt.

Et dire que Dave n'avait pas eu le temps de lui parler de cette tragédie. De sa bavure. Surtout après qu'Harold l'eut informé de leur petite réunion à trois, où ce dernier avait fourni à Phil toutes les archives relatives à ce triste jour du 8 janvier 1987. Le pauvre avait donc quitté ce monde sans savoir que le flic peureux, l'assassin de son frère Daryl, ce n'était pas son père. C'était *lui*.

Phil méritait de vivre. De connaître l'entière vérité. De le maudire même, si cela pouvait apaiser sa colère.

Mais Phil était mort.

Dave ne pouvait le supporter. Une fois les commémorations en l'honneur du lieutenant – et du pauvre Ranger abattu dans sa guérite – terminées, il quitterait ses fonctions, comme prévu, avant que les fédéraux se chargent de le démettre.

Il profiterait de sa liberté nouvelle pour se faire examiner. Ses douleurs abdominales empiraient, sans qu'il puisse les expliquer. Ça cachait quelque chose de pas net, selon sa femme. Liz s'impatientait devant ses pirouettes et ses fausses excuses pour échapper à un rendez-vous médical. Dave haïssait les hôpitaux. Les couloirs brillants l'aveuglaient, l'odeur des produits d'entretien lui filait la nausée, l'agitation permanente et les docteurs porteurs de mauvaises nouvelles l'angoissaient rien que d'y penser.

Tout ça le rebutait, mais s'il voulait profiter un minimum de sa retraite anticipée, il était temps de passer sur le grill.

Plus tard dans la matinée, Dave fut dérangé par Amber, finalement relaxée pour les informations confidentielles fournies à son mari. La réceptionniste n'était que l'ombre d'elle-même. Cheveux attachés, visage inexpressif, teint maussade, elle se forçait à garder un semblant d'activité pour ne pas sombrer. Elle le notifia d'un appel provenant de West Goshen, en bordure de la ville. L'un des voisins des Sullivan était tombé sur une abomination en rentrant de sa marche matinale. Un corps de femme jeté là, comme un vulgaire déchet, atrocement mutilé. Étendu à la vue de tous sur la pelouse mal entretenue du jardin de leur demeure de luxe. Dave saisit de suite de quoi il en retournait.

Ses pires craintes se confirmèrent lorsqu'il se rendit sur place en personne.

La mort dans l'âme, il ne put que constater le décès de Sandy Sullivan et de l'enfant qu'elle portait.

Stevens n'eut pas besoin de bosser longtemps. Les pétéchies dans les yeux de l'infirmière, sa face congestionnée et les profondes marques sur son cou ne laissaient que peu de doutes quant à la méthode employée ni aux souffrances endurées. La pauvre avait dû vivre un enfer. Le légiste trouva cependant le moyen de lui glacer le sang. Selon lui, Sandy avait été étranglée ici, devant chez elle. Les nombreuses plaies présentes sur le reste du corps résultaient de sévices antérieurs. Lui avait-on fait miroiter une libération avant de lui régler son compte ? L'hypothèse était horrible mais tout à fait plausible.

Les coupables, Dave les connaissait, mais il avait lui-même abattu le seul qui aurait pu leur permettre d'espérer réaliser un coup de filet. Et ce n'est pas avec un unique prénom – Emilio – obtenu depuis l'enregistrement de la caméra GoPro et confirmé par Sullivan, qu'ils allaient réussir à rendre justice à la jeune femme. Ni même à Carl Forsberg, mis en cause et poursuivi à tort par toutes les polices de Californie. Mort pour avoir tenté de se réhabiliter à la seule force de sa volonté.

On ne s'attaquait pas aux Sureños impunément.

Dave referma ses cartons en soupirant. De toute manière, sa carrière s'achevait ici, sur un acte de bravoure tardif entaché de regrets. Une ultime étincelle.

*

Pleine nuit sur Visalia. La seconde d'affilée passée au bureau pour Harold. Depuis le carnage de Buckeye, le reporter ne fermait plus l'œil, traumatisé, possédé par ce qu'il s'était produit, obnubilé par les trous béants et les zones d'ombres du dossier Sullivan. Il ne comptait pas sur l'interrogatoire à venir de l'entrepreneur pour remplir la page blanche du logiciel de traitement de texte ouvert devant lui.

Harold fixa le curseur qui clignotait sur son écran.

Fidèle à ses principes, il voulait avant tout compiler un maximum d'informations sur l'homme, son histoire, son ambition, la genèse et la chute d'EduCorp. Le danger ne le ferait pas reculer. Car c'est ce qu'il était : un reporter engagé. Un professionnel réputé pour sa soif immodérée de savoir et de partage. Rien d'autre ne le faisait se sentir aussi vivant.

Mettre un point d'orgue à cette histoire relevait du devoir. Il trouverait les pièces manquantes et complèterait le puzzle. Pour la paix de l'âme de Carl Forsberg et de sa femme, comme pour celle de tous les disparus autour de William Sullivan sur la semaine écoulée.

Les enregistrements de sa caméra portative – avant leur saisie par la police fédérale – lui avaient donné quelques embryons de piste. Ces prénoms, Fabio, Emilio. Ce gang des Sureños – qu'il ne connaissait que trop bien – et le chantage qu'ils exerçaient sur Sullivan. Ça ne venait pas de nulle part. Il y avait bien une raison !

Qu'est-ce que ces types en avaient à foutre d'un entrepreneur lambda dans une ville lambda, loin de leurs guerres de territoire et de leurs trafics de stupéfiants au cœur des points chauds, que ce soit San Diego, San Bernardino ou encore Los Angeles ?

Tout ça paraissait être un peu trop ciblé *sur* – ou *autour de* – Sullivan.

Le reporter soupira et se laissa aller en arrière sur sa chaise, mains croisées derrière la tête.

Son intuition lui susurrait que quelqu'un à Visalia – il l'appellerait X – nouait des liens étroits, réguliers et profitables avec ces gangsters. Quant au rôle tenu par ce pauvre Carl Forsberg, Harold séchait. Une chose était certaine : Sullivan *et* les Sureños voulaient la mort de l'avocat. Ils avaient tout fait pour le détruire. Est-ce que ça coïncidait avec la volonté profonde de X ?

Les doigts fins et agiles du reporter pianotèrent en cadence sur le clavier de son ordinateur portable.

Il tenait un bon début de piste.

L'affaire continuait de faire grand bruit au niveau local et même national, avec la découverte dans la matinée du cadavre de Sandy Sullivan, chez elle à Visalia. Avec celui d'Alec Green, à moitié dévoré par les vautours, sur les berges du lac Kaweah, en fin de soirée, quelques kilomètres en contrebas du camping de Buckeye. Il fallait trouver le moyen de grappiller des informations supplémentaires. Peut-être en interrogeant discrètement Glenn Fiddleton, lorsque celui-ci serait en état de répondre à ses questions. Pas avant plusieurs jours, donc. Et encore. Harold devrait passer outre le tissu fédéral pour arracher un tête-à-tête avec lui.

Concernant Alec, les médias rappelaient étrangement que la noyade restait la cause numéro un des décès enregistrés aux abords et dans le Sequoia National Park, et invitaient les promeneurs à la prudence alors que la saison débutait.

On était loin d'un tel scénario. Harold le savait plus que quiconque, lui qui entretenait des liens avec l'informaticien disparu.

Il secoua la tête de dépit. Sa gorge se noua.

Il se promit de publier un article complet, à l'instar de celui réalisé à l'époque sur les gangs de Visalia, pour faire toute la lumière sur les contours de ce quatrième rassemblement.

Peu importe le temps que ça lui prendrait.

58

SIX MOIS PLUS TARD
MERCREDI 4 NOVEMBRE 2020

Alors que l'Amérique venait de se choisir un nouveau président, la ville de Visalia, elle, dévoilait le nom des cinq grands gagnants des municipales.

Le conseil se voyait remanié à quatre-vingts pour cent. Le seul membre réélu, que la presse surnommait déjà «le survivant», exauçait ses vœux avec une seconde élection consécutive. Encore un écueil à franchir et il retrouverait enfin son fauteuil de maire tant convoité.

Le vote final ne serait qu'une formalité – personne ne concevait la suite des opérations sans Gastón Ramirez, surtout après la tragédie l'ayant frappé cette année, lui et sa famille. Le capital sympathie de l'élu atteignait des sommets et s'affranchissait des habituels clivages politiques. Tous admiraient l'homme, le leader. Il faudrait un ouragan pour le déloger de son poste avant le terme fixé par la loi.

Ramirez franchit le seuil de sa porte et se présenta sur le perron, face à la nuée de journalistes et d'adhérents à sa cause, venus capturer quelques instantanés de son triomphe. Impeccable dans son costume sur mesure, le soixantenaire leur offrit un sourire emprunté, presque maladroit, aux antipodes du rictus carnassier qu'il arborait autrefois. À ses côtés, de part et d'autre des bras décharnés qu'on devinait sous sa double couche de vêtements – bombers passé de mode et veste de costume – Sophia et Ava Forsberg, aussi surprises qu'intimidées, battaient des paupières face aux flashs répétés des appareils photo et smartphones. Les jeunes filles, symboles malgré elles de la campagne de leur grand-père, venaient tout juste de fêter leur dix ans. Le premier anniversaire depuis la mort de leurs parents. Elles ne savaient visiblement pas comment appréhender cette situation nouvelle. Leur pureté et leur innocence feraient merveille demain, en première page des quotidiens du comté.

Dans l'assistance, une femme de la même génération l'observait, les yeux brillants d'espoir. Ramirez avait axé sa campagne sur la sécurité et la lutte antigang, priorités absolues. Cet objectif ravissait Rosita Reyes, pour qui la descente aux enfers de son fils Fabio résumait ses craintes quant à l'avenir de son petit dernier, Juan. Elle ferait tout pour contribuer avec ses maigres moyens aux initiatives citoyennes au cours du prochain mandat. La seule chose qu'elle puisse faire à son niveau. Malheureusement.

Ramirez se sentait fatigué. Heureux de s'être débarrassé de son gendre sans avoir été inquiété. Mais la présence de ses petites-filles à ses côtés lui rappellerait éternellement le meurtre d'Anne, conséquence de son inaction. De sa lâcheté. De son plan bancal, mal exécuté. Utiliser ce pauvre William Sullivan à son insu, en profitant de la faillite de sa société, s'était révélé désastreux.

Il devrait composer avec Sophia et Ava jusqu'à leur majorité, en priant pour qu'elles ne tournent pas trop mal. Mais ça, c'était sa responsabilité à présent.

Rien que la sienne.

En retrait à une dizaine de mètres, assis de travers sur la selle de son éternelle Vespa rouge, bras croisés et clope au bec, Harold, stoïque, observait le vieil homme d'un œil curieux. Il le trouvait bien amoindri pour quelqu'un qui souhaitait continuer à diriger la municipalité.

Dire que le maire sortant avait maigri était un doux euphémisme. Ramirez avait littéralement fondu depuis son alerte six mois plus tôt, dans la cafétéria du lycée Golden West. Les traits de son visage s'étaient durcis, sa tignasse avait viré au blanc et ses jambes d'une exceptionnelle maigreur ne ressemblaient plus en rien à celles qui soutenaient jadis ce fils d'agriculteur aguerri. Mais le plus étonnant restait son tempérament. Toute trace de sa légendaire arrogance semblait s'être évaporée. Un prédateur devenu animal de compagnie. Était-ce là l'influence de ses petites-filles ?

Sans le savoir, Harold effleurait la vérité du doigt.

Dans la maison, à l'abri de l'agitation et des regards indiscrets, Emilio Ramirez se délectait d'un bon petit verre de rhum. Sa manière à lui de fêter la victoire de son *abuelo* et sa future domination sur le trafic de la région.

Ni le fric de Sullivan ni l'exécution de sa femme n'avaient apaisé sa rancœur et ses envies de vengeance. Il aurait voulu buter ces enfoirés de flics, brûler leur poste pour ce qu'ils avaient fait à Fabio. Mais le clan passait avant tout. Et le clan, justement, réclamait qu'il fasse main basse sur Visalia et ses alentours, de Fresno à Bakersfield, en passant par Tulare. Il n'avait pas eu d'autre choix que de digérer la mort de son ami. D'épargner ses meurtriers pour mieux se servir d'eux.

Le vieux avait l'obligation de le laisser tirer les ficelles dans l'ombre. D'obéir à ses demandes les plus viles.

Finalement, ça n'était pas si mal.

Emilio savourait. Bientôt, toute la Vallée de San Joaquin serait à lui.

*

La porte de la chambre claqua. Dimitris faisait grise mine.

Elle n'en avait plus pour très longtemps.

Le Grec remonta le couloir du service de pneumologie du Delta, la tête ailleurs et le cœur gros. En six mois, la condition de la pauvre Janice avait connu une évolution aussi spectaculaire que tragique. Elle ne parlait plus, n'arrivait plus à se tenir debout ni à se nourrir correctement, mais lors des très rares moments où sa conscience revenait à la surface, Dimitris pouvait voir les flammes de la tristesse danser au fond de ses yeux. Son existence s'étiolait là où son fils l'avait redouté, dans un centre médical impersonnel, aseptisé et dépourvu d'humanité, au lieu de la chaleur rassurante de son cocon de Greenhouse Avenue. Phil se retournerait dans sa tombe s'il apprenait ça. C'est justement ce qui chagrinait le plus Dimitris. Mais la pneumonie contractée par la vieille femme l'avait forcé à la transférer au Delta, sans espoir de sortie. Depuis, Lee-Ann, l'aide-soignante de la famille, passait régulièrement rendre visite à son ancienne patiente.

La maison bleue des Jones était désormais en vente.

Le Grec ne se remettait pas de la disparition de son collègue, alors que tous deux commençaient enfin à se rapprocher, à la lumière du passé douloureux qui les unissait. Il aurait tellement voulu l'emmener à San Bernardino, à la rencontre de son grand-père Victor, soixante-dix-sept ans et plus bavard que jamais, surtout avec un coup dans le nez. Le vieux lui avait tout expliqué dans les moindres détails après qu'il l'eut interrogé : la culpabilité de Dave, masquée par Robert, son père ; le duo que ce dernier formait avec lui et la vague de mutations qui avait sanctionné la tuerie de Recreation Park.

Toute vérité n'est pas bonne à savoir et pourtant, nul doute que celle-ci aurait fait un bien fou à Phil. Le connaissant, Dimitris savait qu'il aurait rebondi, pardonné à son chef et mis un point d'honneur à prendre le relais des forces de police de la ville.

Voilà pourquoi il avait accepté le poste de capitaine des Opérations par intérim, en lieu et place de Dave. Quant à savoir s'il conserverait ses fonctions sur le long terme, tout dépendrait de l'issue des élections, mais il gardait bon espoir. Lui qui raillait Phil pour son côté carriériste se retrouvait pris à son propre jeu.

Il esquissa un sourire. Nulle question de dents qui rayent le parquet. S'il y mettait autant du sien, c'était pour honorer la mémoire de son ami en réalisant son rêve le plus cher. Et avec la recrudescence d'actes violents qui gangrénait Visalia, il avait de quoi se venger indirectement de ses bourreaux. Ce n'était pas pour lui déplaire. Il allait nettoyer le coin de tous ces connards de trafiquants.

Avant de quitter l'hôpital, Dimitris fit un rapide point avec le personnel soignant. Le médecin de garde confirma ses craintes d'un air grave. Il fallait se préparer au pire.

Le Grec se gratta le menton, là où jadis trônait sa sacro-sainte barbe. L'amertume le rongeait. Il refusait de placer la vieille en soins intensifs. Si le besoin se faisait ressentir, ils n'auraient qu'à monter tout le matos nécessaire jusqu'ici. Janice aspirait à une fin de vie paisible.

Autant que possible.

*

Plus de trois-mille kilomètres au nord de Visalia, un van blanc se fondait dans le décor, transperçant le rideau de neige déjà abondant qui s'abattait sur les vastes plaines gelées.

Emmitouflé dans sa parka, bonnet vissé sur la tête et gros gants de laine arrimés au volant, Glenn reniflait et scrutait le peu de bitume visible devant lui.

Une nouvelle journée de prospection débutait, avec le bruit du moteur de son nouvel utilitaire pour toute musique d'ambiance.

Lorsqu'il avait tout plaqué, pour se reconstruire loin de sa femme et de leurs deux enfants, échappant par la même occasion à Harold Leroy, ce harceleur, les grands États du nord du pays s'étaient imposés à lui comme une évidence.

Lui qui souhaitait un changement de vie radical l'avait obtenu.

Après avoir traversé le Montana, puis le Dakota du Nord, il avait atteint le Minnesota et la ville de Duluth, bourgade tranquille en bordure du lac Supérieur. Un coin perdu, sans histoire qu'il ne connaissait pas et où la réciproque était vraie.

Parfait pour repartir à zéro.

Glenn vivotait depuis plusieurs mois, enchaînant les petits boulots, sans jamais prendre racine. Il était hors de question de s'attacher à quoi ni à qui que ce soit. Il passait le plus clair de son temps sur la route et privilégiait donc des jobs en rapport avec la nature. Surveillance de forêts, pilotage de déneigeuses, assistance aux techniciens en bioécologie… La liste était longue et variée. Ça lui plaisait, il engrangeait un peu d'expérience, un peu d'argent et beaucoup de souvenirs. Bien que recouvert de neige un tiers de l'année, les grandes étendues froides et sauvages du

Minnesota valaient le détour. Les gens le traitaient avec attention. Plus les jours passaient et plus il se voyait rester ici, loin, très loin de l'agitation et du soleil brûlant de Californie.

Peut-être qu'un jour, il oserait de nouveau accorder sa confiance à une femme et se bâtir un cercle d'amis. Pour l'instant, ce désir ne l'animait pas. Surtout après l'énorme désillusion qui l'avait frappé lorsqu'il s'était réveillé à l'hôpital, incrédule à l'énoncé de tous les méfaits de Will. Il ne se souvenait pas de ce qu'il s'était passé dans Paradise Creek, mais qu'importe. Les journaux avaient largement relayé l'atrocité des crimes perpétrés par son ancien associé. Jamais il ne l'aurait cru capable de tant de perversité, de cruauté. Tout n'avait été que mensonge et trahison.

Ce jour-là, à Buckeye, Glenn aurait dû connaître le même sort qu'Alec. Il s'en voulait tellement d'avoir été sourd à ses appels. En dépit des apparences, Alec était son ami. Et s'il avait péri, c'était en partie à cause de lui.

Comment pouvait-on devenir aussi mauvais pour une histoire de réputation, ce concept si superficiel, si abstrait ? À quoi bon être connu de tous si c'était pour défrayer la chronique à la moindre incartade ? Glenn préférait la solitude. Une idée minimaliste de la vie. Pas de comptes à rendre. Rien à gagner, mais surtout, rien à perdre.

Will avait oublié une chose essentielle.

Plus haut on s'élève et plus dure est la chute.

ÉPILOGUE

MERCREDI 11 NOVEMBRE 2020

Prison d'État de Pleasant Valley, au beau milieu du plateau aride et désertique de Coalinga, dans le comté de Fresno.

Will avait ressassé cet instant fatidique. Encore et encore.

Alors qu'il croupissait depuis plusieurs jours dans une cellule qui n'avait rien de plaisant, David Little en personne était venu lui apprendre l'horrible nouvelle.

Son âme sœur et leur progéniture avaient péri. À cause de lui.

Son pire cauchemar avait pris corps. C'était ça, et non pas les résultats de l'analyse de sang d'Erin – semblables à ceux d'Anne Forsberg – qui l'avait contraint aux aveux.

Jamais il n'oublierait la douleur ressentie. Cette mâchoire et ces poings serrés. Ce sentiment de les avoir abandonnés. Ce cœur gonflé par le chagrin, sur le point d'exploser. Ce coup fatal porté à sa conscience déjà poussée à bout sur le chemin escarpé de la culpabilité. Ces larmes de désespoir mêlées à de la bile acide et mousseuse rejetée sur la table en acier. Le tout sous le regard vitreux mais empathique du capitaine de la police de Visalia, lors de ce parloir interminable. Un homme décidément si bon que ç'en était insultant.

Comment un simple montage financier présumé sans risques, dans cette région reculée de Californie, pouvait aboutir à un désastre pareil ? Qui avait prévenu Carl Forsberg ? Avec le recul, Will ne voyait qu'une possibilité, sans qu'il ne puisse jamais en acquérir la certitude que ce soit *cet* homme, ni lui trouver un mobile valable. La seule personne qui interagissait avec lui autant qu'avec Forsberg au quotidien. La seule à connaître ses activités et ses déboires. La troisième pointe du triangle.

Gastón Ramirez.

Au fond de lui, Will avait compris qu'il tenait la bonne réponse et s'était maudit de ne pas pouvoir confirmer ses doutes.

Il ne restait plus rien du mec généreux, brillant et motivé qui rêvait de conquérir la Vallée de San Joaquin et plus encore. L'entrepreneur s'était égaré en chemin, dévoré par son ambition, manipulé par plus malin que lui. Ses frasques, ses lubies et ses mauvaises décisions en série avaient parachevé le travail. Il avait tout perdu.

Famille. Amis. Réputation. Argent.

Raison de vivre.

Et même son humanité.

Will vivait dans la peur continuelle. Elle lui donnait le tournis, lui essorait les boyaux.

Le jour de son incarcération, il les avait vus distinctement, tous ces types au tour de bras démesuré et à la gueule cassée. Tous ces malfrats bardés de cicatrices et de tatouages témoins de leur identité, de leur *clan*, et des guerres de territoire qu'ils menaient sans cesse, partout, jusqu'à l'intérieur même de la prison.

Plusieurs détenus arboraient un tatouage qu'il n'aurait plus jamais voulu voir. *SurX3.* Plus encore quelques variantes très personnalisées et plus ou moins explicites selon les individus. *SUR, SUR13, SUREÑO.* Encrés sur leur torse. Leur dos. Leurs bras. Ces loubards pullulaient dans les geôles insalubres du pénitencier.

À Pleasant Valley, tout le monde connaissait William Sullivan.

Tout le monde savait dans quoi il avait trempé.

Will était lucide : il ne trouverait jamais la paix nulle part, alors que l'un des leurs s'était fait descendre à cause d'un *gringo* comme lui. Mais jamais il n'aurait cru que le directeur de la prison oserait le placer avec l'un d'entre eux.

Pourtant, Rafael, son codétenu, présentait un énorme *SUR13* à l'arrière de son crâne chauve.

Dans de telles conditions, son espérance de vie à court terme approchait celle d'un nageur blessé en proie à un banc de requins affamés. Rafael le tabassait dès qu'il en avait l'occasion, lui jurant de lui faire la peau «proprement» à la première occasion. Sans l'aide des Fresno Bulldogs, il se serait fait manger tout cru. Ce gang rival des Sureños, dont les membres étaient majoritaires, avait pris Will sous son aile. Ils avaient profité d'une énième échauffourée pendant une sortie pour régler de manière définitive le compte de son agresseur.

Pourtant, Will ne demandait rien. Il savait qu'il ne sortirait jamais d'ici et ne désirait qu'une chose: en finir avec tout ça. Rejoindre ses proches dans l'au-delà.

Centre d'intérêt involontaire d'une nouvelle guerre de clans, il avait été placé en isolement au début du mois d'août. Silence et solitude, 23 heures sur 24, pendant 90 jours. Sous haute surveillance.

La lutte de territoire s'acheva en faveur des Bulldogs.

Aujourd'hui, Will quittait un enfer pour un autre. Cette journée de novembre marquait son retour dans le bloc principal.

Trois mois plus tôt, il se serait volontiers laissé abattre. Plus maintenant.

L'ancienne partie de lui souhaitait toujours mourir. La nouvelle, plus primitive, relent de l'homme d'affaires que William Sullivan avait été, luttait pour sa survie. La claustration avait fait son œuvre. La psychose s'était installée. Ses deux moitiés se disputaient le contrôle de ses actes.

Will réintégra sa cellule. L'odeur d'ammoniaque attaqua ses narines, se rappelant à son bon souvenir. Un homme était avachi sur le matelas du bas du lit superposé. *Un petit nouveau*, selon les matons qui l'escortaient. Ce dernier se leva et les deux prisonniers se toisèrent. Se jaugèrent.

Ce type le dépassait d'une bonne tête.

— Luis.

— Will.

— Je sais qui tu es.

Will sourit.

Moi aussi.

Lorsqu'une semaine plus tard, dans la moiteur de la minuscule cellule qu'ils partageaient, Luis sortit un surin de sa cachette et dévoila l'immense *SUREÑO* tatoué sur son torse, Will ne put réprimer son fou rire. Les sbires d'Emilio n'abandonneraient donc jamais. Une chaleur familière dévorait son bas-ventre. Le moment tant attendu arrivait enfin.

Il sortit à son tour l'arme confiée par les Bulldogs et se jeta sur son opposant.

L'une de ses moitiés prit le contrôle au tout dernier instant.

JE REMERCIE…

En France et au Japon…

David pour m'avoir donné la chance d'être publié chez Cosmopolis. Outre ton dynamisme et ta vision inspirante à plus d'un titre, tu me places des conditions idéales pour m'exprimer et je t'en suis extrêmement reconnaissant.

Laura et Judith pour la collaboration acharnée et fructueuse afin de proposer le meilleur roman possible. C'est un vrai plaisir de travailler avec vous.

À l'équipe des auteurs Cosmopolis pour leur chaleureux accueil.

Maiko et Seina pour la joie et le soutien que vous m'apportez chaque jour.

Mes parents, mes sœurs, mes nièces et à toute ma famille. Même à des milliers de kilomètres je ressens votre enthousiasme et votre bonne énergie me guider.

Mes trois bêta-lectrices de choc, Clarence, Laure et Farah, pour toutes les heures passées sur ce roman et les discussions sans fin. Merci Sylvia de m'avoir soutenu dès les tous premiers moments. Merci Rose, Sophie, Stéphanie, Laurent (#BnB), pour les fous rires quotidiens qui m'ont permis de changer d'air quand j'avais trop la tête dans le guidon.

Aude L. pour la relecture attentive et les retours sur la Californie où tu as passé tant d'années. Ton avis m'était précieux et je suis ravi d'avoir pu échanger avec toi afin de retranscrire au mieux l'atmosphère souhaitée dans cet État si particulier.

Sébastien B. pour ton apport sur le volet médical et notamment les astuces du médecin urgentiste que tu es devenu. Le temps où l'on était tous deux en première année de médecine est tellement loin, je suis heureux d'avoir pu compter sur ton aide !

Sandrine D. pour les précisions côté légal, condition obligatoire d'une intrigue réussie !

Guillaume B., Dimitris B., Max D., Phil McG., Glen G., Flavien S., on se voit très bientôt pour nos rassemblements à nous !

Aux États-Unis…

Michelle N. de la mairie de Visalia, Jason S. de la police de Visalia et James W. du *Visalia Times-Delta*. J'ai eu l'honneur de pouvoir échanger avec vous tout au long de la rédaction de ce roman, votre aide est inestimable, le mot est faible ! Vous m'avez permis de crédibiliser ce récit tout en puisant de l'inspiration dans des faits réels (comme la fusillade du Recreation Park dans les années 80). J'espère un jour que vous serez en mesure de lire cette histoire en Anglais, qui sait ? *Fingers crossed…*

… Partout !

Enfin, je tiens à vous remercier vous, chers lecteurs, blogueurs, chroniqueurs, sans qui ce roman n'existerait pas. Vous donnez vie à nos écrits, une nouvelle aventure démarre à chaque publication. Merci aux organisateurs de salons que j'ai eu la chance de rencontrer depuis début 2019. J'espère que vous avez apprécié ce troisième opus et je n'ai qu'une hâte, vous retrouver très vite pour le prochain !

C O S M O
P O L I S

Achevé d'imprimer par
CPI Bussière
en septembre 2020
–
Dépot légal : octobre 2020
Numéro d'édition : 2051130
Imprimé en France
–
ISBN : 978-2-902324-06-4